植物与中国文学系列总序

中国文学作品之中多有植物的记载或引述，例如《诗经》305篇中，有135篇提及植物，共有植物140余类；《楚辞》中也有100种左右的植物。其后的唐诗、宋诗、宋词、元曲、明诗、清诗等，诗人引述咏诵的植物种类愈来愈多，从《全唐诗》的398种，一直到《清诗汇》的427种，植物品种琳琅满目。历代章回小说的内容，无论是神怪传说，或是吟咏感物作品，也大多有植物的描写。有些以植物起兴，有些则以植物隐喻，更多是直接对植物的吟诵。其中又以《红楼梦》描述的植物内容最为精彩，全书共出现植物242种。总之，中国古典文学内容的字里行间，都离不开植物。

诗文中常常"叙物以言情""索物以托情"以及"触物以起情"，古人"叙物"，不会只是引述所见之物，每种植物一定有作者想表达的意涵在其中。例如诗词歌赋提到最多的"柳"代表别离情愫，古人送别时常折柳相赠，表达留客及心中留恋难舍之情。王维的《渭城曲》"渭城朝雨浥清尘，客舍青青柳色新。劝君更进一杯酒，西出阳关无故人"就是典型的用柳树表达离情的送别诗。另一种树"白杨"则代表悲凉，因北方坟地多种之，且秋风一起，白杨叶黄掉落，入冬后全株宛如枯死一般，诗词中多用以形容悲凄的心情或景色。竹、松、菊，古人用以代表气节等，也是古人"叙情""托情"的代表植物。为了窥探诗文作者心中所思，也为了贴近作者发抒的情绪，读诗文不能不了解植物的性状用途和代表的特殊含义。念诗读文，已不仅仅是"多识于鸟兽草木之名"的轻浮雅事了。

笔者不揣浅陋，曾发愿要整理出代表中国文学作品的植物叙述，三十年来，已累积一些数据，并撰写出相关序列丛书。本序列丛书，已完成的有：《诗经植物图鉴》《楚辞植物图鉴》《中国文学植物学》(《草木缘情》)《全唐诗植物学》《成语典故植物学》《红楼梦植物图鉴》《苏东坡颠沛流离植物记》等七种。计划撰写中的系列成员，尚有：《章回小说植物学》《全宋词植物学》《全元曲植物学》等。敬请读者期待。

2025 年 2 月

潘富俊

图书在版编目（CIP）数据

诗经植物图鉴 / 潘富俊著. -- 北京 : 九州出版社，
2025. 7. -- ISBN 978-7-5225-3966-9

Ⅰ. I207.222-64；Q94-64

中国国家版本馆CIP数据核字第20251XX501号

本著作物经北京阅享国际文化传媒有限公司独家代理，由城邦文化事业股份有限公司猫头鹰出版社授权在中国大陆独家出版、发行中文简体版。

著作权合同登记号：图字01-2025-2788

诗经植物图鉴

作　　者	潘富俊　著
选题策划	于善伟
责任编辑	于善伟
封面设计	吕彦秋
出版发行	九州出版社
地　　址	北京市西城区阜外大街甲35号（100037）
发行电话	（010）68992190/3/5/6
网　　址	www.jiuzhoupress.com
印　　刷	鑫艺佳利（天津）印刷有限公司
开　　本	880毫米×1230毫米　32开
印　　张	19.25
字　　数	400千字
版　　次	2025年8月第1版
印　　次	2025年8月第1次印刷
书　　号	ISBN 978-7-5225-3966-9
定　　价	98.00元

中国古典文学中的花花草草

潘富俊 —— 著

诗经 植物 图鉴

九州出版社

JIUZHOUPRESS

各界爱书人展卷心得

有关《诗经》中植物的形相，古代批注书籍虽有附图，但大都是黑笔素描。我其实非常期待这样一本彩色图鉴，以翔实的植物学知识辅佐我的文学想象。漫步文学的花园，我带着《诗经》，以及这本图文相衬的《诗经植物图鉴》。

——洪淑苓《漫步文学花园》

这本书名为图鉴，功能却远超过图鉴，在里面同时看到了故事、文化与生命的源流。透过植物，它从《诗经》里探源，串联了一个真实却又飘忽悠远的古典生活实录。丰沛的意象使它有别于同类工具书。透过植物看历史与文明的轨迹，世界美丽多了，也有希望多了。

——凌拂《蒹葭芳菲何处寻？》

借由认识文中描绘的植物，读出《诗经》的另一番美感和趣味。作者本着吸引民众认识植物的初衷，规划"诗经植物园区"，无意间打开大众"乐读"经典的一扇窗，更发现经典中别有洞天。

——徐开尘《诗经植物观，乐读好体验》（《中国时报》）

温柔敦厚之诗教现在有了彩色的画面，知道《诗经》植物的真面目，对诗的感受更深；有了这本图鉴得以佐其文学的想象，增加对诗的理解与趣味，对草木之情了解更多，对先民的生活认知更近。本书内容丰富、印刷精美，是编辑与学者的创意结晶，也是文学与植物学两种文化的融合，这本书的出版具有极大意义，对于《诗经》的现代读者而言可谓如获至宝。

——黄晖胜《诗可以有图鉴》（《文讯》）

当读者更加了解各种植物的生态及涵义后，一定能对文学作品的意境有更深入的体会。本书希望让读者从不同角度解读经典作品。

——赵启麟《探访经典自然逸趣》

了解《诗经》中的植物，更能鉴赏这部中国最古老的诗歌集！清楚的解说和清晰的照片，介绍《诗经》中的植物，吟咏《诗经》，可以立即看到《诗经》引喻植物的真实形象，帮助了解《诗经》之美，以及《诗经》各篇在创作时的心境。了解诗中的植物，就可以了解作诗者心中的意象。研究文学也可以用科学方法！

——曹铭宗《蒹葭就是芦苇，吟咏诗经有图鉴相辅》（《联合报》）

本书的出版除了让喜爱植物者多一管道认识"古代植物"外，也让古典文学不再是冰冷的经典，而是一本平易近人的先民生活实录。

——卷耳《书探子》（《自由时报》）

本书给了读者一座联系自然科学与古典文学的桥梁。作者从《诗经》中提到的植物来介绍这些植物的种类、分布、性状及用途，以便让读者更容易了解诗中所陈述的意境与情境。

——赵静瑜《自由时报》

当许多古籍新注将"大众"当成庸俗化的借口；当部分注者随意在古籍中编织自己幻想的同时，感谢本书对读者的一份尊重，不啰嗦不媚俗、实事求是地呈现庶民自然，展现了新诠的诚意。虽然点到即止的注释稍嫌不够详尽；但个人认为这样的余味，反而留下探索原著及其他译注的空间，须赖个人的兴致及用功。

或许有人说三千年前的野花乱草是死知识，但其实千年时空在演化史上也不过一瞬，它们不止跃然文学舞台，更泼辣地存活在现世山边水涯。不过当读者发现《小雅·采薇》篇的"薇"，不是蔷薇而是野豌豆花；《召南·采蘋》篇的"蘋"，不是苹果而是田字草；而《谷风》的"采菲"，竟是大白萝卜时（王菲迷别伤心，此字亦可当"芳香"解），有必要先做些心理建设，先别抱怨现实磨损了诗意吧。

——叶怡君《新书眉批：蒹葭处处，采薇可闻》（《中国时报》）

作者遵循了孔老夫子的教训，在"兴观群怨"之外，借着《诗经》带领大家去认识自然王国中的植物生态。这本书从古老的诗歌世界中，重新发掘了现代植物观赏的乐趣，尤其透过学者的深入浅出解说与专业生物摄影的镜头，倍感清晰且亲切。

——《小书房·大世界》（《自立晚报》）

研读《诗经》必须认识书中所提各物的形态与样貌，才能真正体会诗人的寓意、重现诗中的情景，感受也能较贴切。本书借着介绍《诗经》中的植物，使自然科学和古典文学融为一体。此书不啻为教授《诗经》时的良好辅助教材，更能贴切当日作者的用心，是兼具实用与学术价值之书。

——汪淑珍《自然科学与古典文学结合》（《全国新书信息月刊》）

推荐序

悠游古典文学，找回人与植物的联系

● 苏鸿杰

《诗经》是中国最古老的诗歌集，"《诗》《书》《易》
《礼》《乐》《春秋》"六经之中，《诗》即《诗经》，乃中国文
化重要遗产，不仅是后世诗歌文学的发轫，更是先民生活的完整写
照，内含许多古人与自然界植物的互动情感。阅读《诗经》，可以
体认先民的智慧，进而发挥创造性，延续我们的文化特质。

本书作者潘富俊博士专攻植物分类与农艺学，更长期涉猎中国
古典文学。他跨越多重研究领域，找出古文学作品中有关植物的叙
述，加以比较分析考证，并引申论述，印证古今植物名称、性状、
产地等的异同或典故的出处，更将此等数据集册出书，使今人悠游
古典名著之际，得以熟悉书中提及的诸多植物，并与现今所见之物
种产生关联，而有古今一体的亲切感。

《诗经植物图鉴》一书乃潘君旁征博引，从浩瀚资料与书籍中

整理撰写而成，旨在引导读者穿越时空，一窥春秋时代达官贵人与寻常百姓们的喜怒哀乐，表现于自然环境与周遭多样生物的歌咏之中。

潘君曾任职林业试验所生物系主任，并在台北植物园设立"诗经植物区"，选择可以在台北生长的《诗经》植物约70种，予以栽培，并依"风""雅""颂"的《诗经》内涵配置于园中，让游园者睹物思古，感受先民与大自然的脉动。此种展示乃纵贯古今的创举，引领当今世界风潮。

近二十年来，生物多样性的保育观念趋于鼎盛，各国植物园莫不勤于收集植物种子与活体标本，同时致力于清查野外植物，订正分类系统，力求植物学名之一致性。

以地球之庞大，人类种族繁多，植物名称之不一致，世界各地皆然，沟通与交流上皆有困难。至近世纪才有植物科学上的命名法规出现，各国学者取得共识，借由条款之制约，以干燥模式标本之指定与永久保存方式，使各地的植物能互相比对，得以验明正身。

反观中国地大物博，历史悠久，先民身边所接触之植物不胜枚举，名称也屡有差异与变更，古植物名之查证比现代植物学更加困难，非一般植物分类学者所能胜任。潘君博览群书，从众多古籍中谨慎比对与查核，以其文学与植物科学之渊博素养，方能完成物种之验证，并将古植物赋予万国通用之现代学名。

潘君自公职荣退后，治学格局更加海阔天空，勤走海峡两岸，受邀于各地讲学与研究，常为了查证某一古植物名称，而奔走于中国各地名园古刹与植物园，进行实地查访与拍照，持续地努力累积更丰硕的成果。今欣闻《诗经植物图鉴》增订再版，其中修改了5种植物的鉴定，增列3个新物种，并根据诗文内容判断，重新以植物用途排列，分为12大类，辅以更丰富的图说与照片编印，相信此书必能发挥更大效能，使《诗经》有崭新的诠释与亲和力，让中国古典文学再现风华。

苏鸿杰

知名植物学家，台湾大学森林系教授，主要专长为森林生态、生物保育及资源调查评估。曾主持多项植群生态调查研究，现为台湾大学森林环境暨资源学系名誉教授，并于台湾大学森林系植群研究室的"绿林游梭博客"发表文章。

推荐序

读《诗经》多识草木，必先正名
● 魏伯特

　　我身为外国人读《诗经》，障碍很多，所以我非常注意《诗经》的各种参考书。我第一次读《诗经》，是读英国学者理雅各（James Legge）的译本。理氏本为传教士，但读经读入迷，后来几乎所有的时间都用在中国经书的翻译、研究及教学上。理氏是很好的学者，却是很差的诗人，所以我读他的《诗经》译本，就不太能欣赏。

　　后来，我找到英国诗人兼汉学大师韦利（Arthur Waley）的《诗经》译本。韦利翻译中国文学，成就极高。我读大学时，卧室墙上贴他的相片，差一点立坛烧香。到现在，我仍觉得韦利的《诗经》译本有独到之处，我还在看，也还在研究。

　　后来，我自己上了几门《诗经》的课，多少能够理解、欣赏原文。但韦利的译本多少还留在我的脑海里，不知不觉就左右我的理解和欣赏。尤其是讲好多鸟兽草木之名的诗篇，韦利怎么译，我就怎么想。可惜，我后来发现大错特错。

用韦利译本想《诗经》的草木，可以分好几层的错误。第一，我是美国人，韦利是英国人，两国草木名称常常不一致，很容易弄错。第二，韦利用类名，我误以为专名，或反过来，这是非常容易犯的错误，误人之处不少。第三，韦利有时因为西洋没有这个东西，自己另起名称。我后来到台湾，其实早就看到实物，可是没有办法把韦利想出来的名称和眼前的植物连在一起。例如韦利把"苌楚"译成"goat's peach"，一直让我心里有疑问。现在知道"苌楚"大概就是猕猴桃，让我心中的疑惑终于可以解开。

这种种的问题，因为潘富俊先生的《诗经植物图鉴》一书，我终于得以免去错误，让我非常感谢。历代虽有几本类似的书籍，但潘先生这本原来已是属一属二的作品，现在更精益求精，增修新版，在不重视古典的现代社会里，真是难能可贵；每种植物都有清晰易辨、色彩生动鲜美的照片相佐证，与朴素的文字相辅相成。

日本天明年间有一位医生叫冈元凤，写了一本《毛诗品物图考》，算是"诗经图鉴"这个传统里另一部属一属二的作品；该书有橘国雄画的版画，也非常精美。当时的日本汉学大师那波师曾为冈氏作序，说他"辨紫朱于似，指獐鹿不谬，爬罗剔抉，殆无遗憾"。藏书家柴邦彦也有序，说版画"不独其形色逼真，其香臭艳净、狠驯猛顺之情，郁然可挹"。这几句用来形容潘先生的书，我觉得也不为过。

魏伯特（Robert Reynolds）

美籍汉学家，台湾大学文学所硕士、美国威斯康星州立大学麦迪逊分校远东语文学系博士，现任教暨南大学外文系，专长两汉六朝汉语语法史、司马迁与史记、翻译技术与理论、美国 19 世纪小说史。著有司马迁《史记》英译本、柏杨小说选集《挣扎》及《柏杨诗钞》英译本。

诗经植物图鉴

作者序

因为钟爱，所以力求美善

自2001年起，出版一系列解读古典文学植物的图鉴，意外受到读者热烈回响，勉励者有之，指正者有之，让笔者受宠若惊。其中销售最好的，就是这本《诗经植物图鉴》。然而自初版至今，已经历十二个年头，早就应该对这本书严加检讨了，也有内容描述不尽完善之处。全书植物的编排次序，也还有改善空间。总之，本书的初版内容确有重新编写的必要。

首先，在植物鉴定部分，增修版和初版的几个主要不同判别如下："柞"原依陆文郁及其后各家之见，认为是大风子科的"柞木"。现据《诗经》诗文句意及当时华北地区的优势树种，改解为壳斗科的"柞树"。"莞"原解为"莞草"，依文句意涵改成"蔍草"或"席草"；"藻"原解为"杉叶藻"，改为"菹草"。汉代以前文献所言之"麦"，大抵指"大麦"而言，《诗经》言

"麦"之处，亦指"大麦"。初版有所疏忽，将出现"麦"之文句置于"小麦"之下，现均已改正之。另外，"稷"是"粟"而非"黍"；"蒹葭"分指"荻"及"芦苇"两种禾本科植物，都已改正并详述原因。本版另外增加枣、蓑草、麻等三种植物的描述。

其次，在全书植物的编排方面，本版亦做了大更动。初版时，所有植物的次序依据各植物在《风》《雅》《颂》各篇章出现的顺序排列之。本版则依照植物用途，如野菜类、蔬菜类、果类、纤维类等十二类，分单元介绍用途相同或相似的植物。由于《诗经》植物多具一种以上的用途，本书以当时或诗句内最通行的用途归类。

至于在行文体例方面，各篇首先说明各重要文献中该种植物的名称，重要的有陆玑《毛诗草木鸟兽虫鱼疏》、郭璞《尔雅注》、许慎《说文解字》等。其次是《诗经》诗文中该植物的用处或内涵，最后是该植物的古今用途。

本书的修订及编辑时间历经两年有余，对大多数植物的描述都做了增删，植物照片亦悉数换新。苦心孤诣，莫不希望本书内容臻向完善。但限于学养，必定还有疏漏之处，还请读者多加海涵，并不吝指正。

如何使用本书

本书所列《诗经》植物共有138种，凡一名多种者只详细介绍其中一种，其他各种则归在同一种之下，此138种植物如依生活型分类，可区分如下：

（一）木本植物共62种：大乔木与乔木共27种、灌木29种、木质藤本6种。

（二）草本植物共73种：双子叶类多年生草本植物（陆生）19种、多年生水生植物4种、一年及二年生草本植物（陆生）17种、一年生草泽水生植物3种以及草质藤本7种。单子叶类多年生者13种、一年生者有7种，水生植物则有3种。

古图谱
选辑自《毛诗品物图考》《本草纲目》《植物名实图考》，其中又以《植物名实图考》为主。

标题
均采用《诗经》所录古名，今名则列于标题右下方。同一种植物《诗经》称法不同者，则以"古又名"方式另外标出。

蒲

今名：香蒲

诗篇引文
按十五国风、大小雅与三颂的顺序选用，文长不及备载者均节录之。主题植物特别圈选，以利检索。

彼泽之陂¹，有蒲与荷。有美一人，伤如之何？
寤寐无为²，涕泗滂沱。
彼泽之陂，有蒲与蕳³。有美一人，硕大且卷⁴。
寤寐无为，中心悁悁⁵。
彼泽之陂，有蒲菡萏。有美一人，硕大且俨⁶。
寤寐无为，辗转伏枕。

——《陈风·泽陂》

注解
凡文意艰涩或难字均加注释及标音，方便读者阅读。各单字之标音，采用"汉字直音"（同音异字）方式，用以标音之单字均无一字多音的情形。

注解
1. 陂：音坡，水泽堤岸。
2. 寤寐无为：寤，醒；寐，睡着；无为指无心做事。全句意为："日夜相思，什么也不想做。"
3. 蕳：音坚，一般都指泽兰，这里指荷花。
4. 硕大且卷：身姿丰满姣好。
5. 悁悁：音娟，忧思。
6. 俨：端庄。

另见

另见
其他诗篇亦见主题植物者，均列于此，并节录相关诗句、圈选该植物，以便读者参阅。

《小雅·鱼藻》：鱼在在藻，依于其蒲。
《大雅·韩奕》：其蔌维何？维笋与蒲。

诗经植物图鉴

此外，《诗经》中尚有蕨类植物两种，以及着生地衣类一种。

编排上，每类《诗经》植物都以跨页篇幅介绍，并分为三大部分：《诗经》引文部分、植物小档案与说明主文（参见下面样张）。《诗经》引文系按十五国风、大小雅与三颂序节录，该种植物出现的其他篇章则罗列于〔另见〕之下。若不同植物但诗篇相同者，则选用次篇以增加收录诗篇之数量、广度及多样性。植物小档案则以介绍各主题植物的形态、性状及分布地区为主。

第三部分的说明主文深入介绍引诗之主题植物的特性、历来解经者的异同意见，以及诗篇选用该种植物"叙物以言情、索物以托情及触物以起情"的原因。

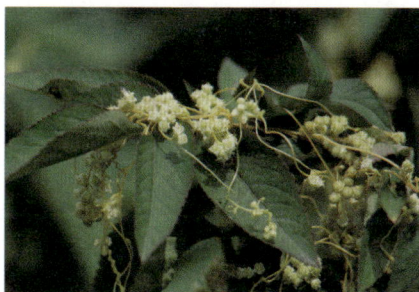

菟丝植物体无叶绿素，靠吸收延伸入寄主植物的维管束吸取水分和养分。图为菟丝的花与果。

主题植物特写

图说
插图均有说明，或取特殊的植物细部，或选用开花、结果彩图，或另附其他变种、相似种及另解植物图片，方便读者图文对照。

所言之菟丝除本种外，可能亦指大菟丝子（*Cuscuta europaea* L.）、日本菟丝子（*C. japonica* Choisy）等分布于中国北方各省的种类。

说明主文
阐述主题植物的特色、用途（例如供作菜蔬、药材或建材等），并旁征博引历来解经著作及其他文学作品以为印证。

植物小档案
详细介绍主题植物的形态、性状以及分布地区。

植物小档案
学名：*Cuscuta chinensis* Lam.
科别：菟丝子科（玄参科）

一年生之寄生性草质藤本。茎细弱，黄色，缠绕其他植物。花小，簇生成伞形或团伞花序，总梗短或无；花冠浅5裂，黄白色，壶形，长约0.3厘米；雄蕊着生于花冠裂片下；花柱2，柱头球形。蒴果球形，径0.3厘米，殆全为宿存的花冠所包，成熟时整齐盖裂；种子2—4。分布东北、华北、西北各省、新疆、江苏、安徽等及伊朗、阿富汗至日本、朝鲜半岛、澳大利亚等地区。

目录

第一章

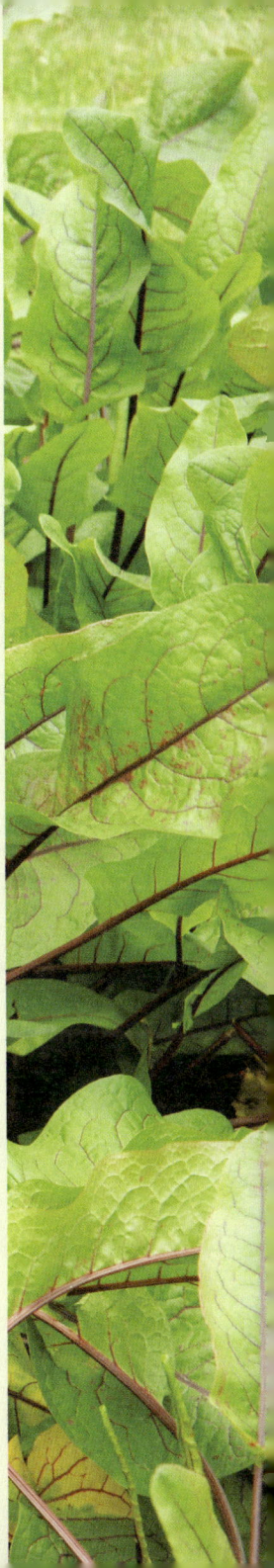

野菜类

野菜采集原是初民最早的经济活动，《诗经》时代农业虽然发达，但农业生产的对象还是以谷类为主，《小雅·楚茨》之"自昔何为，我蓺黍稷"，和《小雅·甫田》之"黍稷稻粱，农夫之庆"诗句可以为证。日常食蔬、药材主要仍采集自野生植物，甚至在谷类粮食不足时，采集野菜以充饥肠。

• 《诗经》时代经常采食的野菜

采集野菜是采集生产的主要内容，《周礼》之《地官司徒》有"掌荼"之官，负责向山泽之民征收茅莠及可食用的野生植物。根据《诗经》各诗篇内容，当时采集的种类很多，至少有 30 种以上。如《鲁颂·泮水》："思乐泮水，薄采其芹"之"芹"；《邶风·谷风》："谁谓荼苦？其甘如荠"之"荼"与"荠"；《小雅·采薇》："采薇采薇，薇亦作止"之"薇"；《周南·关雎》："参差荇菜，左右流之"之"荇菜"，以及《召南·草虫》："陟彼南山，言采其蕨"之"蕨"等。此外，尚有卷耳（苍耳）、芣苢（车前草）、葵（冬葵）、莪（播娘蒿）、莫（酸模）、蓫（羊蹄）、苣（苦蕒菜）、蒿类（蒌蒿、白蒿、青蒿、艾、牡蒿等）、藜、莼、竹（萹蓄）、葍（旋花）等。其中有些野菜比较可口，至今民间仍有采集或栽培食用。

参考其他古代文献，《尔雅》提到的野菜种类有：荼（苦菜）、笋（竹笋）、荇（荇菜）、藕（荷）、芹（水芹）、荠、蕨、蒿类等；《周礼》提到的有：葵（冬葵）、荼（苦菜）、笋（竹笋）、荅（荇菜）、芹（水芹）、蒲（香蒲）等；《礼记》提到：堇（石龙芮）、荼（苦菜）、蕲、苣（苦蕒菜）、蓼（水蓼）、荠、蒲（香蒲）等。可知《诗经》时代常采食的野菜如下：荇（荇菜）、蒌（蒌蒿）、薇（野豌豆）、蕨、苦（荼；苦菜）、荠（荠菜）、葵（冬葵）、藜、莪（播娘蒿）、芹（水芹）等。其中苦菜很早就成为常蔬，不仅寻常百姓食用，还是王公富室的菜肴；而冬葵是白菜出现以前的"百菜之主"，都是千百年来中国百姓喜爱的佳肴。

其余野菜的味道大都不美，有时还带有特殊气味，必须经过处理才能进食。因此，大概只有荒年或某些特别地区才会采食，属于不常用野蔬。此类野菜，包括卷耳（苍耳）、芣苢（车前草）、蘋（田字草）、竹（萹蓄）、蓫（羊蹄）等。

• 野菜的食用法

　　除了佐餐，野菜还有其他用途，许多野菜同时具有药效，自古以来被当作药材使用。这类野菜有艾、芩（甘草）、果臝（栝楼）、萝藦等。另外，有些野菜真正食用的机会少，反而用来祭祀敬神，如蘋（田字草）、藻、蘩（白蒿）等。

　　野菜的食用法有生食、煮食，或腌渍成腌菜。如果是生食，洗净后沾各种调味酱，配谷类进食。不过，当时的食用野菜多半是用煮的，例如《豳风·七月》之"七月亨葵及菽"句，"亨"即煮之意，全句说明冬葵和大豆都是煮后吃的；《小雅·瓠叶》："幡幡瓠叶，采之亨之。"煮的是瓠叶。煮野菜一般用盐和梅调味，如《尚书》："若作和羹，尔惟盐梅"所言。而《大雅·绵》有"周原朊朊，堇荼如饴"句，可见当时已有糖饴（麦芽糖），可能用于烹饪。《诗经》提到辛辣芳香的调味品有椒（花椒）、蓼（水蓼）等。另外，将野菜腌渍而成的菜蔬叫腌菜，古时称"菹"。《小雅·信南山》："疆埸有瓜，是剥是菹。"说明剥削瓜腌渍成"菹"。《周礼》中也提到"七菹"，分别为韭菹、菁菹、茆菹、葵菹、芹菹、箈菹、笋菹等，可见当时腌菜的盛行。

荇菜[1]

今名：莕菜

关关雎鸠，在河之洲。窈窕淑女，君子好逑。
参差荇菜，左右流之。窈窕淑女，寤寐求之。
求之不得，寤寐思服[2]。悠哉悠哉[3]，辗转反侧。
参差荇菜，左右采之。窈窕淑女，琴瑟友之。
参差荇菜，左右芼[4]之。窈窕淑女，钟鼓乐之。

——《周南·关雎》

注 解

1. 荇：音杏。
2. 服：思念。
3. 悠哉悠哉：思念之深长。
4. 芼：音冒，选择。

　　荇菜，即今之莕菜，花开时常"弥覆顷亩"，在阳光下泛光如金。因此，又称"金莲儿"。叶形与生态习性近于荷花，又称"水荷"。嫩茎和嫩叶均柔软滑嫩，可以供作蔬菜食用。《救荒本草》谓之"荇丝菜"，救荒之法是"采嫩茎煤熟，油盐调食"。另一古籍《湘阴志》也提到："水荷，茎叶柔滑，茎如钗股，根如藕，

野菜类

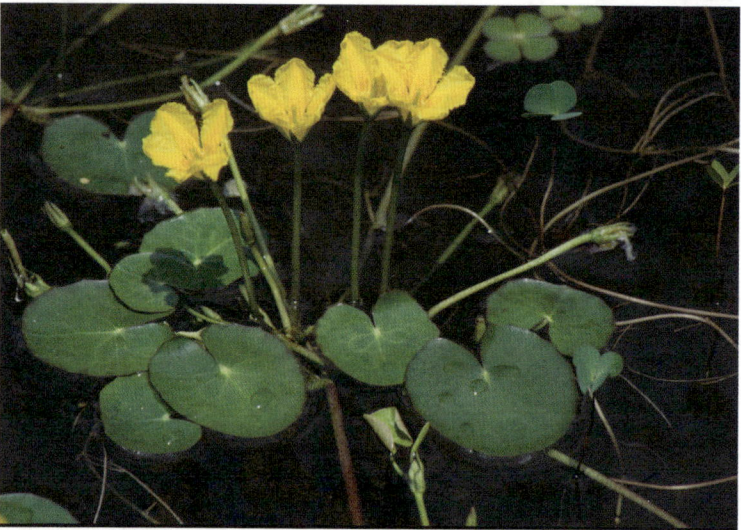

荇菜开金黄色花，常在水泽处大面积生长，食用部分是细长的叶柄。

人多为糁食。"加米煮成粥（糁），是江南名菜。陆玑《诗疏》则说荇菜"可以按酒"，当下酒菜的意思。

荇菜的形态、习性都和莼菜相似，常见于水泽处，叶片均漂浮在水面上。唯荇菜叶的基部凹入，而莼菜叶则呈椭圆形，且叶柄盾状着生；荇菜花金黄色，而莼菜花为暗紫色，两者隶属不同科，可从外形区分。

《周南·关雎》篇之"参差荇菜"，说明女子在水边采荇菜，引发男子的思慕，采摘的荇菜应该也当蔬菜食用。古代采收水菜还有阶级之分，有所谓的"后妃采荇，诸侯夫人采蘩，大夫妻采蘋藻"之语。

荇菜向来都是名菜，历代诗文皆大量引述咏颂，如唐代王维的名诗《青溪》句："漾漾泛菱荇，澄澄映葭苇。"本属植物有许多种类，至今仍供为菜蔬，如龙骨瓣荇菜 [*Nymphoides hydrophylla* （Lour.）O. Kuntze] 在台湾被视为经济蔬菜，有大面积栽植。

植物小档案

学名：*Nymphoides peltatum* （Gmel.）O. Kuntze
科别：龙胆科
别称：金莲儿、水荷

水生多年生草本，茎多分枝，沉入水中，生长许多不定根。上半部叶对生，其余互生；叶漂浮水面，叶近圆形，径5—10厘米，基部心形；叶柄细长而柔软，基部变宽抱茎。花数朵聚合成伞形花序；花金黄色，花冠5深裂，喉部有毛，边缘具齿状毛。蒴果椭圆形，种子边缘具纤毛。分布于中国南北各省，以及韩国、日本和俄罗斯等国，生育于池塘及流动缓慢的溪河中。

野菜类

卷耳

今名：苍耳；羊带来

采采<u>卷耳</u>，不盈顷筐。嗟[1]我怀人，寘彼周行[2]。

陟彼崔嵬[3]，我马虺隤[4]。我姑酌彼金罍，维以不永怀。

陟彼高岗，我马玄黄[5]。我姑酌彼兕觥[6]，维以不永伤。

陟彼砠[7]矣，我马瘏[8]矣。我仆痡[9]矣，云何吁[10]矣。

——《周南·卷耳》

注 解

1. 嗟：音皆，叹词。
2. 寘彼周行：寘，音义同置；周行，周朝之大道。
3. 陟彼崔嵬：陟，音至，登也；嵬，音危。崔嵬即指山高而不平之貌。
4. 虺隤：虺，音毁；隤，音颓。虺隤，形容马儿精疲力乏。
5. 玄黄：病貌。
6. 兕觥：兕，音似，野牛；觥，音工，酒器。兕觥指野牛角制成的酒器或牛首状的酒器。
7. 砠：音趄，有石之山。
8. 瘏：音图，病也。
9. 痡：音扑，疲病。
10. 吁：音虚，忧愁。

《尔雅》谓之"苍耳"，《本草》称"菓耳"。苍耳果实满布倒钩刺，常附着兽类皮毛或人类衣物借以传播。非中国原产，但早在古代时就经由牲畜买卖而传入，即《博物志》所云：洛中有人驱羊入蜀，胡枲（即苍耳）子多刺，黏缀羊毛，遂至中国。因此，苍耳又称"羊带来"。

　　苍耳为古时常见的野菜，采幼苗嫩叶炒熟，但"滑而少味"，应为穷苦人家之菜蔬，或年岁歉收时的救荒食草。古代妇女常背负顷筐（斜口筐）在野地采集，即"采采卷耳，不盈顷筐"之意。诗

苍耳不择地利，适应性强，分布世界许多地区。原不产中国，现已蔓延大多数省区。果实满布倒钩刺，常附着在动物毛皮上藉以传播。

中言妇女心不在焉，总是采不满筐篮。

苍耳繁殖力及适应力强，不论"南北夷夏、山丘盐泽、泥土砂石，有地则产"，现已漫生中国各地。农历四月生子，果形状如古代妇女的穿耳饰珠（耳珰），因此又名"耳珰草"。种子炒成微黄后，去皮磨面，可烤成烧饼或蒸熟食用，是古代常用食物。

除了食用，嫩叶可用来制作酒曲。《名医别录》已记载为药材，主治一切风邪。杜甫的《驱竖子摘苍耳》句："卷耳况疗风，童儿且时摘。"一来说明盛唐诗人杜甫平常也采苍耳作菜肴；二来说明苍耳是食疗本草，也用来治病。

苍耳又称"菤"，如《离骚》："薋菉葹以盈室兮。""薋"为蒺藜（见本书509—512页），两者种子都有刺，均被视为恶草，用以比喻小人；与蕙、兰等用以喻君子的香草相反。

植物小档案

学名：*Xanthium strumarium* L.
科别：菊科

一年生草本，被短毛。叶三角状卵形，长9—20厘米，基浅心形至阔截形，两面密被毛；常3浅裂，叶缘呈不规则锯齿形。雄花头状，顶生，排列成伞形；花冠白色。雌花序腋生；内层总苞囊状。果无柄，由硬化的总苞所包被，长椭圆形至卵形，长1—1.8厘米，径0.5—1.2厘米，密被毛，并疏生具钩的苞刺，先端2长喙。原产于欧洲至东亚，现分布于大陆大部分省区，台湾全岛低海拔空旷处也常见。

野菜类

芣苢 1

今名：车前草

采采芣苢，薄言 2 采之；采采芣苢，薄言有之。

采采芣苢，薄言掇 3 之；采采芣苢，薄言捋 4 之。

采采芣苢，薄言袺 5 之；采采芣苢，薄言襭 6 之。

——《周南·芣苢》

注解

1. 芣苢：芣，读为否字之第二声；苢，音以。
2. 薄言：语词。
3. 掇：音夺，拾取。
4. 捋：音勒，挤取其子。
5. 袺：音结，提起衣摆兜物。
6. 襭：音协，将下摆系于腰间以兜物。

《尔雅·释草》早已说明"芣苢"是车前草。车前草又名"虾蟆衣""胜舄""车轮菜"。性喜阳光，常成群生长在牛马迹中，故又谓之"车前"或"牛遗"；在路上或路旁的开阔处也经常可见，因此又名"当道"。"春初生苗叶，布地如匙面。"自古以来即与人类生活息息相关，古人常采其嫩叶及幼苗充作

车前草常成群生长在开阔地，古人采车前草的嫩叶及鲜绿幼苗充作菜蔬。

蔬菜，是极普遍的救荒本草，至今仍有人采食。

车前草长久以来即归类为药用植物。《名医别录》说车前子"强阴益子，令人有子"，用为强壮药，也可治妇人难产。《周南·芣苢》篇中妇女采集车前草是一种由来已久的习俗，当时民间相信妇人食用车前草容易怀孕生子，且可治疗难产。古人以车前草当作菜蔬，可能亦着眼于繁衍种族的观念。《本草经》说车前子"甘寒无毒……利水通小便，久服身轻耐老"，列为上品。自古列为利尿、明目及强壮剂。以车前草与小麦煮粥食，《千金》谓可治小便不通，但不宜久用久服，否则小便不禁。

车前的种类不少，常见的除车前草外，还有大车前，两者形态接近，分布范围均极广阔，而且都是药用植物。

植物小档案

学名：*Plantago asiatica* L.
科别：车前草科

多年生草本，有须根。叶基生，卵形至阔卵形，长5—12厘米，宽4—9厘米，先端圆钝，两面无毛或具短柔毛；全缘、波状或疏钝齿缘。叶柄长5—20厘米。花茎直立，长20—40厘米，花序穗状；合瓣花，白色。蒴果椭圆形，长约0.3厘米，盖裂，种子5—6颗，棕黑色。车前草的种类繁多，常见的还有大车前（*Plantago major* L.）、平车前（*P. depressa* Willd.）等。广泛分布于亚洲各地。

蒌[1]

今名：蒌蒿

翘翘错薪[2]，言刈其楚[3]；之子于归，言秣其马。
汉之广矣，不可泳思；江之永矣，不可方[4]思！
翘翘错薪，言刈其蒌；之子于归，言秣其驹。
汉之广矣，不可泳思；江之永矣，不可方思！

——节录《周南·汉广》

注 解

1. 蒌：音楼。
2. 翘翘错薪：翘翘，丛生貌；错薪，错杂之小树丛。
3. 楚：黄荆，植物名，见本书 381—384 页。
4. 方：竹筏。

　　菊科蒿属的种类很多，"蒌"为蒿属植物大致没有疑问。陆玑《诗疏》指出"蒌"就是蒌蒿，说："其叶似艾，白色，长数寸，高丈余，好生水边及泽中。"又描写该植物：正月时长芽，芽呈白色。嫩芽可生食，味香而脆，叶又可蒸煮作菜。说明"蒌"即为蒌蒿。因为蒌蒿"古今皆食之，水陆俱生"，而且应为蒿类中最可口的野菜之一。

野菜类

老化的蒌蒿茎枝可作为生火的薪材。花序常由枝条上的叶腋生出，伸长后形成圆锥状。

《救荒本草》称之"闾蒿"，传说能解河豚之毒，宋苏轼诗云："蒌蒿满地芦芽短，正是河豚欲上时。"芦芽或荻芽是古代用来配食河豚的最佳菜蔬，芦芽尚未上市前，可取蒌蒿代之。

夏秋之后，蒌蒿枝茎木质化，可作为薪材。《周南·汉广》："翘翘错薪，言刈其蒌。"意为在众多错杂的植物丛中，诗人只割取最有用途的蒌蒿，用以比喻所爱慕的汉水游女为众多女子中最出色者。

植物小档案

学名：*Artemisia selengensis* Turcz. ex Bess.
科别：菊科

多年生草本，植株具香气，下半部半木质化。叶纸质，茎下部之叶宽卵形，长 8—12 厘米，宽 6—10 厘米，呈掌状，3—5 裂，全缘或全不分裂；表面绿色，背面密被灰白色绒毛；叶缘有细锯齿。上部叶指状 3 或 2 深刻，或不分裂；缘具疏锯齿。头状花序排成伸长之圆锥花序。分布于东北、华北、华中、华南各省，多生于低海拔地区之河岸边及沼泽地带，可在水中生长，或见于森林中、山坡和道路旁。

蕨

今名：蕨

喓喓[1]草虫，趯趯阜螽[2]。未见君子，忧心忡忡；

亦既见止，亦既觏[3]止，我心则降[4]。

陟彼南山，言采其蕨。未见君子，忧心惙惙[5]；

亦既见止，亦既觏止，我心则说[6]。

——节录《召南·草虫》

注 解

1. 喓喓：音同腰，虫鸣声。
2. 趯趯阜螽：趯，音义同跃，跳跃；阜螽，尚未生翅之幼蝗。
3. 觏：音构，遇见。
4. 降：放下，表示安心之意。
5. 惙惙：音绰，忧虑不安。
6. 说：音义同悦。

另 见

《小雅·四月》：山有蕨薇，隰有杞桋。

　　蕨是开阔湿地及林缘常见的植物，也是森林伐采后首先大量出现的一种植物。植物体含有硫胺素酶等

野菜类

019

毒性物质，以避免动物、昆虫啮食，故能遍布世界各大洲。只有人类才能克服蕨的毒性，古人作为菜蔬采食之。

《尔雅翼》："蕨生如小儿拳，紫色而肥。"《埤雅》："蕨状如大雀拳足，又如人足之蹶也，故谓之蕨。"均是描述蕨幼叶卷曲的特殊形态。未开展时之嫩叶、叶柄均可入菜，有"山珍之王"的盛誉，自古即供作蔬菜，风味和冬葵差不多，应为《诗经》时代最受欢迎的一种野菜。但必须先以草木灰煮过，直至植物体呈紫色，毒性消失后才能进食。日本人至今尤喜食之，与松蕈和调，滋味鲜美。其根状茎富含淀粉，俗称"蕨粉"，可供食用。

未开展的嫩叶、叶柄，自古即供作食蔬，要煮至紫色才能食用。

至今还能在西南各省餐馆中，见到用蕨粉制成的面条，"色淡紫而甚滑美"。

《山堂肆考》记述北宋名臣范仲淹奉派到江淮任职，进奉当地贫民所吃之"乌昧草"，要求皇上向皇戚及高官展示，以遏止当时奢华的风气。此"乌昧草"即蕨，民间至今仍采集食用。古代又用以供祭，因此周人采之不断。

植物小档案	学名：*Pteridium aquilinum*（L.）Kuhn. var. *latiusculum*（Desv.）Underw. 科别：碗蕨科（凤尾蕨科）

多年生地生蕨类，根状茎横走，被黑褐绒毛。叶近革质，阔三角形，长30—60厘米，三回至四回羽裂；小羽轴及主脉下有疏毛；侧脉二叉。孢子囊生叶缘小脉之联结脉上，孢膜长条形，并具叶缘反折的假孢膜。产于大陆各地，主要分布在长江流域以北，日本、琉球、北美及澳洲也有产，是分布广泛的植物种类。台湾地区中低海拔的林地边缘、荒地，均见分布。

薇

今名：野豌豆

采薇采薇，薇亦作止[1]。曰归曰归，岁亦莫止[2]。
靡室靡家[3]，猃狁[4]之故。不遑启居[5]，猃狁之故。
采薇采薇，薇亦柔止[6]。曰归曰归，心亦忧止。
忧心烈烈，载饥载渴。我戍未定，靡使归聘[7]。
采薇采薇，薇亦刚止[8]。曰归曰归，岁亦阳止[9]。
王事靡盬[10]，不遑启处。忧心孔疚[11]，我行不来[12]。

——节录《小雅·采薇》

注 解

1. 作止：作，生也；止，语助词。
2. 莫止：莫同暮，岁末。
3. 靡室靡家：戍守在外，无室无家。
4. 猃狁：猃，音险；狁，音允。猃狁，北狄之名，即秦汉
   时之匈奴。
5. 不遑启居：无暇安居。
6. 柔止：始生而茎柔也。
7. 靡使归聘：聘，问也。全句为：戍守之地不定，家中无
   法派人探问。
8. 刚止：茎已粗大刚壮。
9. 阳止：十月为阳。

野菜类

023

10. 王事靡盬：盬，音古，停止。全句谓国家大事（指征伐）无法止息。

11. 疚：病也。

12. 来：音赖，慰问。全句指自戍边以来无人探访。

另见

《召南·草虫》：陟彼南山，言采其⟨薇⟩。

《小雅·四月》：山有蕨⟨薇⟩，隰有杞桋。

　　陆玑《诗疏》："蔓生似豌豆。茎叶皆似小豆，藋可做羹，亦可生食。"说明"薇"即今日之野豌豆。许慎《说文》云："薇似藋，乃菜之微者也。"嫩茎叶气味似豌豆，可作蔬菜或入羹，种子可炒食。中国的野豌豆种类很多，其中有多种可作为菜蔬。有些

种类花色艳丽，可作观赏花卉，亦栽植为牧草及绿肥，即"野豌豆生园圃中，田陇肢泽尤肥"之谓。《诗经》各篇，包括《小雅·采薇》《召南·草虫》等提到的"薇"应该都是作为野菜食用。而《小雅·四月》中"薇""蕨"（见本书019—022页）并提，当然也是蔬菜。

《史记·伯夷列传》提到伯夷"隐于首阳山，采薇而食"，其中的"薇"指的也是野豌豆。后世引用此典故，以"采薇"喻隐居之意，如唐诗人王维的《送綦毋潜落第还乡》诗句："圣代无隐者，英灵尽来归。遂令东山客，不得顾采薇。"此意历代诗文多有引述。

《诗经》中提及的"薇"可能亦指小巢菜 [*Vicia hirsuta* (Linn.) Gray]、大野豌豆（*V. gigantean* Bung）、大巢菜（*V. sativa* L.）等，是自生于华北、西北等地的野豌豆类。苏东坡所说的"菜之美者，蜀乡之巢"，"巢"即为大巢菜和小巢菜。

植物小档案

学名：*Vicia sepium* Linn.
科别：蝶形花科

多年生草本，高40—100厘米，茎柔细，攀缘状，被疏柔毛；茎有棱，多分枝。偶数羽状复叶，小叶5—7对，椭圆形至披针形，长0.5—3厘米，宽0.4—1.3厘米；先端钝或微凹，具短尖头，基部圆形，两面被疏毛。复叶顶端有1—3分支之卷须。托叶2—4裂。花序总状，花2—4朵腋生；花冠红色、粉红色或紫色。荚果长圆形或菱形，长2—4厘米，宽0.5—0.7厘米。产于西南、西北各省海拔1000—2000米林下、河滩及灌木丛下。

野菜类

苦

古又名：荼

今名：苦菜；苦苣菜

采苦采苦，首阳[1]之下。

人之为言[2]，苟亦无与[3]。舍旃舍旃[4]！

苟亦无然[5]。人之为言，胡得焉？

采葑采葑，首阳之东。

人之为言，苟亦无从。舍旃舍旃！

苟亦无然。人之为言，胡得焉？

——节录《唐风·采苓》

注解

1. 首阳：山名。

2. 为言：为，音义同伪。为言即指谗言。

3. 与：赞同。

4. 舍旃：舍，舍弃；旃，音詹，之焉二字之合声字。

5. 无然：勿信以为然。

另见

《邶风·谷风》：谁谓荼苦？其甘如荠。

《豳风·七月》：采荼薪樗，食我农夫。

《大雅·绵》：周原膴膴，堇荼如饴。

《周颂·良耜》：其镈斯赵，以薅荼蓼。荼蓼朽止，黍稷
　　茂止。

在《诗经》中"荼"有三种意涵，其一即为苦菜，如《豳风·七月》中的"荼"。第二类"荼"泛指陆生草类，亦可指苦菜，如《周颂·良耜》之"以薅荼蓼"，其中"薅"意为除草，"荼"就是所除的杂草，"蓼"指一般水草，包括水蓼（见本书070—072页）。第三类"荼"则指白色的花，例如《郑风·出其东门》之"有女如荼"及《豳风·鸱鸮》之"予所捋荼"，即所谓的"英荼"，指的是芦苇或白茅之花。苦菜花后结实，果实呈头状排列在总苞上，冠毛白色，果序呈毛球状，亦称"荼"。

苦菜，味稍苦，有清热、凉血、解毒功效，全株供药用，"治面目黄，强力，止困"。嫩叶自古即供作菜蔬，田野及水泽中均可生长，经霜后的植株"甜脆而美"。上古时代栽培蔬菜种类绝少，苦菜到处都有分布，很早就成为经常采食的野菜，不仅贫苦百姓食

野菜类

苦菜嫩叶可供菜蔬，自古至今均为著名的救荒本草及野菜。

用，也成为王公富贾之肴。《唐风》及《豳风》分别提到的采苦
及采荼，所采的苦菜就是作为食用蔬菜。旧时河豚上市时，新荼方
茁，常用苦菜来佐食鱼白。苦菜至今仍是乡间重要的菜肴。

苦菜也是古代调味料的一种，《礼记·内则》："濡豚，包苦
实蓼。"意即腌渍猪肉时用苦菜包裹，并填塞以水蓼，用以去除肉
腥味。

**植物
小档案**

学名：*Sonchus oleraceus* L.
科别：菊科

一年生草本，高约40—50厘米，植株富含乳汁；根纺锤状。叶柔软，羽
状深裂至浅裂，长10—18厘米，宽5—7厘米；叶缘处有刺状尖齿；下
部叶柄有翅，基部扩大抱茎；中上部的叶无柄，基部扩大成耳形。头花在
茎顶排成伞房状，总苞长约10厘米，暗绿色，有腺毛；舌状花黄色，两
性。瘦果长椭圆状倒卵形；冠毛毛状，白色。产于欧亚大陆及台湾地区，
属于世界广布种，多生长在河谷、路旁、山棱等处。

行道迟迟，中心有违²。不远伊迩，薄送我畿³。
谁谓荼⁴苦？其甘如荠。宴尔新昏⁵，如兄如弟。
泾以渭浊，湜湜其沚⁶。宴尔新昏，不我屑以⁷。
毋逝我梁⁸，毋发我笱⁹。我躬不阅，遑恤我后¹⁰？
　　　　　　　　——节录《邶风·谷风》

注 解

1. 荠：音济。
2. 有违：有恨。
3. 不远伊迩，薄送我畿：畿，门限。二句为不劳远送，只送到门口即可。
4. 荼：音图，苦菜，见本书 026—028 页。
5. 宴尔新昏：新婚之喜乐。
6. 湜湜其沚：湜，音时，水清貌；沚，音止，水止时。全句喻弃妇亦曾年轻貌美过。
7. 不我屑以：屑，洁也。全句为不以我为洁。
8. 毋逝我梁：逝，往也；梁，堵鱼坝。
9. 毋发我笱：发，打开；笱，音苟，取鱼之竹器。
10. 我躬不阅，遑恤我后：阅，容纳。二句谓自己都不见容，哪还顾得了离去后之事。

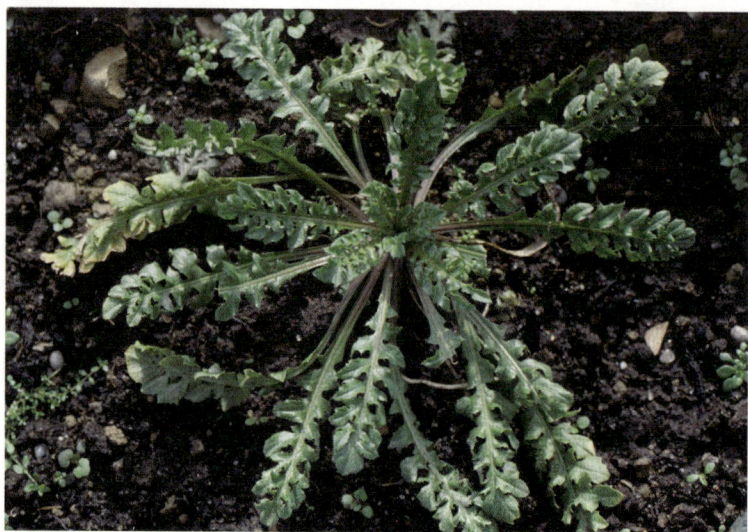

荠自古即为有名的野菜，如《尔雅翼》所言："荠之为菜最甘，故称其甘如荠。"采集嫩株食用，风味特佳，被誉为"野菜中的珍品"。《诗经》也用荠的甘味，来说明甘愿吃苦的心情。陆放翁诗作有《食荠糁甚美，盖蜀人所谓东坡羹也》，蜀人所谓的东坡羹或翡翠羹，就是荠菜所作。

荠菜和其他野菜，如藜（见本书 046—048 页）、苦菜（见本书 026—028 页）、野豌豆（见本书 023—025 页）等都是古人经常食用的植物，早在先秦时代就已视为常蔬。春秋战国时代，如《楚辞·九章》所言："故荼荠不同亩兮。"表示荠菜和苦菜已经有大面积的栽培。肉吃多了，可吃荠菜来清涤肠胃，故又有"净肠

荠菜嫩株风味特佳，有「野菜中的珍品」之誉，果实呈倒三角形或倒心状三角形。

草"一名。《食疗本草》谓荠菜"补五脏不足"、"功能和脾、利水、止血、明目"，可口又益身，自古至今都视为食疗菜蔬。中国内地至今尚有荠菜栽培，饭馆供应荠菜汤、荠菜水饺等，以飨老饕。

荠菜有大小数种，"小荠花叶茎扁"，味道较美，指的应该是一般的荠菜；"大荠"味道较差，可能是葶苈类（*Draba* spp.）或其他十字花科植物。荠菜据云还有更奇特的用途，如苏东坡《物类相感志》："三月三日收荠菜花置灯檠上，则飞蛾蚊虫不投。"作为驱虫剂使用。

植物小档案

学名：*Capsella bursa-pastoris*（L.）Medic.
科别：十字花科

一年或二年生草本，高10—50厘米；茎直立。基生叶呈莲座状，羽状分裂，长可达12厘米，宽2—5厘米，裂片3—8对；浅裂或不规则粗齿缘，或近全缘。茎生叶基部箭形，抱茎。总状花序顶生或腋生；花瓣白色，有短爪。短角果倒三角形至倒心状三角形，长0.5—0.8厘米，宽0.4—0.7厘米，扁压。广泛分布于欧洲、亚洲及非洲。

竹

今名：萹蓄；竹叶草；扁竹

瞻彼淇奥[1]，绿竹猗猗[2]。

有匪[3]君子，如切如磋，如琢如磨。

瑟兮僩兮[4]，赫兮咺兮[5]，有匪君子，终不可谖[6]兮。

瞻彼淇奥，绿竹青青。

有匪君子，充耳琇莹[7]，会弁[8]如星。

瑟兮僩兮，赫兮咺兮，有匪君子，终不可谖兮。

——节录《卫风·淇奥》

注 解

1. 淇奥：奥，音玉，淇奥即淇水弯曲处。

2. 绿竹猗猗：绿为荩草，见本书268—271页；猗，音依，
   美盛貌。

3. 有匪：匪通斐，指文彩斐然。

4. 瑟兮僩兮：瑟，庄重；僩，音现，勇武威严。

5. 赫兮咺兮：赫，明也；咺，音选，举止雍容大方。

6. 谖：音喧，忘记。

7. 充耳琇莹：充耳为玉饰，古人用以塞耳；琇莹，美石。

8. 会弁：会，聚合；弁，音变，皮帽。

另 见

《卫风·淇奥》：瞻彼淇奥，绿竹如箦。

  竹为萹蓄的说法见之《尔雅》："竹，萹蓄也。"《尔雅注》进而说明，此"竹""似小藜赤茎节，好生道旁，可食，又杀虫"。陶景弘的《本草注》也说：此草"处处有，布地而生，节间白华，叶细绿，人谓之扁竹"。萹蓄"苗似石竹，叶嫩绿如竹"，故有"竹"或"扁竹"之称。

  《韩诗》《鲁诗》均谓《卫风》之竹为"萹筑之生于水者"，萹筑即扁竹。郦道元《水经注》更说明："淇川无竹，惟王刍、萹草。"意为淇川之地不产竹，只产王刍（荩草）与萹草（萹蓄）。吴其濬的《植物名实图考》也说："淇澳之竹，古训以为萹蓄。"综合各家见解，《卫风·淇奥》篇之竹者，应为萹蓄。

  萹蓄在大陆的阴湿地均可见其生长，也常见于台湾。《救荒本草》说萹蓄"苗叶味苦"，是古代的食用植物。但食用时"采苗叶，煤熟，水浸淘净，油盐调食"，可见滋味不佳，不是主要野菜，应为荒年时不得已食用充饥的菜蔬。

萹蓄生长于田间、沟边湿地，叶嫩绿如竹。

此外，根据相反的意见，认为本篇的"竹"应为竹笋之竹的有《毛诗》和《朱传》等，这些学者认为汉代之前，淇、澳之地竹类仍多，只是后代开土辟疆而大量砍伐，导致在汉朝以后，淇水附近已不复见竹类踪迹。根据《卫风·竹竿》："籊籊竹竿，以钓于淇。"还是用竹竿在淇水垂钓。因此，本篇之"竹"仍可解为竹类。

植物小档案

学名：*Polygonum aviculare* L.
科别：蓼科

一年生草本，茎平卧至直立，自基部分枝，枝具棱。叶片互生，椭圆形至披针形，长1—4厘米，宽0.3—1厘米，先端钝或急尖；基楔形，背面侧脉明显；全缘。叶鞘膜质，白色。花单生或数朵簇生叶腋；花被5深裂，绿色，边缘白色或淡红色；雄蕊8；花柱3。瘦果卵形，具3棱，长0.3厘米，黑褐色，密被细条纹。分布于全中国各地及北温带海拔10—4000米之田间、沟边湿地。

野菜类

蒲

今名：香蒲

彼泽之陂[1]，有蒲与荷。有美一人，伤如之何？

寤寐无为[2]，涕泗滂沱。

彼泽之陂，有蒲与蕑[3]。有美一人，硕大且卷[4]。

寤寐无为，中心悁悁[5]。

彼泽之陂，有蒲菡萏。有美一人，硕大且俨[6]。

寤寐无为，辗转伏枕。

——《陈风·泽陂》

注 解

1. 陂：音杯，水泽堤岸。
2. 寤寐无为：寤，醒；寐，睡着；无为指无心做事。全句
   意为："日夜相思，什么也不想做。"
3. 蕑：音坚，一般都指泽兰，这里指荷花。
4. 硕大且卷：身姿丰满姣好。
5. 悁悁：音娟，忧思。
6. 俨：端庄。

另 见

《小雅·鱼藻》：鱼在在藻，依于其蒲。

《大雅·韩奕》：其蔌维何？维笋及蒲。

香蒲是湿地的重要指标植物，各地池塘、河边均可见之。果实细小，基部附有长毛，会随风飘散，非常容易四处散播，常在沼泽地带成片生长，极具观赏价值。花有毛茸，收集后可充为填充物，谓之"蒲绒"。花粉供药用，称为"蒲黄"，有行瘀利尿的功效。

香蒲的白色茎部称为"蒲笋"，自古以来即供食用，腌制后即成《周礼》所谓之"蒲菹"，为重要祭典祀物；或浸醋而食之，味道鲜美，至今仍为重要蔬菜。此即《大雅·韩奕》："其蔌维何？维笋及蒲。"与笋对仗之蒲，应即"蒲笋"。

《王风·扬之水》提及之"蒲"或解为杨柳科的蒲柳或旱柳

香蒲生长在沼泽地，秋冬之际，香蒲果实成熟，种子向四周飘散。

（见本书 369—372 页），该篇前二章之"不流束薪"和"不流束楚"中的薪、楚均为炊薪之用，对应之下，诗中的"束蒲"也可以解为"捆起来的蒲柳"。蒲柳为灌木，供薪材之用。但其他各篇，如《陈风·泽陂》《小雅·鱼藻》《大雅·韩奕》都说"蒲"与水泽、鱼类、荷花有关，似应解为香蒲。

蒲又可解为"蒲草"，今之蔗草或席草 [*Schoenoplectus triqueter*（L.）palla，见本书 407—409 页]，是古今织席制包及器具的主要材料。《陈风·泽陂》《小雅·鱼藻》所引之"蒲"，解为蒲草也通。

植物小档案

学名：*Typha latifolia* L.
科别：香蒲科

多年生泽生草本，地下茎白色，粗壮，有节。叶基部有长鞘包围茎部，叶片带状，长 30—50 厘米，宽 1—1.5 厘米，平滑柔软。圆柱形之穗状花序；花极小，单性，无花被；雌雄花紧密相连接，雄花在上，雌花在下；雄花雄蕊 2—4 枚；花粉粒为四合体；雌花白毛比花柱短，不孕雌蕊棍棒状。分布于东北、华北、华中、华南各地。

野菜类

莫

今名：酸模

彼汾沮洳[1]，言采其莫。

彼其之子，美无度[2]；美无度，殊异乎公路[3]。

彼汾一方[4]，言采其桑。

彼其之子，美如英[5]；美如英，殊异乎公行[6]。

——节录《魏风·汾沮洳》

注 解

1. 汾沮洳：汾，音坟，水名；沮洳，音居入，低湿之地。
2. 美无度：好美饰而无节度。
3. 公路：官名，掌管国家路车者。
4. 一方：一旁。
5. 英：花。
6. 公行：官名，主兵车之行列者。

陆玑《毛诗草木鸟兽虫鱼疏》云："莫，茎大如箸，赤节，节一叶，似柳……其味酢而滑。始生可以为羹，又可生食。"《植物名实图考》形容为"极似羊蹄而味醋"，说明本植物外形类似羊蹄，但茎叶较小、颜色黄绿、全株味酸，因称"酸模"。古人采集食

酸模常生长在低湿地，各地的空旷处也可见到。 叶酸美，可作菜蔬及药材。

用，生吃、煮食皆可。植株的酸味来自所含之大黄酸（Chrysophanic acid），可用来治疗疥癣、汗斑等皮肤病。《本草纲目》早已收录本植物，说叶"味咸温无毒，主轻身益气"，"其根赤黄色，连根叶取汁炼霜，可制雄汞"。幼苗可生食，又可作羹，是古代的野菜之一。《本草拾遗》称酸模又名"山大黄"，说其"叶酸美，小儿折食其英"，连儿童都喜欢摘食，可见其味美。

酸模生于开阔山野，分布范围极广，但生长在湿地者，其茎叶较嫩，且植株较高大，最适合采食。本篇之"汾沮洳"，意即汾水流经的低湿地，在此采得的酸模应为供菜蔬食用。

今天视为野草与杂草的不少植物，如酸模、羊蹄（见本书057—059页）、羊带来（见本书008—011页）等，在古代常采集供食用，这是因为当时农业以栽种五谷类为主，蔬菜较少人工栽培，因此采集野菜应是当时妇女的一项平日活动。除了作为菜蔬，《诗经》时代可能亦采集酸模作为药材。

植物小档案

学名：*Rumex acetosa* L.
科别：蓼科

多年生草本，根为须根；茎具深沟槽。基生叶和茎下部叶箭形，长5—12厘米，宽2—4厘米；全缘或微波状。叶柄长2—10厘米。茎上部叶片较小。花序狭圆锥状，顶生；雌雄异株，花梗具关节；花被6，排成二轮。瘦果椭圆形，具3锐棱，长约0.2厘米，黑褐色，有光泽。分布于中国大陆各省海拔400—4000米之山坡、林缘、路边，韩国、日本、俄罗斯、欧洲、美洲均有产，台湾全岛空旷废弃地也可见之。

六月食郁¹及薁²，七月亨葵及菽³，

八月剥枣，十月获稻。

为此春酒，以介眉寿。

七月食瓜，八月断壶，九月叔苴。

采荼薪樗，食我农夫。

————节录《豳风·七月》

注 解

1. 郁：郁李，见本书 210—212 页。

2. 薁：音玉，细本葡萄，见本书 213—216 页。

3. 菽：音叔，大豆，见本书 123—127 页。

"葵"即冬葵，在冬春之际开花，因谓之冬葵。《说文解字》云："葵，菜也。"自古就是重要的蔬用植物，以幼苗及嫩叶作菜，即《本草纲目》所云："古者，葵为五菜之主。"植株耐旱，味甘而无毒，供食之余，还可以泡制为腌菜，堪称为"蔬菜之上品"。《齐民要术》有"种葵法"，说明葵在古代是重要的经济植物，但《诗经》时代尚未大量栽植，采食以野生者为主。

野菜类

冬葵本来应该是八九月栽种，冬末春初采集的植物，但《豳风·七月》列为七月采集和烹煮。因此李时珍认为"冬葵"是古人常食的蔬菜，应早已栽培出不同时期栽种及收成的品种。七月采食的品种应当是五六月栽种的"秋葵"品种。冬葵古时常见栽培，但自明代以后已经很少栽培食用。

葵在春秋时代以前是"百菜之王"，自古即用来佐食，唐宋以后，食者渐少。元代学者王祯的《农书》尚列葵在"蔬属"之下，谓："味甘而无毒，供食之余，可为菹腊。"但到明代李时珍的《本草纲目》，葵已由菜部移至草部隰草类，原因是"今不复食之，故移入此"。

冬葵自古就是药用植物。《食疗本草》谓孕妇临产，若煮冬葵食之，可使"胎滑易生"；根主治恶疮。冬葵子"味甘，主五脏六腑寒热，利小便，补虚"，《神农本草经》列为上品药材。包括

古人采集冬葵的幼苗及嫩叶作为菜蔬，说"葵为百菜之王"。

《诗经》时代的古人采集冬葵，除了当蔬菜食用之外，应该也当药材使用。

《毛诗名物图说》认为"葵"指的是落葵科的落葵（*Basella alba* L.），古称"蔜葵""蘩露"。原产于亚洲热带地区，引进中国的时间很早，但在《诗经》时代，中国北方应无分布。

植物小档案

学名：*Malva verticillata* L.
科别：锦葵科

二年生草本，茎直立，高可达80厘米，被星状长柔毛。叶互生，肾形至圆形，径5—9厘米，掌状5—7浅裂，基部心形，两面被粗糙伏毛或光滑。叶柄长2—8厘米。花丛生叶腋花小，淡红色，径约1厘米；花瓣5，倒卵形，先端凹。蒴果扁圆形，成熟时心皮分离并且会自中轴脱离。分布于亚热带至北温带，包括中国各省、印度、缅甸及欧洲等。

野菜类

莱

今名：藜

抑¹此皇父，岂曰不时²？胡为我作³，不即我谋⁴？

彻⁵我墙屋，田卒污莱。

曰："予不戕⁶，礼则然矣。"

——节录《小雅·十月之交》

注 解

1. 抑：发语词。
2. 时：是。
3. 胡为我作：胡为，何也；作，役使。
4. 不即我谋：不和我商量。
5. 彻：毁坏。
6. 戕：音强，害也。

另 见

《小雅·南山有臺》：南山有臺，北山有莱。

　　"莱"可蒸煮作菜，即《朱传》云："莱，草名。叶香可食者也。"今名藜，嫩叶及幼苗是古代主要的一种蔬菜，唐宋诗人犹歌咏之，如王维"蒸藜炊黍饷东

藜植株呈灰白色，故称"灰菜"。花极小，在茎上簇生，嫩叶常作为蔬菜食用。

馏", 意为蒸藜为菜、煮黍为饭, 以便送去给田里工作的人食用, 可证藜为古代常吃的蔬菜。藜经常和藿(豆叶)一起出现在古文诗句之中, "藜藿之羹"代表简单朴实的食物, 向为古昔贤者所爱。

藜叶背面有灰色颗粒, 因此又名"灰菜"。藜一名出自《礼记》, 灰菜之名则出自《救荒本草》, 至今两个名称仍旧并用。《救荒本草》曰灰菜"生田野中, 处处有之", 无论大江南北、平野山坡, 只要是空隙的向阳地, 特别是废耕不久的田地, 常见大片藜的生长。不但分布于中国各省区, 也分布于世界各大洲。由于藜不择土宜, 到处可见, 成为贫苦人家常进食的野菜。果实成熟后, "采子捣为米", 可以磨成粉作饼蒸食, 是理想的救荒植物。

全株可入药, 能止泻、止痢、止痒, 明代李时珍《本草纲目》也有记载。种子可煮为饭及榨油, 北方地区常采其种子备荒。古籍多说其老茎"轻而有致"可以做手杖, 上漆后又可耐久, 称为藜杖。事实上, 制作藜杖的"藜"为同属另一种较高大的植物, 称为杖藜(*Chenopodium giganteum* D. Don)。古代采集供蔬食的藜属植物, 也包括杖藜的嫩苗。

**植物
小档案**　学名: *Chenopodium album* L.
科别: 藜科

一年生草本, 茎有棱及紫红色条纹, 多分枝。叶菱状卵形至披针形, 长3—6厘米, 宽2.5—5厘米; 先端急尖或钝, 基部楔形, 叶背灰绿色, 有粉粒。叶柄细长。花簇生成腋生及顶生圆状花序; 花小, 黄绿色。胞果为宿存花被所包, 果皮薄。种子横生, 凸镜形, 径0.1厘米。分布于欧洲、亚洲及其他旧大陆, 台湾全岛荒废地及开阔地均可见之, 常成片生长。

莪[1]

今名：播娘蒿

菁菁者莪，在彼中阿[2]。既见君子，乐且有仪。

菁菁者莪，在彼中沚[3]。既见君子，我心则喜。

菁菁者莪，在彼中陵。既见君子，锡我百朋[4]。

泛泛[5]杨舟，载沉载浮。既见君子，我心则休[6]。

——《小雅·菁菁者莪》

注 解

1. 莪：音鹅。
2. 阿：弯曲处。
3. 沚：音止，可以止息的小沙洲。
4. 锡我百朋：锡，赐也；朋，古者以贝为币，五贝为一串，两串为一朋。
5. 泛泛：浮动貌。
6. 休：喜。

另 见

《小雅·蓼莪》：蓼蓼者莪，匪莪伊蒿。

蓼蓼者莪，匪莪伊蔚。

野菜类

又称萝蒿、廪蒿、莪蒿、布娘蒿，《本草纲目》称"抱娘蒿"。嫩茎叶可生食或蒸食，味道"香美，颇似蒌蒿"，是一种滋味不错的野菜，茎老时则连根拔起，晒干作为薪材。莪"叶碎，有茸细如针"，外形似青蒿（见本书544—546页），叶色泽较灰绿，故有"蒿"之名。西北地区居民，至今仍采集嫩苗、幼枝叶作蔬菜，或制成水饺馅供食。

莪与青蒿枝叶很类似，容易混淆，但两者隶属于不同科，花果构造完全不同。蒿属菊科，花序头状，为合瓣花，果为干质的瘦果；莪属十字花科，花瓣四片、离瓣，果实为角果。莪根大而壮，与众蒿大不相同；因叶基抱根丛生，所以称"抱娘蒿"。种子供药用，药材名"南葶苈子"。

在华北地区，"莪"是有用的植物，"蒿"则是生长在荒地的杂草。《小雅·菁菁者莪》中三句，均以"莪"起兴，以生长茂盛的莪蒿来比喻人才之辈出。《小雅·蓼莪》两句则喻父母生我，期许我成为美材，可赖以终生。但我却不成器，辜负父母的期望，终究长成无用的杂草。感叹自己已非有用的"莪"，而是不堪造就的"蒿"与"蔚"（牡蒿，见本书550—552页），强烈表现出对父母的悲悼与怀思。后世以"蓼莪之思""蓼莪废读"表达孝子思亲及丧亲之痛，典故即出于此。

植物小档案

学名：*Descurainia sophia*（L.）Webb. ex Prantl
科别：十字花科

一年生草本，茎直立多分支，密被灰色柔毛，植株呈灰白色。叶狭卵形，长3—5厘米，宽2—2.5厘米，二回至四回羽状深裂，裂片狭线形；上部叶无柄，下部叶有柄。花淡黄色，径约0.2厘米。长角果狭线形，长2—3厘米，宽约0.1厘米，无毛。分布于华北、西北、华东、四川、欧洲、非洲北部及北美均产之，生长在田野及潮湿之处。

芑[1]

今名：苦荬菜；山莴苣

薄言[2]采芑，于彼新田，于此菑亩[3]。

方叔[4]莅止，其车三千，师干之试[5]。

方叔率止，乘其四骐[6]。

四骐翼翼[7]，路车有奭[8]。簟笰鱼服[9]，钩膺鞗革[10]。

——节录《小雅·采芑》

注 解

1. 芑：音起。

2. 薄言：语词。

3. 菑亩：菑，音兹，新垦一年之田称为菑亩。

4. 方叔：大将军之名。

5. 师干之试：师干，御敌之军。全句为大军演练。

6. 骐：青底黑纹的马。

7. 翼翼：马健壮貌。

8. 奭：音士，赤红色。

9. 簟笰鱼服：簟，音店，竹席；笰，音扶，车帷；鱼服，以鱼兽皮制成的箭袋。

10. 钩膺鞗革：钩膺，马腹上的带子；鞗，音条，鞗革指辔首。

另 见

《小雅·采芑》：薄言采芑，于彼新田，于此中乡。

　　植物体有白汁，茎叶可生食及蒸食，味苦回甘，自古即视为野蔬中的佳品。《朱传》认为"芑"即苦菜（见本书 026—028 页），苦菜和苦荬菜外形相似：叶多基生，舌状花均黄色，果实的冠毛皆白色。但两者隶于不同属，仅微细构造不同，若非植物专家或乡村农民很难区分得出来。陆玑《诗疏》说"芑似苦菜"，是正确的描述。

　　全中国几乎都有分布，乡间采集当野菜进食，"味苦回甘，野

蔬中之佳品也"，又名甜苣。苦荬菜多采自野地，"俗名老鹳菜。所在有之，生田野中"。也有在自家田圃中栽种者，称为"家苦荬"，系从田野选出较细嫩可口的品种而精致栽培出来，质量较产于野地者为佳。所谓："沃土浇溉，形味稍异。"至于西河（春秋狄地，在今山西河津地区）产者尤佳，据说"胡人恋之，不出塞"。除可供人食外，也经常用来饲养牲畜，"军行采之，人马皆可食也"。

苦荬菜的种子很多，上有白色冠毛，常随风飘送，因此会自生于开阔地及新垦的田地，正如《小雅·采苣》所言："薄言采苣，于彼新田。"诗中所采之苣，也是作为蔬菜食用。

山莴苣也被视为"苣"的别种。

山莴苣 [*Pterocypsela indica*（L.）Shih] 的茎叶形态、用途等有如苦荬菜，也常当成野菜采食，茎叶也用于喂食牲畜，应是"荼"的别种。

**植物
小档案**

学名：*Ixeris polycephala* Cass.
科别：菊科

一年生草本，茎直立，高可达 80 厘米。基生叶线形至线状披针形，长 7—12 厘米，宽 0.5—0.8 厘米，叶两面光滑无毛。头花在枝顶排成狭伞房状花序，总苞圆筒状，长约 0.5 厘米，苞片 3 层；黄色舌状花约 10—25 枚。瘦果为长椭圆形，冠毛白色。产于华北、华中、华东、华南以及西南各省之山坡、林缘、田间，日本、中南半岛、印度均有分布。

蓫[1]

今名：羊蹄

我行其野，蔽芾其樗[2]。昏姻之故，言就尔居。

尔不我畜[3]，复[4]我邦家。

我行其野，言采其蓫。　昏姻之故，言就尔宿。

尔不我畜，言归斯复。

——节录《小雅·我行其野》

注 解

1. 蓫：音竹。
2. 蔽芾其樗：芾，音废，蔽芾为茂盛貌；樗，音出，臭椿，见本书 355—357 页。
3. 畜：收容。
4. 复：返也。

　　陆玑的《诗疏》说："蓫，牛蘈。扬州人谓之羊蹄。"古又称"秃菜"，《诗经》《神农本草经》均列有本植物，可见羊蹄和中国人之间的关系极为久远。仲春时发新芽，古人采嫩叶为菜，但是羊蹄味苦性寒，"滑而不美"，吃多了会下痢。因此"蓫"被视为恶菜，大概只有荒年时充当救荒之用。

野菜类

《救荒本草》视本种植物为重要的救荒植物，苗称"猪耳朵"。古代粮食不足，如遇上天灾，必须想尽办法在周围环境中找寻可以果腹的食物，只要没有毒性，植物是否可口已不足考虑，也因此在《诗经》中有不少味道苦涩的野菜种类。

　　《小雅·我行其野》共有三章，每一章的"我行其野"下句，都用一种植物起兴。第一章用的是樗（臭椿），第二章用的是蓫（羊蹄），第三章用的是葍（旋花，见本书060—063页），这三种植物在古代均在"恶木"或"恶菜"之列。

　　羊蹄叶可用来擦拭石器，《本草图经》云采根汁涂疥癣，有疗效，并用以除热、凉血、止血及治疗女子阴蚀（妇女前阴部溃疡，或痛或痒）。种子谓之"金乔麦"，古代方士及烧炼家用来"制铅汞"。成熟的种子磨成粉，以开水淘洗三到五次可煮成饭食，也是荒年食物。

羊蹄果序集中在茎顶，形成圆锥状。古人采嫩叶为食，但「滑而不美」，吃多了会下痢。

植物小档案

学名：*Rumex japonicus* Houtt.
科别：蓼科

多年生草本，茎直立不分枝。基生叶有长柄，叶长椭圆形至卵状长椭圆形，长10—25厘米，宽4—10厘米；先端钝，基心形，边缘有波状皱折。茎生叶较小，柄短。托叶鞘状，膜质。圆锥状花序；花被片6，排成2轮。瘦果阔卵形，有3棱，黑褐色，有光泽。分布于大陆东北、华北、陕西、华中、华南、四川以及贵州各省，日本、朝鲜半岛及台湾全岛亦有产，生长在田间、河滩、草地及沟边湿地。

野菜类

葍[1]

今名：旋花

我行其野，言采其蓫[2]。昏姻之故，言就尔宿。

尔不我畜[3]，言归复斯。

我行其野，言采其葍。　不思旧姻，求尔新特[4]。

成不以富，亦祇以异[5]。

——节录《小雅·我行其野》

注 解

1. 葍：音福。

2. 蓫：音竹，羊蹄，见本书 057—059 页。

3. 畜：收容。

4. 特：配偶。

5. 异：新异，有见异思迁之意。

　　葍又称旋葍、蔓或葍茅，花称为"旋葍花"，《尔雅》称"葍"，今名旋花。北方田野甚多，夏秋之际开花，"花似牵牛花微短"，和牵牛花同属旋花科，两者有相似之处，红花、白花遍生田野，很难锄治，属于原野杂草。

　　旋花根甚多，如小指粗，长度可达 50 厘米，色白，可直接蒸煮或晒干杵碎磨成粉烘烤烧饼。但《救荒本草》说"久食则头晕破腹"，仅能间隔进食。一般只有荒年或流浪无依的穷人才会采集供食，平常被认为是"恶菜"。《小雅·我行其野》即借由旋花这种恶菜，用来比喻遇人不淑或遭人遗弃的处境。

"葍"也指同属植物打碗花（*Calystegia hederacea* Choisy），"叶似山药而狭"，开粉红色花，根也很多，自古亦采集供炊食。此外，被视为"葍"的植物还包括茎被柔毛、叶细且开红花的藤长苗 [*C. pellita* (Ledeb.) G. Don]，和全株被柔毛的毛打碗花 [*C. dahurica* (Herb.) Choisy] 等同属植物。

近代植物学家耿煊则认为"葍"为商陆科的商陆（*Phytolacca acinosa* Roxb.）。此外，《尔雅注疏》以本植物有白色块根，解"葍"为萝卜。但是两者都不如解为旋花来得贴切。

植物小档案

学名：*Calystegia sepium*（Linn.）Prodr.
科别：旋花科

多年生缠绕草本，茎有细棱，全株有乳汁。叶形变化大，三角状卵形至阔卵形，长5—10厘米，宽2—5厘米；先端渐尖，基部戟形至心形，全缘或基部2—3齿裂。花单生叶腋；花冠漏斗状，白色，有时粉红色。蒴果卵形，长约1厘米，为宿存苞片和萼片所包种子黑褐色。全大陆各地区均产，分布于海拔100—2000米的开阔地、林缘等，亦广泛产于北美洲、欧洲、印度尼西亚、澳大利亚等地。

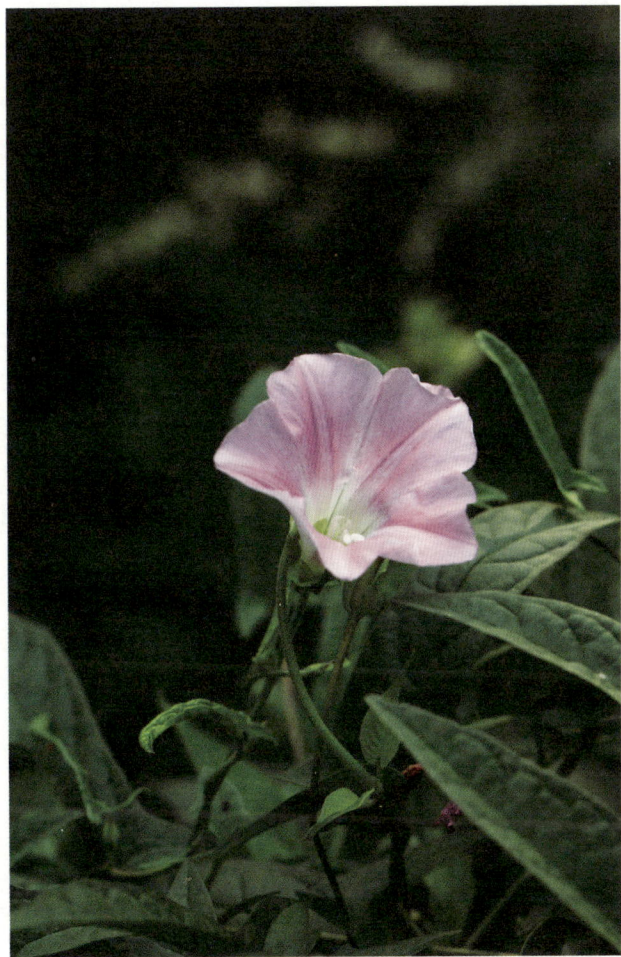

打碗花也可能是《诗经》所说的"葍"，开粉红色的漏斗形花。

野菜类

芹

今名：水芹

觱沸[1]槛泉，言采其芹。君子来朝，言观其旂[2]。
其旂淠淠[3]，鸾声哕哕[4]。载骖载驷[5]，君子所届。

——节录《小雅·采菽》

注 解

1. 觱沸：觱，音必。觱沸为泉水涌出貌。
2. 旂：音其，上绘龙和竿头系铃的旗子。
3. 淠淠：音辟，飘动貌。
4. 哕哕：音惠，车铃声。
5. 载骖载驷：骖，音餐，一车驾三马；驷，音四，一车驾四马。

另 见

《鲁颂·泮水》：思乐泮水，薄采其芹。

  芹《本草经》作"靳"，常在水田沟渠旁和潮湿处成群集生，称为水中芹菜。嫩茎及叶柄可供食用，所以《小雅·采菽》和《鲁颂·泮水》均有采芹之句。水芹自古即为菜蔬，其性冷滑如葵，故《尔雅》谓之"楚葵"。在农历二三月开花时，可采集腌制或煮熟

后食之。

《吕氏春秋》云："菜之美者，云梦之芹。""云梦"是原楚地大泽，"芹"即水芹，上文表示云梦大泽当地所生产的水芹质量最好，是上选的蔬菜。楚地有蕲州、蕲县之名，均因盛产水芹之故，如宋代罗愿《尔雅翼》云："地多产芹，故字从芹，蕲亦音芹。"水芹在中国境内的水泽地到处可见，因此《诗经》时代可能无须人工栽培。《齐民要术》有"种芹"章，水芹已经有栽培纪录。其后元代出版的《农桑辑要》、清代出版的《三农纪》等都有载录，视为重要蔬菜栽植。

水芹也是古代祭祀所用的一种植物，《周礼·天官》记载："醢人掌四豆之实……加豆之实，芹菹兔醢。""醢人"为官名，"四豆"谓祭祀时分四次进献装有"芹菹兔醢"的木制容器。其中的"芹菹"就是腌制的水芹（酱芹菜），取根、茎叶均可作"菹"。

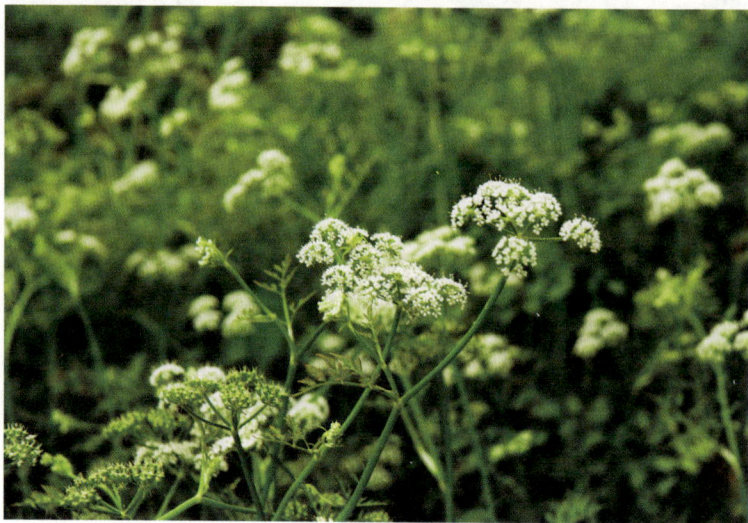

水芹常在水田及潮湿地成群集生，花序呈伞形分枝，每一分枝末端的花亦排成伞形。

　　"芹"有时亦指野生的旱芹 [*Apium graveoleus*（L.）var. *dulce* DC.］。目前广泛栽植的食用芹菜，原产欧洲、北非、西亚，未引进中国之前，古人食用的"芹"，都指水芹。水芹在古代也被视为药用植物，《神农本草经》列为中品药材，主治女子红白带、止血养精、保血脉等。

植物小档案

学名：*Oenanthe javanica*（Blume）DC.
科别：伞形花科

多年生草本，茎基部匍匐。基生叶三角形至三角状卵形，一至二回羽状分裂；裂片或小叶长 2—5 厘米，边缘有整齐尖齿。复伞形花序顶生；花白色。果为分果，椭圆形或近圆锥形，长 0.2 厘米，果棱显著凸起。分布于全中国、朝鲜半岛、日本、中南半岛、印度，生长在湿地及水沟旁。

周原朊朊[2]，菫荼如饴[3]。爰[4]始爰谋，爰契[5]我龟。

曰止曰时，筑室于兹。

迺慰[6]乃止，迺左迺右；迺疆迺理[7]，迺宣[8]迺亩。

自西徂[9]东，周爰执事[10]。

——节录《大雅·绵》

注 解

1. 菫：音仅。
2. 朊朊：音五，肥沃貌。
3. 菫荼如饴：荼，苦菜，见本书 026—028 页；饴，音移，糖浆。
4. 爰：于是。
5. 契：刻。
6. 迺慰：迺，音义同乃；慰，安居。
7. 迺疆迺理：疆为划分大地界；理为细分小区。
8. 宣：开垦。
9. 徂：读为粗之第二声，往也。
10. 周爰执事：在周地执行事务。

　　菫又称"菫葵"，《尔雅》称"苦菫"，今名石龙芮，又名回回蒜。《本草经》说："石龙芮，味苦。"

《本草纲目》也说："苗作蔬食，味辛而滑。"吃起来辣又滑，所以又名"椒葵"。江淮人于农历三四月间采嫩苗，水煮后去其苦辣味，蒸晒成黑色作菜蔬食用。

石龙芮四五月开黄花，果实状如桑椹。即《救荒本草》所云："结穗如初生桑椹子而小，又似初生苍耳实亦小，色青，味极辛辣。"

郭璞《尔雅注》云"堇荼如饴"之堇，"今堇葵也，叶似柳，子如米，汋食之滑"。《救荒本草校注》说回回蒜（*Ranunculus chinensis* Bge.）一名水胡椒，"味极辛辣"，和石龙芮同科同属；有学者认为"堇"应为 *R. japonicus* Lang。两者和石龙芮均为同属植物，植物性状相类，都是辛辣的野菜。

本篇以堇、荼两种植物来描写"甘之如饴"的心情，这两种植

石龙芮植株有苦辣味，嫩叶经水煮后才可食用。花黄色，果由许多小果集生成聚合果。

物虽然可食，但前者辛辣，后者味苦，均为不易入口的菜蔬。《诗传名物集览》与《植物名实图考》等书将本篇的"堇"解成堇菜（*Viola verecunda* A. Gray）或其他同属植物，但《唐本草》及《食疗本草》皆言"堇菜味甘"，明显与本篇文意不符。也有学者解"堇"为乌头（*Aconitum carmichaeli* Debx.），乌头为有毒植物，误食后可能致死，也不合乎"堇荼如饴"所表达的意涵。

植物小档案

学名：*Ranunculus sceleratus* L.
科别：毛茛科

一年生草本，茎疏生短柔毛或光滑。基生叶具长柄，叶阔卵形，径 0.7—3 厘米，3 深裂，有时深达基部，裂片再 2—3 裂或疏圆齿。花序聚伞状；花小，萼片 5，瓣 5，黄色，基部有蜜槽；雄蕊 10—20，心皮 70—130。聚合果椭圆形，长 0.7 厘米；瘦果扁压。广泛分布于日本、中国、琉球、越南、北美等地。

野菜类

蓼[1]

今名：水蓼

予其惩，而毖[2]后患。莫予荓蜂[3]，自求辛螫。
肇允彼桃虫[4]，拼[5]飞维鸟。未堪家多难，予又集于蓼。

——《周颂·小毖》

注 解

1. 蓼：音瞭。
2. 毖：音必，慎防。
3. 荓蜂：荓，音平，使也。荓蜂谓使之成为毒蜂。
4. 桃虫：鹪鹩。
5. 拼：音判，奋力。

另 见

《周颂·良耜》：其镈斯赵，以薅荼蓼。荼蓼朽止，黍稷
茂止。

　　蓼属植物种类繁多，生育地条件各不相同，水蓼
生长于浅水泽中，故名"水蓼"。植株含有辛辣挥发
油，如水蓼二醛、异水蓼二醛和酮类成分。故水蓼的
茎叶辛辣，为五辛（葱、蒜、韭、蓼、芥）之一，是

水蓼生长在浅水泽中，叶细长，花序的花疏松排列，是古代重要的香辛调味料。

古代的调味食料。烹煮"雉、豚、鱼鳖"时，必须用水蓼填充在腹部以去除膻味；煮食"鹑羹、鸡羹"也用水蓼当佐料，其去腥用途有如今天的葱、姜和蒜。除了调味，水蓼古时又用作治疗毒蛇咬伤，"捣敷之，绞汁服，止蛇毒入内"。

《楚辞》有"蓼虫不知徙乎葵菜"之句，其"蓼"也是指水蓼，说的是蓼味辛辣、葵味甘，虫各安其所，不会相互迁徙。

《小旻》篇所云"予又集于蓼"，即表示辛苦之意，又因以呼应前句"未堪家多难"之"多难"二字。《良耜》篇"以薅荼蓼"之"薅"为拔草，全句是拔除荼（苦菜，见本书026—028页）和水蓼等水陆杂草。

水蓼的分布极广，几乎全世界各洲的水塘沼岸均可见。中国境内各湖泊水域，各种蓼类也所在多有，而水蓼是其中最普遍的种类。古代生齿不繁，植物生育地少被破坏干扰，水蓼无须人工栽培，到处可取得。

植物小档案

学名：*Polygonum hydropiper* L.
科别：蓼科

一年生草本，生沼泽、水边及山谷湿地。叶披针形至椭圆状披针形，长4—8厘米，宽0.5—2.5厘米；顶端渐尖，基部楔形，两面无毛，被褐色小点，叶全缘，具缘毛；叶具辛辣味。总状花序且花稀疏，下垂；花具苞片，每苞片3—5花；花被5，白色或淡红色，被黄褐色透明腺点。瘦果卵形，长0.2—0.3厘米，凸镜状或具3棱，密被小点，黑褐色，包于宿存花被内。分布于中国各地、韩国、日本、印度尼西亚、印度，以及欧洲、北美。

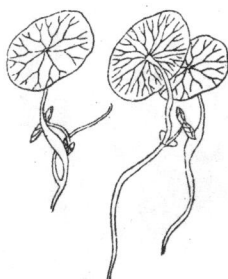

茆[1]

思乐泮水，薄[2]采其茆。鲁侯戾[3]止，在泮饮酒。
既饮旨酒[4]，永锡难老[5]。顺彼长道，屈此群丑[6]。

——节录《鲁颂·泮水》

注 解

1. 茆：音卯。
2. 薄：语词。
3. 戾：到、至。
4. 旨酒：美酒。
5. 永锡难老：已饮美酒，可赐其不易老（即长寿）。
6. 群丑：谓外族。

"茆"解为莼菜，是根据陆玑《毛诗草木鸟兽虫鱼疏》所说："茆与荇菜相似，叶大如手，有肥者着手中，滑不得停……江南人谓之莼菜。"嫩叶与嫩茎被覆黏液，滑润爽口，古人取此滑柔的莼菜嫩枝叶作羹。

莼菜多生长在南方湖泽之中，农历三四月嫩茎未长叶，细如钗股时采食最宜。莼和荇菜（荅菜，见本书005—007页）相似，嫩叶、叶柄及嫩茎均可食，

嫩叶与嫩茎均相当可口，"莼羹鲈烩"这道美食就是取莼菜的嫩叶作羹。

生食、熟食两相宜。吴人特别嗜食莼菜，以"莼羹鲈烩"最脍炙人口，传说晋朝张翰在洛阳当官，见秋风起，想起家乡的莼菜鲈鱼，不惜辞官返乡尝鲜。辛弃疾的《木兰花慢》："秋晚莼鲈江上，夜深儿女灯前。"描写的正是同样的景况。莼菜在周代也作为祭品，《周礼·天官》记载"朝事之豆"，其实韭菹、茆菹、麋臡等。其中"茆菹"即为腌制的莼菜。

江南地区水泽中常生有莼菜，历来诗人在诗词中多有引述，例如姜夔《庆春宫》："双桨莼波，一蓑松雨，暮愁渐满空阔。"和《鲁颂·泮水》的情境相同。《楚辞·招魂》："紫茎屏风，文缘波些。"此处的"屏风"也是莼菜。

《鲁颂·泮水》的诗句特别着重"泮水"中的水芹（见本书064—066页）、藻（见本书499—501页）和莼菜等水中蔬菜，配合其后的"在泮饮酒"句，表示莼菜是美菜，特别适合在饮酒、欢乐、庆功和祭典中使用。春季至夏季的莼菜，通称"莼丝"，体软味甜，是采食莼菜的季节；至秋霜降以后，谓"瑰莼"，体涩味苦，已不堪入口食用了。

植物小档案

学名：*Brasenia schreberi* J. F. Gmel.
科别：莼科（睡莲科）

多年水生草本，具根状茎。叶椭圆形至矩圆形，盾状，背面蓝绿色，两面无毛；全缘。叶柄长 25—40 厘米。花为单生，径 1—2 厘米，暗紫色；萼及瓣皆 3—4，均花瓣状，宿存；花药线形；心皮 6—18，离生，花柱短，柱头侧生。坚果卵圆形，革质。分布于江苏、浙江、江西、湖南、四川、云南之池塘、湖或沼泽地；俄罗斯、日本、印度以及北美、大洋洲、非洲西部均产。

野菜类

第二章

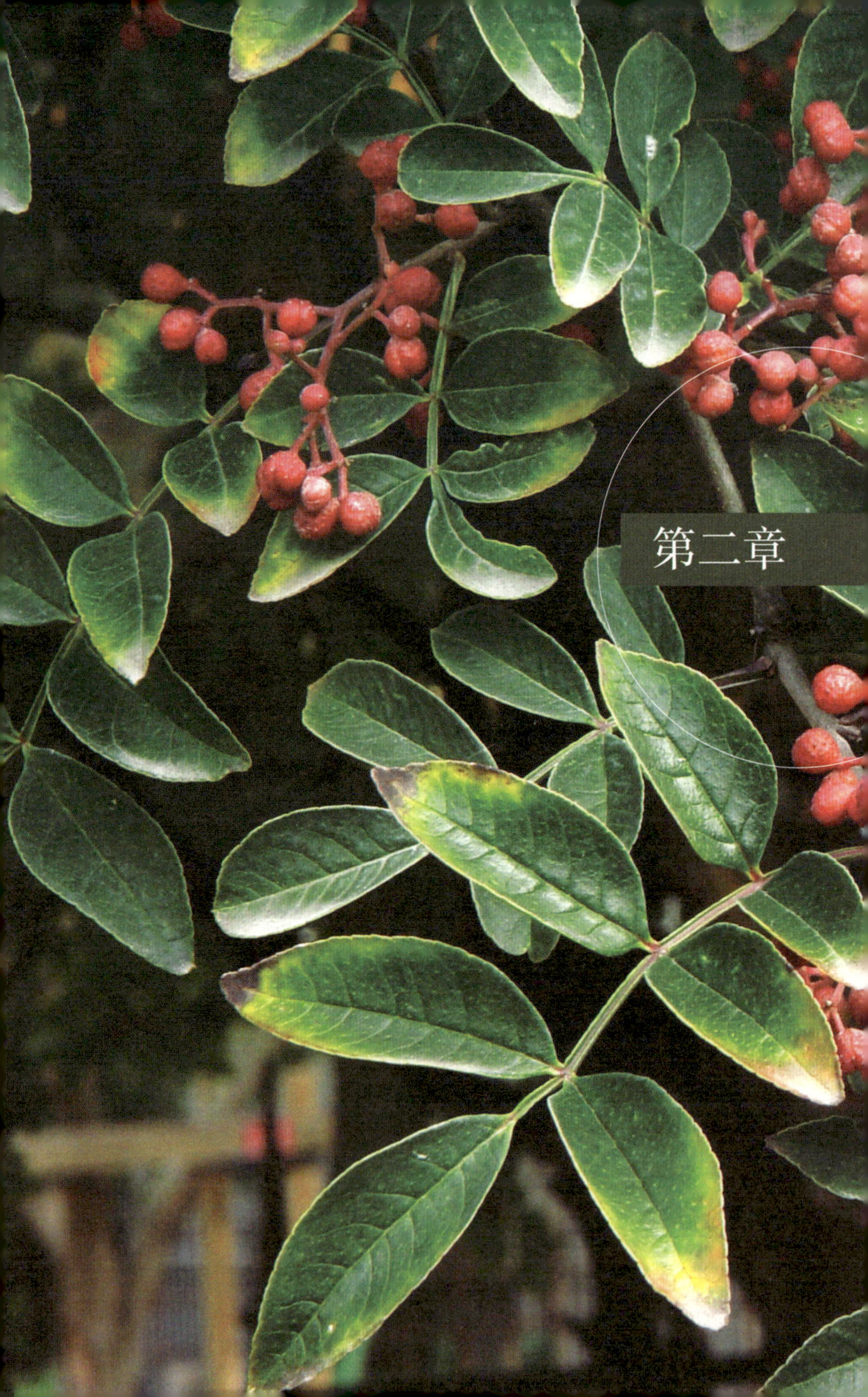

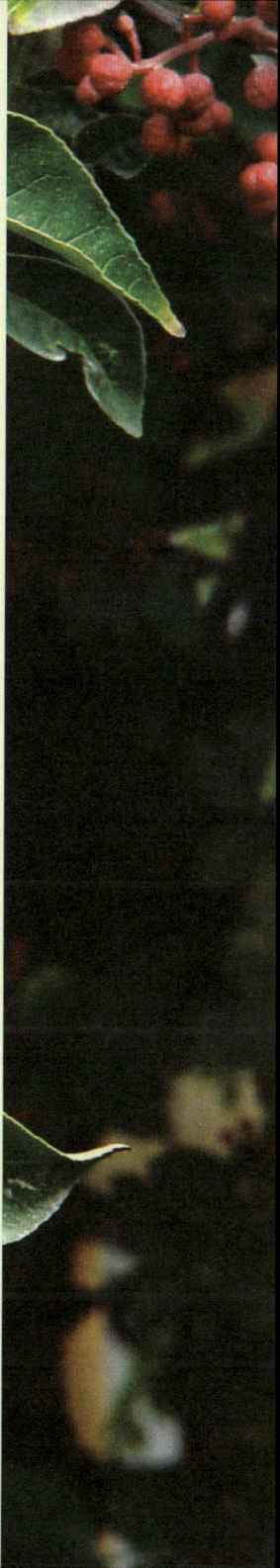

栽培蔬菜类

栽培蔬菜在《诗经》中并不多见，基本上仍以采摘野生者为主。蔬菜是可供佐餐的植物总称，多数为草本植物，即《说文解字》所言："菜，草之可食者。"但蔬菜不全然是草本植物，少数为木本植物、真菌及藻类。蔬菜一般食用的器官有根、茎、叶、未成熟花、果实、种子等，视植物种类而异。

人类食用蔬菜的历史，大都经历采集野菜、驯化、自给性生产、商品化生产等阶段。野生植物，经长期试种、杂交、选拔，长久时间才能成为栽培蔬菜。

• 《诗经》时代已有管理栽种的专门官职

《诗经》时代，农业尚处于萌芽阶段，栽培作物的种类和数量都很少。人工栽培蔬菜种类只有少数几种，在住地周围零星种植，采集野菜仍是当时食物的主要来源。本节所列之蔬菜，指人工栽培者而言。

《周礼》的《天官·大宰》郑注云："树果蓏曰圃。园，其樊也。"栽培草木的场所称"圃"，有围篱的圃称"园"。《齐风·东方未明》"折柳樊圃"，意思是指用柳树枝围起来的菜园；《豳风·七月》"九月筑场圃，十月纳禾稼"，所言之"圃"即种蔬菜之处。《周礼》中记述有"场人"之官，掌管国家园圃，负责栽植瓜果蔬菜，并按时收获贮藏，表示当时已有种蔬菜的专门行业了。

• 蔬菜仍以采集为主，特意栽培者不多

《诗经》提及的栽培蔬菜，有《豳风·七月》"四之日其蚤，献羔祭韭"之"韭"；《邶风·谷风》"采葑采菲，无以下体"之"葑"与"菲"，"葑"是芜菁，"菲"是萝卜；《小雅·信南山》"中田有庐，疆埸有瓜"之"庐"与"瓜"，"庐"是匏瓜，"瓜"是甜瓜或越瓜。以上这些都原产外国，在史前时代就已引进中国，但均未逸出成为野生植物，所以必须人工栽培，这些植物目前仍是重要的蔬菜。

其中的韭菜，不但供食用，而且是古代各种祭典必备的祭品。例如《仪礼》的"聘礼""公食大夫礼""少牢馈食礼"等仪典都必须奉上"韭菹"；《周礼·天官》也记载：朝事之豆，其实韭菹。因此，农事历书《夏小正》云："正月圃有见韭。"可见韭菜自古已在园圃广为栽培。

在《诗经》中大量栽培供蔬食的原生植物，大概只有花椒。花椒是木本植物，嫩叶及果实作调味料，自古即栽植作为食品。《唐风·椒聊》"椒聊之实，蕃衍盈升"及《陈风·东门之枌》"视尔如荍，贻我握椒"的"椒"，指的都是花椒。古代的食用蔬菜大都以采撷野生植物为主，特意栽培供食的蔬菜只有上述少数几种。《诗经》时代除匏瓜、芜菁、萝卜、韭菜之外，其他作为蔬菜栽培的植物还有葵（冬葵）、芹（水芹）、荷、椿（香椿）、笋（竹笋）等原生植物，但这些原生植物还是以采自野生者为主、零星栽培为副。

匏有苦叶，济有深涉。深则厉，浅则揭[2]。

有瀰济盈，有鷖[3]雉鸣；济盈不濡轨[4]，雉鸣求其牡。

雝雝[5]鸣雁，旭日始旦。士如归妻[6]，迨冰未泮[7]。

招招舟子[8]，人涉卬否[9]。人涉卬否，卬须[10]我友。

——《邶风·匏有苦叶》

注 解

1. 匏：音袍。
2. 深则厉，浅则揭：厉，大带之垂者；揭，音器，以手提衣裳。
3. 鷖：音咬，雉鸣声。
4. 濡轨：沾湿车轨头。
5. 雝雝：音庸，形容鸣声之和。
6. 归妻：迎娶。
7. 泮：音畔，解冻。
8. 招招舟子：以手招呼船夫。
9. 人涉卬否：卬，音昂，我。全句为：别人过河，我则不过。
10. 须：等待。

《卫风·硕人》：领如蝤蛴，齿如(瓠)犀。

《豳风·七月》：七月食瓜，八月断(壶)。

《小雅·南有嘉鱼》：南有樛木，甘(瓠)累之。

《小雅·信南山》：中田有(庐)，疆埸有瓜。

《小雅·瓠叶》：幡幡(瓠)叶，采之亨之。

《大雅·公刘》：乃造其曹，执豕于牢，酌之用(匏)。

　　原产于印度及非洲，古埃及有此种植物的记载，应该早在史前时代就已传入中国。《诗经》出现七次以上，可见当时，匏已经是普遍栽植的蔬菜。果实鲜嫩者可为蔬菜，老者供盛水或玩赏之用，即俗称的葫芦。

　　在植物分类上，"匏""瓠"指的是同一植物，但以古人的实际经验，将葫芦分成苦、甜二种。甜者之果实嫩时可为蔬菜，苦者之果实成熟且外皮变硬时供为器物。果实甘者，叶亦甘；果实苦者，叶亦苦。"匏有苦菜"，味苦之类也；"幡幡瓠叶"，说的则是味甘的种类。另有一说谓匏叶幼嫩时可作羹或腌煮食用，"极美"，故曰"甘叶"；但过了农历八月中，叶"坚强苦涩不可食"，故云"苦叶"。

　　"壶"和"庐"指的是葫芦果实，古代又有以果的形态来区分者，如《埤雅》云："长而瘦上曰瓠，短头大腹曰匏。"李时珍《本草纲目》："长如越瓜，首尾如一者为瓠；无柄而圆大形扁者为匏；匏之有短柄大腹者为壶，壶之细腰者为蒲芦。"

瓠果上细下圆的品种，果实成熟后多用来制作水瓢等各种容器。

《邶风·匏有苦叶》称："匏有苦叶，济有深涉。"表示苦匏仅取其成熟的干匏瓜供涉水用。这是因为匏瓜果实干后，比重相当轻，渡水时可充当"救生圈"。《楚辞·九怀·思忠》之"援匏瓜兮接粮"，就是佩戴成熟的匏瓜果涉水去接运粮食之意。成熟匏瓜的外皮极硬，剖开后掏除瓜瓢种子，可制成舀水用的"瓢"。

植物小档案

学名：*Lagenaria siceraria*（Molina）Standly
科别：瓜科

一年生攀缘草本，茎密布腺状黏毛。叶心状卵形至肾状卵形，长宽10—35厘米，不分裂或稍浅裂；叶缘处有齿牙。卷须与叶片对生，2叉。叶柄长，顶端有2腺体。单性花，雌雄同株；白色花单生，子房密生黏毛。瓠果大，形状不一，有梨形、葫芦形、圆锥形等，果皮成熟后木质；种子白色。中国各地均有栽培。

菲

今名：萝卜

习习谷风[1]，以阴以雨。黾勉[2]同心，不宜有怒。

采葑[3]采菲，无以下体[4]。德音莫违："及尔同死。"

行道迟迟，中心有违[5]。不远伊迩，薄送我畿[6]。

谁谓荼[7]苦，其甘如荠[8]。宴尔新昏[9]，如兄如弟。

——节录《邶风·谷风》

注解

1. 习习谷风：习习，连续不绝；谷风，大风。

2. 黾勉：黾，音敏，努力。

3. 葑：音封，芜菁，见本书089—091页。

4. 下体：指萝卜之根。

5. 有违：有恨。

6. 不远伊迩，薄送我畿：畿，门限。二句为：不劳远送，只送到门口即可。

7. 荼：音图，苦菜，见本书026—028页。

8. 荠：音计，荠菜，见本书029—032页。

9. 宴尔新昏：新婚之喜乐。

萝卜是著名的根菜，原产欧洲、亚洲温暖海岸，是世界上最古老的栽培植物之一。四千五百年以前，萝卜

已成为埃及重要的食品；中国栽培历史亦很悠久，二千年前的《诗经》及《尔雅》均已载录。《尔雅》称萝卜为"葖""芦萉"，《尔雅翼》云"芦菔"，《本草纲目》称"莱菔""芦菔"，因地方不同而名称不一。王祯《农书》云："萝卜一种而四名：春曰破地锥，夏曰夏生，秋曰萝卜，冬曰土酥。"可见季节不同也各有名称，如今多以"萝卜"统称。

　　萝卜最早用于医药，古代重要医书《神农本草经》亦有记载。有"消痰止咳，治肺痿"等疗效，与地黄一同服食，说会使头发变

中原萝卜其质白且味辛甘，是江南地区最常见的萝卜品种。

白，后来才栽培为蔬菜。《邶风·谷风》篇所载"采葑采菲"，和以下的苦（苦菜，见本书 026—028 页）、荠（见本书 029—032 页）等野菜对应，说明萝卜在《诗经》时代，已是常见蔬菜。萝卜食用部分为块根，俗称"菜头"，因栽培历史悠久，有大小、长圆、红白等不同品种。可生食、熟食，也可腌制成"菹"，或曝晒成干，极耐贮藏。

除块根形状有所区分外，不同地区栽植者，也各有不同的风味，"北方者极脆，食之无渣；中原者，其质白，其味辛甘，尤宜生啖"。著名的"东坡羹"（一称玉糁根羹），就是萝卜块根捣烂后，加上研碎的白米烹煮而成。萝卜嫩叶也可作为生菜或炒煮食之。

植物小档案

学名：*Raphanus sativus* L.
科别：十字花科

一年生或两年生草本，块根肥大、肉质，有长圆形、球形或圆锥形；通常为白色，亦有绿色或红色者。叶基生，羽状分裂，长 10—30 厘米，宽 3—5 厘米，裂片不整齐，有钝齿，疏生粗毛。总状花序顶生及腋生；花淡紫色或白色，径 1.5—2 厘米，花瓣具紫纹，下部有爪。长角果圆柱形，长 3—6 厘米，宽 1.0—1.2 厘米，在种子间收缩，顶端有喙。中国各地均有栽培。

葑[1]

今名：芜菁

爱采麦[2]矣？沐[3]之北矣。云谁之思？美孟弋[4]矣。期我乎桑[5]中，要[6]我乎上宫，送我乎淇[7]之上矣。

爱采葑矣？沐之东矣。云谁之思，美孟庸[8]矣。期我乎桑中，要我乎上宫，送我乎淇之上矣。

——节录《鄘风·桑中》

注 解

1. 葑：音封。

2. 爱采麦：在何处采麦。麦，见本书 116—119 页。

3. 沐：音妹，卫国地名。

4. 孟弋：弋姓长女。

5. 期我乎桑中：期，约会；桑，见本书 252—255 页。

6. 要：音义同邀。

7. 淇：淇水。

8. 孟庸：庸姓长女。

另 见

《邶风·谷风》：采葑采菲，无以下体。

《唐风·采苓》：采葑采葑，首阳之东。

芜菁酷似萝卜，但叶表面光滑无毛且块根无辣味，可资区别。

《诗经》有三篇提到"葑"，"葑"即芜菁。芜菁原产地中海沿岸及阿富汗、巴基斯坦等地，进入中国的时间极其悠远，北魏贾思勰的《齐民要术》已有详细的芜菁栽培法。历代诗文，"葑""菲"经常并提。"菲"指萝卜，"葑"是芜菁，均为史前时代就引进中国的常蔬。

芜菁自古有许多不同的名称，例如《植物名实图考》说："葑、须、芥、蕺芜、荛、芜菁、蔓菁，七名一物也。"以芜菁和蔓菁最常用，蜀人又名之为"诸葛菜"。相传诸葛亮带兵所到之处，皆命士兵种植芜菁，以备粮食不足。这是因为刚长出的芜菁幼苗即可生食，叶伸展之后又可取来煮食，冬天地下长成的块根也是重要的蔬菜。久居的话可任其生长，各期均可收获，如《图经》所说："芜菁四时仍有，春食苗，夏食心，秋食茎，冬食根。"

西周之前，芜菁已是重要菜蔬，除《诗经》之《邶风》《鄘风》《唐风》提到"采葑"之外，《周礼·天官·醢人》亦载有："朝事之豆，其实菁菹。"文中"菁菹"就是用芜菁加工制成的腌菜，显示芜菁也是《周礼》中的祭品之一。《四民月令》有"四月芜菁及芥"之语，可见芜菁已是当时的重要作物。直至现代，芜菁块根仍是熟食或制泡酸菜的常用菜蔬，也可以当饲料使用；高寒地区寒冬时节，作物无法收成，多以芜菁块根代粮。

植物小档案

学名：*Brassica rapa* L.
科别：十字花科

二年生草本，块根扁圆锥形或球形，白色或红色，无辣味；茎直立，有分枝。叶片丛生，基生叶较大，长20—30厘米，羽裂成为复叶，边缘波状，浅裂，有不整齐之齿牙；表面散生刺毛，背面有白色尖短刺毛。中部及上部叶较小，长3—12厘米，长椭圆状披针形。叶基部心形，抱茎。总状花序顶生；花鲜黄色，有短爪。长角果线形，长4—8厘米。华北地区尚有栽培。

韭

今名：韭

二之日凿冰冲冲[1]，三之日纳于凌阴[2]。

四之日其蚤[3]，献羔祭韭。九月肃霜，十月涤场。

朋酒斯飨，曰杀羔羊。

跻[4]彼公堂，称彼兕觥[5]：万寿无疆。

——节录《豳风·七月》

注 解

1. 冲冲：凿冰声。

2. 凌阴：冰窖。

3. 蚤：通早。

4. 跻：音机，登也。

5. 称彼兕觥：称，举起；觥，音恭，酒器。兕觥即以牛角
   制成或形似牛角的酒器。

　　至少在二千年以前，韭菜在中国已是菜蔬，这点
可由《汉书》"冬种葱韭菜茹"一语得到印证。由杜
甫诗"夜雨剪春韭，新炊间黄粱"和苏东坡诗"渐觉
东风料峭寒，青蒿黄韭试春盘"可得知，在唐宋时代，
韭菜已是相当普遍的一种蔬菜。

韭菜"一种而久",表示种一次即可连续收割。白色的韭菜花着生在花茎顶端,形成球状。

农人栽植韭菜,"一种而久""一岁而三四割",所以谓之韭(久)菜。"韭"也是象形字,底下的"一"表示地,上面的"非"表示可连续割剪的菜蔬。《豳风·七月》:"四之日其蚤,献羔祭韭。"意为二月中行祭时敬献羔羊和韭菜,此处的韭已是供祭用的圣品,并非只是一般食用蔬菜。"韭逞味于春,故凡春祭皆用之","春祭凡羹芼(菜和肉煮成的羹)皆用韭",韭菜、韭花都可腌制为"菹"，用以祭祀，也用来佐食。古时食用肉酱，须用韭、姜、蒜等辛香蔬菜来佐食。

韭菜的营养价值高，含有蛋白质、胡萝卜素及抗坏血酸等多种成分。鲜嫩的韭菜香辛可口，是深受饕客欢迎的盘中美食。供作蔬菜用的韭菜种类，还包括野韭（*Allium ramosum* L.）、山韭（*A. senescens* L.）等多种野生韭菜，均可能是《诗经》及其他古籍所提到的"韭"。

植物小档案

学名：*Allium tuberosum* Rottler *ex* Sprengel
科别：百合科

多年生草本，具横生之根状茎，鳞茎近圆柱形，簇生。叶线形，扁平，长15—30厘米，宽0.2—0.8厘米。花茎高25—60厘米。伞形花序着生花茎顶端，近球形，总苞2裂，宿存；花梗为花被的2—4倍长；花白色或微带红色，花被片6；花瓣基部合生；子房外壁具疣状突起。蒴果，果瓣倒心形。原产于亚洲东部及南部，现广泛栽培。

椒

今名：花椒；秦椒

(椒)聊[1]之实，蕃衍[2]盈升。彼其之子，硕大无朋[3]。

(椒)聊且[4]！远条[5]且！

(椒)聊之实，蕃衍盈匊[6]。彼其之子，硕大且笃。

(椒)聊且！远条且！

——《唐风·椒聊》

注 解

1. 聊：语词。

2. 蕃衍：繁衍。

3. 朋：比。

4. 且：语词。

5. 远条：长枝条。 .

6. 匊：音菊，捧。

另 见

《陈风·东门之枌》：视尔如荍，贻我握(椒)。

《周颂·载芟》：有(椒)其馨，胡考之宁。

椒为花椒，又名蜀椒、南椒、巴椒、蓎藙，自古以果实作为香料，能调和百味。花椒用途广，"人家

园圃多种之"，"叶坚而滑，可煮食，甚辛香"，青嫩叶片可腌作菹菜，晒干可研成粉末，也可作食品香料，故列在栽培菜蔬项下。

《离骚》诗句"杂申椒与菌桂兮"的"申椒"即花椒，"菌桂"是肉桂，两者均为香木。直至现代，许多中华料理仍以花椒嫩叶及果实作食品调味之用。蜀人作茶、吴人作茗，都以花椒叶和茶叶共煮，以取其香味。椒实、椒叶也可用来制酒，称"椒酒"，荆楚民俗："正月一日长幼皆正衣冠"，从最小辈份起，以椒酒拜贺君亲。

汉代皇后所居的宫殿，以花椒果实和泥涂壁，取辛香、温暖、芬芳、多子之意。因此，汉长乐宫有椒房殿，后世以"椒房"借指皇后。

《诗经》之"椒"，除上述种类之外，可能亦指野花椒

花椒果实采下晒干，即为市售花椒，自古即作为香料使用。

（*Zanthoxylum simulans* Hance）、刺花椒（*Z. micranthus* Hemsl.）、竹叶椒（*Z. armatum* DC.）等，以及其他花椒属植物。其中花椒所产果实，质量高于其他种类，为目前花椒商品的主要来源。《诗经》时代，不同地区可能使用不同种的花椒，也可能数种花椒混合在一起使用。

植物小档案

学名：*Zanthoxylum bungeanum* Hance
科别：芸香科

落叶灌木，树皮具木栓质之瘤状刺。奇数羽状复叶，互生，叶柄两侧具一对宽翅；小叶5—11，卵形至阔卵形，长2—6厘米，宽1—3厘米，先端尖，小叶背面中肋基部两侧常有成簇的褐色长柔毛；边缘有细钝齿，齿缝间油点明显。蓇葖果球形，成熟时红色至紫红色，上有粗大油点；种子近球形，径约0.4厘米。分布于华北及华东、华中、华南，各省均有栽培。

第三章

栽培谷物类

栽培谷物类在《诗经》时代，因应地理环境和气候，主要还是以原生植物的粟和黍为主。黄河流域的华北平原是次生黄土的冲积平原，即一般所称的黄土高原。黄土高原经长期侵蚀，在河流两岸形成高数米至十数米的台地，地形主要是梯形的坡地和高低起伏的土丘，一年中有长期干旱、夏季有暴雨，为适应这种特殊气候，黄河流域的粮食作物必须选择耐旱、耕作技术简单、成熟期短且久藏不坏的种类。

　　粟和黍是中国黄土区的原生植物，具备耐旱、耕作技术简单、成熟期短等适合黄土高原栽种的条件，因此成为史前时代中原地区的主要粮食作物。据考古资料，八千至七千年前的河南裴李岗文化、河北磁山文化主要粮食作物就是粟；而大约同时的关中大地湾文化、陕南的李家村文化，主要粮食作物是黍。七千至五千年前的仰韶文化，主要作物仍为粟、黍，晚期还有水稻。

• 《诗经》时代主要的粮食作物

　　小麦、大麦大概原产于西亚，应该在史前时代就已引进中国。

小麦殷商时期已有栽培记载，甲骨文的"来"字，指的就是小麦。商代及西周初期，黄河流域种麦尚不普遍，春秋时期以后才在黄河下游地区逐渐发展。《诗经》"贻我来牟"提到的"来"为小麦、"牟"为大麦，当时种大麦比小麦多。直到唐代在硙磨（石磨）发明之后，小麦才快速发展起来。

稻原是热带及亚热带的粮食作物，长江中下游的新石器时代，约七千年前的河姆渡文化及马家浜文化等遗址，已发现颇发达的稻作农业。稻在新石器时代主要分布长江流域及流域以南地区，最晚在夏代以前就引种到黄河流域，夏禹治水时，曾"令益予众庶稻，可种卑湿"，可以为证。《诗经》中也出现了5次稻、1次稌，表示周代黄河流域已经普遍栽植稻米。

由耕作系统的描述，可知《诗经》时期的农业已经非常发达。如《小雅·采芑》"薄言采芑，于彼新田，于此菑亩"，和《周颂·臣工》"嗟嗟保介，维莫之春，亦有何求，如何新畲"等诗篇，所说的"菑"是刚开垦第一年的田；"新"是开垦后第二年的田；"畲"是开垦后第三年的田。当时农业成为重要的社会活动，而谷物是主要的食物来源。《周礼》之"地官"下设有"粮食管理之官"，统辖廪人、舍人、仓人、舂人、槁人、遗人等粮食管理职官，掌理谷物的收获、贮藏、供需等事务。

· 民以食为天，《诗经》稼穑多

栽培的粮食作物，《诗经》称为"稼穑"，各篇章出现很多，总计《诗经》全书提到稷 10 篇 17 次、黍 19 篇 28 次、粟（粱）5 篇 6 次、稻 6 篇 6 次、大麦 9 篇 9 次、来（小麦）2 篇 2 次、菽 7 篇 10 次。可知《诗经》时代大量栽培的粮食作物只有 6 种，即黍、稷、稻、麦、大豆和小麦。其中出现篇章和次数最多的是黍和稷（粟），证实黍和稷（粟）为当时北方最普遍的谷类作物，也和考古数据所显示的调查结果一致。

各种谷类经过长期栽培，均培育出不同的变种或栽培种，《诗经》篇章也有描述，如《豳风·七月》："黍稷重穋，禾麻菽麦"，《鲁颂·闷宫》："黍稷重穋，稙稚菽麦"等，其中"重"为晚熟品种，"穋"为早熟品种；"稙"为先种的品种，"稚"为晚种的品种。《大雅·生民》："维秬维秠，维穈维芑。"其中的"秬"是黑黍，"秠"是一稃二米的黑黍；"穈"是苗带红褐色的粟，"芑"是白苗品种的粟。

古代农书都视菽（大豆）和其他豆类为谷类，《诗经》中把菽（大豆）和黍、稷、麦并提，也视大豆为谷类。另外，由《豳风·七月》的"禾麻菽麦"句得知，麻（大麻）有时也当作粮食作物，食用部分是种子，称"麻子"。在荒年粮食收成不足时，麻子能充当主食。

彼黍离离[1]，彼稷之苗。

行迈靡靡[2]，中心摇摇[3]。

知我者，谓我心忧；不知我者，谓我何求？

悠悠苍天，此何人哉[4]！

——节录《王风·黍离》

注 解

1. 离离：茂盛貌。

2. 靡靡：迟缓。

3. 摇摇：不定貌。

4. 此何人哉：这是谁造成的？

另 见

《王风·黍离》：彼黍离离，彼稷之穗。

彼黍离离，彼稷之实。

《魏风·硕鼠》：硕鼠硕鼠，无食我黍。

《唐风·鸨羽》：王事靡盬，不能蓺稷黍。

《曹风·下泉》：芃芃黍苗，阴雨膏之。

《豳风·七月》：黍稷重穋，禾麻菽麦。

《小雅·出车》：昔我往矣，黍稷方华。

《小雅·黄鸟》：黄鸟黄鸟！无集于桷，无啄我黍。

《小雅·楚茨》：自昔何为？我蓺黍稷，我黍与与，我稷翼翼。

既齐既稷，既匡既敕。

《小雅·信南山》：疆埸翼翼，黍稷或或。

《小雅·甫田》：今适南亩，或耘或耔，黍稷薿薿。

以介我稷黍，以穀我士女。

黍稷稻粱，农夫之庆。

《小雅·大田》：来方禋祀，以其骍黑，与其黍稷。

《小雅·黍苗》：芃芃黍苗，阴雨膏之。

《大雅·生民》：维秬维秠，维穈维芑。

恒之秬秠，是获是亩。

《大雅·江汉》：釐尔圭瓚，秬鬯一卣。

《周颂·丰年》：丰年多黍多稌。

《周颂·良耜》：其镈伊黍，其笠伊纠。

茶蓼朽止，黍稷茂止。

《鲁颂·閟宫》：黍稷重穋，稙稚菽麦。

有稷有黍，有稻有秬。

　　黍在中国的栽培历史悠久，考古资料说明，黍和粟在史前时代已经是黄河流域居民的主食。甲骨文载录有黍，可见至迟在商代，黍已经是栽植普遍的粮食作物了。《说文解字注》："穄，黍之不黏者也，饭用之。"植物学上"穄"被处理为黍的变种（*Panicum miliaceum* L. var. *compaotum*）。米粒黏的品种，就叫"黍"，"黏者以酿也"，殷商人嗜酒，用黍酿酒。

　　黍生长期短，耐旱耐瘠，最适合游牧民族及干旱地区栽植，是中国古代最重要的粮食作物，和其他作物一样，后来发展成许多不同的品种，如《大雅·生民》"维秬维秠，维穈维芑"及"恒之秬

黍已不是现代人的主食，但在华北地区仍有零星的小面积种植。

秠，是获是亩"句之"秠""秬"等，都是不同品种的黍类。《豳风·七月》之"黍稷重穋"，和《鲁颂·闷宫》所言之"黍稷重穋，稙稚菽麦"，说明古代黍的品种众多：其中"重"为后熟的品种，"穋"为先熟的品种；先种曰"稙"，后种曰"稚"，区分为早播或晚播的品种（前者是早熟种，后者是晚熟种）。黍米"似黄米而稍大"，有红、黄、黑、白等不同颜色。

黍在《诗经》时代前至唐宋时代，都是中国人的主食。孔子先食黍，以示黍为五谷之先；屈原投江而死，楚人以菰叶（茭白叶）包裹黍饭祭祀，谓之"角黍"，为后来粽子的滥觞，均足以说明春秋战国时代，黍是最受重视的谷类。在《齐民要术》中，还把"黍穄"列为所有谷类的首章，说明魏晋南北朝以前，黍类仍是最重要的谷物。其后黍的地位下降，栽植面积减少，如今已经不易寻得。

植物小档案

学名：*Panicum miliaceum* L.
科别：禾本科

一年生草本，高可达 1 米，节上密生髭毛。叶狭披针形，长 10—30 厘米，宽 1.5 厘米，先端尖锐，两面光滑且具长柔毛。圆锥花序顶生，稍开展，细长下垂长 10—30 厘米，分枝极多；小穗长 0.4—0.5 厘米，各 2 小花，仅第二小花结实；颖 11 脉，外稃 13 脉。颖果球形，成熟后依品种而有黄、乳白、褐、红和黑等色；胚乳长为谷粒的 1/2，种脐点状，黑色。原产亚洲北部（包括华北平原），新疆亦有野生者。欧洲、美洲、非洲之温暖地区均有栽培。

梁

古又名：稷；粟；禾；穈；芑

今名：小米

黄鸟黄鸟，无集于穀[1]，无啄我粟。

此邦之人，不我肯穀[2]。言旋言归[3]，复我邦族。

黄鸟黄鸟，无集于桑，无啄我粱。

此邦之人，不可与明[4]。言旋言归，复我诸兄。

——节录《小雅·黄鸟》

注 解

1. 穀：构树，见本书 249—251 页。
2. 穀：友善。
3. 言旋言归：言，语词；旋，回也。
4. 明：音忙，盟也。

另 见

《唐风·鸨羽》：王事靡盬，不能蓺稻粱。

《豳风·七月》：黍稷重穋，禾麻菽麦。

《小雅·小宛》：交交桑扈，率场啄粟。

　　　　　　　握粟出卜，自何能穀？

《小雅·甫田》：黍稷稻粱，农夫之庆。

《大雅·生民》：荏菽旆旆，禾役穟穟

　　　　　　　维秬维秠，维穈维芑。

　　　　　　　恒之穈芑，是任是负。

栽培谷物类

粱、粟是起源于中国或东亚的古老作物，栽培历史悠久，是新石器时代黄河流域主要的栽培作物。黄河流域史前，考古发掘的粮食作物以粟为多。直到唐代以前，粟一直是北方民众的主食之一，通称"穀子"或"谷子"。至秦汉时期，粟是种植最多的谷物，唐宋时期也在南方提倡种粟。直到宋末，稻、小麦逐渐发展，粟才退居二线。

经长期选择培育，已发展出许多品种，《诗经》中出现的"粱"与"粟"，指的就是俗称的"谷子"或"小米"。小米的异名甚多，除了粱、粟之外，尚有禾、苗、粱、稷等名称。小米"粱"的米粒蒸煮后较黏，而"粟"为"粱"之不黏者，植株较细弱矮小，粟现被处理为粱的变种，学名为 *Setaria italica*（L.）Beauv. var. *germanica*（Mill.）Schred.。

小米在甲骨文中称为"禾"，《诗经》中也多次提到"禾"，据《毛诗·谷物考》认为，"禾"有时泛指一切谷类，有时专指一种谷类，即小米。另外，《大雅·生民》"诞降嘉种，维秬维秠，维穈维芑"中的"嘉种"即禾，指一切谷类；《魏风·硕鼠》之"无食我苗"，苗亦嘉谷，都是禾类。《大雅·生民》提到的"穈""芑"，都是粱的不同品种：苗带红褐色（赤苗）的品种称为"穈"，而苗色淡绿（白苗）的品种则称为"芑"。

至于"稷"是什么？有二说。其一，稷即黍。最早提出的是陶弘景，在《神农本草经集注》说：稷是黍的一种；李时珍《本草纲目》也说："稷与黍，一类二种也。黏者为黍，不黏者为稷。稷可作饭，黍可酿酒。"历代多有从之者。

其二，稷是粟。近年来出土的考古文物都表明，八千至四千年前的华北地区，主要粮食作物为粟和黍，所占的量都在出土粮食作物的百分之七十以上。《诗经》黍出现十七篇 28 次：粟却只出现二篇 3 次、粱三篇 3 次，比例明显相差太大。《诗经》诗篇中，黍稷并提者 16 次，却无一次粟稷并提者，表示黍、稷不同种，粟、稷应为同种。如此，黍的所有品种在《诗经》出现十七篇 28 次；粟之各种品种（连同稷）合计有十六篇 34 次。两者出现篇次接近，才合乎两种作物都是周代主要粮食作物的结论。

《尔雅注》云："粢，稷也。今江东人呼粟为粢。"说明稷为粟。郑玄注《周礼》所说的五谷为麻、黍、稷、麦、豆，和赵岐注《孟子》之五谷"稻、黍、稷、麦、菽"，都是黍稷并提，且均无粟，不符合粟是春秋战国时代主要粮食作物的论述。如果稷即粟，问题顿时解决。

植物小档案

学名：*Setaria italica*（L.）Beauv.
科别：禾木科

一年生草本，须根粗大。叶鞘边缘具纤毛，叶线状披针形，长 10—45 厘米，宽 0.5—3 厘米，表面粗糙。花序柱形圆锥状，长 10—40 厘米；小穗长约 0.3 厘米，簇生于缩短之花轴分枝上，基部有刚毛状分枝 1—3，成熟时分离脱落。分布于欧亚大陆，黄河中上游为主要栽培区，为中国北方自古以来的重要粮食作物。

曾孙之稼，如茨[1]如梁。曾孙之庾[2]，如坻如京[3]。

乃求千斯仓，乃求万斯箱。黍稷稻粱，农夫之庆。报以介福[4]，万寿无疆。

——节录《小雅·甫田》

注解

1. 茨：屋顶。
2. 庾：音雨，露天积谷的米仓。
3. 如坻如京：坻，音池，水中高地；京，高丘。
4. 介福：大福。

另见

《唐风·鸨羽》：王事靡盬，不能蓺稻梁。

《豳风·七月》：八月剥枣，十月获稻。

《小雅·白华》：滮池北流，浸彼稻田。

《周颂·丰年》：丰年多黍多稌。

《鲁颂·闷宫》：有稷有黍，有稻有秬。

根据考古资料，稻在中国境内的栽培历史至少有七千年，《诗经》有五篇提到"稻"，依历年来各注

稻为风媒花，花并无鲜艳的花瓣。在《诗经》时代，黄河流域已经引种栽培了。

释家的意见，此稻应为"秔稻"，即近称"粳稻"者，米较不黏，为米饭的主要来源。《周颂·丰年》中的"稌"是稻的又称。另有圆而黏的糯米稻，米白如霜粒，一般用来制作糕点粿品，亦可用来酿酒。由《诗经》内容来看，华南虽为水稻的主要产区，但最迟在《诗经》时代，黄河流域就有栽培了。

据最近的研究结果显示，稻由野生稻经人类栽培驯化而来，初期演化成籼稻，为米之不黏者，分布于华南、西南等潮湿低地。后来再选育成粳稻，产区位于华南、西南高地，渐渐再传播到华东太湖流域，以至华北、西北、东北等气温较低的区域。《诗经》时代，黄河流域所栽培的稻米即属于本时期的粳稻。

古代，五谷类之中最受重视、价值最高者为稻和粱（见本书109—112页），其次才是黍（见本书105—108页）。祭祀用酒亦以稻米酿制者为尊，郑玄《飨礼注》也说："凡酒，以稻为上，黍为次之，禾又次之。"

植物小档案

学名：*Oryza sativa* L.
科别：禾本科

一年生草本。叶披针形至线状披针形，宽0.8—1.5厘米，长30—60厘米；叶舌长0.8—2厘米；幼时有明显的叶耳。疏松圆锥花序，成熟时向下弯垂，长约20厘米；小穗卵圆形，两侧扁压，含3小花，下方2小花已退化；颖极退化，具芒；内稃有3脉。原产于亚洲热带地区，现已在全世界之热带、亚热带及温带地区栽培。

麦

古又名：牟
今名：大麦

硕鼠硕鼠，无食我黍！三岁贯女[1]，莫我肯顾。

逝将去女[2]，适彼乐土。乐土乐土，爰得我所[3]？

硕鼠硕鼠，无食我麦！三岁贯女，莫我肯德[4]。

逝将去女，适彼乐国。乐国乐国，爰得我直[5]？

——节录《魏风·硕鼠》

注 解

1. 贯女：贯通惯，惯纵。女，音义同汝。
2. 逝将去女：逝通誓。全句为誓必除之。
3. 爰得我所：何处才是我的居所？
4. 德：感激。
5. 爰得我直：何处值得我去？

另 见

《鄘风·桑中》：爰采麦矣？沫之北矣。

《鄘风·载驰》：我行其野，芃芃其麦。

《王风·丘中有麻》：丘中有麦，彼留子国。

《豳风·七月》：黍稷重穋，禾麻菽麦。

《大雅·生民》：麻麦幪幪，瓜瓞唪唪。

《周颂·思文》：贻我来牟，帝命率育。

《周颂·臣工》：如何新畲？於皇来牟。

诗经植物图鉴

116

《鲁颂·闷宫》：黍稷重穋，稙稚菽麦。

　　大麦很早就引进中原地区，成为中国人的主食之一。甲骨文及周代金文中的"麦"都可解作大麦。汉唐之前，诗文所言之麦，及《诗经》各篇之"麦"与"牟"均应指大麦。大麦叶片较大，茎较粗；小麦的叶、茎均较小，因此才有大小麦之分。结穗后，大麦芒直立成束，小麦芒则外展，并与主轴成锐角，可用来区分两者。

　　大麦的颖果壳和粒相黏，不易脱壳，磨粉质量远逊于小麦，大都用来煮成饭粥，谓之麦饭，如宋代刘克庄的《哭孙季蕃》诗句："自有菊泉供祭享，不消麦饭作清明。"大麦至今仍为西南高原地区主要的粮食作物。西藏高原所种之"青稞"也是大麦的一个品

种，其他重要的大麦品种还有：广麦、赤麦、黑（广）麦等。《食疗本草》说："大麦久食之头发不白，和针沙、没石子，染发黑色。"古今大麦多用来煮食充饥或喂马，有些则酿制麦酒；食品工业的麦芽糖，也是由大麦种子发芽后提制而成。

《诗经》中的来、牟（小麦和大麦），在周代可能是新引进的粮食作物，《周颂·思文》篇的"贻我来牟"，歌颂后稷送来的新作物，而且教导农官、农民如何耕作。《周颂·臣工》篇的"如何新畲？於皇来牟"，是描述周王指示农官如何在田中栽植大麦、小麦的颂词。

植物小档案

学名：*Hordeum vulgare* L.
科别：禾本科

越年生草本，全株光滑，高50—100厘米。叶鞘两侧有叶耳，叶片宽0.6—2厘米。花序穗状，直立，长5—8厘米，每节3枚结实小穗。颖线形，顶端之芒0.8—1.5厘米；外稃亦具芒，粗糙，长0.8—1.3厘米。颖果不易脱粒，顶端有毛。为栽植普遍的粮食作物，由于广泛栽培，产生许多变种，比较重要的有：裸麦（*H. vulgare* L. var. *nudum* Hook. f.）、三叉大麦 [*H.vulgare* L. var *aegiceras*（Nees *ex* Royle）Aitch. *ex* Hook. f.] 等。

来

今名：小麦

思文后稷，克配彼天。立我烝民[1]，莫匪尔极[2]。
贻我来牟[3]，帝命率育[4]。无此疆尔界，陈常于时夏[5]。

——《周颂·思文》

注 解

1. 烝民：众民。
2. 莫匪尔极：极尽心力。
3. 牟：大麦，见本书116—119页。
4. 帝命率育：天帝命后稷带领众民垦育，教民稼穑。
5. 陈常于时夏：将此稼穑之常道广布于中国。

另 见

《周颂·臣工》：如何新畬？於皇来牟。

  麦在《诗经》中出现的篇数共有七篇，"来""牟"一起出现的有两篇。张揖《广雅》认为"来"指小麦，"牟"指大麦。小麦之粉较黏，不适合粒食；而大麦谷皮软而不黏，宜于粒食，皆为先民主要的粮食作物。

  至于"麦"字的来源，《说文》："麦，芒谷。"

小麦是主要的粮食作物，古今皆然。常见的品种种壳有长芒。

意为麦是有芒之谷，"秋种后埋，故谓之麦"；《天工开物》则云："小麦曰来，麦之长也。"意即小麦是外来的粮食作物，是麦类中的上品。小麦栽培历史悠久，在世界各地均见栽植，发展出来的地方品种很多。

公元前二三世纪以前成书的《礼记》和《吕氏春秋》中都单言麦，而无大麦、小麦之分，所说之"麦"，均指大麦而言。文献上"麦"有大小之分，始于公元一世纪成书的《名医别录》。《诗经》时代可能有部分地区开始种植小麦，才会出现如《周颂》篇所言之"来""牟"。汉唐后，诗文中则径以"麦"称小麦。

小麦的引进和推广，改变中国人的饮食习惯，也创造北方的面食文化。在中国，小麦的重要性仅次于水稻。

植物小档案
学名：*Triticum aestivum* Linn.
科别：禾本科

一年或越年生草本，秆直立，丛生，高60—100厘米。叶长披针形，叶舌长约0.1厘米；叶鞘松弛包茎。穗状花序直立，长5—10厘米，宽1—1.5厘米；小穗通常单生于穗轴节，各有3—9小花，上部者不发育。颖革质，卵圆形，背部具1—2棱，长0.6—0.8厘米，先端有时延伸为苞；外稃具芒或不具芒，颖果卵圆形至长圆形。

中原有菽，庶民采之。螟蛉[1]有子，蜾蠃[2]负之。

教诲尔子，式穀似之[3]。

题彼脊令[4]，载飞载鸣。我日斯迈，而月斯征[5]。

夙兴夜寐，毋忝尔所生[6]。

——节录《小雅·小宛》

注 解

1. 螟蛉：音名零，食稻茎的害虫，俗称青虫。

2. 蜾蠃：音果裸，土蜂，似蜂而小腰。

3. 式穀似之：式，语词；穀，善也。意谓可借由教化使之相似。

4. 题彼脊令：题，视也；脊令，鸟名，一作鹡鸰。

5. 我日斯迈，而月斯征：二句谓日夜奔波于途，无休息之时。

6. 无忝尔所生：忝，音舔，辱也；所生指父母。全句谓无辱父母。

另 见

《豳风·七月》：七月亨葵及菽。

黍稷重穋，禾麻菽麦。

《小雅·白驹》：皎皎白驹，食我场藿。

《小雅·小明》：岁聿云莫，采萧获菽。
《小雅·采菽》：采菽采菽，筐之筥之。
《大雅·生民》：蓺之荏菽，荏菽旆旆。
《鲁颂·閟宫》：黍稷重穋，稙稚菽麦。

菽原为豆类总称，此专指大豆或黄豆。《尔雅》称"戎叔谓之荏菽"，《尔雅注》谓为"胡豆"。《大雅·生民》篇之"蓺之荏菽，荏菽旆旆"句，"荏菽"也是大豆。豆古语称"菽"，汉代以后才改称为豆。古籍上记载的"戎菽"及"荏菽"，均为大豆的古名。

国人栽培大豆的历史悠久，栽培地区广大，从东北到西南、东南到西北都有野生大豆的分布和栽植的记录。大豆的叶曰藿，茎曰

蝶形花冠，有白色或淡紫色两种花色。

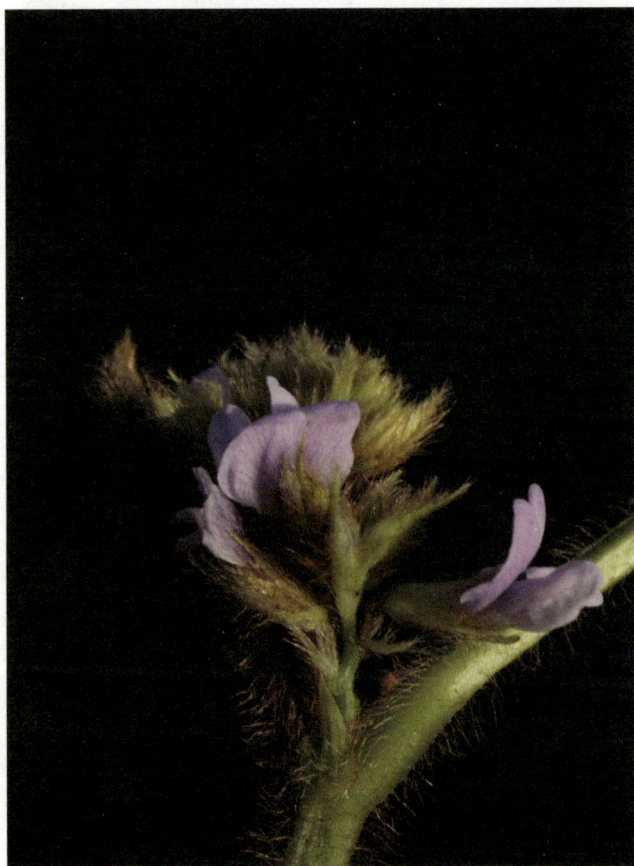

其，即曹植"煮豆燃豆萁"之萁。

中国古代肉用牲畜有限，除祭祀、宴客、节日之外，平日鲜少吃肉，餐食大抵以食用蔬菜为主。因此人体所需要的蛋白质主要来自大豆，即是所谓的"饭菽配盐，炊萁煎藿"。中国人也因此发展出世界独一无二的大豆食品文化，诸如酱油、豆腐、豆干、豆浆等，均以大豆为材料所研制而成。大豆自古即为主要农作物，视为谷物类栽培，现已在世界各地广为栽培，是主要的油料植物之一。

耿煊认为《小雅·白驹》之"食我场藿"为蝶形花科的鹿藿（*Rhynchosia volubilis* Lour），但对照同篇前章之"食我场苗"，系指栽种在园圃中的禾苗，因此"藿"在此诗中应指栽植在圃中的豆叶，而非野生之鹿藿。《采菽》之《笺》也说："菽，大豆也；采之者，采其叶以为藿。"

植物小档案

学名：*Glycine max*（L.）Merr.
科别：蝶形花科

一年生直立草本，茎密生褐色长硬毛。三出叶，小叶菱状卵形，长7—12厘米，宽3—6厘米，先端渐尖，基部楔形至圆形，两面均密生长柔毛。总状花序腋生；蝶形花冠，花冠小，白色或淡紫色。荚果矩形，略弯曲，黄绿色，密生黄色长硬毛；种子2—5，球形或近卵形，长约1厘米。原产中国大陆。

第四章

药材植物类

在《诗经》时代，用来治病养生的药材仍以野生植物为主要来源。虽然《诗经》中并没有特意提到药材采集，但对百姓来说，采集野生药材是不可避免的活动。

原始人类在觅食的过程中，常误食有毒植物，引起呕吐、腹泻、腹疼、昏迷等症状，甚或死亡。有时所吃的食物，竟然意外治愈某些疾病，这是药物知识的开端。中国一向有"医食同源"的说法，显示人类早期的医药知识，是在寻找食物过程中获取的。新石器时代，人类对天然植物的药用性能已经有所认识。当人类从采集生活进入农业时代之后，生药知识更加发达，产生了医学，人类疾病得到更好的治疗，生命得到更佳的保障。

到了周代，医学和医药的知识已经累积一定程度。因此，《周礼》的"天官"之下才会设有"医师""食医""疾医""疡医"等官职，掌管各类医疗事务，诸如饮食卫生、医治内外科疾病及调敷药物等，也就是调制适当药物，包括矿物、动物、植物药材，负责治疗天下百姓的疾病。

• 从诗句脉络及用途来推求《诗经》中的药材种类

自古以来，药材总以植物为主要来源。《诗经》虽没有专门采集药材的篇章，但从诗句内容及植物的用途，仍能得知全书药材的种类。如《鄘风·载驰》："陟彼阿丘，言采其蝱。""蝱"是贝母，至今仍是重要的中药材；《唐风·采苓》："采苓采苓，首阳之颠。"所采之"苓"即现今中药材常用的甘草；《鄘风·桑中》："爰采唐矣？沬之乡矣。"句中之"唐"今名菟丝子，始载于《神农本草经》，列为上品，有明目、安胎的效果；《王风·中谷有蓷》："中谷有蓷，暵其干矣。""蓷"为益母草，也是《神农本草经》的上品，为活血调经的圣药；《魏风·汾沮洳》："彼汾一曲，言采其藚。""藚"是指泽泻，《神农本草经》列为上品，用来清湿热、利小便、降血脂；又如《王风·采葛》："彼采艾兮，一日不见，如三岁兮。"所采之艾，毫无疑问也是医药使用。朱熹《诗集传》说："艾，蒿属，干之可灸，故采之。"

相较于其他文学典籍，《诗经》记载的药用植物算是较少；和《诗经》其他类别的植物比较，特别是野菜类植物，药用植物也只有少数几种。但《诗经》之中，具有药效的其他植物，为数还是不少。例如，列入野菜类的茉苢（车前草），种子专门治疗妇女不孕或难产，其他野菜类的药用植物还有：莫（酸模）、卷耳（苍耳）等。列为染料植物的茹藘（茜草），为著名的凉血止血药；列为观

赏植物的勺药（芍药），为重要的治腹痛药；列为祭祀相关植物的
邑（郁金），能行气解郁，治失心癫狂症。花椒不但是著名的调味
品，也是治水肿胀满和吐泻、驱蛔虫之药。另外，棘（酸枣）的果
实，中药材称酸枣仁；柏木的种子，称柏子仁；麻（大麻）的果
实，称火麻仁等，都是中医名药。

苓

今名：甘草

简兮[1]简兮，方将万舞[2]。日之方中，在前上处。

硕人俣俣[3]，公庭[4]万舞。有力如虎，执辔如组[5]。

左手执籥[6]，右手秉翟[7]。赫如渥赭[8]，公言赐爵。

山有榛，隰有苓。云谁之思，西方美人。

彼美人兮，西方之人兮。

　　　　　　　　　　——《邶风·简兮》

注 解

1. 简兮：大也。

2. 万舞：文武综合之舞名。

3. 俣俣：音雨，大而美的样子。

4. 公庭：庙庭。

5. 组：丝绳。

6. 籥：音月，乐器名。

7. 翟：音笛，此谓雉尾。

8. 渥赭：浸染成红色。

另 见

《唐风·采苓》：采苓采苓，首阳之颠。

　　"苓"就是现今的甘草，音义均同"蘦"，《本草纲目》和《尔雅》都称"蘦"。《本草经》说得很清楚："蘦，今之甘草也。"甘草多产于干燥且排水良好的地方，《唐风·采苓》指出采苓在首阳之颠（丘陵上部），颇符合甘草的生态习性。但《邶风·简兮》之"隰有苓"，如解"隰"为下湿之地，则甘草根必腐烂；"隰"对应"山"，宜解为"较低下的地方"，且生育地未必潮湿。

　　历代农书均有"药草篇"，描述常用的重要药草栽培法，众药之中独缺甘草。可见自古至今，甘草多采自野外，也显示古代黄河

华北民众会摘食甘草嫩叶供为菜蔬，因此《诗经》中采苓有可能充作菜蔬而非药用。此为云南甘草。

流域甘草分布普遍，民众能随意采集，供药用或蔬用。例如，山西民众常摘采甘草嫩芽和面蒸食，说其味甘如饴。其粗大的地下茎（根）干后颜色极黄，有特殊之甘味，为中药有名的缓和剂，自古就用来解毒，并调和诸药，有中药材的"国老"之称。《诗经》时代应已广泛使用为药物，《神农本草经》已有载录，"主五脏六腑寒热邪气"，并列为上品。《诗经》中采苓，可能供为药材或作蔬菜之用。

"苓"或解为"莲"，如《文选》李善注曰："苓，古莲字也。"《尔雅》和《毛传》皆谓："苓，大苦。"有人疑苓味苦，因而解"苓"为玄参科的地黄 [*Rehmannia glutinosa*（Gaert.）Libosch. *ex* Fisch. *et* Mey.]。

植物小档案

学名：*Glycyrrhiza uralensis* Fischer
科别：蝶形花科

多年生草本，高可达80厘米，主根长，粗壮 茎被白色短毛状腺体。奇数羽状复叶，小叶7—17，卵形或宽卵形，长2—5厘米，宽1—3厘米，先端极尖或钝，两面有短毛及腺体。总状花序腋生，花密集；花冠淡紫堇色。荚果扁平，镰刀状，外密生刺毛状腺体。分布于内蒙古、甘肃、新疆、东北、河北及山西等地。

蝱[1]

陟彼阿丘[2]，言采其蝱。女子善怀[3]，亦各有行[4]。许人尤
之，众穉[5]且狂。

我行其野，芃芃[6]其麦，控于大邦，谁因谁极[7]。

大夫君子，无我有尤。百尔[8]所思，不如我所之[9]。

——节录《鄘风·载驰》

注 解

1. 蝱：音忙。
2. 陟彼阿丘：陟，音至，登也；阿丘，大丘陵。
3. 怀：思念。
4. 亦各有行：行，音杭，道路。全句指各人想法不同。
5. 穉：音义同稚，幼稚。
6. 芃芃：音朋，茂盛貌。
7. 谁因谁极：因，亲善。极，至也。全句谓：谁与大国较
   为亲善，则由谁去控诉请托。
8. 百尔：你们。
9. 不如我所之：不如让我去吧。

　　《鄘风·载驰》之"言采其蝱"句，根据陆玑
的《诗疏》所说："蝱，今药草贝母也。"《唐本

137

贝母自古即为重要药材，花叶均有观赏价值。花紫色者通常是川贝母。（照片为孙卫邦提供）

草注》云"叶似大蒜"，鳞茎"形似聚贝子"，亦即贝母鳞茎的外形就像聚合的贝壳，因此称为"贝母"。鳞茎中富含贝母素（Peimissine）、西贝素（Sipeimine）等，自古即为重要药材。《神农本草经》记载，其主要功能为清热润肺、止咳化痰。

历代本草所记载的贝母并未区分种类，直至明末清初，才依照药用习惯分为川贝母及浙贝母。川贝母主产于西南、西北地区，多系野生。《鄘风·载驰》所言之"蝱"，应为本种，采用目的应是作为药材。浙贝母（*Fritillaria thunbergii* Miq.）的主产地在浙江，多系栽培。依本篇所言，从山丘采集之贝母，应不是浙贝母。陕西另产一种秦贝母（太白贝母，*F. taipaiensis* Li），但产量较少。产于华中地区的湖北贝母（*F. hupehensis* Hsiao et tlsia），在民间使用也有百年以上的历史，这些贝母均非《诗经》所言之种类。

贝母的白色鳞茎

贝母类主要作为药材栽培，但其花、叶均有观赏价值。川贝母花紫色，浙贝母花淡黄色，其他贝母花均为黄色至紫色，颜色与姿态均可观，可作为切花材料，也可栽种在花圃中观赏。

植物小档案

学名：*Fritillaria cirrhosa* D. Don
科别：百合科

多年生草本，基部土中有 2 枚鳞茎，径 1—1.5 厘米。叶对生，偶在中部散生或 3—4 枚轮生。叶线形至线状披针形，长 4—12 厘米，宽 0.3—0.5 厘米，先端有时卷曲。花单生，偶 2—3 朵簇生；紫色至黄绿色，通常具小方格；每花有 3 枚叶状苞片，花被片 6，外轮 3 片较细，内轮 3 片较宽，背面有密腺窝之凸起。蒴果径 1.6 厘米，有狭翅。分布于西藏、云南、四川、甘肃、陕西、山西等地之林中、草地、河滩或岩石缝中。

药材植物类

蓷[1]

今名：茺蔚；益母草

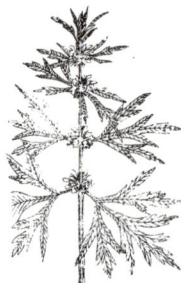

中谷有蓷，暵[2]其干矣。有女仳离，嘅其叹矣。

嘅其叹矣，遇人之艰难矣！

中谷有蓷，暵其修[3]矣！有女仳离，条其歗矣[4]。

条其歗矣，遇人之不淑矣！

中谷有蓷，暵其湿矣。有女仳离，啜其泣矣。

啜其泣矣，何嗟及矣[5]！

——《王风·中谷有蓷》

注 解

1. 蓷：音推。
2. 暵：音汉，干燥之貌。
3. 修：音休，干枯。
4. 条其歗矣：条其，悠长；歗，音义同啸。
5. 何嗟及矣：嗟叹后悔不及。

郭璞《尔雅注》说明"蓷"是"茺蔚"，"方茎白华，华生节间"，就是今之益母草。陆玑云："蓷，益母也，故曾子见之感思。"说曾子看到益母草就想起母亲。其实，益母草花色有红白两种，红花者即为《尔

花冠白色的益母草，是紫红色原种的变型。两者的功用与药效均相同。

雅》所谓之"蘦"也，白花者即"萑"也。《本草纲目》云："此草及子，皆荗盛密蔚，故名茺麻。"所以才名之为"茺蔚"。《神农本草经》将之列为上品，是常用的药用植物。

益母草全株具药效，可治妇人病，遂以"益母"为名。作为药材，益母草能和血行气，有助阴之功，治妇女一切诸病；又能"明目益精，久服令人有子"。唐代名医王焘在《外台秘要》一书中揭露武则天用益母草美容，以常保青春；此事也见载于《新唐书》："太后虽春秋高，善自涂泽，虽左右不悟其衰。"武则天高龄未见衰色，与益母草不无关系。

《王风·中谷有萑》所述者为耕田除草顺序，"暵其干"者，先曝晒之；"暵其修"者，用火烧之；"暵其湿"者，最后用水浇之。益母草至夏季果实成熟，全株干枯，一称"夏枯草"。诗中以益母草的凋枯现象，兴女子婚姻之不幸，因此曾子说"见益母而感"；或用益母草表示天旱岁荒。

植物小档案

学名：*Leonurus sibiricus* L.
科别：唇形科

一年生或两年生草本，高60—100厘米，具粗糙倒伏毛。叶对生，根生叶近圆形；叶缘3—9裂，具长柄。中部叶掌状3深裂。花序上的叶线形至线状披针形，全缘或疏锯齿。叶两面均被柔毛。花序头状，腋生；花冠白色或紫红色，二唇瓣；雄蕊4，二强。小坚果三棱形，黑褐色。分布于日本、韩国、大陆南北各省及琉球、台湾等地。常生长在路旁、荒地、旷野等向阳处。

艾

今名：艾草

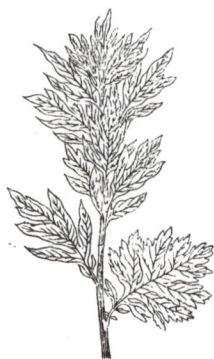

彼采葛¹兮，一日不见，如三月兮。
彼采萧²兮，一日不见，如三秋³兮。
彼采艾兮，一日不见，如三岁兮。

——《王风·采葛》

注 解

1. 葛：葛藤，见本书 237—240 页。
2. 萧：牛尾蒿，见本书 476—479 页。
3. 三秋：三季。

　　艾草植株含有各种挥发油，如水芹烯（Phellandrene）、荜澄茄烯（Cadinene）、侧柏醇（Thujyl alcohol）等，香气浓郁，有很强的抗菌作用。自古以来，被用来治百病：或煎汤、入丸、入散、捣汁内服，或制成艾条熏灸，或煎水熏洗、炒热温熨，用来止伤血、妇女崩中，以及治下痢、盗汗不止、头风、面疮等，也可杀蛔虫，故有"灸草、"冰台""医草"之名。

　　"艾叶生田野，处处有之"，采农历正月生的艾草根芽可以生食，滋味"香而脆美"，煮熟亦可为菜蔬。洗净之后的幼嫩艾叶，切碎用水煮熟，搓烂榨汁和糯米粉，就可做成台湾民间常吃的"青草粿"。

南北朝之前，民间习俗会在端午节悬艾草于门上以消除毒气，《荆楚岁时记》记载这个习俗："五月五日，四民并蹋百草……采艾以为人，悬于门户上，以禳毒气。"本习俗一直沿用至今。古人也会将艾叶剪成虎形，戴在头上，用以辟邪。《本草纲目》记载："嫩艾和面作馄饨如弹子，吞三五枚，以饭压之，治一切鬼恶气。"

《王风·采葛》篇用植物的生长习性来表示时间："彼采葛兮，一日不见，如三月兮。"葛生长前后只需三个月即可开花结果，所以说如三月兮；"彼采萧兮，一日不见，如三秋兮。"萧必须待秋而成熟结实，所以说如三秋兮；"彼采艾兮，一日不见，

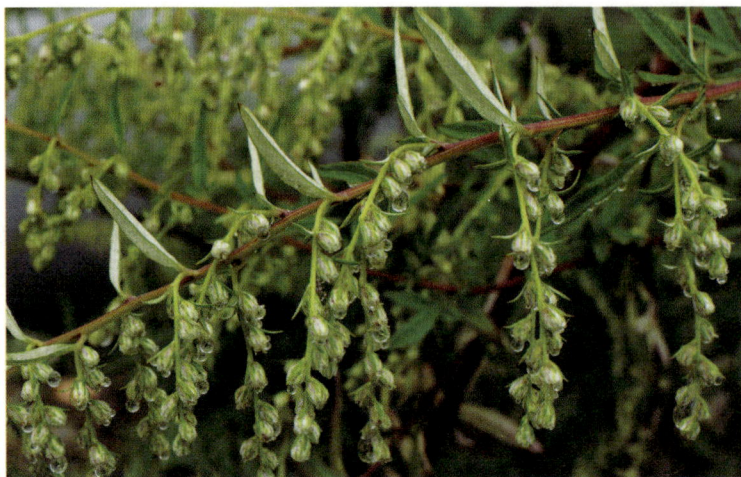

艾草自古以来即用于治百病，是重要的中药材。 头花在分枝上集生成穗状。

如三岁兮。"艾草长得越久越好，即"凡用艾叶，须用陈久者"之谓，最久者可至三年，所以说如三岁兮，即孟子所谓的"七年之病求三年之艾"。艾草以苗短者为佳，古人记载宜在农历三月三日、五月五日采叶曝干，经陈久方可使用。

植物小档案

学名：*Artemisia argyi* Levl. *et* Van.
科别：菊科

多年生草本，植株有浓烈香气，嫩枝被灰色绒毛。叶厚纸质，茎下部叶近圆形或阔卵形，羽状深裂，裂片2—3，每裂片又有2—3小裂片。上部叶羽状半裂、浅裂或不分裂，较小，有各种形状。叶表面被灰色短柔毛，背面密被白色绒毛。头花在分枝上集生成穗状，在茎顶形成圆锥花序；均为管状花，紫色。分布于中国境内低海拔至中海拔之荒地、路边、山坡、草原等地区，蒙古、朝鲜半岛、西伯利亚亦产。

蕍¹

今名：泽泻

彼汾一方²，言采其桑。

彼其之子，美如英³；美如英，殊异乎公行⁴。

彼汾一曲⁵，言采其蕍。

彼其之子，美如玉；美如玉，殊异乎公族⁶。

——节录《魏风·汾沮洳》

注 解

1. 蕍：音续。
2. 一方：一旁。
3. 英：花。
4. 公行：官名，主兵车之行列者。
5. 曲：水流弯曲处。
6. 公族：官名，掌国君宗族者。

　　陆玑《诗疏》《毛诗传》均认为"蕍"即今之泽泻。泽泻的块茎可作为药材，《神农本草经》已开始载录，且被列为上品。"去水曰泻，如泽水之泻也。"说明本品之药效。

　　泽泻全株有毒性，特别以地下根头为甚，自古即

药材植物类

147

为除湿、利尿药。《诗经》时代可能当作药用植物采集。《本草纲目》记载泽泻"久服轻身面生光，能行水上"，还可以"月行五百里"。

泽泻生于沼泽边缘，从东北、华北地区分布至华中、华南及西南地区，是水边处处可见、秋天开白花的草本植物。适应性颇强，极具观赏价值，目前已在中国内地及世界许多地区推广栽植，成为水塘、池沼的水生观赏植物。

由于各代本草书籍论及泽泻时，均无"荬"之别名，因此"荬"所指的植物种类还有许多不同看法，譬如郭璞就不认为

泽泻适应性强，水边处处可见，是古代重要的药材。

"藚"为泽泻；郑樵《注》也说："藚
状似麻黄，亦谓之续断，其节拔可复
续，生沙阪。"耿煊可能据此指藚为续断
科之续断（*Dipsacus japonicus* Miq.）。另
外，王夫之认为"藚"为苋科的牛膝（*Achyranthes
bidentata* BL.），所持的理论是："藚之为言
续，牛膝有续筋接骨之功。"这些植物和泽泻
一样，都是自古以来经常使用的药材。

植物小档案

学名：*Alisma plantago-aquatica* L.
科别：泽泻科

多年生草本。基部有块茎，生于浅泽之中。叶根生及丛生，有长柄，叶片
椭圆形，长3—18厘米，宽1—9厘米，先端渐尖至锐尖，基部心形至楔
形；脉5—7，脉间有横脉联系之。花轮生呈伞形状，再集合成圆锥花序；
花被二轮，外轮3片，萼片状，内轮3片，花瓣状，白色；心皮多数，离
生，轮生。果为轮生之瘦果。分布于中国大部分省区，以及蒙古、日本、
印度北部等。

翩翩者雏[1]，载飞载下，集于苞[2]栩[3]。

王事靡盬[4]，不遑[5]将[6]父。

翩翩者雏，载飞载止，集于苞杞。

王事靡盬，不遑将母。

——节录《小雅·四牡》

注解

1. 雏：音追，小鸠。

2. 苞：茂盛。

3. 栩：麻栎，见本书 340—343 页。

4. 盬：音古，止息。

5. 不遑：无暇。

6. 将：养。

另见

《秦风·终南》：终南何有？有纪有堂。

《小雅·杕杜》：陟彼北山，言采其杞。

《小雅·四月》：山有蕨薇，隰有杞桋。

《小雅·北山》：陟彼北山，言采其杞。

　　《尔雅》和朱熹的《集传》都说："杞，枸檵。"枸檵为枸杞
之古名。《诗经》的"杞"分属于三种植物：一是《郑风·将仲
子》"无折我树杞"，"杞"为柳树类（见本书369—372页）；
二是《小雅·南山有臺》的"南山有杞"及《小雅·湛露》的"在
彼杞棘"，此"杞"为枸骨（见本书465—467页）；三是《小

枸杞植株可以供应一年四季食用，即"春食苗，夏食叶，秋食花实，冬食根"。上图为果实"枸杞子"，是重要药材。

雅·四牡》的"集于苞杞"、《小雅·四月》的"隰有杞桋"、《小雅·杕杜》及《小雅·北山》的"言采其杞"，"杞"都是指枸杞而言。而《秦风·终南》"有纪有堂"之"纪"，则为"杞"的假借字，亦为枸杞。

枸杞常和酸枣（棘，见本书 171—174 页）、黄荆（见本书

381—384页）等，一同生长在干旱的黄土高原荒地，是黄河流域常见的耐旱植物。这三种植物均出现在《诗经》的不同篇章。

　　枸杞的苗和幼叶可作菜蔬或代茶饮，苏东坡称枸杞苗为"仙苗"及"仙草"。果实名"枸杞子"，有坚筋骨、补精气、滋肾润肺的功能，早已成为民间重要药材。根皮名"地骨皮"，有消渴、退热、补正气的效用，列入《神农本草经》上品药材。古人还认为久服枸杞，可使白头发变黑且能延年益寿、返老还童。因此"春食苗，夏食叶，秋食花实，冬食根，庶几乎西河南阳之寿"，一年四季，叶、花、果实、根都是食品及药材。《本草纲目》说俗谚有"去家千里，勿食枸杞"的说法，言其药性有增加性功能的效果。另外，据说道家女神之宗瑶池金母手中的"西王母杖"，就是用枸杞根制成的。

植物小档案

学名：*Lycium chinensis* Mill.
科别：茄科

落叶蔓性灌木，枝细长柔弱，有棘刺。叶互生，卵形至卵状披针形，长1.5—5厘米，宽0.5—2.5厘米。花1—4朵簇生于叶腋；花梗纤细；合瓣花，放射相称，为淡紫色，裂片有缘毛；雄蕊5。红色浆果长椭圆状卵形，长0.5—1.5厘米；种子肾形，黄色。产于大陆华北、华中及东南各省，常生长在山坡荒地，台湾有栽培。

葽[1]

今名：远志

四月秀[2]葽，五月鸣蜩[3]。八月其获，十月陨萚[4]。

一之日于貉[5]，取彼狐狸，为公子裘。

二之日其同[6]，载缵[7]武功，言私其豵[8]，献豜[9]于公。

——节录《豳风·七月》

注 解

1. 葽：音腰。
2. 秀：开花而结实之草。
3. 蜩：音条，蝉也。
4. 陨萚：陨，音允，落也；萚，音拓，草木落下地的皮叶。
5. 貉：音何，貉为猎祭，此处指狩猎。
6. 同：会同。
7. 载缵：缵，音纂，继续。
8. 豵：音宗，小猪。
9. 豜：音坚，大猪。

　　"葽"又名绕、蒬菀、葽绕或小草。多数注释家认为"葽"即为远志，如郭璞《尔雅注》就说："葽"形似麻黄，"叶锐而黄"，即今之远志也。农历四月

已经结实的植物不多，远志是最常见的一种。

　　远志的地上部称为"小草"，根部称为"远志"，诗文常两个名称相互出现。《本草经》说远志"强志倍力，久服轻身不老"，《本草纲目》则说"此草服之能益智强志"，因此名为"远志"，自古即视为重要的药用植物。此药"功专于强志益精，治善忘"，

"功同人参、茯苓、白术，能补心；同黄耆、甘草、白术，能补脾；同地黄、枸杞、山药，能补肾；同白芍、当归、川芎，能补肝；同人参、麦冬、沙参，能补肺"，能消惊痰，能镇惊，能止阴虚盗汗，能止阳虚自汗等。

《本草纲目》云："远志有大叶、小叶二种。"是指常用之药材含有二类，本属中国却有 42 种 8 变种之多，唯仅少数种之根可入药。如黄花远志（*Polygala arillata* Buch.-Ham.）、瓜子金（*P. japonica* Houtt.）、白花远志（*P. arvensis* Willd.）等。这些种类的植物体化学成分和远志相似，均可视为《诗经》所言之"蒐"。

此外，郑玄疑"蒐"为王瓜，《诗经草木今释》也指出"蒐"即王瓜。王瓜（*Thladiantha dubia* Roem.）属瓜科，叶似栝楼，略呈圆形，表面有刺毛，开黄花，结实如弹丸，成熟时果实为红色。

植物小档案

学名：*Polygala tenuifolia* Willd.
科别：远志科

多年生草本，微被柔毛。叶线形，长 1—3 厘米，宽 0.2—0.3 厘米。总状花序腋生，最上花序假顶生；花蓝紫色；萼片 5，外轮 3 片较小，内轮 2 片花瓣状，宿存；花瓣 3，中间花瓣背面有鸡冠状附属物；雄蕊 8，花丝下部 2/3 合生成鞘状。蒴果倒心形，长约 0.6 厘米，周围具狭翅。分布于东北、华北以及山东、陕西，生长在山坡草地及路旁。

药材植物类

果蠃[1]

今名：栝楼

我徂[2]东山，慆慆[3]不归。我来自东，零雨[4]其濛。果蠃之实，亦施于宇。伊威[5]在室，蟏蛸[6]在户。町疃[7]鹿场，熠耀宵行[8]。不可畏也！伊可怀[9]也！

——节录《豳风·东山》

注解

1. 蠃：音裸。
2. 徂：读为粗之第二声，往也。
3. 慆慆：音滔，长久。
4. 零雨：细雨。
5. 伊威：虫名，常栖息在阴湿之处。
6. 蟏蛸：音萧梢，长足蜘蛛。
7. 町疃：町，音挺；疃，读为团之第三声。町疃为田舍旁的空地。
8. 宵行：萤火虫。
9. 怀：忧思。

《尔雅》说明"果蠃之实"，即今之栝楼。果蠃又名地楼、天瓜，果实名"黄瓜"。《神农本草经》所称的栝楼，系指其果实而言。块根之淀粉色白如雪，

植株为多年生藤本，用卷须攀缘他物或其他植物体；开白花。

俗称"天花粉"，可用来制作烧饼、煎饼，切细可做面条，"采栝楼穰煮粥食，极甘"。古今分布极为普遍，在古代是一种食用植物及药用植物，取食部分为块根。

果实与种子有抗菌、抗癌作用，用来润肺、化痰、散结及滑肠，治疗多种胸、肺、脾疾病。栝楼根中含有一种蛋白质，名"天花粉蛋白"，另有多种氨基酸。因此除上述之食用价值外，中医也常取新鲜天花粉中的蛋白质制成针剂，用于妊娠引产及治疗恶性葡萄胎、绒癌等。栝楼茎叶也是药材，以其清芬凉爽性质，用来治中热伤暑等症状。自《神农本草经》以来，就是历代药书登载的重要药材。

古人对栝楼的生长观察得相当详细，如《尔雅正义》云："栝楼四月生苗，引藤蔓长，及秋而华……秋末成实，下垂如拳，或长而锐，或小而圆。"《豳风·东山》所言："果臝之实，亦施于宇。"描写的是一串串橘黄色的栝楼果实蔓生于屋檐上，用以表示房屋久不住人，形成老藤盖瓦、细蔓侵窗的荒废景象。

植物小档案

学名：*Trichosanthes kirilowii* Maxim.
科别：瓜科

多年生光滑藤本，具圆柱状块根。叶轮廓近圆形，径7—20厘米，常3—7浅裂或中裂。卷须2—5分叉。雌雄异株，雄花数朵簇生总花梗上部，雌花单生；花冠白色，裂片先端细裂成流苏状；雄蕊3，花药S形曲折。橘黄色果近球形，径8—10厘米，光滑。分布于华北至长江流域各地，韩国、日本亦产。

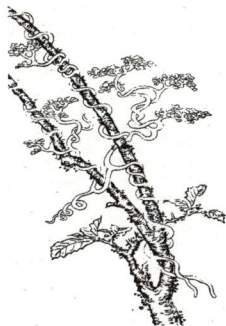

爱采唐[1]矣？沬[2]之乡矣。

云谁之思？美孟姜[3]矣。

期[4]我乎桑中，要[5]我乎上宫，

送我乎淇[6]之上矣。

——《鄘风·桑中》

注 解

1. 爱采唐：何处采菟丝？
2. 沬：音妹，卫国地名。
3. 孟姜：姜姓长女。
4. 期：约会。
5. 要：音义同邀。
6. 淇：淇水。

　　《诗经》所言之"唐"，《尔雅》说："唐，蒙也。"一名"菟芦"，今名菟丝。菟丝为藤蔓状的寄生植物，攀附在其他植物体上，本身无叶绿素，必须以吸收根伸入其他植物的维管束，吸收寄主的水分及养分而活，无法独立生存。菟丝常寄生在各种作物、果树、

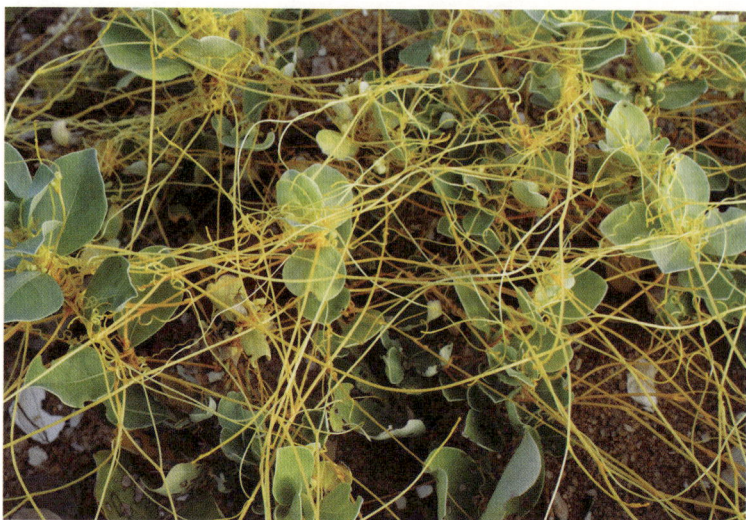

花卉的植物体上，影响栽培植物生长，农业上视为有害杂草。

《诗经》有许多篇章是以采集植物起兴的，而所采植物均应与当时生活有关：有的是菜蔬，有的如本篇是常用的药材；更多植物是用来比喻、影射事物或心情，如《古诗十九首》云："与君为新婚，菟丝附女萝。"《博物志》说："女萝寄生菟丝，菟丝寄生木上。"则二物以同类相依附也。菟丝和女萝都是依附在其他植物体上生长，用以比喻新婚夫妇相互依附的关系。

菟丝为常用中药材，《神农本草经》列为上品。"汁去面皯"，意即用来去除脸上的黑色素，也就是古代的"美白"材料；亦为滋养性强壮药，"补不足，益气力""久服明目，轻身延年"。

菟丝在中国境内有 5 种以上，《诗经》及其他古典文学作品

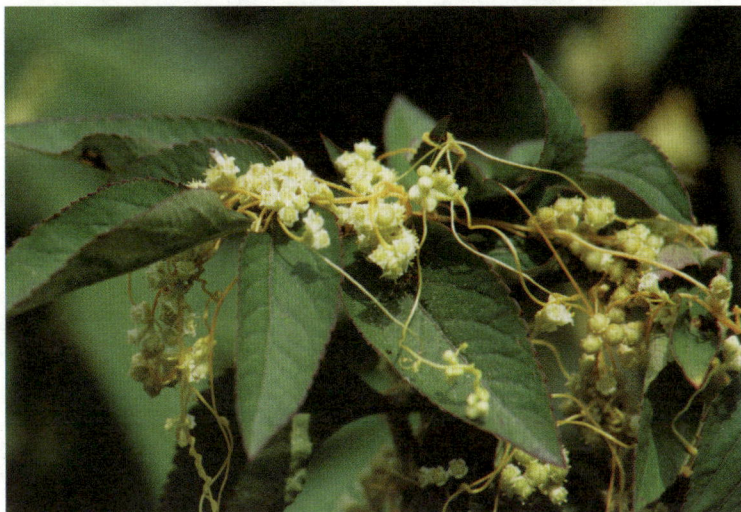

菟丝植物体无叶绿素，靠吸收根伸入寄主植物的维管束吸取水分和养分。图为菟丝的花与果。

所言之菟丝除本种外，可能亦指大菟丝子（*Cuscuta europaea* L.）、日本菟丝子（*C. japonica* Choisy）等分布于中国北方各省的种类。

植物小档案

学名：*Cuscuta chinensis* Lam.
科别：菟丝子科（玄参科）

一年生之寄生性草质藤本。茎细弱，黄色，缠覆其他植物。花小，簇生成伞形或团伞花序，总梗短或无；花冠浅5裂，黄白色，壶形，长约0.3厘米；雄蕊着生于花冠裂片下；花柱2，柱头球形。蒴果球形，径0.3厘米，殆全为宿存的花冠所包，成熟时整齐盖裂；种子2—4。分布东北、华北、西北各省、新疆、江苏、安徽等及伊朗、阿富汗至日本、朝鲜半岛、澳大利亚等地区。

第五章

果树类

就果树类而言，《诗经》时代多数为野生种类，也有少数人工栽培的果树。在农业产生之前，野生植物的果实是人类食物的重要部分。中国植物兼具热带、温带、寒带特色，果树资源丰富，使中国成为世界八大栽培植物起源中心之一，也是世界主要三个果树原产地之一。温带落叶果树桃、李、梨、枣，和亚热带果树柑橘类等都起源于此。

野生果实虽然很早就被人类采食利用，但成为栽培植物却较迟。栽培果树的出现，是从人类采食植物累积经验后开始的。绝大多数的重要果树，人类早在史前时代以前就已学会栽培。

• <u>分职设官，以确保果蓏供应</u>

中国文化和历史悠久，很早就有栽培、选育果树的记载。从《诗经》的记录，远在二千年以前或史前时代，就已经从西方世界引进作物及果树进行栽培。有些是原产，有些是引种驯化的外国种类。

《周礼》有天官"甸师"，供"野果蓏之荐"，工作内容就是采集野生果实；还有地官"载师"，以"廛里任国中之地"；"场人"官职，"掌国之场圃，而树之以果蓏珍异之物，以时敛而藏之"。说明周时，设有"甸师""载师""场人"以分别掌理果蓏之事。果蓏就是果树蔬菜，果实有核者称"果"，即桃、梅、李、枣之类；果实无核者称"蓏"，即瓠、黄瓜等以采收新鲜果实供食之植物。"凡祭祀、宾客，共（供）其果蓏，享亦如之。"

• <u>《诗经》果树，多数为野生种，少数为栽培种</u>

瓜果是《诗经》时代重要的食物，《唐风·有杕之杜》："有杕之杜，生于道周。""杜"是杜梨或称棠梨；《召南·摽有梅》："摽有梅，其实七兮。""梅"是梅实；《秦风·晨风》："山有苞棣，隰有树檖。""檖"是豆梨；《桧风·隰有苌楚》："隰有苌楚，猗傩其枝。""苌楚"即猕猴桃；《豳风·七月》："六月食郁及薁……八月剥枣。""郁"是郁李，"薁"是山葡萄；《小雅·四月》"山有嘉卉，侯栗侯梅。""栗"是板栗。这些篇章显示棠梨、梅、豆梨、枣、猕猴桃、郁李、山葡萄、板栗等，都是《诗经》提及的食用水果，且多采自天然生长的野生植物。除上述种类之外，各篇章提及的野生果树还有葛藟（野葡萄）、枸（枳椇）、楰（苦楸）、栵（茅栗）等。《诗经》全无热带和亚热带果树。

上述《诗经》提到的果树，虽然多数为野生种类，但也有少数人工栽培的果树，如《魏风·园有桃》："园有桃，其实之殽""园有棘，其实之食"，说明园中种有桃、酸枣（棘）。根据诗篇内容，并对照已出土的考古资料，《诗经》时代人工栽培的果树尚有李、梅、枣、榛、甜瓜、栗等。

许多果树，或花形美丽或花色缤纷，除了收成果实，有时也栽植供观赏用。如开白花的棠梨、梨、梅、李等，开粉红色花的桃、木瓜、木桃等，自古即栽种在庭院、花园供赏玩。有些果树还发展出专供观赏的品种，如碧桃、红梅等。许多果树，至今仍是广泛栽培的观赏花木。

棘

今名：酸枣

凯风[1]自南，吹彼棘心。棘心夭夭[2]，母氏劬劳[3]。
凯风自南，吹彼棘薪。母氏圣善，我无令人[4]。
爰有寒泉？在浚[5]之下。有子七人，母氏劳苦。
睍睆[6]黄鸟，载好其音。有子七人，莫慰母心。

——《邶风·凯风》

注 解

1. 凯风：南风。
2. 夭夭：年少而好貌。
3. 劬劳：劬，音渠，劳苦。
4. 令人：善人。
5. 浚：音俊，城名。
6. 睍睆：睍，音现；睆，音缓。睍睆为美好貌。

另 见

《魏风·园有桃》：园有棘，其实之食。
《唐风·鸨羽》：肃肃鸨翼，集于苞棘。
《唐风·葛生》：葛生蒙棘，蔹蔓于域。
《秦风·黄鸟》：交交黄鸟，止于棘。
《陈风·墓门》：墓门有棘，斧以斯之。
《曹风·鸤鸠》：鸤鸠在桑，其子在棘。

果树类

171

《小雅·湛露》：湛湛露斯，在彼杞(棘)。
《小雅·大东》：有饛簋飧，有捄(棘)匕。
《小雅·楚茨》：楚楚者茨，言抽其(棘)。
《小雅·青蝇》：营营青蝇，止于(棘)。

宋代陆佃《埤雅》阐释"枣"与"棘"的不同，表示树高大者称枣，矮小者称棘。这是华北、华中地区最普遍的野生果树，通常为灌木。"棘"今称酸枣，皮较细，茎的棘刺较多，叶似枣而小，果红紫色且较圆小；多生长在崖壁上，形体较小，且长成大木者少。酸枣有时列为枣的变种，学名为 *Zizyphus jujuba* Mill. var. *spinosa*（Bunge）Hu *ex* Chou。一般认为枣为先民自酸枣林中选出树型及果实较大者，长期培育而成。

《诗经》中只有一处言"枣"，有十一处言"棘"，而其中的"园有棘"句，意为人工栽植的棘树，可见当时"枣""棘"有时尚无法严格区分。其他各句的"棘"，有四句和鸟的栖息之处有关，都可解为野生的酸枣树，或其他有刺灌木。根据《周礼》，外朝的政法规定：在衙门的左侧种九棵酸枣，是卿大夫的位置；右侧也种九棵酸枣，是公侯伯子男的位置。由此可见，酸枣在《诗经》时代与周人生活息息相关。

酸枣古时亦称"樲棘"，孟子曰："舍其梧槚，养其樲棘。"樲为副贰（次之，附属）之意。樲棘是到处分布的野生酸枣树，果实味酸而不堪食用。酸枣和黄荆（见本书381—384页）常共同生长在华北海拔 500 米以下地区，因此有"披荆斩棘"的成语。

酸枣茎棘刺多，花叶均较枣小，果实味道酸，一般当成药材使用。

酸枣果实味道酸，自古用作安眠药，称为"酸枣仁"，《神农本草经》列为上品。古代医方中，胆虚不眠、骨蒸不眠、虚烦不眠等症候，主药都是酸枣仁。《诗经》时代以前可能多当成水果食用，汉代以后则多作药材使用。

植物小档案

学名：*Zizyphus spinosa* Hu
科别：鼠李科

灌木或小乔木，小枝形成"之"字形，具长刺及反曲之刺，长刺长达2厘米。叶互生，基部脉三出，长卵形，长2—3厘米，宽0.6—1.2厘米；细锯齿缘，两面光滑。花2—3朵丛生叶腋，形成短聚伞状；花黄绿色，径0.3—0.4厘米。核果近球形，径0.7—1.5厘米，熟时暗红。原产于中国，分布在东北、华北、新疆、华中、华南等地。

八月剥[1]枣，十月获稻。为此春酒，以介眉寿[2]。

七月食瓜，八月断壶[3]，九月叔苴[4]。

采荼薪樗[5]，食我农夫[6]。

——《豳风·七月》

注 解

1. 剥：击打使之落下。

2. 以介眉寿：介，求也；眉寿，高寿。

3. 断壶：壶，瓠之假借，见本书 081—084 页。断壶，断瓜蒂而取之。

4. 叔苴：叔，捡拾；苴，音居，大麻，见本书 241—244 页。

5. 采荼薪樗：荼，苦菜，见本书 026—028 页；樗，臭椿，见本书 355—357 页。全句意为：采摘苦菜供食，砍伐臭椿当柴薪。

6. 食我农夫：给我农夫吃。

　　枣，又名大枣、红枣，是经由野生酸枣植株长期选育驯化而成的果树。陆佃《埤雅》说："枣性重乔，棘则低矣，故其制字如此。"故重朿；棘性低，故并朿。"意即枣树和酸枣都是有刺的植物，枣树可长成

高大的乔木，用叠起来的两个"朿"表示；酸枣是较小的灌木，古人常成排列植以为围篱，以并排的两个"朿"造字，以棘称酸枣。事实上，两者的中间型常可在野外见之，有些性状如树高、叶的大小、果实形状及大小等，单株之间常呈现连续性变异。

　　《诗经》的《豳风·七月》篇是枣树栽培的最早记录，可见枣栽植作为果树的历史悠久。北魏时期出版的《齐民要术》已视枣树为主要的栽培果树而载录，其他同时记载的果树，仅桃、李、梅、杏、梨、栗、柿等十数种。考古证据显示，早在七千年以前，先民就已采食枣果。经过数千年的育种，枣类品种已难以算计。1993年出版的《中国果树志·枣卷》共收载枣品种700

枣是由酸枣林中选出果实较大且味甜者，长期培育而成的果树。

个，其中制干品种 244 个，鲜食品种 261 个，蜜枣品种 56 个，兼用品种 159 个。

　　枣子在周代，不仅是食用水果，也是送往迎来、起居礼仪不可或缺的货品。《仪礼·士昏礼第二》就规定：新妇第二天拜见公婆时，必须"执笲枣栗……进拜"，其中的枣即红枣，栗即板栗。各种祭典、丧礼的祭品中，也都备有枣。

　　枣果干燥后极易储藏。古代中原地区无甘蔗、甜菜之产，甜品取食不易，推测汉代以前，枣果应是古人甜食的主要来源。除《诗经》之外，农书自《夏小正》以下，至清代的《授时通考》《植物名实图考长编》等，全都大篇幅记载枣树的栽植法、枣果的收成和储藏法，足证其地位之重要。

植物小档案

学名：*Zizyphus jujuba* Mill.
科别：鼠李科

落叶小乔木，小枝各节有托刺。叶纸质互生，排成二列，基部脉三出，卵状椭圆形，长 3—9 厘米，宽 2—6 厘米；两面光滑。聚伞花序或单花；瓣乳白色，萼绿色，径 0.5—0.8 厘米。核果各种形状，以椭圆形至长圆形为多，熟时暗红色。原产于中国，各省区均有栽培。

甘棠

古又名：杜；棠

今名：棠梨；杜梨

蔽芾[1]甘棠，勿翦勿伐，召伯所茇[2]。

蔽芾甘棠，勿翦勿败[3]，召伯所憩。

蔽芾甘棠，勿翦勿拜[4]，召伯所说[5]。

——《召南·甘棠》

注　解

1. 蔽芾：芾，音废。树木茂盛掩覆之貌。

2. 茇：音拔，憩息于草中。

3. 败：毁坏。

4. 拜：屈折。

5. 说：音税，休憩也。

另　见

《唐风·杕杜》：有杕之杜，其叶湑湑。

有杕之杜，其叶菁菁。

《小雅·杕杜》：有杕之杜，有睆其实。

有杕之杜，其叶萋萋。

《唐风·有杕之杜》：有杕之杜，生于道左。

有杕之杜，生于道周。

《秦风·终南》：终南何有？有纪有堂。

果树类

棠梨果实小且酸涩不易入口；春天开白花，花叶繁盛非常美丽。

诗中"甘棠"为今之棠梨或杜梨。《召南·甘棠》之召伯为周宣王的大臣，有治绩，其居处有一株杜梨。当他离去之后，怀念他的百姓细心保护这株树以为纪念，成为"甘棠遗爱"及"甘棠之惠"的典故，后世诗文经常引述。

梨属（*Pyrus* spp.）植物全世界有 30 多种，中国原产的有 13 种。其中有果实大型的真梨类，包括常见果树沙梨（*P. bretschneider* Rehd.）及白梨 [*P. pyrifolia*（Burm.）Nakai]；果实小型的杜梨类，包括棠梨（杜梨）、豆梨（*P. calleryana* Dcne.）等。棠梨果径小于 1 厘米，果实可分为白、红两类。白色者为白棠，即所谓的"甘棠"，又简称为"棠"或"堂"；《诗经·召南》《秦风》提及者属之，其果酸味少，比较好吃。果实为红色者是"赤棠"，简称"杜"，《唐风》提及者为此类。

长江流域、黄河流域各省野生的棠梨很多，虽然果实小，但植株种植容易，耐寒冷、抗干旱，适应各种生育地，常作为其他梨树之砧木。

春季满树白花，深具观赏价值，自古以来就常栽植在公廨或墓园中作为庭园树，例如上述召伯的住处；也可栽植成条列状或成片之绿篱。上述之赤棠，果实酸涩不易入口，但木材纹理亦赤红，可作弓材。另外，《救荒本草》说："采花煠熟食，或晒干，磨面作烧饼食。"荒年时，甘棠的花还可当作粮食。

植物小档案

学名：*Pyrus betulaefolia* Bunge
科别：蔷薇科

落叶灌木或小乔木，枝上有棘刺，嫩枝被灰白色绒毛。叶互生，卵圆形至长卵状圆形，长 5—8 厘米，宽约 3 厘米；粗锐锯齿缘。总状花序，6—15 朵花聚成伞形状；花瓣白色，雄蕊 20，花药紫色。梨果近球形，径 0.5—1.0 厘米，果皮褐色，布有斑点。产于黄河流域及长江流域，即华北、西北、华中各省。

梅

今名：梅

摽[1]有梅，其实七兮[2]。求我庶士，迨其吉兮[3]。

摽有梅，其实三兮。求我庶士，迨其今兮。

摽有梅，顷筐塈[4]之。求我庶士，迨其谓[5]之。

——《召南·摽有梅》

注 解

1. 摽：音鳔，击落。
2. 其实七兮：谓树上果实有七成。
3. 迨其吉兮：吉时已到。
4. 塈：音同系，取之。
5. 谓：相聚，或开口说话。

另 见

《陈风·墓门》：墓门有梅，有鸮萃止。

《曹风·鸤鸠》：鸤鸠在桑，其子在梅。

《小雅·四月》：山有嘉卉，侯栗侯梅。

梅原产四川、湖北山区，除《诗经》外，《山海经》《尔雅》均有梅的记载，梅在中国的栽培历史有三千多年。果实在古时供作调味品（醋），即《书经》所言之："若作和羹，尔惟盐梅。"《诗经》各篇所言之梅，大抵以收成果实为主。《小雅·四月》："山有嘉卉，侯栗侯梅。""栗"为板栗果实，栗、梅并提，此梅自是指果实而言。《召南·摽有梅》描述少女见日益成熟稀少的梅子，而感叹时光流逝，表现出急欲求爱的心情。后世遂以"摽梅之感"来形容女子年长未嫁而暗自感伤。

观赏梅花的风气大概始于汉代，但汉、晋两代并无咏梅诗，南北朝、隋、唐对梅花也不重视。梅花的地位至宋才确立，宋诗、宋词中与梅有关的咏颂句，主角大都是梅花。自宋代范成大的《范村梅谱》，至现代的《中国梅花品种图志》，栽培应用的梅花品种有

梅子成熟时，形较圆满，外皮呈黄绿色。古代栽植梅树主要是收成果实供作调味品。

300 种以上。主要品种可分成三大类：一是白梅类，果实成熟时黄白色，收成制梅干用；二是青梅类，果实成熟时黄绿色，供制蜜饯及青梅酒；三是花梅类，供观花为主，包括不同的红花品种。近代梅的主要分布地区在长江流域、西南及华南地区，长江以北反而分布较少。

自古文人墨客对于梅花，或咏之以诗或形之于画，且比之高人、隐士、清友、瘾仙，花格之高已驾乎姚黄魏紫（牡丹品种）之上。《群芳谱》说："梅的枝干苍古，姿态清丽，岁寒发花，芬芳秀丽。"所以古今文人皆喜欢栽种，遗风流传到现代。南朝陆凯与范晔友好，曾寄梅花给对方，并赠诗一首："折梅逢驿史，寄与陇头人。江南无所有，聊赠一枝春。"

植物小档案

学名：*Prunus mume* Sieb. *et* Zucc.
科别：蔷薇科

落叶小乔木，枝平滑。叶卵形，长 5—8 厘米，先端长尾尖；边缘细锯齿。叶柄长约 1 厘米，近叶基处有两腺体。花先叶开，单生或 2—3 朵簇生；花瓣白色，有时淡红色，有淡香；雄蕊多数；心皮 1，密生短柔毛。核果近球形，两边稍扁，外果皮有沟，径 2—3 厘米，被短绒毛，味道极酸。原产于中国西南，目前各地均有栽培，发展出许多品种，有果用梅及花用梅之分。

葛藟[1]

今名：野葡萄；光叶葡萄

南有樛木[2]，葛藟累[3]之。乐只[4]君子，福履[5]绥之！
南有樛木，葛藟荒[6]之。乐只君子，福履将[7]之！
南有樛木，葛藟萦之。乐只君子，福履成之！

——《周南·樛木》

注 解

1. 藟：音垒。
2. 樛木：樛，音纠。樛木，树木向下弯曲。
3. 累：音雷，缠绕攀援。
4. 乐只：乐哉。
5. 履：禄也。
6. 荒：掩盖。
7. 将：扶助。

另 见

《王风·葛藟》：绵绵葛藟，在河之浒。
绵绵葛藟，在河之涘。
绵绵葛藟，在河之漘。
《大雅·旱麓》：莫莫葛藟，施于条枚。

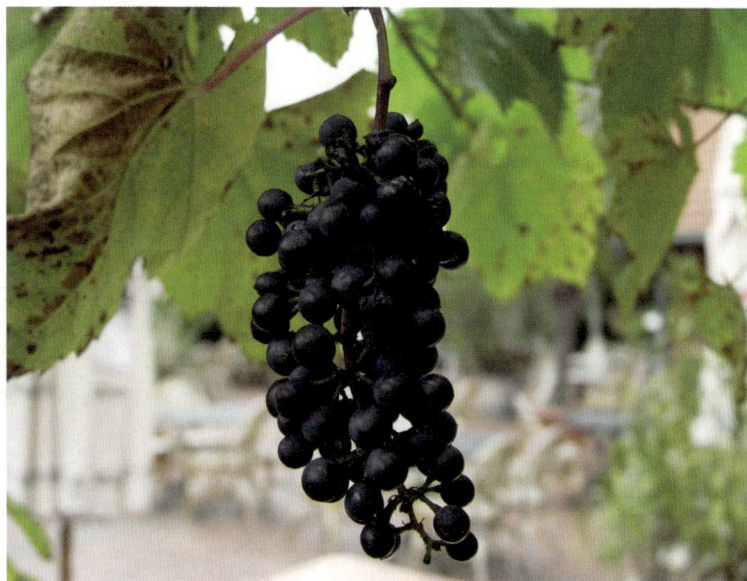

《诗经》时代葡萄尚未引至中土。此为当时常见的光叶葡萄果序，和近代葡萄形态相近。

　　葡萄属（*Vitis* spp.）植物全世界有 70 多种，只有少数种类，如欧洲葡萄（*V. vinifera* L.，即今日最盛行、直称"葡萄"的栽培品种）、美洲葡萄（*V. piasezkii* Maxim.）等，直接用到果树栽培上。中国也有数种原生食用葡萄种类，《诗经》本篇及其他各篇所言之葛藟、蘡薁（蘡薁葡萄 *V. thunbergii* S. & Z.）等植物，皆是中国原产的可食性野生葡萄，唯中国原产之野生种类果实极小，并未进行大量的商品栽培。

　　葛藟枝有卷须，常攀附其他树的树枝并往上蔓生至树冠，因此才会在弯曲的枝桠上"累之""荒之""萦之"，或在河边湿地上蔓延生长，覆盖整段河岸或整片湿地。葛藟之叶、果实均和葡萄相似，只是形状较小。果实成熟时青黑微赤，可供食用，但味道酸而不美，古人采集可能泰半用以酿酒，少部分作为果蔬用。直至汉代张骞出使西域带回葡萄后，野葡萄的原来功用才由葡萄取代。

《王风·葛藟》和《大雅·旱麓》所提到的葛藟都是本植物。而《周南·樛木》说树枝弯曲下垂，所以葛藟得以附着其上而生，比喻妇人依靠夫家，或者众妾依附后妃。此外，《山海经·中山经》提到卑山其上多"蘽"，文中的"蘽"，也是野葡萄。

本种和蘡薁的区别：本种叶两面光滑无毛，叶不开裂或仅浅裂，幼枝有淡黄色绒毛；蘡薁则叶背有绒毛，叶深裂，幼枝有角棱具灰绒毛。

植物小档案

学名：*Vitis flexuosa* Thunb.
科别：葡萄科

木质藤本，嫩枝被浅黄色绒毛。叶卵形至三角状卵形，长4—10厘米，宽3—8厘米，先端渐尖，基部心形或近截形，表面光滑，背面沿叶脉长有柔毛；叶缘为不规则状齿牙缘。圆锥花序，花轴被白色丝状毛；花黄绿色。浆果球形，径0.6—0.7厘米，黑色。从韩国、日本、中国（华北、长江流域）以至中南半岛均有分布。

桃

今名：桃

①之夭夭[1]，灼灼其华。之子于归[2]，宜其室家。

①之夭夭，有蕡[3]其实。之子于归，宜其家室。

①之夭夭，其叶蓁蓁[4]。之子于归，宜其家人。

——《周南·桃夭》

注 解

1. 夭夭：年少而好貌。

2. 于归：出嫁。

3. 蕡：音坟，大也。

4. 蓁蓁：音珍，茂盛貌。

另 见

《召南·何彼襛矣》：何彼襛矣？华如桃李。

《魏风·园有桃》：园有桃，其实之殽。

《大雅·抑》：投我以桃，报之以李。

桃由中国沿丝绸之路传入波斯，后再传入法国、德国、西班牙、葡萄牙。16世纪传入美洲，成为世界性的水果。《魏风·园有桃》："园有桃，其实之殽"句，说明中国栽培桃至少已有2500年的历史。浙江河姆渡新石器时代遗址，发现七千年前的野生桃核，中国人食用桃实的历史更是悠久。

桃花花期虽短，但"落尽残红绿满枝，留下琼脂注子红"，"夹道桃花新过雨，马蹄无处避残红"，凄美景观令人低回不已；《红楼梦》的林黛玉及《桃花扇》的李香君所葬之花就是桃花。

桃花花色华丽，因此《周南·桃夭》以"桃之夭夭"盛赞桃花之艳容。至于桃木，则是民间的辟邪之物，行之有年，辟邪方法如下：（1）以桃枝编成扫帚，称为"桃苕"，如《礼记》："君临臣丧，以巫祝桃苕执戈。"（2）用桃木制弓，即"桃弧棘矢，以除其灾"。（3）将桃枝插于门户之上。（4）刻桃木为印，挂于门上；或立桃人于门边。（5）桃木煮汤洒泼四处。（6）用桃木制成

桃原产中国，「园有桃，其实之殽」，说明中国栽培桃的历史悠久。

桃符钉在门上，此风俗后来演变为春联。也有
用桃花帮小孩洗脸者，据说可使小孩容貌变
漂亮。

桃花在《诗经》以至汉唐时代，都
是广为称颂的植物。但自宋代以后，其
形象开始改变，甚至有"妖客"之称，明
朝时更是"桃价不堪与牡丹作奴"，并以娼妓
喻之，在文人及一般人眼中，"桃花"已沦为负面字词了。

植物小档案
学名：*Prunus persica*（Linn.）Batsch.
科别：蔷薇科

落叶灌木或小乔木。叶卵状披针形至长椭圆状披针形，长8—12厘米，宽
2—3厘米，细锯齿缘，两面通常无毛。叶柄长1—2厘米，近叶基处有腺
点。先叶开花，花单生，花瓣粉红色。核果卵形至球形，径4—7厘米，
外密被绒毛，内果皮硬，外具皱纹。产于河北、河南、山东、山西等省及
西北、西南及长江流域各省。自古即为广泛栽培的果木，栽培历史超过
三千年。

果树类

193

李

今名∷李

丘中有麻，彼留子嗟[1]。彼留子嗟，将其来施施[2]。

丘中有麦，彼留子国。彼留子国，将其来食。

丘中有李，彼留之子。彼留之子，贻我佩玖[3]。

——《王风·丘中有麻》

注解

1. 彼留子嗟：留子嗟为女子约会对象之男子姓名。
2. 施施：徐行貌。
3. 贻我佩玖：贻，赠也；玖，黑色玉。

另见

《召南·何彼襛矣》：何彼襛矣！华如桃李。

《小雅·南山有臺》：南山有杞，北山有李。

《大雅·抑》：投我以桃，报之以李。

李和桃、梅等，都是中国栽培最早的果树之一，已经有三千年以上的历史。李的适应性特别强，自热带的两广，经华中、华北，一直到温带的东北地区，都有李树的分布。世界上作为果树栽培的李有三大类：一是起源于欧洲和西亚的欧洲李；二是起源于北美的

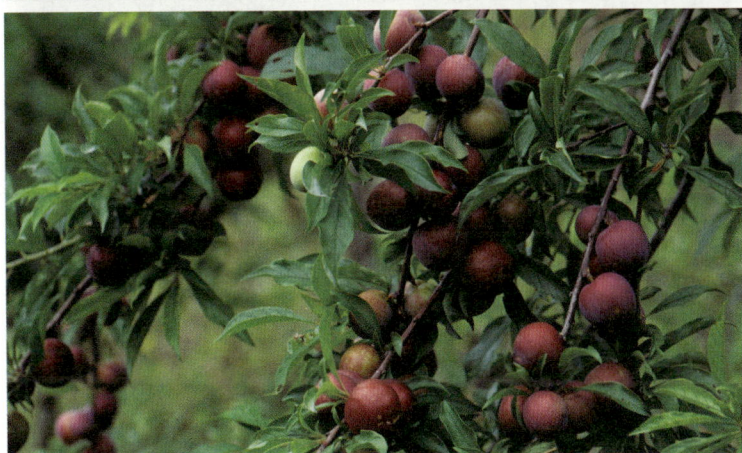

果实夏日成熟，古人相信"立夏含李，能令颜色美"，相约在立夏日喝李子酒。

美国李和加拿大李；三即原产中国的中国李，即本文所说的李。其中中国李已在世界各地引种，作为培育新品种的亲本。

李是栽植普遍的果树，因花形美丽，又植于庭园中作为观赏用。虽然古人常桃李并提，但桃花红艳，与李花并置，常会夺去李花风采。不过《格物丛话》却另有看法："桃李二花同时并开，而李之淡泊、纤秾、香雅、洁密，兼可夜盼，有非桃之所得而埒者。"认为夜里观花，素雅的李花反胜一筹。

由于李树相当普遍且与民生关系密切，因此衍生出许多成语或习俗，例如"瓜田不纳履，李下不正冠"，及《大雅·抑》"投桃报李"等成语已沿用数千年。此外，古时又有"立夏日啖李"的习俗，说是"立夏含李，能令颜色美"。因此，妇人在立夏当天喜欢三五好友集聚饮酒，称为"李会"，"取李汁和酒饮之，谓之驻色酒"。民间传说夏日吃李，还可以避免夏天多病、脾胃虚弱，即所谓的"令不疰夏"。古典小说中，也常有吃李和饮李酒的情节描写。

《王风·丘中有麻》的"丘中有李，彼留之子"，描述妙龄少女在山坡中的李园下幽会，可见在周代，李和麻、麦一样已成为栽培植物。《小雅·南山有臺》句"南山有杞，北山有李"，也表示李树到处可见。

植物小档案

学名：*Prunus salicina* Lindl.
科别：蔷薇科

落叶灌木至小乔木。叶椭圆形至椭圆状倒卵形，长5—8厘米，宽3—4厘米；叶缘细锯齿；叶柄长约1厘米，叶柄近叶基处有腺点。花2—3朵簇生，先叶开放，花白色；雄蕊多数。果球形，径4—6厘米，上有一纵沟，有光泽并被有蜡粉。原产于中国大陆。李的栽培历史悠久，且分布很广，品种极多，有600个以上的品种纪录，其中还不包括樱桃李及杂交李。

榛

鸤鸠[1]在桑，其子在梅。淑人君子，其带伊丝[2]。其带伊丝，其弁伊骐[3]。

鸤鸠在桑，其子在棘[4]。淑人君子，其仪不忒[5]。其仪不忒，正是四国[6]。

鸤鸠在桑，其子在榛。淑人君子，正是国人。正是国人，胡不万年[7]！

——节录《曹风·鸤鸠》

注 解

1. 鸤鸠：鸤，音失；鸤鸠即布谷鸟。
2. 其带伊丝：用丝做成的大带。
3. 其弁伊骐：弁，音变，皮帽；骐，音其，以玉装饰皮帽。
4. 棘：酸枣，见本书 171—174 页。
5. 忒：音特，差错失误。
6. 四国：四方之国。
7. 胡不万年：何以不长寿万年！

另 见

《邶风·简兮》：山有榛，隰有苓。

《鄘风·定之方中》：树之榛栗，椅桐梓漆，爰伐琴瑟。

果树类

197

《小雅·青蝇》：营营青蝇，止于榛。

《大雅·旱麓》：瞻彼旱麓，榛楛济济。

　　榛自古以来就是中国北方重要的果树及用材树种。从可考之石器时代的年代开始，人类已开始采集榛子。陕西半坡村古人类遗址挖掘出大量的榛子果壳，说明榛子的利用至少已有五六千年的历史。

　　榛实即俗称的榛子，外包坚而厚的外壳，果仁白而圆。榛子在周朝时是重要的供祭食品，例如《周礼·笾人》记载："馈食之笾，其实……榛实。"意思是盛食物的竹篓中装满了榛子。《诗经》时代应已广泛栽植，《鄘风·定之方中》才会出现"树之榛栗"句；《曹风·鸤鸠》中"鸤鸠在桑，其子在榛"，桑、榛并提，表示两者都是当时普遍栽种的树种。

　　《庄子》"朝三暮四"的故事中，宋国狙公早上给猴子三颗、傍晚给四颗的"芧"就是榛子。榛子种仁含大量脂肪及蛋白质，风

榛子在周朝是重要的供祭食品。

味佳且营养丰富，并可用以榨油，古代行军也常以榛子当军粮。种仁自古也被视为药材，有调中、开胃、明目之效。唯榛实多空粒，所谓"十榛九空"，必须大量采集，方有足够的收获。木材致密，可制手杖、伞柄等各种器具，且"枝茎可以为烛"。

华北干旱地区，土地荒废之处，常丛生黄荆、榛木等灌木，成片生长的榛木谓之"榛莽"。榛有时泛指灌木，如李白诗："王风委蔓草，战国多荆榛。"其中的荆、榛均指灌木。

植物小档案

学名：*Corylus heterophylla* Fisch.
科别：桦木科

落叶小乔木。叶卵形至倒卵形，长5—12厘米，先端有短尾，基部心形；叶缘不规则重锯齿；侧脉3—5对。叶柄长1—2厘米，密生柔毛。果为坚果，1—6个簇生；坚果近球状，径0.8—1.2厘米，基部包以叶状苞。苞片外密生短毛及腺毛，先端不规则裂。分布于华北、东北、西北各省及内蒙古，日本、朝鲜半岛也可见。

果树类

栗

今名：板栗

东门之墠[1]，茹藘在阪[2]。其室则迩，其人甚远。
东门之栗，有践家室[3]。岂不尔思，子不我即[4]。

——《郑风·东门之墠》

注 解

1. 墠：音善，土墩。
2. 茹藘在阪：藘，音驴；茹藘即茜草，见本书 272—275 页。
3. 有践家室：践然，行列之状。全句指屋舍排列得很整齐。
4. 子不我即：即，就也。全句为女子责怪爱恋的男子不肯接近她。

另 见

《鄘风·定之方中》：树之榛栗，椅桐梓漆，爰伐琴瑟。
《唐风·山有枢》：山有漆，隰有栗。
《秦风·车邻》：阪有漆，隰有栗。
《小雅·四月》：山有嘉卉，侯栗侯梅。

距今六千多年的西安半坡村遗址，和二千多年前的江陵战国和西汉的墓葬，均发现有板栗坚果的遗迹。

板栗在《诗经》时代，尚有许多野生的单株或栗林。《郑风·东门之墠》之"东门之栗"、《唐风·山有枢》及《秦风·车邻》之"隰有栗"，都足以说明板栗为当时常见的树种；《鄘风·定之方中》还提到"树之榛栗"，明指板栗为栽培树种，可知板栗的栽培历史至少有两千多年。《仪礼》中记载，周代的士冠礼、诸侯间相互聘问的礼仪、各种丧礼、祭礼的仪式，都需要有栗实作为贺礼或祭品。

栗子富含淀粉及其他重要营养成分，或蒸或炒都香甜好吃，自古即为重要的粮食来源，如《清异录》所言："晋王尝穷追汴师，粮运不继，蒸栗以食。军子遂呼栗为河东饭。"美食小点"糖炒栗子"也令人百尝不厌。目前板栗仍是世界主要的干果树种，也是许

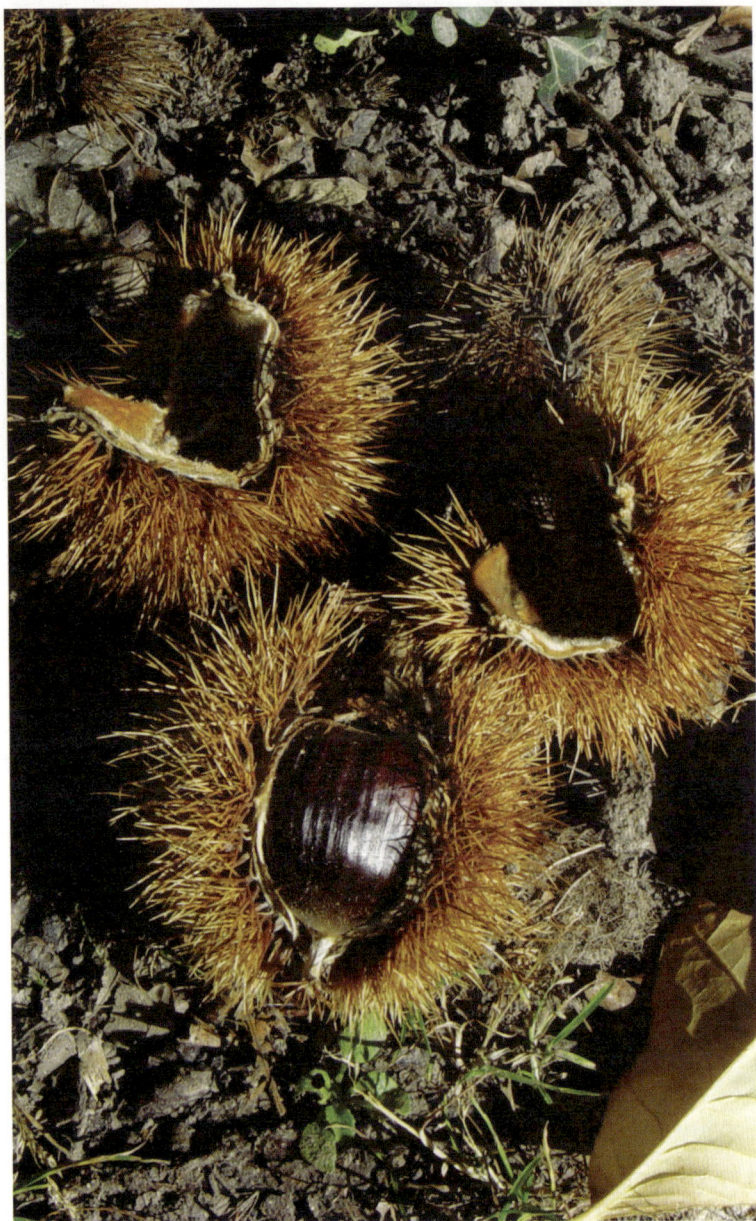

板栗的壳斗外密被长刺，里面有2~3颗坚果。坚果成熟时，具刺的壳斗才会开裂。

多国家的经济植物。

除了板栗之外，大陆地区常见的食用栗子还有茅栗和锥栗。其中茅栗（*Castanea seguinii* Dode）的果实较小，但味道较甜，即"栵"或"槲"；锥栗 [*C. henryi*（Skan）Rehd. *et* Wils.] 分布于秦岭以南，每壳斗仅一果，故坚果圆而先端尖。三者之中以板栗的坚果最大，栽植面积最大，产量最高。除了采集坚果，板栗类木材的边心材不明显，纹理直、坚硬、耐水湿，亦为优良的建筑材料。树皮富含单宁，是制革工业原料。叶可作蚕的饲料，是农业时代重要的经济植物。

植物小档案

学名：*Castanea mollissima* Bl.
科别：壳斗科

落叶乔木。叶长椭圆形至椭圆状披针形，长 10—18 厘米，宽 4—7 厘米，表面光滑，叶面被灰白短柔毛；叶缘有锯齿，齿端芒状。菜荑花序直立；雌花簇生于雄花序基下部。坚果 2—3 个生于壳斗内，壳斗完全包被坚果，外密被长刺，壳斗连刺径 5—6 厘米；坚果长 1.5—3 厘米。产于东北、华北、华中、华南各省，分布南可达云南、广东至越南一带。

檖¹

今名：豆梨

山有苞栎²，隰³有六駮⁴。未见君子，忧心靡乐。

如何如何？忘我实多！

山有苞棣⁵，隰有树檖。未见君子，忧心如醉。

如何如何？忘我实多！

——节录《秦风·晨风》

注 解

1. 檖：音岁。
2. 苞栎：苞，茂盛貌；栎为麻栎，见本书 340—343 页。
3. 隰：音习，低湿之地。
4. 駮：音博，鹿皮斑木姜子，见本书 351—354 页。
5. 棣：音第，郁李，见本书 210—212 页。

　　"檖"，《尔雅》称之为"萝"，郭璞注云："今杨檖也，实似梨而小，酢可食。"可知是豆梨。《山海经·海内南经》中"有木，其状如牛……其叶如罗"之"罗"，就是《尔雅》所称之"萝"，也是豆梨。豆梨为果型小的梨属成员之一，又名"赤梨"，古籍中名为"赤萝""山梨""鹿梨""鼠梨"的，都是

豆梨果实较小，直径只有1厘米左右，果味酸，可生食及酿酒。

豆梨。

豆梨多生长在温暖潮湿的中低海拔山区，果实似梨而小，直径只有1厘米左右，豆梨一名即表示，果实像豆一样小。果味酸，可生食或制干果，但通常仅采自野生植株，不作经济栽培，植株经常用作沙梨和其他栽培梨木之砧木。果实味美之单株，可栽培成果树生产。

本篇原意是有山的地方就有郁李，较低下的地方就有豆梨。由此可见豆梨是《诗经》时代，西北地区低湿处的常见树种。果实生食外，又可酿酒。木材坚硬致密，纹理细致，可用来制作高级家具、雕刻等。

本种与杜梨非常相似，果径均约1厘米，果梗细长，褐色有斑点；具病害抵抗力，多用于接木。下列特征可用于区别豆梨与杜梨，杜梨：幼枝、叶柄、叶背及花序均有绒毛，旋即脱落；叶菱状至长椭圆状卵形，叶缘锯齿尖锐。豆梨：枝无毛，冬芽有细毛；叶广卵形至卵形，叶缘钝锯齿。

植物小档案

学名：*Pyrus calleryana* Dcne.
科别：蔷薇科

落叶乔木，高可达10米，嫩枝被绒毛。叶互生，阔卵圆形至椭圆形，长4—8厘米，宽3—6厘米，先端渐尖，基部圆形至宽楔形；叶缘钝细锯齿。叶柄长2—4厘米。花6—12朵排成伞房状之总状花序，花梗长2—3.5厘米；花径2厘米，花瓣卵圆形，白色。果为梨果，径1厘米，表面布有灰白色斑点。分布于长江流域各省，以及山东、河南等海拔600—1700米山地。

隰[2]有苌楚，猗傩[3]其枝。夭之沃沃[4]，乐子之无知。

隰有苌楚，猗傩其华。夭之沃沃，乐子之无家。

隰有苌楚，猗傩其实。夭之沃沃，乐子之无室。

——《桧风·隰有苌楚》

注 解

1. 苌：音常。

2. 隰：音习，低湿之地。

3. 猗傩：音义同婀娜，柔顺貌。

4. 夭之沃沃：夭，幼嫩美好貌；沃沃，光泽貌。

　　本篇中的"苌楚"各家均解为猕猴桃，原种果实较小。《本草纲目》云："其形似梨，其色如桃，而猕猴喜食。"故有猕猴桃之名。果实"经霜始甘美可食"，古人用来治消渴、解烦热。可生食，也能加工制成果酱、果干、果汁，并可酿酒。

　　1906 年从华中引进新西兰，经育种改良后，果实加大，于 1934 年开始进行商品性栽种，即新西兰水果出口大宗之"奇异果"。猕猴桃含有多种维生素，尤

猕猴桃为藤本植物，新叶呈红褐色，每年五六月开白色花。

其维生素 C 更是丰富，比一般水果高出数倍至数十倍，目前已是驰名世界的养生防病水果。

狝猴桃早在两千年前，即已进入中国人的生活。《诗经》时代，先民用《桧风·隰有苌楚》记录了当时欣欣向荣的"苌楚"。到了唐代，有岑参的诗句："中庭井栏上，一架狝猴桃。"说明在居家天井栽种狝猴桃的情形，类似近代在庭园中种植葡萄或紫藤，也显见唐时栽种狝猴桃的普遍。宋代朱熹的《读十二辰诗卷掇其余作此聊奉一笑》诗，也有"手种猴桃垂架绿，养得鹍鸡鸣角角"句，亦说明宋代庭院中也种有狝猴桃。

狝猴桃植物有 50 多种，中国产约 6 种，其中也有具食用价值的种类。除了狝猴桃之外，另有美味狝猴桃（*Actinidia deliciosa* Liang *et* Ferguson）、阔叶狝猴桃 [*A. latifolia*（Gardn. & Champ.）Merr.] 等，均为重要的野生果树资源。

植物小档案

学名：*Actinidia chinensis* Planch.
科别：狝猴桃科

落叶性缠绕藤本，幼枝及叶柄密生棕色绒毛，茎具白色片状髓心。叶片互生，阔卵状圆形至椭圆形，先端短尖至突尖，长 5—17 厘米，宽 5—13 厘米，表面仅叶脉上有疏毛，背面密生灰棕色星状毛；叶缘有刺毛状齿。花杂生，白色渐成黄色；萼 5，瓣 5；雄蕊多数，子房多室。浆果卵圆形至矩圆形，长 4—5 厘米，密生棕色长毛，果肉绿色，肉质多汁；种子细小，多数，黑色，散生于果肉中。分布于山西、河南及长江流域以南各省。

果树类

郁

古又名：棣；常棣

今名：郁李

六月食郁及薁[1]，七月亨葵[2]及菽[3]，八月剥枣，十月获稻。为此春酒，以介[4]眉寿。七月食瓜，八月断壶[5]，九月叔苴[6]。采荼薪樗[7]，食我农夫。

——节录《豳风·七月》

注 解

1. 薁：音玉，细本葡萄，见本书 213—216 页。
2. 葵：冬葵，见本书 043—045 页。
3. 菽：音叔，大豆，见本书 123—127 页。
4. 介：求也。
5. 断壶：断者，断其蒂而取之；壶，瓠之假借字，见本书 081—084 页。
6. 叔苴：叔，捡拾也；苴，音居，大麻，见本书 241—244 页。
7. 采荼薪樗：荼音图，苦菜，见本书 026—028 页；樗音出，臭椿，见本书 355—357 页。全句意思是采摘苦菜供食，伐臭椿为材薪。

另 见

《秦风·晨风》：山有苞棣，隰有树檖。
《小雅·常棣》：常棣之华，鄂不韡韡。

《诗经传》云："郁，棣属。"《尔雅注》云："今关西有棣树，子如樱桃，可食。"郁，一名"车下李"，"其树高五六尺，其实大如李，正赤，食之甜"，是古代可食用的野李类，今之郁李。《山海经》作"栯"，花实均香馥浓郁，故名郁李。

古时华北地区，本树种的分布非常普遍，生"高山、川谷及丘陵上"。子小如樱桃，甘酸而香，稍有涩味，如"以汤浸去皮尖，用生蜜浸一宿"，即可食用，也可用于酿酒。《豳风·七月》"六月食郁及薁"句，郁李（郁）与细本葡萄（薁）并提，可见诗中的郁李作果树解。但《诗经》时代尚未大量栽培郁李，果实应采自野生植株。

郁李在早春开花，花瓣有如剪纸，色彩缤纷、浓艳适度。盛开时，繁英压树，十分壮观；初夏结果，红实满枝。花果都很美丽，近代常栽培供观赏。郁李适合群植观赏，栽种在阶前、屋旁均宜，

郁李的花与果实都香味浓郁，核果呈暗红色，甘酸而香，稍有涩味；种仁供药用。

或作花篱、盆景赏玩。有单瓣、重瓣之品种，如重瓣郁李（*Prunus japonica* Thunb. var. *multiplex*）、长梗郁李（*P. japonica* Thunb. var. *nakai*）等变种；单瓣者果实多，重瓣者花色艳丽，有"穿心梅"之称，两者各擅胜场。

种子称"郁李仁"，自《神农本草经》起即有载录，是具有特殊疗效的药材，主治"大腹水肿、面目及四肢浮肿、龋齿"等病症。

植物小档案

学名：*Prunus japonica* Thunb.
科别：蔷薇科

落叶小乔木，小枝细长，幼时褐色。叶卵形至长椭圆形，长4—7厘米，先端急尖，基部圆形，中部以上有锯齿，基部全缘；叶柄长0.2—0.3厘米。总状花序，多花，花先叶或与叶同时开放，2—3朵簇生，花白色或粉红，花瓣细长，长约1.5厘米，雄蕊20。果近圆形或扁圆形，径1厘米，暗红色，光滑而有光泽。分布于河南、甘肃、陕西、湖北及四川各省。

六月食郁[2]与薁，七月亨葵[3]及菽[4]，八月剥枣，十月获稻。为此春酒，以介眉寿。七月食瓜，八月断壶，九月叔苴。采荼薪樗，食我农夫。

——节录《豳风·七月》

注 解

1. 薁：音玉。
2. 郁：郁李，见本书 210—212 页。
3. 葵：冬葵，见本书 043—045 页。
4. 菽：音叔，大豆，见本书 123—127 页。

　　"薁"为蘡薁，即俗称的野葡萄或山葡萄。《救荒本草》云："野葡萄生荒野中，今处处有之。"野葡萄的茎叶及果实均像葡萄，但皆细小，实亦稀疏，味较酸。在葡萄引进中国之前，此为主要的野生果类之一。古人可能早已用于酿酒，但未见有栽培记录，果实可能都采自野生植株。

　　蘡薁由于分布范围广阔，形态变异大，如叶的大小、叶的分裂形式、被毛状况，各地均有微小差异，

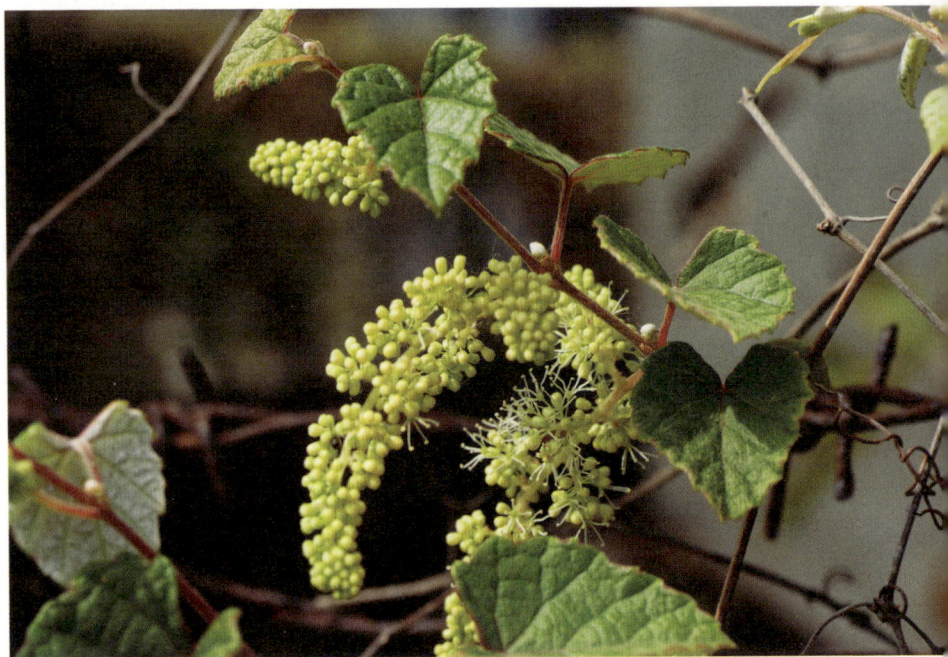

曾被处理为不同的变种。本篇提到的"郁"为郁李，果实大如樱桃，成熟时呈红色，酸甜可口；"薁"之浆果为紫红色，亦可采食。二者在农历六月同时成熟，都是古代常见的野果，所以《诗经》并提之。

薁薁的变种多裂叶薁薁［*Vitis thunbergii* S. et Z. var. *adstricta*（Hance）Gagn.］，叶掌状三至五深裂，秋季变红，甚为美丽，可栽植供观赏。另外，本种抗寒性很强，为其他葡萄种或

"蘡"即野葡萄，种类很多，叶形、果实都类似栽培葡萄，但形体均小。

品种所不能及，是未来培育抗寒品种的良好亲本。

葡萄属植物在中国境内约有 40 种，有些种类是水果葡萄的重要种质资源，例如变叶葡萄（*Vitis piaserkii* Maxim.）、山葡萄（*V. amurensis* Rupr.）、桑叶葡萄（*V. ficifolia* Bge.）等，果均可生食，并用于酿酒，都是葡萄的近缘种。其他重要的野葡萄类尚有：刺葡萄［*V. dauidii*（Romnn.）Foex.］、秋葡萄（*V. tomanettii* Roman.）等。

植物 小档案	学名：*Vitis thunbergii* S. *et* Z. ＝ *Vitis bryoniaefolia* Bge. 科别：葡萄科

落叶木质藤本，小枝幼时有棱角。嫩枝、叶柄和花序有灰白色绒毛。卷须与叶对生。叶阔卵圆形，长 4—8 厘米，宽 3—5 厘米，3—5 深裂，有少数粗牙齿，表面光滑，背面被灰色绒毛。圆锥花序；花瓣 5，早落；雄蕊 5。浆果紫红色，径 0.5—0.8 厘米。分布于山东、河南及华东、华中诸省，台湾亦产。

瓜

今名：甜瓜；香瓜

我徂[1]东山，慆慆[2]不归。我来自东，零雨[3]其濛。

鹳鸣于垤[4]，妇叹于室。洒扫穹窒，我征聿至[5]。

有敦[6]瓜苦，烝在栗薪。自我不见，于今三年。

——节录《豳风·东山》

注 解

1. 徂：读为粗之第二声，往也。

2. 慆慆：音滔，长久。

3. 零雨：细雨。

4. 垤：音叠，小丘。

5. 聿至：聿，音玉，语词。

6. 有敦：团团然。

另 见

《豳风·七月》：七月食瓜，八月断壶。

《小雅·信南山》：中田有庐，疆埸有瓜。

《大雅·绵》：绵绵瓜瓞，民之初生。

《大雅·生民》：麻麦幪幪，瓜瓞唪唪。

果树类

按《诗经》各篇文句中的"瓜"，可能是瓜类的统称，也可能单指甜瓜。中国栽培瓜类的历史悠久，除《诗经》外，《周礼·地官》也提到"委人"的官职，专司征收瓜、瓠、芋、葵等作物，其中的"瓜"就是甜瓜。甜瓜原产地是热带非洲，经埃及传入印度，于史前时代引进中国，《诗经》时代已经普遍栽植了。

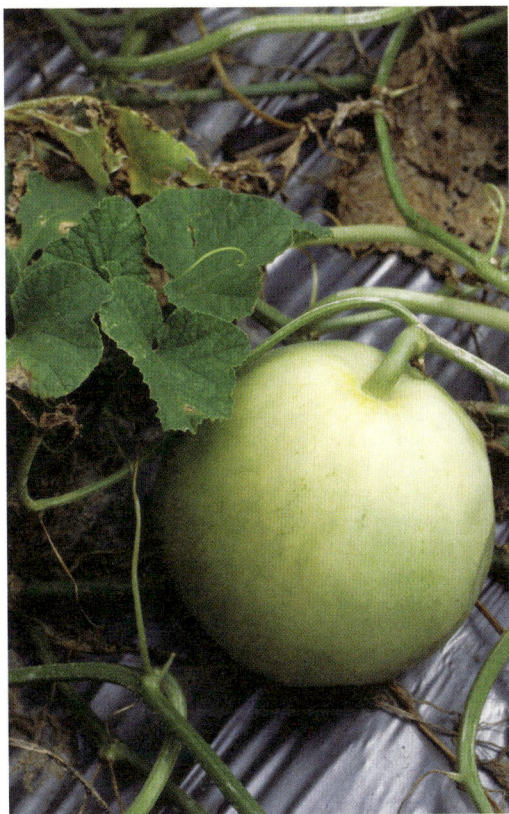

中国栽培甜瓜的历史已有数千年，果色、果形、大小变化极大。此图为圆果品种。

《汉书·地理志》注说敦煌，"杜林以为古瓜州，地生美瓜"，此美瓜也是甜瓜。甘肃所产之甜瓜"大如枕，其肉与瓤甜胜蜜"，此瓜"味甜于他瓜"，所以名之为"甜瓜"。古人以瓜计时，如遣人到边疆是产瓜时节，也会约定产瓜时期派人换班，即所谓的"瓜时而往，及瓜而代"。

《植物名实图考长编》云："瓜之族群本有二，大者曰瓜，小者曰瓞。"《大雅·绵》和《大雅·生民》之瓜瓞，应为瓜类统称，其余三篇之"瓜"均可解为甜瓜。《豳风·东山》篇中"有敦瓜苦"之瓜，可以专指甜瓜，也可以是瓜的泛称；由于苦瓜在《诗经》时代尚未传入中国，因此解为苦瓜是错误的。

甜瓜是中国最早利用为果品的瓜类，栽培历史已久，品种极多。哈蜜瓜和越瓜（庵瓜）等，也是其中的品种。所有甜瓜的品种，主要多栽培供收成果实食用。但自古以来，甜瓜带有部分果皮的果柄，却是使用千百年以上的珍贵药材。《神农本草经》将之列为上品，其有效成分为甜瓜素（melo-toxin），用作催吐、祛痰。

**植物
小档案**

学名：*Cucumis melo* L.
科别：瓜科

一年生蔓性草本，茎被短刚毛。叶近圆形或肾形，径约8—15厘米，3—7浅裂，两面均被柔毛；缘有锯齿。卷须不分叉。雌雄同株，雄花数朵簇生，雌花单生；花冠黄色，裂片卵状圆形，长约2厘米；雄蕊3，花药S形曲折。果实的形状和颜色因品种不同而异，果皮光滑。分布于全世界热带到温带地区。

南山有枸，北山有楰[1]。
乐只君子，遐不黄耇[2]？
乐只君子，保艾尔后[3]。

——节录《小雅·南山有臺》

注 解

1. 楰：音余，鼠李，见本书 276—278 页。
2. 黄耇：黄，黄发；耇，音狗，长寿的男子。
3. 保艾尔后：保，安也；艾，养育；后，后代。

  陆玑《诗疏》说："南山有枸……高大如白杨，所在山中皆有。枝柯不直，子着枝端。"此即枳椇，一名"木蜜"。一般水果的食用部分是中、外果皮或种子，本植物最特殊，食用部分却是花梗发育而成的果梗。所谓："实形卷曲，核在实外。"此"实"指的是膨大歪曲的果梗，"核"指真正的果实。枳椇的花梗于花后肥大成肉质，大如指，食之甘美如饴。特别是经霜过后，甜味更佳，俗称"拐枣"或"峀字梨"。

果树类

221

《礼记·曲礼》记载："妇人之挚，椇、榛、脯、脩、枣、栗。"椇即枳椇，全句是说："女子相见所赠送的礼物是枳椇、榛子、肉脯、长条肉干、枣子和栗子。"枳椇和榛子、枣子、栗子同样都是古代重要的干果类。

枳椇的种子着生于果梗先端，呈珊瑚状，可作药用，有解酒之效。入药始于《唐本草》，入药部分有实、木汁、木皮等，能止渴除烦、解酒毒。古语云："枳椇能令飞鸟慕而来筑巢。""枳句（枳椇）来巢，空巢来风。"这是因为枳椇"枸木多枝而曲，所以来巢也"；也因子实（果梗）甘美，吸引飞鸟纷纷前来觅食。

木材淡紫色，硬度适中，纹理美观，容易加工制成器具、家具等。此木一片落酒瓮中，"其酒化为水味"；若以其木材为屋，据说能令酒味变薄。

本树种树姿美丽，老时更有姿态，可为庭园树。华中、华南及西南地区，多有栽种，单植园中，或列植成行道树。

植物小档案

学名：*Hovenia dulcis* Thunb.
科别：鼠李科

落叶乔木；小枝红褐色，有锈色毛。叶互生，阔卵形至卵状椭圆形，长8—15厘米，宽4—8厘米先端渐尖，基部心形或圆形，稍歪斜，基生三出脉；粗钝锯齿缘。叶柄长3—5厘米。聚伞花序；花杂性，绿色；花瓣倒卵形，有爪；有肉质花盘。核果球形，径0.6—0.8厘米，有3种子。果梗肉质，径约0.5厘米，红褐至暗褐色。分布北自华北之河北、山西、河南、山东，南达贵州、云南，日本亦产之。

枳椇的结果枝。食用部分是肥大肉质的花梗，而不是种子。

楑[1]

今名：苦槠

滔滔江汉，南国之纪[2]。尽瘁以仕[3]，宁莫我有[4]。

匪鹑匪鸢，翰飞戾[5]天。匪鳣[6]匪鲔，潜逃于渊。

山有蕨薇，隰有杞楑。君子作歌，维以告哀。

——节录《小雅·四月》

注 解

1. 楑：音夷。
2. 纪：纲纪。
3. 尽瘁以仕：尽瘁，尽己之力以至于劳病；仕，事也。
4. 有：友也。
5. 戾：至。
6. 鳣：音沾，黄鱼。

  对于"楑"而言，陆玑《诗疏》记载："木理赤者为赤楑，一名楑；白者为楑。其木皆坚韧，今人以为车毂。"因此，"楑"有"赤楑"和"白楑"之分。这种情形就像台湾民间以木材质地与颜色来区分壳斗科植物的苦槠属植物为"红校攒"和"白校攒"一样。"赤楑"就是"楑"。郭璞《尔雅注》说："赤楑树叶

细而歧锐，皮理错戾，好丛生山中，中为车辋。"木材耐磨用来制作车毂、车辋，是壳斗科植物的特色。所言之"白栜""栜"等，当属北方常见的苦槠属（*Castanopsis* spp.）植物。

　　本篇"蕨薇"和"杞栜"并提，可见均为可食用的种类；蕨（见本书 019—022 页）、薇（野豌豆，见本书 023—025 页）采食的是嫩芽幼叶部分。而"杞栜"中，若杞解为枸杞（见本书 151—154 页），则采食的是果实部分，则"栜"也应为采果，因此可解为苦槠。其坚果俗称"苦槠子"，可磨作豆腐食之，大陆内地乡村还有小摊贩卖苦槠果实。苦槠的材质致密，弹性佳且可经久耐用，为建筑、农具、器械、车辆之良材。果在药材上被称为"槠

苦槠的花序枝，此为华中地区常见的树种。坚果在壳斗中微露头，可以磨作豆腐食之。

子", 可以"止泄痢、除恶血", "食之不饥, 令健行"。

楮类植物皆可长成大树, 树枝斜纹交错且枝叶茂密, 叶"长柄
袅袅下垂", 最宜栽植在闲逸幽静的寺院中, 风吹摇动, 更增加庭
院深深的肃穆气氛。

**植物
小档案**

学名: *Castanopsis sclerophylla*（Lindl.）Schott.
科别: 壳斗科

常绿乔木, 树皮浅纵裂, 片状剥落。叶排成二列, 叶椭圆形, 革质, 长
7—15 厘米, 宽 3—6 厘米; 先端突尖, 基部近楔形, 表面绿色有光泽,
背面淡银灰色; 上半部有浅锯齿。雄花序单穗腋生。坚果扁球形, 全
为壳斗所包或包被大部分, 径 1.0—1.5 厘米, 成熟时壳斗开裂后果实
下落。产于长江以南、五岭以北各地及湖北、四川、贵州等地之 200—
1000 米山区。

栵[1]

今名：茅栗

作之屏之[2]，其菑其翳[3]。修[4]之平之，其灌其栵。
启之辟之[5]，其柽其椐[6]。攘之剔之，其檿其柘[7]。
帝迁明德[8]，串夷载路[9]。天立厥配[10]，受命既固。

——节录《大雅·皇矣》

注 解

1. 栵：音利。
2. 作之屏之：作，兴也；屏，音义同摒，除去。
3. 其菑其翳：菑，音兹，刈草；翳，音亦，木枯死。
4. 修：修剪。
5. 启之辟之：启、辟均开垦之意。
6. 其柽其椐：柽，音撑，柽柳，见本书 373—375 页；椐，音居，蝴蝶戏珠花，见本书 458—461 页。
7. 其檿其柘：檿，音掩，蒙桑，见本书 256—259 页；柘，音蔗，柘树，见本书 283—287 页。
8. 帝迁明德：上帝将天命授与明德者。
9. 串夷载路：串夷指犬戎。全句谓犬戎奔逃于道路。
10. 配：配偶。此处指太王之妃太姜。

栵，《尔雅》释为"栭"，又称栭栵、栭栗。郭璞《尔雅注》阐释"栵"说："树似槲樕而庳小，子

如细栗，可食。"意为"栵"是外形类似槲树（见本书297—299页）的壳斗科植物，植物形体及种子均较小。陆玑《诗疏》也说："栵，栭。叶如榆也，木理坚韧而赤，可为车辕。"《本草纲目》更进而说明"栵"即"栗之小如指顶者"，今称为茅栗。茅栗为中国三大可食栗之一，另两种为板栗（见本书200—203页）和锥栗 [*Castanea henryi*（Skan）Rehd. *et* Wils.]。

板栗坚果较大，为北方最常见的栗类；锥栗坚果小，仅分布于

果树类

229

茅栗的树姿较矮小，坚果也较板栗小，但味较甜。坚果藏于多刺的壳斗中，坚果成熟后壳斗才裂开。

秦岭和五岭之间，属南方的栗类。
板栗和锥栗均为大乔木，茅栗的
树姿较矮小，呈灌木状或小乔木；
坚果亦小，但味较甜，种子亦供
食用。茅栗枝干较小，通常仅供
薪材用。常生长在瘠薄地，耐干旱，在山坡地形成灌木丛，植物形
体及坚果均较其他两种板栗属植物小。木材坚硬、耐水湿，可作枕
木、建筑及造船用材，亦可制家具。树形美观，生长迅速，可栽种
成庭园树。

《说文》云："栵，小木丛生者。"认为"栵"非木名，只是
丛生小木的通称。《大雅·皇矣》的"修之平之，其灌其栵"，颂
扬周王"披荆斩棘"，去除小木、灌木，开辟出新疆域。在此，
"栵"解为茅栗或灌木均可通。

植物小档案

学名：*Castanea sequinii* Dode
科别：壳斗科

落叶小乔木，小枝褐色。叶倒卵状椭圆形至长椭圆形，长 6—14 厘米，宽
4—5 厘米，先端渐尖，基部圆至耳状，叶背有黄至灰白色鳞腺；叶缘齿
牙芒状。托叶长久存在。荑荑花序，雄花的花序长 5—10 厘米，雌花单生
于花序轴下部；每总苞 3—5 朵雌花，仅 1—3 朵结实。壳斗外密生锐刺，
刺 0.6—1 厘米；坚果长 1.5—2 厘米，宽 2—2.5 厘米。分布于河南、山
西、陕西和长江流域各省，生长在海拔 400—2000 米干燥的向阳山坡上，
与其他阔叶树种混生。

果树类

第六章

纤维植物类

中国历史上有四大类重要的纺织纤维，即丝、麻、葛、棉。其中麻、葛、棉为植物纤维，丝为动物纤维。蚕丝靠桑树生长，所以桑树和厥桑也列入本节讨论。

《淮南子》云："冬日被裘罽，夏日服绵绤。""罽"为毛织物，"绤"是细葛布，全句意思是："贵族冬季穿皮衣及毛衣，夏季穿细葛布及纻麻衣。"《周礼》记载西周王室设有"典枲"的官职，专门掌管大麻和苎麻的纺织生产。也设立"掌葛"的官职，以"征绤、绤之材"及"草贡之材"，也就是征收麻、葛等纺织材料，供王室制衣之用。

• 葛藤、苎麻及大麻，《诗经》时代的主要纤维植物

古代只有贵族及五十岁以上的老人才可以穿丝织品，而棉花要晚至隋唐以后才传入中土，宋元以后才取代麻成为主要的纺织纤维，《诗经》时代一般民众的衣物，主要还是取材自葛藤、苎麻及

大麻。

《诗经》提到葛藤、苎麻及大麻的诗句有多处。其中提到麻多达二十余处，如《王风·丘中有麻》"丘中有麻，彼留子嗟"之"麻"。不只是周代，大麻自古就是盛行栽培的纤维植物，但纤维稍嫌粗硬，不能纺织高级布帛。《王风·采葛》"彼采葛兮，一日不见，如三月兮"之"葛"，商周时代，葛纤维是主要的纺织原料之一，可以"为衣、为屦、为冠"，为当时最佳的夏布材料。《陈风·东门之池》"东门之池，可以沤纻"之"纻"，即苎麻，纤维也是古代良好的夏布原料。

• 其他纤维类植物

另外，和纺织纤维相关的植物，还有桑、檿（山桑；蒙桑）、榖（构树）等，最重要者为桑。甲骨文已有桑字出现，表示商代之前已饲养家蚕。《诗经》有二十诗篇出现桑字，说明西周时期，饲养家蚕已经很普遍了。且由《卫风·氓》"氓之蚩蚩，抱布贸丝"诗句得知，当时蚕丝已成重要商品。《大雅·皇矣》"启之辟之，其柽其椐；攘之剔之，其檿其柘"之"檿"（山桑），古代也用其叶来养蚕，枝干可制造器具。《小雅·黄鸟》"黄鸟黄鸟，无集于榖"之"榖"（构树），树皮可制衣物，也是古代重要的经济树种。而《卫风·硕人》"硕人其颀，衣锦褧衣。"《说文》引本篇

纤
维
植
物
类

235

之"枲"作"茼"。此"茼"即今之苘麻，虽然不是主要的纤维植物，其树皮古人亦取制衣物或绳索。

其他非纺织用的纤维植物，有茅（白茅）、菅（芒草）、苇（芦苇）、蒲（蒲草）、臺（薹，一种莎草）等。白茅主要用来修缮居室的屋顶，也用于编索，即《豳风·七月》提到的"宵尔索綯"之"索"。

葛

今名：葛藤

葛之覃[1]兮，施于中谷，维叶萋萋。

黄鸟于飞，集于灌木，其鸣喈喈[2]。

葛之覃兮，施于中谷，维叶莫莫[3]。

是刈是濩[4]，为绤为绤[5]？，服之无斁[6]。

言告师氏，言告言归。薄污我私[7]，薄澣我衣[8]。

害[9]澣害否，归宁[10]父母。

——《周南·葛覃》

注 解

1. 覃：音潭，延长。

2. 喈：音皆，鸟鸣声。

3. 莫莫：茂盛貌。

4. 是刈是濩：刈，音亦，割也；濩，音获，煮也。

5. 为绤为绤：绤，音痴，夏季服装使用的细葛布；绤，音细，粗葛布。

6. 斁：音亦，厌倦。

7. 薄污我私：薄，语词；私，便服也。全句为洗净平常之衣物。

8. 薄澣我衣：澣，音浣；衣，礼服也。全句为洗涤正式服装。

9. 害：音义同何。

10. 宁：问安之意。

纤维植物类

237

葛藤生长速度快，常形成大面积分布。

另见

《邶风·旄丘》：旄丘之(葛)兮，何诞之节兮。

《王风·采葛》：彼采(葛)兮，一日不见，如三月兮。

《齐风·南山》：(葛)屦五两，冠绥双止。

《魏风·葛屦》：纠纠(葛)屦，可以履霜。

《唐风·葛生》：(葛)生蒙楚，蔹蔓于野。

(葛)生蒙棘，蔹蔓于域。

《小雅·大东》：纠纠(葛)屦，可以履霜。

葛在古代为著名的纤维植物，供制作葛布，《越绝书》记载："勾践种葛，使越女织治葛布，献于吴。"在棉花引进之前，葛布是重要的夏服材料。《周书》云："葛，小人得其叶以为羹，君子得其材以为绨绤，以为君子朝廷夏服。"表示葛的主要用途是提取纤维供制夏天穿的衣物。葛藤割下后，用火煮烂后在水中捶洗干净，取其纤维缉绩。葛丝区分为"绤""绨""绉"，绤绨轻薄凉爽，用来作夏服；而绉绨是葛制品中最精细的。

葛藤茎蔓可编制箱笼家具，茎皮纤维精制后可制绳或供纺织。葛皮纤维也是古代制鞋材料，称为"葛屦"。《齐风·南山》《魏风·葛屦》《小雅·大东》中均有提及，葛藤在周朝时应为普遍栽培的经济植物。再由白居易诗"天寒身上犹衣葛，日高甑中未拂尘"可知至少到唐代为止，葛还是重要的夏布材料。

此外，嫩叶有时可以作菜，葛藤甚至可当解酒用。据说生炒葛花，吃了不易醉酒，即所谓"葛花满把可消酒"（韩翃诗）；或酒

纤维植物类

醉不醒，可生饮葛汁两升解之。葛的地中块根可制成葛粉蒸食，或在水中揉出粉，澄滤成块，再制作各种食物。葛根也是中医名药，《神农本草经》早有载录，云"能消渴、治呕吐、解诸毒、起阳气"等。

葛藤长可达十几米，常缠绕在树上或其他植物之上。《周南·葛覃》言："葛之覃兮，施于中谷。"形容长长的葛藤蔓延到山沟的情形。后世因此常用"葛藤"表示事情纠缠不清，或形容人啰唆不知节制；"攀葛附藤"则比喻拉拢关系，趋炎附势。

植物小档案

学名：*Pueraria lobata*（Willd.）Ohwi
科别：蝶形花科

藤本，块根肥厚，植物体被黄色硬毛。三出复叶，顶小叶为菱状卵形，长6—10厘米，宽5—16厘米，先端渐尖，基部圆形，两面有毛；叶全缘，有时有浅裂。托叶盾状。总状花序腋生；蝶形花，花瓣紫红色，长约1.5厘米。荚果线形，长5—10厘米，扁平，密被黄色长硬毛。原产于中国大部分省区、韩国及日本，现引种至全世界热带及亚热带地区，包括台湾地区，作为水土保持植物。

麻

古又名：苴
今名：大麻

蓺¹麻如之何？衡从²其亩；娶妻如之何？必告父母。

既曰告止，曷又鞠止³？

析薪⁴如之何？匪斧不克；娶妻如之何？匪媒不得。

既曰得止，曷又极止⁵？

——节录《齐风·南山》

注 解

1. 蓺：音义同艺，种植。

2. 衡从：二字通横纵。

3. 鞠止：竭尽。

4. 析薪：砍柴。

5. 极止：谓尽其所欲。

另 见

《王风·丘中有麻》：丘中有麻，彼留子嗟。

《陈风·东门之枌》：不绩其麻，市也婆娑。

《陈风·东门之池》：东门之池，可以沤麻。

《豳风·七月》：九月叔苴，采茶薪樗。

《大雅·生民》：麻麦幪幪，瓜瓞唪唪。

大麻属雌雄异株植物，雄株称"枲"，雌株称

"苴"；不分雌雄株，则统称为"麻"。《豳风·七月》之"九月
叔苴"，苴即为大麻之开雌花者，其余各篇章的麻，作为纤维原
料，无须辨雌雄。

大麻的花称为"麻蕡"，农历五六月开细黄花成穗，随即结
实，种子可取油。三代以前，除蚕织外，"舍麻固无以为布"，大
麻为古代最重要的植物纤维原料之一。从《诗经》各篇内容也可看
出麻的两种用途。

其一是用作纤维植物，如《陈风·东门之枌》之"不绩其
麻"、《陈风·东门之池》之"可以沤麻"、《豳风·七月》之
"八月载绩"等篇中的麻。"东门之池，可以沤麻"，是说采收下

大麻是古代主要的纤维植物，雌雄同株，此为雌株，枝端为麻实。

来的麻秆必须经水浸渍，使麻皮组织腐蚀，纤维才易于剥离。

其二是当粮食。大麻原来是纤维植物，但古代粮食不足时，也采麻子供食用。《豳风·七月》之"九月叔苴"，"苴"指雌麻。等果实成熟，收成种子后才刈除，可见麻子是当时主要的粮食之一。大麻的连壳果实称"蕡"，壳内种子称"大麻仁"或"火麻仁"，自古就是中医名药，《神农本草经》列为上品药材，主治五劳七伤，并能润燥、滑肠。古人吃麻子，除了充饥，也有医疗效果。

近年来，欧美国家甚为流行的麻醉品"毒品大麻"或称"大麻烟"，则是由原产印度本种植物之亚种（*Cannabis sativa* L. var.

indica Lamarck）在热带地区培育的植株烘干制成，含有大量芳香而具毒性的树脂。纤维用大麻植株比较高大，毒性较小，《神农本草经》曾记载此大麻"多食人见鬼狂走"，麻子吃多了还是有迷幻药的效果。

植物小档案　学名：*Cannabis sativa* L.
科别：大麻科（桑科）

一年生直立草本，高 1—3 米，枝具棱，密生灰白色伏毛。叶互生，掌状全裂，裂片披针形至线状披针形，长 7—15 厘米，先端渐尖，基部楔形，表面深绿，被疏粗毛；叶缘为内弯之粗锯齿。雄花序长 25 厘米，花黄绿色；雌花绿色。瘦果果皮坚脆，表面有细网纹。原分布于锡金、印度、中亚细亚，目前各地都有栽培。

今名：苎麻

东门之池，可以沤²麻。彼美叔姬³，可与晤歌。

东门之池，可以沤纻。彼美叔姬，可与晤语。

东门之池，可以沤菅⁴。彼美叔姬，可与晤言。

——《陈风·东门之池》

注 解

1. 纻：音住。
2. 沤：读为欧之第四声，久浸。
3. 叔姬：姬姓第三女。
4. 菅：音坚，芒草，见本书 400—402 页。

苎麻可用来织布，所以名之为"纻"，自古即栽培为纤维植物。茎皮可采制为麻，麻皮的纤维长、强度大、吸湿和散湿快、热传导性好，因此适合制作夏季衣物。其精者织出来的布"瘦韧洁白"，特别容易上色。

利用苎麻制作衣料时，必先剥皮再以水清洗，这个过程称为"沤纻"。使之变柔韧后洗出纤维，就可用来织布。《陈风·东门之池》三章文句，即在说明

纤维植物类

245

古代三种纤维植物：大麻、苎麻和芒草秆采收后都必须经过浸水的过程。

中国栽培苎麻的历史悠久，浙江省吴兴新石器时代遗址出土的苎麻纺织平纹细布，距今已有四千七百年以上。苎麻原是热带植物，经栽培驯化之后，也能在气候较冷的温带地区生长。"陈"的地理位置在春秋诸国的南方，即今之河南、安徽一带，春秋战国时代苎麻已作经济栽培。

本植物在欧美有"中国丝草"（Chinese silk plant）之称，与葛藤（见本书237—240页）、大麻（见本书241—244页）同为《诗经》时代最普遍的衣着原料，后来传布于世界各地。目前全世界著名的植物园中均种有苎麻，在欧洲的德国、英国都生长旺

苎麻雌雄同株，花序圆锥状，在欧美有"中国丝草"之称。

盛，成为各地常见的民俗植物，
或重要的纺织用材料。

苎麻"科生数十茎，宿根在
地中，至春自生，不岁种也"，
一年至少可收成三次，是个省时
省力的栽培作物。农业时代，台湾民间亦常栽植苎麻，供制作绳
索、编制器物之用。此外，叶加面粉或米粉可制成各种糕饼；根去
皮后，也是一种救荒食物。

植物小档案

学名：*Boehmeria nivea*（L.）Gaud.
科别：荨麻科

常绿亚灌木或小灌木，茎高可达2米，茎皮纤维长而韧。叶卵形或近圆
形，长5—15厘米，宽4—12厘米，先端渐尖，表面粗糙，背面密生白
色绒毛，基生脉3条；叶缘齿牙状。叶柄长2—10厘米。雌雄同株，花序
圆锥状，雄花序位于雌花序下；雄花小，花被4，雄蕊4；雌花簇生成球
形，径约0.2厘米。瘦果小，椭圆形，密生短毛。原产亚洲热带。

穀[1]

今名：构树

鹤鸣于九皋[2]，声闻[3]于天。

鱼在于渚[4]，或潜在渊。

乐彼之园，爰有树檀，其下维穀。

它山之石，可以攻玉[5]。

——节录《小雅·鹤鸣》

注解

1. 穀：音古。

2. 皋：泽也。

3. 闻：音问，传达。

4. 渚：音主，水中小洲。

5. 攻玉：磨治美玉。

另见

《小雅·黄鸟》：黄鸟黄鸟，无集于穀！

　　古称"楮""穀"，后来转成"构"。《酉阳杂俎》说："叶有瓣曰楮，无曰构。"瓣即叶之缺刻，叶有无缺刻是单株间的变异，今均称为构树。在生态上，

纤维植物类

249

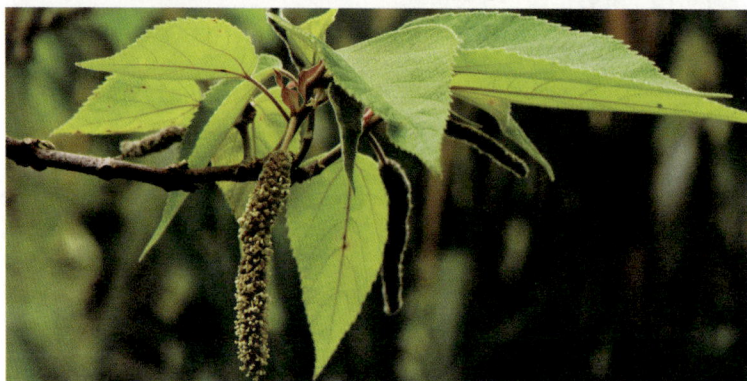

雄花排成圆柱状的葇荑花序。

构树是植物演替的一个先驱树种，正如《酉阳杂俎》所说："构，田废久必生。"在林间隙地及开阔地、荒废地，经常可以见到构树丛生。构树是《诗经》植物中少数的广泛分布种之一，从热带、亚热带的华南，分布到温带的华北地区，日本也有。

树皮纤维自古即为著名的制纸材料，古之楮纸（或称榖皮纸，即今之宣纸），均由构树皮制成。《天工开物》提到明代时还是

"用楮树皮与桑穰、芙蓉膜等诸物"，制造上等的"皮纸"。太平洋群岛原住民的传统衣着，常以构树皮制作，和江南人绩构皮以为布，有异曲同工之妙。

果为鲜红色的椹果，可食但勿贪多，因为"久食令人骨软"，半生半熟时，"可蜜煎作果"。乳汁可为糊料，加工后可制成金漆，即《博物志》所云："楮胶团丹，为金石之漆。"木材轻软，自古即为常用的薪材。构树全株各个部位均有特殊用途，攸关民生甚巨，历朝的农政单位皆视之为重要的经济植物。

《小雅·鹤鸣》："乐彼之园，爰有树檀，其下维榖。"描写的是园中有高大的青檀，大树下面也有较矮小的构树；无论是青檀或构树，都是有用的树木，比喻国家需要各种人才。

《小雅·黄鸟》一共有三章，劝喻黄鸟勿栖止的树木分别为："榖"（构树）、"桑"（见本书 252—255 页）和"栩"（麻栎，见本书 340—343 页），都是当时北方常见的树种。

植物小档案

学名：*Broussonetia papyrifera*（L.）L'Herit. *ex* Vent.
科别：桑科

落叶乔木，树皮深灰色；嫩枝密被绒毛，具乳汁。叶互生，有时对生，卵形至阔卵形，长 10—25 厘米，宽 8—20 厘米；先端锐尖，基部心形至圆形，常 2—5 深裂，裂片不规则；边缘粗锯齿。叶柄长，密被长毛。托叶显著。雌雄异株，雄花为圆柱状，葇荑花序，腋生；雌花序头状。复合果球形，径 1.5—2.5 厘米，熟时橘红色。分布于华北、华中、华南、西南各省，以及日本、中南半岛、太平洋群岛及台湾全岛。

纤维植物类

桑

今名：桑；白桑；家桑

桑之未落，其叶沃若[1]。于嗟鸠兮，无食桑葚。

于嗟女兮，无与士耽[2]。士之耽兮，犹可说也。

女之耽兮，不可说也。

——节录《卫风·氓》

注 解

1. 沃若：柔嫩润泽。
2. 耽：沉溺于逸乐也。

另 见

《鄘风·桑中》：期我乎桑中，要我乎上宫，送我乎淇之
  上矣。
《鄘风·定之方中》：降观于桑，卜云其吉，终然允臧。
                  星言夙驾，说于桑田。
《卫风·氓》：桑之落矣，其黄而陨。
《郑风·将仲子》：无踰我墙，无折我树桑。
《魏风·汾沮洳》：彼汾一方，言采其桑。
《魏风·十亩之间》：十亩之间兮，桑者闲闲兮。
                  十亩之外兮，桑者泄泄兮。
《唐风·鸨羽》：肃肃鸨行，集于苞桑。
《秦风·车邻》：阪有桑，隰有杨。

《秦风·黄鸟》：交交黄鸟，止于㉙。

《曹风·鸤鸠》：鸤鸠在㉙，其子七兮。

鸤鸠在㉙，其子在梅。

鸤鸠在㉙，其子在棘。

鸤鸠在桑，其子在榛。

《豳风·七月》：遵彼微行，爰求柔㉙。

蚕月条㉙，取彼斧斨，以伐远扬，猗彼女桑。

《豳风·鸱鸮》：迨天之未阴雨，彻彼㉙土，绸缪牖户。

《豳风·东山》：蜎蜎者蠋，烝在㉙野。

《小雅·南山有臺》：南山有㉙，北山有杨。

《小雅·黄鸟》：黄鸟黄鸟，无集于㉙，无啄我梁。

《小雅·小弁》：维㉙与梓，必恭敬止。

《小雅·隰桑》：隰㉙有阿，其叶有难。

隰㉙有阿，其叶有沃。

隰㉙有阿，其叶有幽。

《小雅·白华》：樵彼㉙薪，印烘于煁。

《大雅·桑柔》：菀彼㉙柔，其下侯旬。

《鲁颂·泮水》：食我㉙黮，怀我好音。

　　桑树的用途极广，是《诗经》中出现篇数最多的植物，共有二十首、三十一句提到桑，涵盖《国风》各篇，以及《小雅》《大雅》《颂》，各体裁均有之。另外，由《曹风·鸤鸠》等诗篇的内容，可知桑和梅、棘、榛都是当时庭院、村落周围常见的植物。

　　桑树为中国最早栽培的树种之一，也是古时民宅附近最普遍的植物。《小雅·小弁》有"维桑与梓，必恭敬止"句，其后"桑梓"一词遂成为故乡的代称。桑叶可用以养蚕，桑葚则味甜可食，既可救荒充饥亦可酿酒。桑皮自古即为名药，有利水消肿、泻肺平

诗经植物图鉴

喘等功效；树皮制纸，谓之"桑皮纸"。桑材致密，古人常取之以为弓，即《礼记》所谓的"射人以桑弧蓬矢"；又可用于制造农具、器具、车辕等。《小雅·白华》"樵彼桑薪"，取桑树枝干当柴火烧；《鲁颂·泮水》说的虽是鸟"食我桑黮"，但桑葚（黮）应也供人食用。

古代视桑树为重要的经济生产指标，如孟子所言："五亩之宅，树之以桑，五十者可以衣帛矣。"单提桑树而不说其他植物，可证其重要性。

自《诗经》《楚辞》以降，每一朝代的文学作品无不提到桑树。从唐诗、宋词、元曲，一直到明清诗歌，都能找到吟诵桑树的文句，桑树与古人生活文化的密切关系可见一斑。《卫风·氓》："桑之未落，其叶沃若。"以桑叶的生长繁盛来比喻新婚融洽；而"桑之落矣，其黄而陨"，则以桑叶枯黄落地的景象来比喻时过境迁、情人变心的凄苦心境。

植物小档案

学名：*Morus alba* L.
科别：桑科

落叶乔木或灌木。叶互生，卵形或阔卵形，长5—15厘米，宽5—12厘米，先端急尖至长尾状，基部心形至浅心形，表面鲜绿色，叶背沿脉有疏毛，腋交叉处有簇毛；粗钝锯齿缘。花单性，雄花序下垂，长2—3.5厘米，密被白色柔毛；雌花序长1—2厘米，被毛。聚合果（葚果）卵状椭圆形，长1—2.5厘米，成熟时红色或暗紫色。原产于华北和华中，现世界各地均有栽培。

纤维植物类

檿[1]

今名：蒙桑；山桑

启之辟之[2]，其柽其椐；攘之剔之[3]，其檿其柘。
帝迁明德，串夷载路[4]。天立厥配，受命既固。

——节录《大雅·皇矣》

注 解

1. 檿：音掩。
2. 启之辟之：辟，开辟。全句为开疆辟土之意。
3. 攘之剔之：攘、剔都有去除之意，表示除去繁枝促其生长。
4. 串夷载路：串夷指犬戎。全句意为犬戎奔逃于途。

桑叶可作为家蚕饲料，葚果可生食或酿酒，叶及树皮可作药用，是农业社会非常重要的树种。中国境内的桑属植物共有 9 种，在历代经济活动中扮演过举足轻重角色的，只有 2 种——其中又以白桑（见本书 252—255 页）栽植最多，产量也最高——对中国历代经济的贡献最大；另外一种经济价值比较高的桑树，就是蒙桑。

蒙桑木材可作车辕，亦可作弓，即《朱传》所说：

叶基呈心形，是蒙桑最大的特点。木材可制作车辕、弓及各种器皿、家具。

"山桑与柘皆美材，可为弓干，又可蚕也。"《考工记》云弓人取干之道，柘为上，檿桑次之。檿桑即蒙桑或山桑，"檿弧"即用山桑木所制作的弓。由蒙桑或山桑饲养的蚕所吐的丝，称"檿丝"，丝质较为强韧，可制作琴弦。蒙桑木材坚硬，有光泽，供制各种器皿及家具。

蒙桑分布范围很广，其外部形态在不同的生育环境会有变异。目前分布于华北的一些族群，被处理为变种，有山桑（*Morus mongolica* Schneid. var. *diabolica*）、圆叶蒙桑（*M. mongolica* Schneid. var. *rotundifolia*）、云南桑（*M. mongolica* Schneid. var. *yunnanensis*）、马尔康桑（*M. mongolica* Schneid. var. *barkamensis*）、尾叶蒙桑（*M. mongolica* Schneid. var. *longicaudata*）等。山桑是桑类之中比较耐寒的变种，主产华北各地，但一般都不细分，直称蒙桑为山桑。

蒙桑外形类似白桑，区别点在于蒙桑的叶缘锯齿先端芒刺状，叶背光滑；白桑则为钝锯齿缘，背面叶脉交叉处有毛。

植物小档案

学名：*Morus mongolica* Schneid.
科别：桑科

落叶灌木或小乔木。叶互生，卵形至椭圆状卵形，长8—12厘米，宽6—7厘米；先端尾尖，基部心形；叶缘整齐粗锯齿，先端锐，长达0.3厘米；叶不裂或极稀3—5裂；初有毛。叶柄极长，长3—6厘米。花雌雄异株，腋生雄花序穗状，长3厘米；雌花序圆柱状，长约1.5厘米，花柱极明显，2裂。葚果为圆柱形，长1.5厘米，熟时红紫色至黑色。分布于华北各省、东北南部，以及华中、西北、西南各省。

纤维植物类

褧[1]

今名：苘麻

硕人其颀[2]，衣锦褧衣。

齐侯之子，卫侯之妻，东宫之妹，

邢侯之姨[3]，谭公维私[4]。

——节录《卫风·硕人》

注解

1. 褧：音窘。
2. 硕人其颀：硕人，身材高大者；颀，音其，身材修长。
3. 姨：此指妻之姊妹。
4. 谭公维私：谭公指谭国（在山东济南一带）国君；私，女子称姊妹的丈夫。

《说文》引《诗经》之“衣锦褧衣”句，“褧”作“苘”，即今之苘麻，或称草麻。“褧”《尔雅》作“荝”，一作“苘”。《尔雅翼》曰：“苘，枲属，高四五尺，或六七尺，叶似苎而薄，实如大麻子。”郑玄注说明《周礼》中的“典枲”官负责征收的“麻”，包括“草、葛、荝”等，其中的“荝”就是苘麻。另

外，《周礼》的"掌葛"官，"掌以时征絺绤之材于山农""征草贡之材于泽农"，所提到的"草贡"也包括纻麻及苘麻。可见《诗经》时期，苘麻是华北地区重要的纤维植物之一。

苘麻又名青麻、白麻、野苎麻，茎皮纤维色白，具光泽，可编织麻袋、麻鞋及制作绳索等，即《图经》所说："北人种以绩布，及打绳索。"相对于南方的葛藤，北方主要使用的是苘麻。既用在人身上，也用于农事、牲畜，如《三农纪》所言："其麻可织毡被、雨衣、麻鞋、牛衣、耕绳、畜索、褥瓤、笔毫。"

纤维制取手续和苎麻类似，《农政全书》云："苘麻与黄麻同时熟，刈作小束，池内沤之，烂去青皮，取其麻片，洁白若雪。"

农家岁岁不可无，一直到明清时代，还是民众倚赖甚殷的经济植物，曾经广为栽培。目前华北、华中地区的道路旁、耕地边缘、荒废的开阔处，到处可见。

锦葵科植物的树皮大都富含纤维，各地区不同民族取不同的种类，做不同用途。例如，生长于海岸的黄槿（*Hibiscus tiliaceus* L.），太平洋群岛的居民取其树皮纤维用作跳草裙舞的草裙；分布范围极广的木芙蓉（*H. mutabilis* L.），是中国西南地少数民族的纺织、制绳索材料，《天工开物》记载的四川名产"薛涛笺"，就是用木芙蓉树皮制成的。

植物小档案

学名：*Abutilon theophrasti* Medicus
科别：锦葵科

一年生灌木状草本，高1—2米，栽培者可达4米，茎直立，外被软毛。叶互生，圆心形，径5—10厘米，两面均密被星状柔毛；缘细圆锯齿，叶柄长3—12厘米。花单生于叶腋，花冠黄色，瓣长约1厘米，心皮15—20，轮状排列。蒴果径约2厘米，分果顶端具2长芒；种子肾形，被星状柔毛。全中国各省区几乎都有产，分布越南、印度以及日本、欧洲、北美洲。

苘麻一直到明清时代还是广为栽培的经济植物。上图为蒴果。

第七章

染料植物类

古人为求美观或明示地位，而有了漂染衣物的需求，《诗经》中也有相关的记载。例如，《豳风·七月》："载玄载黄，我朱孔阳，为公子裳。"姑娘的衣服染黑（玄）、染黄（黄）、染红（朱）；《邶风·绿衣》："绿兮衣兮，绿衣黄裳。"穿绿色的上衣和黄色的下衣，可见当时已讲究服装的颜色。

古人利用矿物、植物染料对织物或纱线进行染色，印染织物主要是丝制品，其次是毛、麻。不同原料的印染，要使用不同的颜料（石染）和染料（草染）。石染用朱砂、赭石、石黄、蜃灰粉末等矿物颜料；草木染用植物染料的色素，如蓝草染蓝、紫草染紫、茜草红花染红、栀子染黄，以及壳斗科植物坚果下的壳斗用以染黑等。

• 《诗经》中的五种主要染料植物

《诗经》时代纺织印染工艺，已经发展至一定程度，供丝、麻的染色基本是植物染料。《周礼》中的《天官》设有"染人"官职，掌理印染丝帛及其他印染事务；《地官》设有"掌染草"官，负责征收可作染料之植物。

《诗经》中提到的染料植物有：荩草、茜草、蓼蓝、柘树等。其中荩草用以染黄、染绿，蓼蓝染靛、染蓝，即《小雅·采绿》"终朝采绿""终朝采蓝"之采"绿"与采"蓝"的目的。另外，《小雅·南山有臺》"南山有枸，北山有楰"之"楰"为鼠李，也用以染绿。茜草是红色染料，而《郑风·东门之墠》"东门之墠，茹藘在阪"之"茹藘"即茜草。柘树是王室专用的黄色染料，《大雅·皇矣》："攘之剔之，其檿其柘"之"柘"，指的就是柘树。食品使用染料也是《诗经》时期的时尚，而郁金则作为祭祀用染黄酒的原料。

• 《诗经》主要的染料植物也供药用

上述植物古代主要是作染料用途，但同时也是常用中药，自《神农本草经》起已有载录。其中的茜草，药用部位为根，称"茜根"；蓼蓝药用部位为果实种子，称"蓝实"，两者都列为上品。荩草则全草使用，《神农本草经》列为下品。柘树始录于宋代的《本草衍义》，使用部位为干皮及根皮。《诗经》内容虽然未提起此类植物的医疗用途，实际上应已有使用。

绿

今名：荩草

终朝采绿，不盈一匊[1]；予发曲局[2]，薄言[3]归沐。

终朝采蓝[4]，不盈一襜[5]；五日为期，六日不詹[6]。

之子于狩，言韔[7]其弓；之子于钓，言纶[8]之绳。

其钓维何？维鲂及鱮[9]；维鲂及鱮，薄言观者。

——《小雅·采绿》

注 解

1. 匊：音义同掬。
2. 曲局：形容发乱纠结。
3. 薄言：语词。
4. 蓝：蓼蓝，植物名，见本书 279—282 页。
5. 襜：音掺，工作时围于腰间的衣件。
6. 詹：音义同瞻，见也。
7. 韔：音畅，装弓之套子。
8. 纶：理丝。
9. 鲂及鱮：鲂，音房；鱮，音序，即大头鲢。

另 见

《卫风·淇奥》：瞻彼淇奥，绿竹猗猗。
瞻彼淇奥，绿竹青青。
瞻彼淇奥，绿竹如箦。

据《尔雅》所言："菉，蓐也。"称"菉"为"王刍"。陆玑《诗疏》云："有草似竹，高五六尺，淇水侧人谓之菉竹也。"这种生长于淇水附近的禾草，茎叶似竹，当地人称为菉竹或绿竹。由此可知，不管是菉、绿或菉竹、绿竹等名称，均应解为荩草；或者细分菉、绿为荩草，而"竹"另解为萹蓄。

《广本草注》描写荩草："叶似竹而细薄，茎亦圆小。生平泽、溪涧之侧。"和今日所见的荩草，在形态和生育地上均相同。古人煮其枝叶以"染黄色，极鲜好"，主要用以染制黄色官服，古代王室常驱使百姓采集荩草。《小雅·采绿》中众人"终朝采绿"，就是为了应付官员的需求，这也是荩草又称"王刍"的原因。

古人采集荩草枝叶，用以染制黄色官服。

古代染黄的材料，有荩草、柘、地黄等。荩草以黄酮类作为染媒可得绿色，故又用以染绿。

以荩草植株洗疮治疮有其疗效，俗称"菉蓐草"。荩草作为药用植物的时期很早，《神农本草经》已有收录，主治"久咳，上气喘逆"等症。茎秆又可用以编制箱篮，元稹《遣悲怀》："顾我无衣搜荩箧，泥他沽酒拔金钗。"所提"荩箧"就是用荩草制作的衣箱。

"绿""菉"也有解为禾本科的淡竹叶（*Lophatherum gracile* Brongn）者。而宋儒解经著作《靖康缃素杂记》，多解"绿竹"为绿色之竹（*Bamsusa* spp.）。

植物小档案

学名：*Arthraxon hispidus*（Thunb.）Makino
科别：禾本科

一年生禾草，秆纤细，多分枝，茎节易生根。叶卵状披针形，长2—4厘米，宽0.8—1.5厘米，基部心形，抱茎。叶鞘短于节间。花序总状，长1.5—4厘米，2—10枚花序呈指状排列于顶端。有柄小穗退化成针刺状，无柄小穗卵状披针形，两侧扁压，灰绿色或带紫色。外稃透明膜质，近基部伸出长0.6—0.9厘米之苞，苞下部扭转，弯曲。颖果长圆形。分布于全大陆各地及旧大陆温暖地区，台湾亦产，为常见的禾草。在台湾作为水土保持植物。

茹藘¹

今名：茜草

出其东门，有女如云。虽则如云，匪我思存。

缟衣綦巾²，聊乐我员³。

出其闉闍⁴，有女如荼⁵。虽则如荼，匪我思且。

缟衣茹藘，聊可与娱。

——《郑风·出其东门》

注 解

1. 藘：音驴。
2. 缟衣綦巾：缟，音稿，白色；綦，音其，青黑色。缟衣綦巾为古时未嫁女子的服饰。
3. 员：音云，语词。
4. 闉闍：闉，音因；闍，音都。闉闍，城门。
5. 荼：在此指芦苇或白茅的花，用以形容众多貌。

另 见

《郑风·东门之墠》：东门之墠，茹藘在阪。

《尔雅》："茹藘，茅蒐。"郭璞注："今之茜也，可以染绛。"古人认为茜草乃"人血所化"，因此又称为"地血"。植株根部除供染色外，也有凉血止血、活血化瘀的功效，又名"血见愁""风车草"。

茜草是自古即盛行栽培的染料植物，紫赤色的根部含茜素（alizarin）及茜草酸（munjistin）等成分，为红色染料，专供染御服之用，称为"染绛"。《本草图经》云："茜，染色草也。根紫、茎红、叶绿"，"根茎入矾煮染羽毛，色如玫瑰"。《郑风·出其东门》所说的"缟衣茹藘"，意思就是用茜草染成的红色佩巾。《周礼·地官》说掌染草者"掌以春秋敛染草之物"，亦即专职掌理春秋两季征收染色用的植物，其中包括茜草、紫草，可见茜草作为染料植物起源甚早。

民间也有商品化栽植者，如《史记》云：千亩卮（栀）茜，其

茜草古代用作红色染料，也是重要的药用植物，其蔓性枝叶常覆盖其他植物。

人与千户侯等。说明汉代已有大面积栽培茜草，还可因此致富。古时用来染红的茜草根，大都取自农历五月到九月，此值夏秋之际，有利于植物染料的提取，且有助于衣物的染色。

除染料外，茜草根自古以来也是重要药材，《神农本草经》列为上品，主治衄血、便血、尿血、吐血、崩漏、铁打损伤诸病。另外，唐代陈藏器的《本草补遗》则记载古人用蘘荷和茜草祛除蛊毒，此为茜草的另一种特殊用途。

植物小档案

学名：*Rubia cordifolia* L.
科别：茜草科

多年生草质藤本；小枝四棱，上生倒钩刺；根紫红色或澄红色。叶4片轮生，卵形至卵状披针形，长2—5厘米，宽0.8—2厘米，先端渐尖，叶基部圆至心形，表面粗糙，背面叶脉有倒钩刺。聚伞花序排成圆锥花丛；开黄白色小花。浆果近球形，径0.5—0.6厘米，黑色或紫黑色。原产于华北，现则分布亚洲北部至澳大利亚，中国境内大部分地区山间随处可见。

染料植物类

棫[1]

今名：鼠李

南山有枸[2]，北山有棫。
乐只君子，遐不黄耇[3]？
乐只君子，保艾尔后[4]。

——节录《小雅·南山有臺》

注 解

1. 棫：音余。
2. 枸：枳椇或拐枣，见本书 221—223 页。
3. 遐不黄耇：耇，音苟，高寿老人。全句意为何能不长寿？
4. 保艾尔后：全句意为赡养后代子孙。

棫这种植物，《尔雅》释为"鼠梓"。鼠李又称"鼠梓"或"牛李""椑"等，其"枝叶如李，子实若五味子，色璺黑，其汁黑色，味甘苦"，果实黑色，大小和五味子 [*Schisandra chinensis*（Turcz.）Bail.] 一般，此即鼠李。

取鼠李未成熟的核果及皮树，可制黄色及绿色染料；木材坚硬，纹理美丽，力学强度高，可供制家具

鼠李的核果及树皮可制黄色、绿色染料。果实生时青色，成熟后转黑。

及雕刻之用；叶味淡微苦，采嫩叶煠熟，可和油盐调食，叶亦可泡茶饮用。

结实累累如茜子大，生时青色，成熟转黑后可染纸作绿色。九月、十月果实成熟后采收，加白矾粉末揉搓，晒干作染料。

因鼠李到处都有分布，因此解经的书都不说明其产地。但鼠李种类甚多，《诗经》所言可能包括冻绿（*Rhamus utilis* Decne.）、钝齿鼠李（*Rh. arguta* Maxim.）、黑桦树（*Rh. maximovicziana* J. Vass.）、圆叶鼠李（*Rh. globosa* Bunge）等，这些树种形态虽然稍有差异，但是用途相同。

郭璞《尔雅注》及陆玑《诗疏》则认为："椴"是"楸"类植物，"其叶木理如楸，山楸之异者，今人谓苦楸"。《毛诗名物图说》云："鼠梓木似山楸而黑。"如此，则"椴"可解为"黑楸"或"槐皮楸"，在分类上隶属于楸树，为树皮暗灰色且深纵裂的地方品种。

植物小档案

学名：*Rhamnus davurica* Pall.
科别：鼠李科

一落叶小乔木；小枝对生或近对生，褐色或红褐色。叶对生或近对生，纸质，阔椭圆形至卵状圆形，长 4—12 厘米，宽 2—6 厘米；先端突尖至渐尖，基部近圆形，叶表面深绿有光泽，背面叶脉沿生白色疏柔毛；边缘具圆齿状细锯齿，齿端有红色腺体；侧脉 4—5 对，叶两面凸起，网状脉明显。花单性，雌雄异株，丛生叶腋或短枝端。核果球形，径约 0.5—0.6 厘米，成熟时呈黑色。产于东北各省、山西以及西伯利亚、蒙古、朝鲜半岛。

终朝采绿，不盈一匊[1]；予发曲局[2]，薄言[3]归沐。

终朝采蓝，不盈一襜[4]；五日为期，六日不詹[5]。

之子于狩，言韔[6]其弓；之子于钓，言纶[7]之绳。

其钓维何？维鲂及鱮[8]；维鲂及鱮，薄言观者。

——《小雅·采绿》

注 解

1. 匊：音义同掬。

2. 曲局：形容发乱纠结。

3. 薄言：语词。

4. 襜：音掺，工作时围于腰间的衣件。

5. 詹：音义同瞻，见也。

6. 韔：音畅，装弓之套子。

7. 纶：理丝。

8. 鲂及鱮：鲂，音房；鱮，音序，即大头鲢。

　　蓝自古即为重要的蓝色染料，历代常用三种植物提炼：其一为爵床科的马蓝 [*Baphicacanthus cusia*（Nees）Bremeck.]，其二为蝶形花科的木蓝（*Indigofera tinctoria* L.），其三是蓼科的蓼蓝

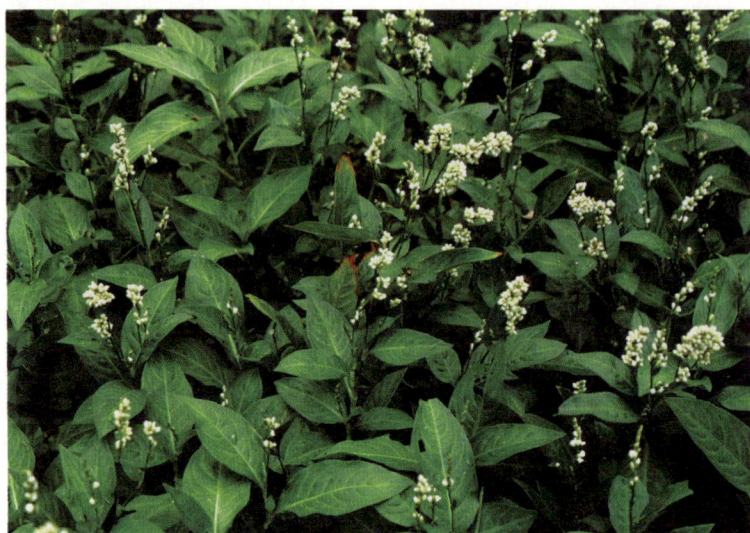

（*Polygonum tictorium* Lour.）。

古人从上述这三种植物的枝叶采集制蓝，粗制品谓之"蓝靛"，精致者则是用于绘画的"花青"。在人造染料发明之前，这些植物需求量甚大。三种蓝中，蓼蓝可用于染绿（碧），马蓝和木蓝用于染青，三者皆可作淀（蓝色染料），颜色胜于"母色"，所以才有"青出于蓝而胜于蓝"之说。

马蓝，又名板蓝，产于福建以南之广东、贵州及广西的西南一带，属于热带及亚热带植物。木蓝源自印度，广泛分布于亚洲、非洲热带地区，为典型的热带植物，上述两种植物都无法在黄河流域生长。蓼蓝则分布于温带与亚热带，原产华中、华北，韩国、蓼蓝的叶子干后会变为深蓝色，是提制「蓝靛」的原料。开花结果后，植株会逐渐枯萎。

日本都曾大量生产，是中国最主要的蓝染植物，《诗经》所言的"蓝"，指的就是蓼蓝。

本篇"终朝采蓝，不盈一襜"下一句为："五日为期，六日不詹"。证诸《四民月令》所云："五月可刈蓝"，诗中之"五日"应为五月之日，也说明采蓝的最佳季节为农历五月。在叶上出现皱纹时开始采收，加石灰打靛，制成蓝色染料，主要是用来染制衣物与各种织物。荀子《劝学篇》所言："青，取之于蓝，而青于蓝。"提到的蓝即为蓼蓝。

植物小档案

学名：*Polygonum tictorium* Lour.
科别：蓼科

一年生草本，茎直立，有分枝。叶卵形或阔椭圆形，长3—8厘米，宽2—5厘米，先端圆钝，基部钝，沿叶脉有短毛；全缘；干叶深蓝色。托叶鞘膜质，有长毛。花序穗状；花淡红色，密集，花被5深裂。瘦果卵形，有3棱，褐色有光泽，包于宿存花被内。分布于辽宁、河北、山东、山西、陕西、湖北、四川、两广以及朝鲜半岛、日本。

柘[1]

启之辟之[2]，其柽其椐；攘之剔之[3]，其檿其柘。
帝迁明德[4]，串夷载路[5]。天立厥配，受命既固。

——节录《大雅·皇矣》

注 解

1. 柘：音蔗。
2. 启之辟之：辟，开辟。全句为开疆辟土之意。
3. 攘之剔之：攘、剔都有去除之意，表示除去繁枝促其生长。
4. 帝迁明德：天帝将天命移交给明德之人。
5. 串夷载路：串夷指犬戎。全句意为犬戎奔逃于途。

　　柘树的心材可提制黄色染料，称为"柘黄"，专门染制黄色衣物。唐代以后，黄色成为帝王的服色，《本草》云："其木染黄赤色，谓之柘黄，天子服是也。"用柘木汁液染过的皇袍，称为"柘袍"，有时也用以指称帝王，如苏轼的《书韩干牧马图诗》："柘袍临池侍三千，红妆照日光流渊。"所说的"柘袍"，指的就是皇帝。

柘树的心材可提制黄色染料，枝条上有棘刺是一大特征。球形的聚合果，成熟时橘红色。

柘树"喜丛生，干疏直，皮纹细密，上多白点，枝条多刺"，木材致密坚韧，《考工记》推崇为制弓的最佳树种。所制之弓是古人所谓的"乌号之弓"（让鸟号叫的弓），即庾信《春赋》："金鞍始被，柘弓新张"所说的柘弓。树干心材黄色，质坚硬而细致，也可以制家具。

叶比桑叶小很多，所饲养的蚕，谓之"柘蚕"。柘蚕所吐的丝即《尔雅》所说的"棘茧"，用来制作琴瑟弦。根据记载，这种琴弦"清响远胜凡丝"。此外，古代夏季用"桑柘"取火，即《周书》所载之"季夏取桑柘之火"。由此可见，桑、柘均为良好的燃料用材。

桑、柘均属桑科植物，果都是由整个花序发育而成，称之为多花果或复合果（multiple fruits），桑实曰"葚"或"椹"，柘实则称之为"隹"（音追）。柘实可生食，也可用于酿酒。

柘树和蒙桑（见本书256—259页）在《诗经》时代应为重要的树种，若按照《大雅·皇矣》"攘之剔之，其檿其柘"的字义来看，在开发土地的过程中，两种树种和其他无利用价值的灌木一样，都是整地时被伐除的对象。但也有解释本句为"剔除繁枝，让蒙桑和柘树加速生长"的说法，可能较符合诗意。

植物小档案

学名：*Cudrania tricuspidata*（Carr.）Bur. *ex* Lavallee
科别：桑科

落叶灌木或小乔木，枝条有棘刺，刺长0.5—2厘米。叶卵形至菱状卵形，偶3浅裂，长5—14厘米，宽3—6厘米；先端渐尖，表面深绿色，背面绿白色；侧脉4—6对。雌雄异株；雄花序球状，径0.5厘米，雄蕊4；雌花序亦球形，头状花序，径1—1.5厘米。果为聚合果，近球形，径约2.5厘米，肉质，熟时橘红色。分布于华北、华东、西南各省海拔500—1600米的山区。

第八章

用材植物类

本篇所谓的"用材植物"，是指木材可用于建筑、车船、家具、乐器等用途的树种。黄河流域自古属半干旱气候，平原上的优势植物群落是草原，在低湿区域及丘陵上有局部的森林，主要组成是落叶阔叶树（何炳棣1969），但也有常绿针叶树混生其中。《商颂·殷武》所述的"陟彼景山，松柏丸丸"，说的是山陵上的松柏针叶树林；《大雅·皇矣》"帝省其山，柞棫斯拔，松柏斯兑"可知山野林木茂盛。当时分布广泛的野生树种，还有桧（圆柏）、枢（刺榆）、楠、榆等。

《周礼》有负责管理林业的职官称"虞衡"，主要工作是土地上的动植物资源的利用和保护，即《天官·大宰》所记载的"虞衡作山泽之材"，显见当时森林资源尚称丰富。

· 造林木多，设有官职专门管理

从《诗经》的内容，及《周礼》的相关规定、设置的官职，可知当时有很多造林木。《郑风·将仲子》："将仲子兮，无踰我

里，无折我树杞"，"将仲子兮，无踰我墙，无折我树桑"，"将
仲子兮，无踰我园，无折我树檀"，以及《齐风·东方未明》：
"折柳樊圃，狂夫瞿瞿"等，提到的杞（旱柳）、桑、檀（青
檀）、柳，都是普遍栽种在当时民宅附近的树木。

凡公共建筑、城垣、道路两旁也经常种树，常用树种有梓、梧
桐、榆、杨、楸、桐（泡桐）等。《周礼》有在封疆、城廓、沟池
边缘、道路等处种树的记载，如"为畿封而树之"，"修城郭、沟
池、树渠之固"，"设国之五沟五涂，而树之林，以为阻固"等，
以宅院庭园树及行道树为主，树种主要是经济林木。因为造林木
多，《周礼》的《秋官司寇》才有"柞氏"一职，是专门掌管树木
采伐之官。

· 《诗经》木材的主要用途是建筑

自古以来，中国的房舍建筑有木架结构和土木混合结构等，多
以木料建造为主。《诗经》木材的主要用途也是建筑，如在歌颂周
王宫室落成的诗《小雅·斯干》中，有"约之阁阁，椓之橐橐"
句，指的是用木板框筑房子，而松柏是重要的建宫建室之材。至于
用木材造舟的篇章，则有《邶风·柏舟》："泛彼柏舟，亦泛其
流"；《卫风·竹竿》："淇水悠悠，桧楫松舟"；《小雅·菁菁
者莪》："泛泛杨舟，载沉载浮"等，造舟用的是松、柏、杨等木

材。《大雅·大明》："牧野洋洋，檀车煌煌"的"檀"是青檀，古代用来造车。

　　木材也用来制作家具、棺木、乐器等，如《鄘风·定之方中》之"树之榛栗，椅桐梓漆，爰伐琴瑟"句。砍木材当材薪也是重要用途之一，如《大雅·棫朴》："芃芃棫朴，薪之槱之。"《周南·汉广》："翘翘错薪，言刈其楚。"提到的"棫朴"是麻栎类植物，"楚"是指黄荆。

遵彼汝坟¹，伐其条枚²。未见君子，惄如调饥³。

遵彼汝坟，伐其条肄⁴。既见君子，不我遐弃。

鲂鱼赪尾⁵，王室如燬。虽则如燬，父母孔迩⁶。

——《周南·汝坟》

注解

1. 遵彼汝坟：遵，循也；汝，汝水，在今河南省；坟，音
   义同濆，涯岸也。
2. 枚：枝干。
3. 惄如调饥：惄，音溺，忧思；调，音义同朝，早晨。全
   句意为渴慕之心就像早晨腹饥时想吃东西一样殷切。
4. 肄：音亦，斩而复生之枝条。
5. 鲂鱼赪尾：赪，音撑，赤色。全句意为："鲂鱼疲劳
   时，白尾会变成红色。"用以比喻生活极劳苦。
6. 孔迩：甚近。

另见

《秦风·终南》：终南何有？有条有梅。

《大雅·旱麓》：莫莫葛藟，施于条枚。

　　陆玑的《诗疏》说"条"，"榎，今山楸也"，

描写"山楸"的形态："皮叶白，色亦白，材理好。"《尔雅》称"榙"为山榎。因此，《诗经》的"条"应为今之灰楸。

灰楸、楸树和梓树为同属植物，形态类似，灰楸和楸树外形更为接近。灰楸之叶背、小枝及干皮均为灰色或灰褐色，树皮纵裂较深，可资区别。木材色灰白，材质坚实，纹理略粗，材质略逊于楸树和梓树。古代供制作车板，现在则多供为建筑、家具、枕木等用材，是古今重要的造林树种。嫩芽、花供作蔬菜；根、果入药，是用途极多的树种。

《尚书·禹贡》描述华北平原中部的植被为"厥草惟繇，厥木惟条"，可见当时分布之普遍。目前亦分布全中国，灰楸在华北地区常和楸树混生，生长在土壤肥沃的山坡下部、山麓、沟谷两侧。

花楸树形美观、花淡红至淡紫色，
初夏花开满树，适合栽培为庭园树。

枝干挺直、树形美观、花淡红至淡紫，初夏花开满树，因此古今都栽培为庭园树。对于二氧化硫、氯气等有毒气体抗性很强，特别适合栽植为现代的行道树。

《周南·汝坟》之"条"有解为"枝条"者，如宋朱熹《诗集传》及清陈大章《诗传名物集览》。按其句意，《大雅·旱麓》之"莫莫葛藟，施于条枚"，和《周南·汝坟》篇的内容一样，"条"解为"枝条"亦通。

近人何炳棣（1969）认为"条"是榆科的朴树（*Celtis sinensis* Pers.）；吴厚炎（1992）则鉴定"条"为蔷薇科的石灰花楸［*Sorbus folgneri*（Schneid.）Rehd.］。

植物小档案

学名：*Catalpa fargesii* Bureau
科别：紫葳科

落叶乔木，幼枝、花序、叶柄均被毛。叶厚纸质，卵状至三角状心形，长 10—18 厘米，宽 8—10 厘米，先端渐尖，基部截形至微心形，叶背被星状毛。叶柄长 3—8 厘米。顶生伞房状总状花序；合瓣花，花冠淡红至淡紫色，长约 3 厘米。雄蕊 2，退化雄蕊 3。蒴果细圆柱形，长 50—80 厘米，2 裂；种子线形，薄质，两端丝裂。分布于陕西、甘肃、河北、山东、河南至华中、华南及西南各省，生长在高 700—1500 米的山谷中。

芃芃[1]棫朴，薪之槱[2]之。济济辟王，左右趣之[3]。
济济辟王，左右奉璋。奉璋峨峨[4]，髦士[5]攸宜。
淠[6]彼泾舟，烝徒楫之[7]。周王于迈[8]，六师及之。

——节录《大雅·棫朴》

注 解

1. 芃芃：音朋，茂盛貌。

2. 槱：音有，堆柴燃烧。

3. 趣之：趣，音义同趋，疾行。

4. 峨峨：高耸貌。

5. 髦士：髦，音毛。髦士谓俊杰之士，此指周王之大臣。

6. 淠：淠，音譬，舟行貌。

7. 烝徒楫之：烝，众多也；楫之，划船。

8. 迈：前行。

另 见

《召南·野有死麕》：林有朴樕，野有死麕。

《尔雅注》："樕朴，榔樕也。"邢昺疏曰：
"《诗·召南·野有死麕》云'林有朴樕'，此作

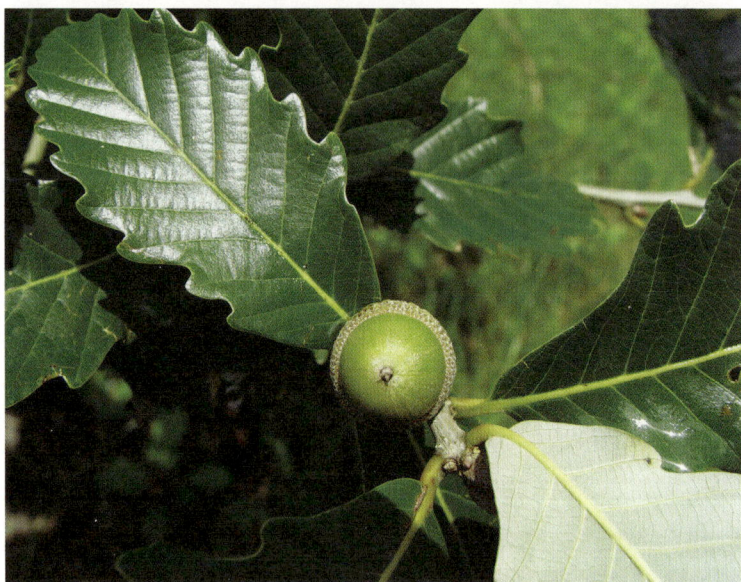

槲树叶可以养蚕，生产柞蚕丝。坚果含高量淀粉，平常多用于酿酒或供作饲料。

'栩朴'，文虽倒，其实一也，或者传写误。"朴栩又称"朴栩"或"朴"，是橡树的一种。《尔雅》说明"栩"就是"朴"，一名"心"，表"有心能湿"，又称"槲"，即今之槲树。常栽植于寺庙、茔墓或公园之中。木材坚重耐久，可供制作器具、车船之用，也是良好的建筑用材；欧美常用以制作酒桶酿酒，使酒香历久弥佳。

自古常以槲树叶养蚕，生产柞蚕丝，"蚕食槲叶成茧，大如柰"。柞蚕丝所制作的衣服，比一般蚕丝色泽更光滑。槲树之树皮粗厚，含多量鞣酸，可供制革工业之鞣皮用。坚果含高量淀粉，但味涩难以入口，所谓："与栎相类，亦有斗，但小不中用耳。"只有岁荒时才勉强用以果腹，平常只用于酿酒或供作饲料。本树种分布地区广泛，在古代亦为常见树种，加上用途又多，因此《诗经》很多篇章中均有提及。

《大雅·棫朴》中的"棫"和"朴"都是壳斗科植物，枝干都可当薪材。由于性耐干燥，可在瘠薄地生长，又抗风，目前仍为华北地区主要的荒山造林树种。秋叶转为金黄色，栽植作为庭园树，可增胜景。

植物小档案

学名：*Quercus dentata* Thunb.
科别：壳斗科

落叶乔木，小枝密生黄褐色星状毛。叶倒卵形，长10—20厘米，叶缘波状缺刻，缺刻先端钝，表面光滑，背面密被绒毛及星状毛；叶至秋变橘黄色。葇荑花序下垂，壳斗鳞片覆瓦状排列，反曲，红棕色；坚果卵圆形，径约1.5厘米。分布于山东、河北、陕西、湖北、东北、四川、云南等地，日本、朝鲜半岛亦有分布，台湾则生长在屏东三地门之森林中。

柏

今名：侧柏

汎彼柏舟，亦汎其流。耿耿不寐，如有隐忧。

微我无酒¹，以敖以游。

我心匪鉴，不可以茹²；亦有兄弟，不可以据³。

薄言往愬⁴，逢彼之怒。

我心匪石，不可转也；我心匪席，不可卷也。

威仪棣棣⁵，不可选⁶也。

——节录《邶风·柏舟》

注 解

1. 微我无酒：非我无酒，暗指酒亦不能解忧。

2. 茹：纳也。

3. 据：音居，依靠。

4. 薄言往愬：薄言，语词；愬，音义同诉。

5. 棣棣：音弟，雍容娴雅之貌。

6. 不可选：不因环境而改变其气节。

另 见

《鄘风·柏舟》：汎彼柏舟，在彼中河。

汎彼柏舟，在彼河侧。

《小雅·天保》：如松柏之茂，无不尔或承。

《小雅·頍弁》：茑与女萝，施于松柏。

《大雅·皇矣》：帝省其山，柞棫斯拔，松柏斯兑。
《鲁颂·闷宫》：徂徕之松，新甫之柏。
《商颂·殷武》：陟彼景山，松柏丸丸。

　　柏字的含意据《群芳谱》说："柏向荫指西……盖木之有贞德者，故字从白。白为西方正色。"意思是说柏木侧枝常指向西方，属于有贞德的树种；按五行五色，白为西方正色，因此柏字从白。侧柏和其他柏木有许多相同的特征，但"其叶皆侧向而生"，故名侧柏。

　　本树种木材有脂而香，木耸直，皮薄肌细，质重、保存期长。其木坚直，可作栋梁材，"有干刚之性，故古人任之"。古今均视为良好建材，亦适合制舟，即《邶风》及《鄘风》中提及的"柏舟"。"老者入土，年久难朽"，北方重要人物的棺木，亦多由柏木制造。又由于柏木树姿良好，"叶青枝长，四时不凋，岁寒更

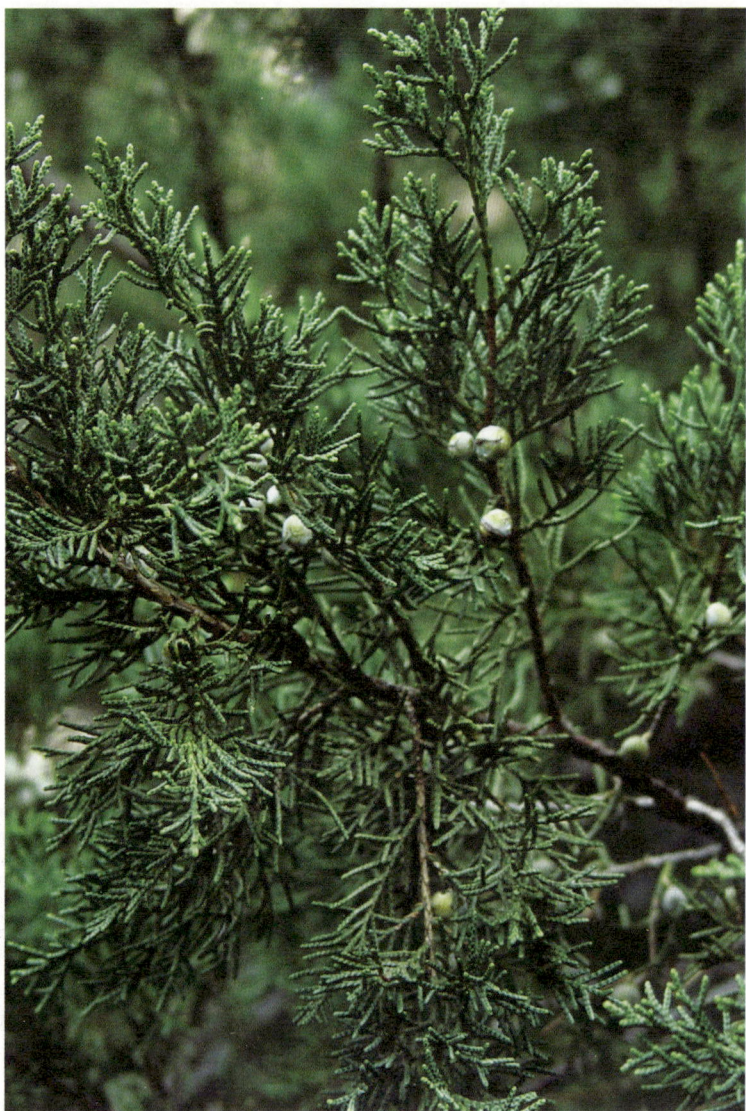

侧柏的叶子都侧向而生，因此得名。

茂，孔子称之"，自古以来常栽植在宫殿、庙宇周围，如陕北黄帝陵内有粗及七人合抱的大树；山东曲阜孔林中也有树龄很大的侧柏，均是当地重要的景观树种。

果实名"柏实"，亦称"柏子仁"，其"味甘，主惊悸、安五脏、益气、除风湿痹，久服令人润泽美色、耳目聪明、轻身延年"，至今仍是著名药材。叶含侧柏精（Thujin），也是常用中药，《神农本草经》列为上品，说"叶脂服之可永寿"。

今四川诸葛孔明庙中有大柏木，相传是蜀世所植，传说枝叶甘香，味异于常柏，当地居民喜欢在该树上采收药材。杜甫《古柏行》："孔明庙前有老柏，柯如青铜根如石。"描写的就是这株柏树。

柏类有多种，除了侧柏之外，柏木属（*Cupressus* spp.）中国原产5种。《诗经》各篇章中提到的"柏"，可能亦指柏木属的柏木（*Cupressus funebris* Endl.），或干香柏（*C. duclouxiana* Hickel）等分布华中以北的树种。柏木属植物大都木材白色，材质致密耐久，亦可用于造船及建屋。

植物小档案

学名：*Thuja orientalis* L.
科别：柏科

常绿大乔木，树皮片状剥落；小枝扁平，常排成一平面。叶鳞片状，紧贴小枝，交互对生，正面叶菱状卵形，两侧叶覆着正面叶的基部两侧。雌雄同株，球花单生于枝端。球果卵圆形，当年成熟，径1—5厘米；未熟时肉质，被白粉，成熟后木质化。种鳞4对，鳞被先端具反曲钩状物，每片果鳞有种子1—2粒；种子卵圆形，不具翅。原产于中国西北部及华北，台湾亦有引进栽培。

椅

今名：楸

湛湛[1]露斯，匪阳不晞[2]。厌厌[3]夜饮，不醉无归。

湛湛露斯，在彼丰草。厌厌夜饮，在宗载考[4]。

湛湛露斯，其彼杞棘[5]。显允君子[6]，莫不令[7]德。

其桐[8]其椅，其实离离[9]。岂弟君子，莫不令仪。

——《小雅·湛露》

另 见

《鄘风·定之方中》：树之榛栗，椅桐梓漆，爰伐琴瑟。

楸树最重要的特征是蒴果极长，有时可长达50厘米。

椅今名楸，和梓树为同属植物，外形很像，所谓"本同末异"。与桐（见本书308—311页）、梓（见本书312—314页）、漆（见本书385—387页）并提，同是良材。楸的木质坚硬，木材纹路美丽，非常适合建筑及制作各种器物之用，举凡家具、车板、棋枰均"所在任用"，"以为棺材，胜于松柏"。又本树种"得宫商之令，是以乐工取材为器，其音清和"，是制作乐器（琴瑟）的好材料。楸之叶小者，谓之"榎"或"槚"，和黄荆同是古代用来制作刑具的材料，即所谓"刑于槚楚"。

《杂五行书》还说若在房屋西侧种植梓楸，可以祈子孙孝顺，且无口舌之灾。楸既有多种用途，在民俗上又是吉祥之树，因此中国北方农户常于屋边栽植成列。常结实累累，蒴果细长可达50厘米，长形蒴果"垂条如线"，极有特色。《小雅·湛露》篇"其桐其椅，其实离离"句，用泡桐和楸树繁盛的果实来比喻上位者之德泽遍及众人。

《埤雅》云："楸有行列，茎干乔耸凌云，华高可爱，至秋垂条如线，俗谓之楸线。"近代多栽植为行道树，"茎干垂直可爱"，至秋叶呈金黄，极为美观。叶可肥猪，花气味甘甜，煮过后加油盐调味可充为菜肴，也可晒干后或煮或炒，《救荒本草》有载录之。树皮、根皮、树叶、果实供药用，具清热、解毒、消肿、利尿之效，熬膏外敷可治痈肿。

植物小档案

学名：*Catalpa bungei* C. A. Mey.
科别：紫葳科

落叶乔木，小枝光滑。叶对生，三角状卵形至卵状长椭圆形；长6—15厘米，宽6—12厘米，先端长渐尖，基部截形至稍心形，掌状三出脉；全缘，有时基部叶缘有1—4对尖齿；两面无毛，叶背基部叶脉腋有紫色斑点。总状花序呈伞房状；合瓣花，花白色，内有紫色斑点。蒴果长25—50厘米。分布于黄河流域及长江流域海拔1000米以下山区。

桐

今名：泡桐

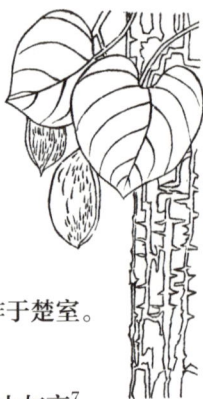

定之方中[1]，作于楚宫[2]。揆之以日[3]，作于楚室。

树之榛栗，椅桐梓漆，爰伐琴瑟[4]。

升彼虚[5]矣，以望楚矣。望楚与堂[6]，景山与京[7]。

降观于桑。卜云其吉，终然允臧[8]。

——节录《鄘风·定之方中》

注 解

1. 定之方中：定为星名，即营室星。全句为当营室星出现
   在天空时。.
2. 楚宫：楚丘之宗庙。
3. 揆之以日：测度日影来定方位。
4. 爰伐琴瑟：砍伐后制作琴瑟。
5. 虚：大丘。
6. 堂：地名。
7. 景山与京：景为山名，京为丘名。
8. 终然允臧：臧，善也。全句为果真是个好地方。

另 见

《小雅·湛露》：其桐其椅，其实离离。

中文所称的"桐"，通常是指叶大且略呈心形

的树种，如梧桐、泡桐、野桐、山桐与油桐等。《诗经》出现的"桐"，依句意应为当时分布或栽植在北方的经济树种（用作木材），除了泡桐外，可能亦指梧桐（见本书366—368页）。但《鄘风·定之方中》将桐与榛（见本书197—199页）、栗（见本书200—203页）、椅（楸树，见本书304—307页）、梓（见本书312—314页）、漆（见本书385—387页）等重要造林树种并提，则宜解为"泡桐"，因为泡桐的经济价值比梧桐高。

泡桐，又名白桐、紫花桐，栽培历史悠久，在木材生产上一直占有很重要的地位。《图经》云："叶三尖，径尺，最易生长。皮色粗白，木质轻虚，造匣箱，避烟尘，远湿蠹。"泡桐生长迅速，十年即可成材，其材质比重低、易于加工，非常适合制作薄板。桐

泡桐的蒴果内含有无数具薄翅的种子，极易随风飘散，散播后代。

材防潮、隔热性质佳，导音性好，音质清朗，古人视为制琴的优质木材。梓、椅、桐可能都是古代用来制作琴瑟共鸣箱的木材，才会有"爱伐琴瑟"之句。桐材不怕火，至今尚用来制作箱柜、几案等器物。

《鄘风·定之方中》《小雅·湛露》这两篇所说的"桐"，可能也包含分布在黄河流域、淮河流域等其他泡桐属种类，例如毛泡桐 [*Paulownia tomentosa*（Thunb.）Steud.]、兰考泡桐（*P. elongata* Hu），以及楸叶泡桐（*P. catalpifolia* Gong）等。中国各地均产有不同种类的泡桐，除作为木材生产外，亦是具观赏价值的庭园树，《周书·时训》曰："清明之日，桐始华。"花色紫蓝，"花开盈树"，极为壮观。

植物小档案

学名：*Paulownia fortunei*（Seem.）Hemsl.
科别：玄参科

落叶乔木，树干常挺直，幼枝中空。叶对生，长卵形至椭圆状长卵形，长12—30厘米，宽10—20厘米；先端渐尖，基部心形，背面密被星状毛；叶柄长10—18厘米。花序圆锥状，顶生；合瓣花，花冠漏斗形，白色或黄白色，内有大小紫斑。蒴果长6—10厘米，径3—4厘米。产于东北、华北至华南，台湾亦有分布。

用材植物类

梓

今名：梓树

维桑与(梓)，必恭敬止[1]。靡瞻匪父[2]，靡依匪母。

不属于毛[3]？不罹于里[4]？天之生我，我辰安在[5]？

菀[6]彼柳斯，鸣蜩嘒嘒[7]。有漼[8]者渊，萑苇淠淠[9]。

譬彼舟流，不知所届。心之忧矣，不遑假寐。

——节录《小雅·小弁》

注 解

1. 止：语词。
2. 靡瞻匪父：没有不敬仰其父亲者。
3. 不属于毛：谓子女与父母岂不毛发相连？
4. 不罹于里：谓子女与父母岂不肌肤相附？
5. 我辰安在：有生不逢时之叹。
6. 菀：音郁，茂盛貌。
7. 鸣蜩嘒嘒：蜩，音条，蝉也；嘒，音慧，鸣声。
8. 漼：音璀，水深貌。
9. 淠淠：淠，音譬，茂盛貌。

另见

《鄘风·定之方中》：树之榛栗，椅桐(梓)漆，爰伐琴瑟。

梓树又名黄花楸、山桐，树姿优美，古人住家周

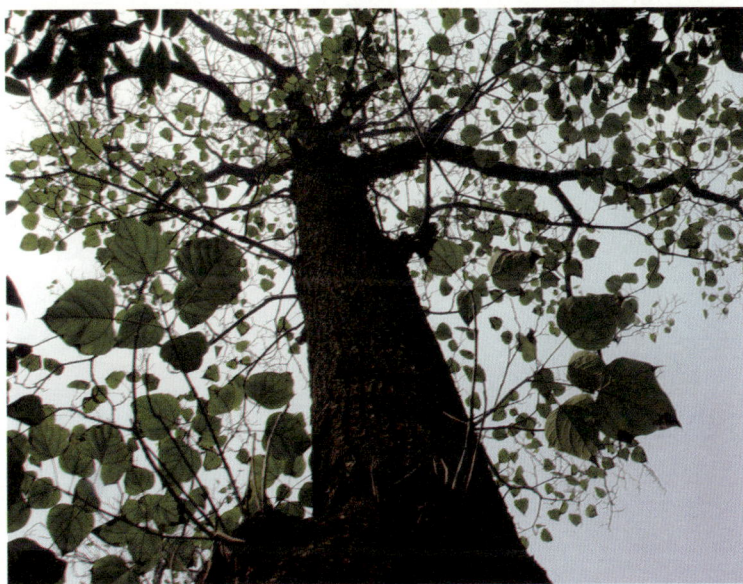

梓树为木中之王，是重要的造林树种，夏天开黄白色花，也是美丽的景观树。

围、官寺、园亭必种之。宋朱熹《诗集传》云："桑、梓二木，古者五亩之宅，树之墙下，以遗子孙给蚕食、具器用者也。"桑梓并称遂成为故乡之代称，如西晋陆机之《百年歌》："辞官致禄归桑梓，安居驷马入旧里。"成语"敬恭桑梓"则源自《小雅·小弁》之"维桑与梓，必恭敬止"句，意为敬怀故乡之物，并尊敬故乡之人。

梓为木中之王，"植林则众木皆拱"。梓树木质轻且加工容易，自古就是制造琴瑟等乐器的良材，"制琴瑟，则声韵堪佳"；又可供建筑之用，"造室，则诸材不震"。制作乐器时，通常以梓木制作琴底，琴身则采用泡桐木（见本书308—311页），此即所谓的"桐天梓地"。

梓树适应性较强，喜温暖湿润，也能耐寒；生长迅速，木质坚硬，材粗而花纹美丽，也是古今的重要造林树种。树冠宽大，近代常栽在路边、屋旁作为行道树、园景树。从前印刷书籍的刻版多用梓木，所以刻印书籍称为"付梓"。古来以为木莫良于梓，因此《书经》以"梓材"名篇，《考工记》则以"梓人"称木匠。

植物小档案

学名：*Catalpa ovata* G. Don.
科别：紫葳科

落叶乔木。叶对生，有时轮生，宽卵形至近圆形，长10—25厘米，宽7—20厘米；先端突尖，基部圆形或心形，常3—5浅裂或不分裂；掌状5出脉，脉腋有紫黑色腺斑；叶柄长，嫩时有长毛。圆锥花序；合瓣花，花冠淡黄色，内有黄色条纹及紫色斑点。蒴果长20—30厘米；种子长椭圆形，两端生长毛。分布于华北、东北、西北及华中各省。

籊籊[1]竹竿，以钓于淇。岂不尔思？远莫致之。

泉源在左，淇水在右。女子有行[2]，远兄弟父母。

淇水在右，泉源在左。巧笑之瑳[3]，佩玉之傩[4]。

淇水悠悠，桧楫松舟。驾言出游，以写[5]我忧。

——《卫风·竹竿》

注 解

1. 籊籊：音替，修长纤细貌。
2. 有行：出嫁。
3. 巧笑之瑳：瑳，鲜白色。全句为："笑而露齿，贝齿洁然。"用以形容笑靥动人。
4. 傩：音挪，柔美貌。
5. 写：舒泄。

　　某些源自"会"的中文字均有会合、集合之意，如"绘"表示各类颜色合在一起；"荟"为草多并聚一处；"烩"表示多种食品混杂烹饪；至于"桧"则用以显示桧这种植物特性，形容桧木为"柏叶松身"，会合松、柏两类植物的特点。桧同时具有柏科植物的

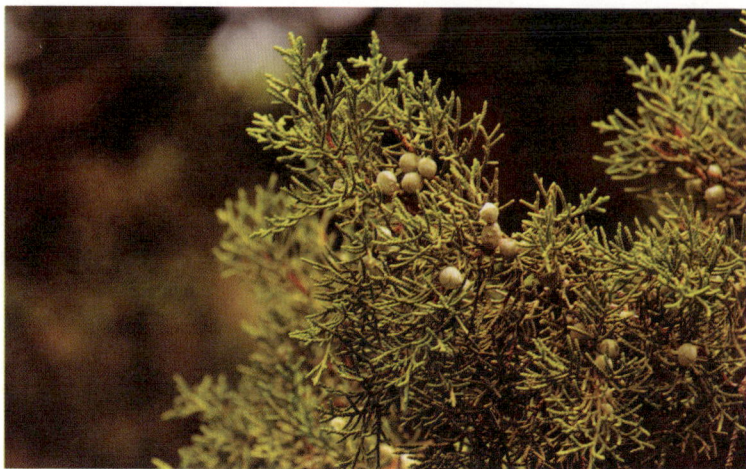

对生鳞片叶，以及松科植物通直树干的特征，故有斯名。

桧即"栝"，《尔雅翼》说："桧，今人谓之圆柏。"圆柏性能耐寒，可长成高20米左右的乔木。木材芳香，耐久力强，可制作多种器物，亦可制舟及棺椁，古今都列为贵重树种。《卫风·竹竿》的"桧楫松舟"，说明圆柏（桧）、柏木、松木均适合制舟及桨楫。

圆柏的树形枝干极为优雅，树冠呈圆锥形或广塔形，在中国历代各地均广泛作为庭院树栽植。宋代诗人陈与义的《晚步》诗："手把古人书，闲读下广庭。荒村无车马，日落双桧青。"就是一例。古人也在庙寺及官方建筑物的周围栽种圆柏，唐代诗人刘禹锡的《谢寺双桧》诗："双桧苍然古貌奇，含烟吐雾郁参差。"描写的是扬州法云寺的一对古圆柏。时至今日，北京天坛、地坛及各地宫殿寺庙等古老建筑物附近，均可见到本树种的参天大木。

全中国各地均有栽种的著名园景树，树形呈尖塔状的龙柏（*Juniperus chinensis* L. var. *kaizuka* Hort.），是从圆柏天然林中选出树冠特殊的单株，经长期培育而得到的观赏用变种。如今栽植龙柏的数量和面积，已有凌驾圆柏的趋势。

圆柏树形优雅，自古即栽植为庭园树。在宫殿寺庙附近，常可见到参天大木。

植物小档案

学名：*Juniperus chinensis* L.
科别：柏科

常绿乔木，幼龄树冠尖塔形，老龄变广圆形。叶二型，年幼时全为针形叶，后针形叶与鳞片叶并存，壮龄后才皆为鳞片叶。针叶长 0.6—1.0 厘米，表面具 2 条气孔带，3 片轮生；鳞片叶交叉对生，菱状卵形。球果近球形，径 0.6—0.8 厘米，成熟时紫褐色，被白粉。果鳞 6 片，合生，有脊棱。分布于华北各省，华中亦产，台湾曾大量引进栽植，供庭园及绿篱植栽之用。

用材植物类

317

松

今名：油松

神之吊[1]矣，诒[2]尔多福。民之质[3]矣，日用饮食。

群黎百姓，遍为尔德。

如月之恒[4]，如日之升。如南山之寿，不骞[5]不崩。

如松柏之茂，无不尔或承。

——节录《小雅·天保》

注 解

1. 吊：至也。
2. 诒：音宜，赐与。
3. 质：根本。
4. 恒：上弦月。
5. 骞：音迁，同搴，拔取。

另 见

《卫风·竹竿》：淇水悠悠，桧楫松舟。

《郑风·山有扶苏》：山有乔松，隰有游龙。

《小雅·斯干》：如竹苞矣，如松茂矣。

《小雅·頍弁》：茑与女萝，施于松柏。

茑与女萝，施于松上。

《鲁颂·闷宫》：徂徕之松，新甫之柏。

《商颂·殷武》：陟彼景山，松柏丸丸。

　　松树木材致密，富于油脂，极能耐久，加工性质又好，是重要的土木建筑用材。山间居民常燃烧木材以代灯光，名曰"松光"。松树大都生长在排水良好的开阔地，适生在悬崖峭壁的岩石缝中，"盘根樛枝、皮粗肌润，四时常青，望之若龙鳞"，是文人墨客描绘的对象。《诗经》和其他古典文学著作中，松是常出现的植物，例如《全唐诗》中出现次数仅次于柳和竹，共有3018首诗引述松；《诗经》则出现7篇。

　　松树可生千年，《毛诗名物图说》引王安石《字说》："松，百木之长，犹公也，故字从公。"松"下有茯苓，上有松萝"，"采脂可燃灯，收焰可制墨"，受到文人的崇敬。松柏常绿，"荡叶未凋，新叶已生，苍翠青叶，一脉相承"，常用来比喻子孙世代相传承，香火不绝，这正是《小雅·天保》诗句"如松柏之茂，无不尔或承"之意。

油松枝叶粗硬，耐冷耐旱，凌冬不凋，文人以此象征君子的节操。上图为油松的球果。

　　全世界共有 80 种松树，种类繁多，中国境内有 22 种及 10 个变种，形态大都相近，鉴别特征微细，因此鉴定十分困难，即使是专业的植物分类学家也同感棘手。以此推论《诗经》中的松，应为华北地区松树的泛称，除了上述的油松之外，可能亦指白皮松（*Pinus bungeana* Zucc.）、华山松（*P. armandii* French.）或赤松（*P. densiflora* S. et. Z.）等分布范围较广的松类。

植物小档案

学名：*Pinus tabulaeformis* Garr.
科别：松科

常绿乔木，大枝平展，老树树冠平顶，小枝淡红褐色；冬芽红褐色。叶 2 针一束（偶 3 针一束），长 6—15 厘米，粗硬，树脂大都为 5—8，外生。球果卵形暗褐色，长 4—9 厘米，有时尾部歪斜，果鳞之鳞脐短刺状。球果常在枝条上宿存 6—7 年；种子长 0.6—0.8 厘米，种翅长约 1 厘米。分布于河北、山西、河南及内蒙古 1000—1600 米的山区，西北各省及四川也可见之。

檀

今名：青檀

坎坎[1]伐檀兮，寘[2]之河之干[3]兮，河水清且涟漪。

不稼不穑，胡取禾三百廛[4]兮？

不狩不猎，胡瞻尔庭有县貆[5]兮？

彼君子兮！不素餐[6]兮！

——节录《魏风·伐檀》

注 解

1. 坎坎：伐木之声。
2. 寘：音义同置。
3. 河之干：河岸。
4. 廛：音缠，古代一夫所住两亩半的地曰廛。此谓取三百
   夫之田赋。
5. 县貆：县，音义同悬；貆，即貛。
6. 素餐：指无功受禄，不劳而食。

另 见

《郑风·将仲子》：将仲子兮，无踰我园，无折我树檀。

《小雅·杕杜》：檀车幝幝，四牡痯痯，征夫不远。

《小雅·鹤鸣》：爰有树檀，其下维萚。
　　　　　　　爰有树檀，其下维榖。

《大雅·大明》：牧野洋洋，檀车煌煌。

用材植物类

　　檀为强韧之木。檀木有多种，均为贵重木材，包括柿树科之"黑檀"、豆科（蝶形花科）之"紫檀"及"黄檀"、檀香科之"白檀"，以及本树种"青檀"。紫檀、黄檀供建材及家具之用，黑檀可供雕刻及制作家具，白檀则用于香料。黑檀、紫檀、黄檀及白檀均原产于热带地区（今中南半岛及两广一带），不可能是《诗经》提到的"檀"。青檀是唯一分布至黄河流域的檀树，因此诗中所言之"檀"应均为青檀。

　　青檀木材坚硬、纹理直、结构细，木材比重高达 0.73（一般木材比重值为 0.3—0.5），可作为建筑、器具用材，尤其适合用来制造古代车轴及车辆精细木工结构，所制即《小雅·杕杜》和《大

青檀的翅果。和多数榆科植物一样，青檀也靠风力传播种子。

雅·大明》所言之檀车。《郑风·将仲子》篇中说："无踰我园，无折我树檀。"指的是园中栽植的檀树，表示诗经时代已经有青檀木造林了。

青檀属植物全世界只有一种，而且是中国的特有种，分布西北、华北、华中至西南地区。在生态上，青檀是一种喜钙树种，常生长在石灰岩、花岗岩地带，为石灰质土壤的指标植物之一。除了供制车及建筑材料外，青檀最特殊之处，是具有长且韧的树皮纤维，一向是造纸的最佳材料，徽州著名的"宣纸"就是用青檀皮制成。萌蘖性强，大小根株都能萌发新枝，具良好的萌芽更新特性，能以"矮林作业"方式进行生产，古今都视为良好的造林树种。

植物小档案

学名：*Pteroceltis tatarinowii* Maxim.
科别：榆科

落叶乔木，树皮常片状剥落；小枝褐色，初有毛，后脱落。叶互生，卵形或椭圆状卵形，长4—12厘米，先端渐尖尾状，基部钝或近圆形，稍歪形，表面近无毛，背面脉腋有丛毛；基部以上有锯齿，主脉三出。花单性，雌雄同株；雄花簇生叶腋，雌花单生。坚果近球形，周围具宽的薄翅，先端凹缺，宽1—1.5厘米。分布于河北、山西、山东、河南各山区，以及华南、华东、华中、西南各省。

山有枢，隰有榆[1]。

子有衣裳，弗曳弗娄[2]；

子有车马，弗驰弗驱。

宛其死矣，他人是愉！

——节录《唐风·山有枢》

注解

1. 隰有榆：隰，低湿之地；榆，白榆，见本书 325—327 页。

2. 娄：音楼，拖曳。

《尔雅》说"枢"就是"荎"，郭璞注进一步说明："荎，即今之刺榆。"陆玑《诗疏》描述刺榆，说："其针刺如柘，其叶如榆。"此树枝条上有针刺，叶形如榆，所以称为刺榆。

嫩叶用水煮过可当作蔬菜，或作羹食，"美滑于白榆"，意即比白榆的嫩叶好吃。幼树枝叶茂密，加上有棘刺、耐修剪，可栽植为绿篱，作为庭园与耕地屏障。木材淡褐色，质坚致密，可制作锄柄、犁具、

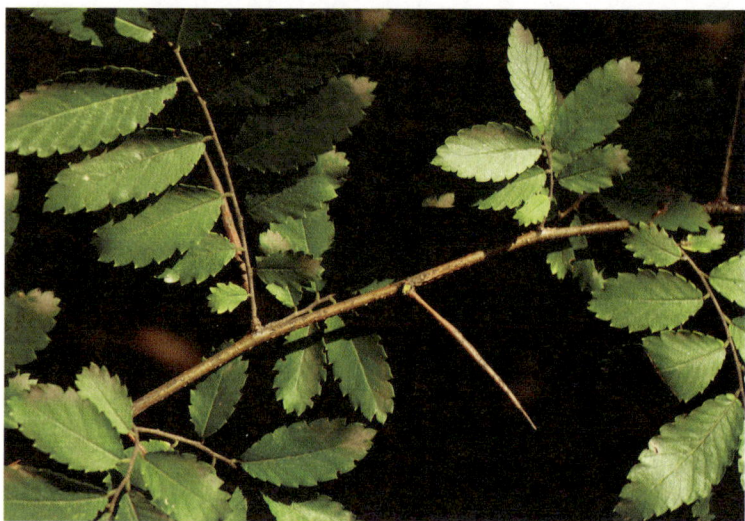

刺榆枝条有刺，可作为绿篱及庭园、耕地屏障木。

刀柄等农具。茎皮纤维可制绳及织袋。《本草拾遗》记载：其"根皮或树皮，和醋捣烂敷患处，可治痈肿、水肿。"刺榆是一种多用途的树种。

《齐民要术》提到，刺榆木甚牢肕，可以为犊车材。凡种榆者，宜种刺榆、梜榆两种，利益为多。此处刺榆和梜榆（即白榆，见本书 328—331 页）并提，相同情形也出现在《唐风·山有枢》。可见古代刺榆不但常见，而且和白榆一样，都是重要的经济树种，只是后世并未大量栽植。

榆属（*Ulmus* spp.）植物有 20 余种，大都是重要的造林树种。但同科的刺榆属植物全世界仅有一种，分布范围从华中经华北、西北、东北地区，一直到朝鲜半岛。刺榆耐寒、耐旱、耐瘠薄土壤，老株砍伐后，萌蘖容易，是荒山造林的理想树种。

植物小档案

学名：*Hemiptelea davidii* Planch.
科别：榆科

落叶乔木，小枝通常具棘刺，刺长 2—6 厘米，小枝被毛。叶长椭圆形，长 2—6 厘米，先端锐尖，基部宽楔形，幼叶有毛；叶缘有粗锯齿；羽状脉，8—15 对。花叶同时开放，花单生或 2—4 簇生；无花瓣；萼 4—5 裂；雄蕊 4。坚果扁平，偏斜，上部一侧有鸡冠状翅，长 0.5—0.7 厘米。分布于河北、山西、山东、河南及东北、华东及西北各省 1200 米以下的山区。

用材植物类

枌[1]

古又名：榆
今名：白榆；榆

东门之枌，宛丘之栩[2]。子仲之子，婆娑其下。

榖旦于差[3]，南方之原。不绩其麻[4]，市也婆娑。

榖旦于逝，越以鬷迈[5]。视尔如荍[6]，贻[7]我握椒。

——《陈风·东门之枌》

注 解

1. 枌：音坟。
2. 栩：麻栎，见本书 340—343 页。
3. 榖旦于差：榖，善也；差，择也。全句为选择好日子。
4. 绩麻：纺麻。
5. 越以鬷迈：鬷，音宗，聚集。全句为男女结群而行。
6. 荍：音乔，锦葵，见本书 451—453 页。
7. 贻：音宜，赠送。

另 见

《唐风·山有枢》：山有枢，隰有榆。

榆树的天然分布区域很广，各地均可见之。和刺榆比较，榆树亦耐旱、耐寒，但分布于较低湿处，所以《唐风·山有枢》才会有"山有枢，隰有榆"的描述。

果为翅果，生青熟白，周围薄、中有仁，形圆如小钱状，故称"榆钱"。榆果在初春时先叶而生，"荚开后方生叶"，故有"万物生时榆荚落"之俗谚。秦观的词："舞困榆钱自落，秋千外、绿水桥平。"即描写初春时串串榆钱随风起舞的景色。

　　榆，古又称"白枌"，也就是白榆。榆树枝繁叶茂，树冠开展呈扇形，树荫下可乘凉，自古以来多栽培于宅旁屋后，除了提供用材、备荒，也取"年年有余"之意。《陈风·东门之枌》首章，描写的正是古人常牵马在榆树下休息的景象。古时于祭土地神处，也常种榆树以为标识。

　　木材纹理通直，花纹美丽，耐湿、耐腐，力学性能良好，用作建筑、农具、车辆、家具。自古至今，都是重要造林树种。本

白榆树皮灰黑色纵裂，极易辨识。果有翅，称为"榆钱"（见上页图），幼嫩的榆钱可蒸食充饥或酿酒。

树种的用途广泛，榆钱可作羹，蒸食
外又可酿酒，老熟的果实可制酱，岁
荒农民常采集果实充饥。嫩叶用热水
蒸过，调以油盐可当蔬菜。榆皮刮去表
面硬皮，取中间柔软嫩皮，剁碎晒干
后可捣磨为面，也是荒年重要的食物
来源。中国历史上战乱无数，水、旱灾
频繁，饥荒遍野的时间多，升平富足的期间
短，因此榆树极少有大树留存。

植物小档案

学名：*Ulmus pumila* L.
科别：榆科

落叶乔木，树皮灰黑色纵裂。叶互生，椭圆状卵形至椭圆状披针形，长
2—8 厘米，先端尖，基部稍歪；侧脉 9—16 对；叶缘多为单锯齿或不规
则重锯齿。花簇生于叶腋；无花瓣，萼 4 裂，雄蕊 4。翅果近圆形或倒卵
状圆形，长 1—2 厘米，成熟后白黄色。产于东北、华北、西北，南至江
苏、四川一带。

栲 1

今名：毛臭椿

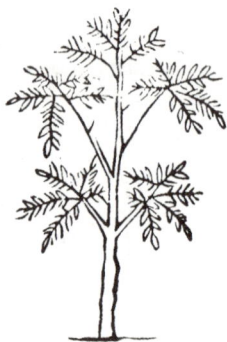

山有栲，隰有杻²。子有廷内³，弗洒弗扫；
子有钟鼓，弗鼓弗考⁴。宛其死矣，他人是保⁵！

——节录《唐风·山有枢》

注 解

1. 栲：音考。
2. 杻：音纽，糠椴，见本书 336—339 页。
3. 廷内：廷，同庭；内为堂与室。
4. 考：击。
5. 他人是保：保，占有。全句意为："倘若死了，东西会
   被他人占有。"有及时行乐之意。

另 见

《小雅·南山有臺》：南山有栲，北山有杻。

　　"栲"原指壳斗几乎全部包被坚果、壳斗外密生
长针刺或短瘤刺的壳斗科"苦槠"属（Castanopsis
spp.）植物，如长尾栲 [C. carlesii（Hemsl.）Hay.]、
印度栲（C. indica DC.）等。但根据《说文段注》：
《诗经》中"栲"的古字为"栲"（音考），且历代的

解经者如《尔雅》和《说文》都说："栲，山樗也。"又说：栲似樗，叶较樗狭，色小白，生山中，亦类漆树。可见《诗经》的"栲"应为一种羽状复叶的植物，其形态和性质应类似樗树（臭椿，见本书 355—357 页），或漆树（见本书 385—387 页）。

依据各家描述，本篇"山有栲"及《小雅·南山有臺》的"南山有栲"，应为分布于山区且平地较少栽植的毛臭椿。本树种和臭椿形态相似，隶属同科同属，都是植物体含强烈臭气、叶为羽状复叶、舌状翅果的树种。唯本种小叶外形较狭长，且叶背苍白色，枝条亦灰白色，可和臭椿区别。

有学者释"栲"为省沽油科的野鸦椿［*Euscaphis japonica*（Thunb.）Dippel］，如吴厚炎（1992）。近代有人认为"栲"就是樗树，如何炳棣（1969）。陆玑的《诗疏》对"栲，山樗"的解释也是："山樗与下田樗无异。"认为"栲"是成长在山区，形态稍有差异的樗树。毛臭椿数量少，分布范围狭，属于较稀有的树种。相反的，臭椿的产区跨越大江南北，从西南到东北，几乎全中国各省区都有分布。形态变异极大，分类上已被处理成不同的类型和变种。陆玑的解释也言之成理。

植物小档案

学名：*Ailanthus giraldii* Dode
科别：苦木科

落叶乔木，幼枝密被灰白色或灰褐色毛。奇数羽状复叶，叶对生，小叶9—16对，卵状披针形至镰刀状披针形，长7—12厘米，宽2—5厘米，先端长渐尖，基部歪斜；两侧各有1—2粗齿，齿背有1腺体；叶表深绿色，背面苍绿色，密被白色柔毛。圆锥花序。翅果，长5—6厘米，宽1.5—2厘米。产于陕西、甘肃、四川、云南等地之山地疏林或灌木林中。

羽状复叶的毛臭椿，形态与臭桩类似，
但分布范围狭，属于较稀有的树种。

杻 1

今名：糠椴；辽椴

南山有杞[2]，北山有李。乐只[3]君子，民之父母。

乐只君子，德音不已。

南山有栲，北山有杻。乐只君子，遐不眉寿？

乐只君子，德音是茂[4]。

——节录《小雅·南山有臺》

注 解

1. 杻：音纽。
2. 杞：枸杞，见本书 151—154 页。
3. 只：语词。
4. 德音是茂：德音，声誉。全句意为声誉隆盛。

另 见

《唐风·山有枢》：山有栲，隰有杻。

陆玑的《诗疏》云："杻，檍也，叶似杏而尖。"《尔雅》说："杻"就叫"檍"，郭璞注曰："似棣，细叶，叶新生可饲牛。"由以上可知"杻"应为椴树属（*Tilia* spp.）植物。本属植物属温带树种，春天开

花季节，绿叶扶疏，满树白花，"细蕊正白盖树"。古代官方的庭园常栽种之，名为"万岁树"。《山海经》也提到："英山，其上多杻橿。"英山位于今陕西省华县，所言之"杻"也是椴树。华北地区分布最普遍的椴树就是糠椴，又名辽椴。

古代，椴的新鲜嫩叶用以饲牛，但因"木多曲少直"，木材仅供雕刻和制作器具，有时也用以制造弓弩。《考工记》说道：采取箭弓干材的材料，"柘为上，檍次之"。《尔雅》云本树种"材中车辋"，表示材质良好，可制作车轮的外周。树皮纤维强韧，供制作绳索及编制器物，谓之"椴麻"，为北方重要树种。

椴树类植物叶多呈心形，果实成串生长。

椴树属植物中国境内约有 25 种，《诗经》时代分布于华北地区的该属植物，常见的有蒙椴（*Tilia mongolia* Maxim.）、华椴（*T. chinensis* Maxim.）、紫椴（*T. amurensis* Rupr.）等，木材与树皮性质相似，均可能为《诗经》的"杻"。椴树类树形美观，抗空气污染能力强，为极佳的庭园美化树种。在欧美各地，椴树类常栽植成行道树。

"杻"的解读，学者看法并不一致，有解为壳斗科的麻栎类（*Quercus* spp.）者，如何炳棣（1969）；也有解为木犀科的流苏树（*Chionanthus retusus* Lindl. *et* Paxt.）者，如吴厚炎（1992）。

植物小档案

学名：*Tilia mandshurica* Rupr. *et* Maxim.
科别：椴树科

落叶乔木；嫩枝被灰白色星状茸毛。叶互生，卵圆形，长 8—10 厘米，宽 7—9 厘米，先端短尖，基部心形或截形，表面无毛，背面密被灰色星状毛；边缘有三角状锯齿，齿长 0.2—0.5 厘米。花两性，排成聚伞花序，花序柄下半部有长舌状苞片合生；萼片 5，瓣 5，雄蕊多数。果核果状，球形，径 0.7—0.9 厘米，有 5 条不明显之棱。分布于东北各省、河北、内蒙古、山东、江苏北部，韩国及西伯利亚亦产。

栩 1

古又名：栎
今名：麻栎

肃肃[2]鸨羽，集于苞[3]栩。王事靡盬[4]，不能蓺[5]稷黍。

父母何怙[6]？悠悠苍天，曷其有所[7]？

肃肃鸨翼，集于苞棘。王事靡盬，不能蓺黍稷。

父母何食？悠悠苍天，曷其有极[8]？

——节录《唐风·鸨羽》

注 解

1. 栩：音许。
2. 肃肃：鸟羽声。
3. 苞：茂密。
4. 盬：音古，止息。
5. 蓺：音义同艺，种植。
6. 怙：音户，倚靠。
7. 所：安身之所。
8. 曷其有极：何时才是尽头？

另 见

《秦风·晨风》：山有苞栎，隰有六驳。

《陈风·东门之枌》：东门之枌，宛丘之栩。

《小雅·四牡》：翩翩者鵻，载飞载下，集于苞栩。

《小雅·黄鸟》：黄鸟黄鸟！无集于栩。

栩在《尔雅》中称为"杼"。陆玑《诗疏》曰："徐州谓栎为杼，或谓之为栩。"《图经》说："柞栎""杼""栩"皆为橡栎类之通名。栎属（*Quercus* spp.）中国境内有60多种。多数种类材质坚重，耐腐朽、耐磨，是建筑、车辆、家具、船舶的主要用材来源。《诗经》提到的"栩"指的应不止一种，古代植物分类不如现代精细，凡是当时分布于华北一带的栎类，都可能是"栩"。其中分布最广，最常见的种类就是麻栎。

《唐风·鸨羽》之"肃肃鸨羽，集于苞栩"，鸟在"栩"树上栖息或觅食，未言明"栩"是什么种类，仍应是一类多种。耿煊甚至指出"栎""杼""栩""杻""柞""朴"等植物，指的都是

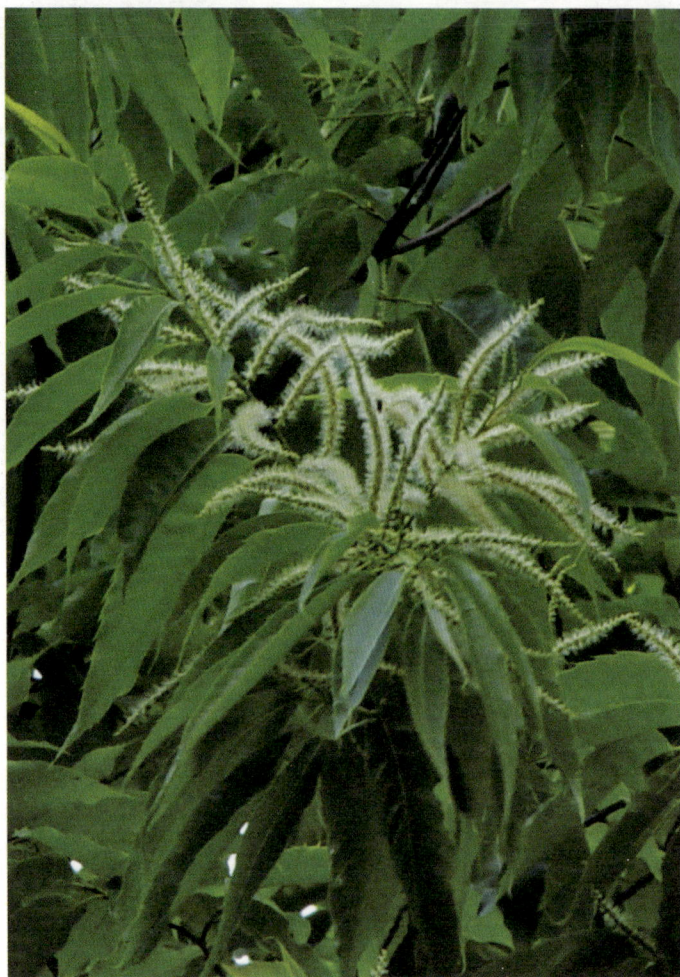

麻栎的菜荑花序。

槲树（见本书 297—299 页）、槲栎（*Quercus aliena* Bl.）或是壳斗科同属的其他植物。

麻栎等栎类木质甚硬，用途多，是制作器具的优良材料。木质耐摩擦，古人用来制车毂（车毂必须耐磨且久用不出火），华北用为磨去谷的壳砻齿。树干切成段木后，是栽培香菇的最佳材料。麻栎亦可放养柞蚕，是大陆最常见的栎树。果实称为"橡"，坚果外之壳斗可供染色用。

除了麻栎，常见的广布型栎类植物还有栓皮栎（*Q. variabilis* Blume）。本种植物常发生在火灾迹地、干燥岩石地及其他向阳瘠地，全中国多有分布，日本亦产。木材优良，供制车轮、船舶、家具、地板等，也可能是《诗经》所言之"栩"。

植物小档案

学名：*Quercus acutissima* Carr.
科别：壳斗科

落叶乔木，嫩枝被灰黄色柔毛。叶的形态变异大，通常为椭圆状披针形，长 8—19 厘米，宽 2—6 厘米，顶端渐尖，基部为圆形至楔形；侧脉 13—18 对；有芒刺状锯齿缘。葇荑花序，雄花序数穗集生于叶腋；雌花 1—3 朵簇生于花序轴下部。壳斗杯形，包被坚果约 1/2；壳斗外之鳞片线形，向外反曲。坚果为卵形或椭圆形，径 1.5—2 厘米。产于东北、华北、华东、华南各省海拔 60—2200 米处。

杨

今名：青杨

东门之杨，其叶牂牂[1]。昏以为期[2]，明星煌煌[3]。
东门之杨，其叶肺肺[4]。昏以为期，明星晢晢[5]。

——《陈风·东门之杨》

注解

1. 牂牂：音脏，茂盛貌。
2. 昏以为期：约定时间是在黄昏时分。
3. 明星煌煌：明星指金星；煌煌，明亮貌。
4. 肺肺：音配，茂盛貌。
5. 晢晢：音哲，明亮貌。

另见

《秦风·车邻》：阪有桑，隰有杨。
《小雅·南山有臺》：南山有桑，北山有杨。
《小雅·菁菁者莪》：泛泛杨舟，载沉载浮。
《小雅·采菽》：泛泛杨舟，绋纚维之。

　　《诗经》各篇所指的"杨"有许多不同意见。《尔雅·释木》与陆文郁之《诗草木今释》都主张，此杨应为"蒲柳"（或称旱柳，见本书369—372页）。但

依《毛诗名物图说》的意见及《秦风·车邻》"隰有杨"句意来分析，生长在低湿之地且枝劲而扬起者谓之"杨"，明显与柳有别，故应为嗜水的杨树。而《小雅·南山有臺》又说"北山有杨"，也描写长在旱地的杨树。

杨属（*Populus* spp.）植物全世界有百余种，中国也有 60 种以上，主要分布在东北、华北、西北及西南等较寒冷的地区。春秋战国时代各国旧地，可以长成大乔木、栽植广泛、材质优良的杨树，首推青杨。青杨性喜温凉湿润环境，比较耐寒，主要分布在华北地区，最有可能是《诗经》各篇中所引述的杨树。

《诗经》提到的杨，也可能是原产华北地区的白杨。

另外一种分布广、原产华北地区的杨树，就是白杨或称毛白杨（*Populus tomentosa* Carr.）。本种也是速生用材树种，栽培面积广，栽植历史悠久。嫩芽有白毛茸，叶片开展后，呈淡青色，背面被覆白色毛，"遇风则簌簌然有声"。生长快，树干高大通直，树姿雄伟壮丽，材质优良，作为建筑及家具用材外，也是纤维工业的重要原料。北宋药物学家苏颂谓白杨："处处有之，北土尤多，株甚高大。……性坚直，皮白色。"《小雅·菁菁者莪》及《小雅·采菽》的"杨舟"，极可能就是以青杨、白杨木剖制而成，因为制舟的杨树应该是树形高大且树干粗壮的种类。

　　《诗经》所言之杨，除青杨、白杨之外，还有可能是小叶杨（*Populus simonii* Carr.）、河北杨（*P. hopeiensis* Hu *et* Chow）等原产华北地区的高大乔木型杨树类。

植物小档案

学名：*Populus cathayana* Rehd.
科别：杨柳科

落叶乔木，叶二型，短枝的叶卵形至狭卵形，长5—10厘米，宽3—5厘米，先端渐尖，基部圆形至近心形，背面苍白色；边缘有钝锯齿。长枝上的叶较大，长10—20厘米，心形。荑荑花序，雌雄异株；雄花序长5—6厘米，苞片边缘条裂，雌花序更长。蒴果常3裂；种子小，有绵毛。分布地区广泛，包括东北、西北、西南各省及河北、内蒙古、山西、河南等地的溪旁、河边及山麓。

梅

终南何有？有条[1]有梅。君子至止，锦衣狐裘。

颜如渥丹，其君也哉！

终南何有？有纪[2]有堂[3]。君子至止，黻[4]衣绣裳。

佩玉将将[5]，寿考不忘！

——《秦风·终南》

注 解

1. 条：灰楸，见本书 293—296 页。
2. 纪：读为杞，枸杞，见本书 151—154 页。
3. 堂：通棠，棠梨，见本书 179—181 页。
4. 黻：音弗，古代礼服上青黑相间的绣纹。
5. 将将：音义同锵锵。

　　本诗中的梅，按《诗传》云："梅，柟也。""柟"即"枏"，今称楠。陆玑《诗疏》谓"梅树皮叶似豫章"，豫章是指樟树。《诗经》其余诸篇，如《召南·摽有梅》等所说的梅为蔷薇科的"梅花"，果实味酸。本篇所提到的楠树见于《尔雅·释木》，而酸果之梅则未见描述之。樊光释《尔雅》云："荆州曰梅，

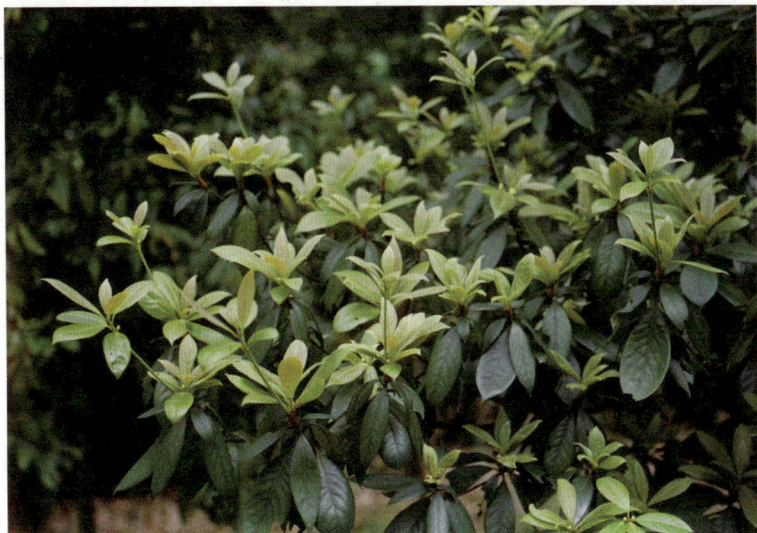

扬州曰柟，益州曰赤楩。"可见本篇的"梅"，只是"柟"或"赤楩"的别称之一。

综上所述，本篇之"梅"应为大乔木之楠木属（*Phoebe* spp.），或润楠属（*Machilus* spp.）植物，两属植物都简称"楠"，与《召南·摽有梅》等诗篇之"梅"判然两物。诗既为秦风，内容应该是描绘当时秦地所生之楠类植物，所指可能不止一种。《诗经》时代终南山郁木葱葱，产于当地的楠木也应供作建材，所以《秦风·终南》篇才有"终南何有？有条有梅"之说。

中国产楠木属植物有 34 种，大多数种类产于长江以南。除桢楠外，其他分布华北地区的楠木类有：山楠（*Phoebe. chinensis* Chun）、竹叶楠 [*P. faberi*（Hemsl.）Chun] 等。楠木属植物木质坚硬、耐湿耐腐，具芳香而有光泽，是最高级的建筑用材及家

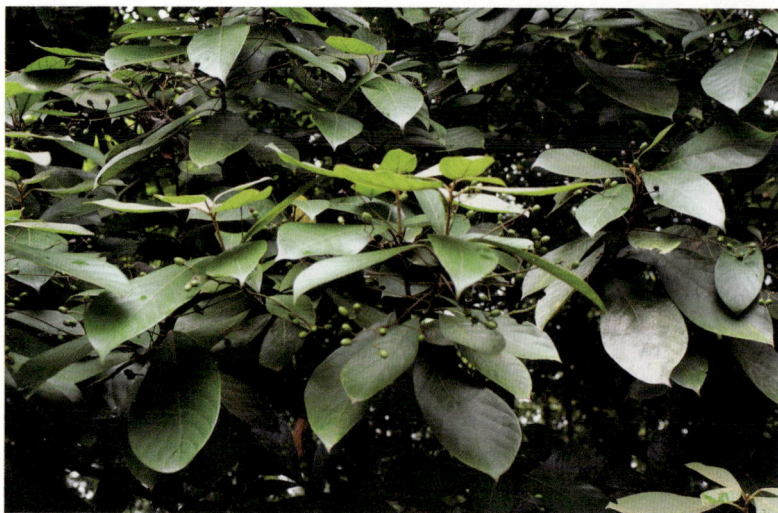

楠木属有许多大乔木种类，都可能是本篇诗所言之"梅"。其中桢楠是分布最普遍的楠木之一。

具用材，古代宫殿及王侯宅第多用楠木属植物建造。楠木属植物木材亦可制造棺木及船，旧说陈文帝曾以枏材（楠木）建造战舰。此外，本篇之"梅"也可能指润楠属树种，包括红楠（*M. thungergii* S. et Z.）、大叶楠（*M. kusanoi* Hay.）等。

植物小档案

学名：*Phoebe zhennan* Lee *et* Wei
科别：樟科

常绿大乔木，树干通直，小枝较细。叶革质，倒披针形或披针形，长 8—13 厘米，宽 3—4 厘米 先端渐尖，基部楔形，表面光滑，背面密被短柔毛，中肋粗壮，在叶表下陷，叶背突出。花序圆锥状；花黄绿色，长 0.3—0.4 厘米。果椭圆形，径 0.7 厘米，果梗红褐色。目前产于湖北、四川及西南各省海拔 1500 米以下的阔叶林中。

驳[1]

今名：鹿皮斑木姜子

鴥[2]彼晨风，郁[3]彼北林。未见君子，忧心钦钦[4]。

如何如何？忘我实多！

山有苞栎[5]，隰[6]有六~~驳~~。未见君子，忧心靡乐。

如何如何？忘我实多！

——节录《秦风·晨风》

注 解

1. 驳：音博。
2. 鴥：音玉，疾飞貌。
3. 郁：蓊郁，茂盛貌。
4. 钦钦：忧愁貌。
5. 苞栎：苞，茂盛貌；栎为麻栎，见本书 340—343 页。
6. 隰：音习，低湿之地。

《尔雅》认为"驳"是兽类，形状如马，有长倨牙，专吃虎和豹。可知驳原解为兽类。但本篇第三章"山有苞棣，隰有树檖"，所提到的"棣"和"檖"均为植物，以对仗来说，本章"山有苞栎，隰有六驳"的"栎"和"驳"也应该均为植物才合理，而且食虎

用材植物类

351

豹的野兽并无栖止于湿地之理，可见"驳"应是植物名。

陆玑《诗疏》说"驳"："其树皮青白驳荦，遥视似驳马。"也认为"驳"是植物，指的是树皮有青白斑驳、远望像马的树种。历代注《诗经》者所描述的树皮性状，此"驳"应即鹿皮斑木姜子。

至于为何言"六"？宋人范逸斋说得最有道理："必以六言，意兽三为群……六则言木之丛生，望而视之亦若兽之群聚。"本树种目前的分布从日本、朝鲜半岛，经河南至华南，以至台湾，虽不见于旧秦地，但据推测，《诗经》时代陕北地区亦应有本种的分布。

由于分布范围广，各地族群有相互隔离的现象，产生形态稍

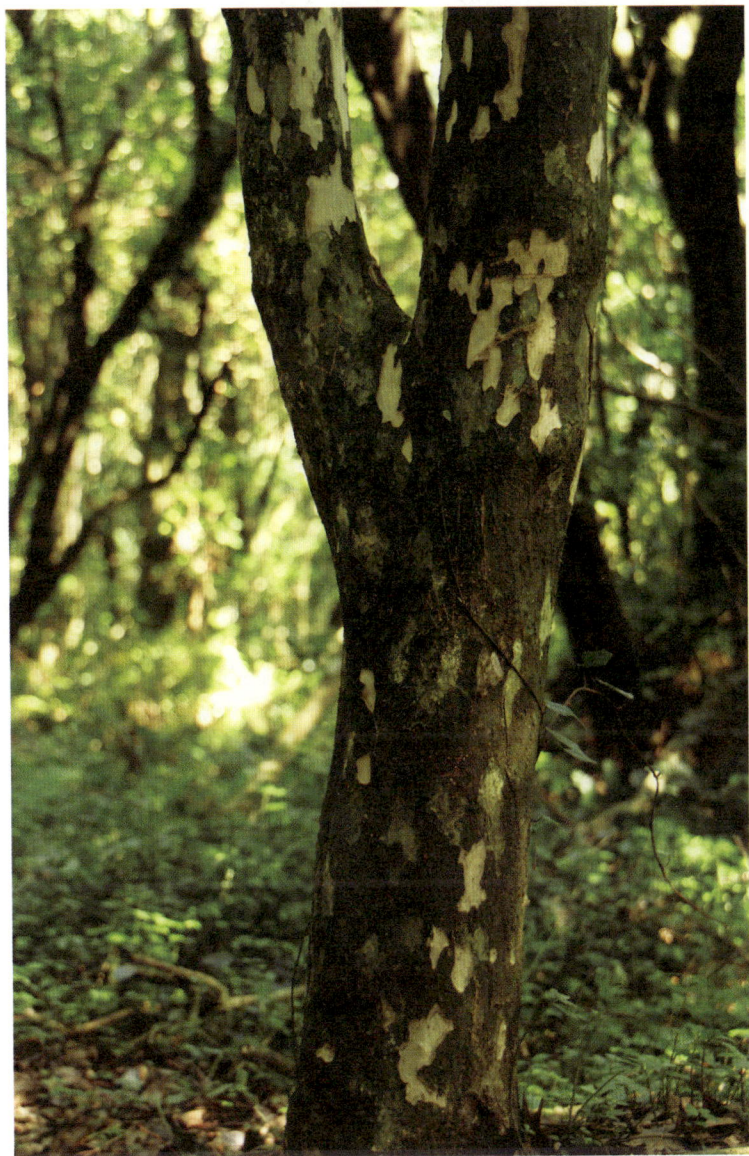

鹿皮斑木姜子的树皮会呈鳞片状剥落，树干满布斑驳痕迹。

有差异的植物群体。本种在华中、华南地区尚有二变种：豹皮樟

[*Litsea coreana* Levl. *var. sinensis*（Allen）Yang *et* Huang]

和毛豹皮樟 [*L. coreana* Levl.var. *lanuginose*（Migo）Yang *et*

Huang]，虽形态上有差异，但树皮均呈现鹿皮斑状剥落痕，都可

称之为"驳"。

植物小档案

学名：*Litsea coreana* Levl.
科别：樟科

常绿乔木，树皮灰色，外皮呈鳞片状剥落，新脱落和先前脱落的旧痕交杂成鹿皮斑痕迹。叶互生，革质，倒卵状椭圆形至倒卵状披针形，长5—10厘米，宽1.5—4厘米；表面深绿，有光泽，背面粉白色；羽状脉，侧脉7—10对，全缘。花序伞形状，腋生，苞片4，每花序花3—4朵；花梗具柔毛。果近球形，径0.7—0.8厘米，有宿存花被片。分布于河南、华中、华南及西南各省。朝鲜半岛及日本，台湾亦可见，生长于中低海拔阔叶林中。

樗[1]

今名：臭椿

我行其野，蔽芾[2]其樗。昏姻之故，言就尔居。

尔不我畜[3]，复[4]我邦家。

我行其野，言采其蓫[5]。昏姻之故，言就尔宿。

尔不我畜，言归斯复。

——节录《小雅·我行其野》

注 解

1. 樗：音出。

2. 蔽芾：芾，音废。蔽芾，茂盛貌。

3. 畜：留也，收容。

4. 复：返。

5. 蓫：音逐，羊蹄，见本书 057—059 页。

另 见

《豳风·七月》：九月叔苴，采荼薪樗。

　　"樗"是古名，今则专称"臭椿"。香椿和臭椿外形酷似，香椿树皮细，木质坚实，木材色红，叶有香味；臭椿则皮较粗，木质疏，木材色白，叶有恶臭。香椿叶可食，也作为香料，木材被列为良材。相较之

用材植物类

355

臭椿叶背面下方有腺齿，散发出特有的臭味。图为臭椿的翅果。

下，臭椿的木材就显得一无用处，属于"恶木"之流，即《庄子》所言："其大本拥肿而不中绳墨，小枝卷曲而不中规矩。立之涂，匠者不顾。"意指臭椿的枝干肿大弯曲，无法拉线画直；小枝则歪七扭八，无法使用，即使长在路旁，工匠也不屑一顾。

臭椿的叶，近基部的锯齿上具有腺点，散发出臭味；且树干形状不佳，材质疏松易裂朽，不但无法"入栋梁"，也不能制作器具，因此古人列为"不材之木"。木材常被作为木砖，置墙下以隔潮湿。豳国人也只能勉强取之当柴薪，此即《豳风·七月》"采荼薪樗"之意。《小雅·我行其野》的"蔽芾其樗"则以生长茂盛的臭椿来兴婚姻失败，感叹遭人遗弃的命运。

不过，臭椿也有树干挺直的单株，栽植时宜选择树形良好的植株采种繁殖，可培育出干形直立且枝叶浓密的后裔。臭椿生长快，可作为良好的行道树及庭园树。本树种繁殖容易、病虫害少，树冠抗烟尘、耐盐碱，是城市街道、工矿区绿化及盐碱地重要的造林树种，并非古人所说的一无是处。

植物小档案

学名：*Ailanthus altissima*（Mill.）Swingle
科别：苦木科

落叶乔木，小枝红褐色或黄褐色。奇数羽状复叶，互生，小叶 13—25，披针形或卵状披针形，长 7—12 厘米，宽 2—4 厘米，顶端渐尖，基部歪斜；叶缘波状，近全缘，基部具 1—4 腺齿，散发臭味，叶表面绿色，背面淡绿，被白粉或白柔毛。花序圆锥状，顶生。翅果扁平，长椭圆形，长 3—5 厘米。分布于东北、内蒙古、西北、华北至华南。

槰1

今名：桦木

有洌²氿泉³，无浸槰薪。契契⁴寤叹，哀我惮⁵人。
薪是槰薪，尚可载也。哀我惮人，亦可息也。

——节录《小雅·大东》

注 解

1. 槰：音获。
2. 洌：音列，寒冷。
3. 氿泉：氿，音轨。氿泉是指从旁涌出的泉水。
4. 契契：忧苦貌。
5. 惮：音旦，劳苦。

　　本篇诗中"无浸槰薪"的"槰"，有些版本写成
"穫"或"獲"。但根据《郑玄笺》，"槰薪"之
"槰"应为树木的名称，"槰"才是正确的字。陆玑
《诗疏》描写"槰"的性状，说"槰"的叶形如榆叶；
树皮很坚韧，可以剥成数尺长，用来制绳索；木材可
供制作杯器（即"栝圈"）。《尔雅正义》说本树种之
树皮致密柔软，可作马鞍及弓靶的外壳。因此，"槰"
即今之桦木。

　　全世界的桦木共约 100 种，主产寒带及温带地区；中国约 30 种，主要分布东北、华北、西北地区，最常见的种类为白桦。白桦树皮近白色，可层层剥下，形如硬纸，能编制各种工艺品，或制成小盒子。古书所述的"檴""桦木"就是今日的"白桦"。木材强度大、结构细致、易加工，供建筑、家具及各种器具之用材。所以《小雅·大东》之"无浸檴薪"句，意为寒冰的泉水（有洌氿泉）会浸湿桦木薪材，用来比喻当政者不该荼毒百姓，应让百姓有休养生息的环境，此即下句"薪是檴薪，尚可载也"所表达的意思。

　　桦木类属于植被演替的先驱树种，种子细小有翅，常在森林

白桦树皮可层层剥下，用以编制工艺品。今人也砍伐桦木作薪材。

伐采基地或森林植被破坏的开阔地形成纯林。但林相无法持久，逐渐会被其他耐荫树种取代。华北和东北地区常见的桦木种类，还有黑桦（*Betula dahurica* Pall）、红桦（*B. albo-sinensis* Burkill）等。至今，东北及西北地区民众，仍砍伐桦木用作薪材。

植物小档案

学名：*Betula platyphylla* Suk.
科别：桦木科

落叶乔木，树皮灰白色，呈纸质层状剥落。叶互生，三角状卵形至菱状圆形，长3—7厘米，宽3—6厘米；先端渐尖，基部宽楔形，叶缘为不规则重锯齿，侧脉5—7对。叶柄长1—2.5厘米。果序圆柱形，下垂，长3—4厘米，小坚果具果翅。分布于大陆东北、华北、西北各省及新疆、四川、云南等地。

柞[1]

今名：柞树；蒙古栎

陟[2]彼高冈，析其柞薪[3]。析其柞薪，其叶湑[4]兮。

鲜我觏[5]尔，我心写[6]兮。

高山仰止，景行行止。四牡騑騑[7]，六辔如琴。

觏尔新昏，以慰我心。

——节录《小雅·车辖》

注解

1. 柞：音作。

2. 陟：音至，登也。

3. 析其柞薪：全句为砍伐柞木当材薪。

4. 湑：音许，茂盛貌。

5. 觏：音构，见也。

6. 写：舒畅。

7. 騑騑：音非，马行不止貌。

另见

《小雅·采菽》：维柞之枝，其叶蓬蓬。

《大雅·绵》：柞棫拔矣，行道兑矣。

《大雅·旱麓》：瑟彼柞棫，民所燎矣。

《大雅·皇矣》：帝省其山，柞棫斯拔，松柏斯兑。

《周颂·载芟》：载芟载柞，其耕泽泽。

《诗经》各篇之"柞"有时单独出现，如《小雅·车舝》《小雅·采菽》和《周颂·载芟》；有时和"棫"一起出现，如《大雅·绵》和《大雅·皇矣》。两者均可解为乔木类植物。《郑笺》说明："柞，栎也。"可见"柞"宜解为壳斗科的栎类。

《诗辑》云："柞，坚韧之木。"新叶萌发前，老叶才会掉落，因此古人说"其叶附着甚固"，不容易从枝干上脱落。木材坚实、落叶性，且称为"柞"的树木有：蒙古栎（*Quercus mongolica* Fisch.，又名柞树、柞栎）、枹栎（*Q. glandulifera* Blume，又名柞木）、槲树（见本书297—299页），以及名为柞槲栎（*Q. mongolico-dentata* Nakai）的树种，均可能是《诗经》及其他古籍所提到的"柞"。其中在华北地区分布最普遍、民众取用最方便的树种，就是蒙古栎。

柞树或栎类（*Quercus* spp.）的木材火力旺，燃烧持久，烟量少，均为良好的薪炭材，也可作农具或制作木梳。《小雅·车舝》云登高冈者折其木为薪，借用柞树起兴。一方面是因为柞树是良好的薪材；另一方面也是因为柞树的枝叶茂密，足以遮蔽高冈。以此比喻贤女在得到后座后，应除去善妒之女，以免"遮明君"。《大雅·皇矣》之"柞棫斯拔，松柏斯兑"句，棫指的是另一种壳斗科植物，全句意为："拔除柞棫等杂木，松柏才能茂盛。"在林地上，松柏的地位要比柞棫尊贵许多，因松柏是栋梁之材，柞木只是工作器具及取火用的木材。

柞是栎类树种，包含蒙古栎在内。此为蒙古栎的结果枝。

"柞"也有学者解为大风子科的柞木（*Xylosma congestum* Merr.）者。此树为灌木，特征为"木干有刺，小木也"。

植物小档案

学名：*Quercus mongolica* Fisch.
科别：壳斗科

落叶乔木，幼枝具棱。叶互生，革质，倒卵形至倒卵状椭圆形，长8—20厘米，宽3—12厘米，先端短钝尖或短突尖，基部圆形或耳形。叶缘7—10对粗齿。菜荑花序，雄花序长5—7厘米；雌花序长约1厘米。壳斗呈半球形瘤状突起，坚果卵形至长卵形，长约2厘米，径1.2—1.8厘米。产于东北、内蒙古、华北等省区，亦分布日本、朝鲜半岛、俄罗斯。

用材植物类

梧桐

凤凰鸣矣，于彼高冈。梧桐生矣，于彼朝阳。

菶菶[1]萋萋，雝雝喈喈[2]。

君子之车，既庶且多；君子之马，既闲[3]且驰。

矢[4]诗不多，维以遂歌。

——节录《大雅·卷阿》

注 解

1. 菶菶：读为蹦之第三声，茂盛貌。
2. 雝雝喈喈：雝，音庸；喈，音皆。用以形容凤凰鸣声之
   和谐。
3. 闲：熟练。
4. 矢：陈也。

　　梧桐又名中国桐、麻桐，幼树干树皮暗绿色，因此又称为"青桐"。落叶乔木，高可达 16 米、径 50 厘米，树干通直。木材轻而软，是制作箱箧、乐器的良材。自古多栽于庭园，尤喜种于井旁，谓之"井桐"，如周邦彦的"井桐飞坠"、柳永的"井梧零乱惹残烟"等。梧桐是诗词歌赋吟诵或寄情的对象，"梧桐一落

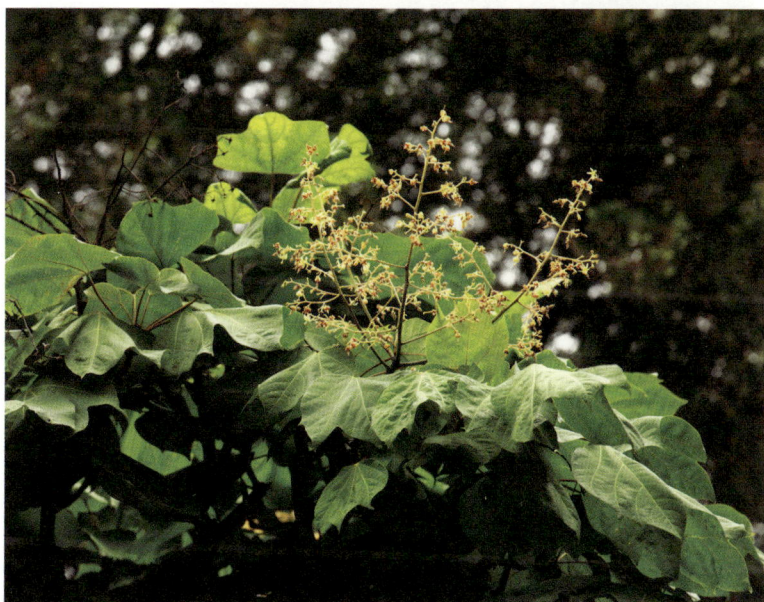

梧桐夏初开花，花黄绿色；入秋后叶色开始变黄。

叶，天下尽知秋""梧桐叶上秋先到"以及李清照的"梧桐更兼细
雨"等，都是古今琅琅上口的经典名句。

《庄子·秋水》说凤凰"非梧桐不止，非练实不食"，与本
篇相呼应。古代认为出现凤凰是祥瑞之兆，所以《韩诗外传》记
载：黄帝即位之日，凤乃止于东园梧树上，食竹实，没身不去。
古人喜爱梧桐，同时也赋予梧桐神话色彩，从《大雅·卷阿》的
"凤凰鸣矣"，到唐代李商隐的"丹丘万里无消息，几对梧桐忆
凤凰"句；甚至今时今日，梧桐与凤凰之间的关联性仍不时出现
在文学作品中。

植物小档案

学名：*Firmiana simplex*（L.）W. F. Wight.
科别：梧桐科

落叶乔木，树皮幼时绿色，老时灰绿色。叶互生，3—5掌状裂，径约30
厘米，基部心形，表面无毛，背面密被或疏生星状毛；叶之裂片全缘。顶
生圆锥花序；无花瓣；雄蕊花丝合生成筒，花药10—15集生于花药筒顶
端；雌蕊心皮5，有柄，基部有退化雄蕊。膜质蓇葖果5，种子4—5个。
北自河北，南至广东、云南均有分布，台湾则自生于平地山麓。

将仲子[1]兮，无踰我里，无折我树杞。岂敢爱之？畏我父母。仲可怀也，父母之言，亦可畏也。

将仲子兮，无踰我墙，无折我树桑。岂敢爱之？畏我诸兄。仲可怀也，诸兄之言，亦可畏也。

——节录《郑风·将仲子》

注解

1. 将仲子：将，音羌，发语词；仲子，家中排行老二者。

另见

《大雅·文王有声》：丰水有芑，武王岂不仕？

《郑风·将仲子》之"杞"和《大雅·文王有声》之"芑"，皆指旱柳，陆玑《诗疏》谓之"杞柳"。本树种喜生长在排水良好的砂壤土，故常生长在黄河沙地，在河滩、沟谷、低湿地也能成林。旱柳木理微赤，可以制作车毂；枝条细长，用火烤之，可弯曲制作箱篓。《孟子》中告子曰："以人性为仁义，犹以杞柳

为栖桊。"栖桊即杯圈，意即杞柳枝条经火烤后可弯成圈形，告子以此特性比喻人性。

　　古人日常生活中常使用到本树种，会栽植在房舍附近或四周，所以《郑风·将仲子》才会说："无踰我里，无折我树杞。"而《大雅·文王有声》说"丰水有芑"，表示本树种也生长在水边。

　　古时春、秋两次祭祀土地神的日子，所用的社火源自于柳枝，

旱柳枝条柔细，叶柄极短，却又可长成乔木大小，枝干可供作柴薪。

此柳即旱柳。北宋画家张择端所绘的《清明上河图》，汴河两岸成排成丛的初春柳树，看起来也像旱柳。

柳树有许多种类，除《诗经》中所说的"杞"或"苣"外，具备上述特性的柳树，还包括筐柳 [*Salix linearistipularis*（Franch.）Hao]、杞柳（*S. integra* Thunb.）等，此两种柳树均为灌木，枝条柔软可供编筐、编篮之用。只有旱柳可长成乔木，枝干亦可作薪材；木材白色、轻软、耐水湿，可供建筑或包装箱板用，许多地区栽培为行道树或河岸防护树等。旱柳枝条卷曲的栽培种，称为龙爪柳（*Salix matsudana Koidz*.f. tortuosa），多栽种为庭园树。

植物小档案

学名：*Salix matsudana* Koidz.
科别：杨柳科

落叶乔木，树皮灰黑色，枝条细长，直立斜展或下垂，嫩枝有毛。叶披针形，长 5—10 厘米，宽 1—1.5 厘米，先端长渐尖，基部钝至楔形，表面绿色，有光泽，背面苍白色或白色；细腺锯齿缘。叶柄短，被长柔毛。花与叶同时开放；雄花序圆柱形，长 1.5—2.5 厘米，径 0.6—0.8 厘米，雄蕊 2，花丝基部有长毛；雌花序长 2 厘米，径 0.4 厘米。分布于东北、华北、西北、黄土高原、甘肃、青海、淮河流域至华中，为平原地区常见的树种。

修[2]之平之，其灌其栵[3]；启之辟之[4]，其柽其椐[5]；
攘之剔之，其檿其柘[6]。帝迁明德[7]，串夷载路[8]。

——节录《大雅·皇矣》

注解

1. 柽：音撑。
2. 修：同修剪。
3. 栵：音利，茅栗，见本书 228—231 页。
4. 启之辟之：启、辟均开垦之意。
5. 椐：音居，蝴蝶戏珠花，见本书 458—461 页。
6. 其檿其柘：檿，音掩，蒙桑，见本书 256—259 页；柘，
   音蔗，柘树，见本书 283—287 页。
7. 帝迁明德：帝将天命授与明德者。
8. 串夷载路：串夷，指犬戎。全句谓犬戎奔逃于道路。

　　柽柳喜生含砂地，且耐盐，各地栽培为防沙林，是良好的海岸绿篱，也可生长在岩石隙地。由于具耐盐、耐旱特性，已引进世界各国之干旱地带栽种，是极优良的防沙造林树种。柽柳一年常开三次花，又称之为"三春柳"，花白色至粉红色，随风摇曳生姿，是干燥地

区重要的庭园树。树皮灰褐至红褐色，枝细长下垂，红紫至暗紫红色，故又名红柳。

郦道元《水经注》描写长江三峡"绝巘多生柽柏"的"柽"就是柽柳。柽叶细如丝，婀娜可爱。天之将雨，柽柳会先起气以响应，因此又称为"雨师"。河西地区所产亦多，"戎人取滑枝为鞭"，以驱赶牛羊。古代西域各国废墟，多蔓生柽柳，例如《汉书》就曾记载"鄯善国多柽柳"，鄯善国即古楼兰国，目下已成为荒土废墟，思之引人欷歔。

柽柳在华北及西北的黄土砂地常见，并非提供食物、建材及衣着的经济植物，所以《大雅·皇矣》中有"启之辟之，其柽其椐"之句，说明开辟田园道路必须除去柽柳及椐（蝴蝶戏珠花）等小木、杂木。

叶退化成鳞片，适合在干旱环境中生长。一年常开三次花，又名"三春柳"。

柽柳属中国有 16 种，主要分布在西北地区。本种柽柳喜生冷凉气候，适应性强，生长快，萌蘖力强，抗风，深根性，且极易扦插繁殖，是砂地、盐碱地造林的主要树种。除了柽柳，另一种又名红柳的多枝柽柳（*Tamarix ramosissima* Ledeb.），也是西北地区常见的固沙造林树种。

**植物
小档案**

学名：*Tamarix chinensis* Lour.
科别：柽柳科

灌木或小乔木，小枝绿色；嫩枝纤细下垂，有光泽。叶鳞片状，先端向内弯，互生，淡绿色。顶生圆锥花序；花粉红色，径约 0.2 厘米，5 数；花瓣椭圆形，宿存；雄蕊 5，着生花盘裂片间；花柱 3。蒴果长圆锥形，长约 0.4 厘米；种子被白色长柔毛，果实开裂后，极易随风飘散。产于华北各地至长江流域以南各省，台湾亦有引进。

第九章

器用植物类

所谓器用植物是指古代使用的非木材类植物，用以制作日常器具，或量体小型的木制物。这些器物日常生活经常使用，能充分反映《诗经》时代的生活面貌，涵盖兴建房子之木料以外的植物材料、防腐涂料、坐卧器物、雨具、香料等。

• <u>《诗经》的器用植物都与日常生活密切相关</u>

《唐风·山有枢》："山有漆，隰有栗"，及《鄘风·定之方中》："椅桐梓漆，爰伐琴瑟"提到的"漆"，自古就是重要的涂料，用以保存易于腐朽的木、竹制器具。白茅、芦苇是搭盖房子及编造围篱或屋墙的材料。

坐席、垫子在先秦以前是生活起居必备品，古代习惯席地而坐，常在地面铺上席莛当垫衬，或铺于卧床供睡卧，因此席有坐、卧两用。席多以竹、藤、苇、席草编织而成，比如《小雅·斯干》所言之"下莞上簟，乃安斯寝"，"莞"是席草或莞草编制的卧席，垫在下层；上层的"簟"是竹席，有时也指藤编制的席。而

《大雅·行苇》："或肆之筵，或授之几；肆筵设席，授几有缉御"提到的"筵"，则是比较大的席子。《周礼》有掌五席的官吏"司几筵"，席和筵成为日常生活礼仪的一部分。

古代农民在野外工作时，身上常须穿戴能够遮风避雨、躲烈阳的用具。《小雅·无羊》"尔牧来思，何蓑何笠，或负其糇"中，"蓑"是蓑衣，"笠"是用箬竹叶编制而成的帽子。《小雅·都人士》："彼都人士，台笠缁撮。"据《传》云："台所以御暑，笠所以御雨也。"可见台是用来遮阳的，而笠是用来遮雨的。

• <u>竹制品多，应用广泛</u>

《诗经》提到的竹制器具也不少，除上述竹席外，最重要的莫若"笄"。古时行过成年礼的女子可在发上插笄，"笄"是女子成年的标志，有石笄、竹笄、铜笄、蚌笄、玉笄、骨笄、金笄等不同材质，其中竹笄为最早应用且最普遍使用的形式，故"笄"字从竹。竹制容器统称为"筐"，但"筐"也有多种。《周南·卷耳》句"采采卷耳，不盈顷筐"之"顷筐"，是一种浅筐的竹制容器，容量小，如《诗集传》云：顷筐，畚属，易盈之器也。《豳风·七月》"女执懿筐，遵彼微行，爰求柔桑"的"懿筐"，则是一种深筐的竹制容器，容量大，如《诗集传》所云："懿筐，深筐也。"

另外，《邶风·谷风》之"毋逝我梁，毋发我笱"的"笱"，是竹制的捕鱼具，开口有逆向倒插的竹片，鱼顺着河水进入后就出不去，是当时乡间极普遍的捕鱼器具。

用匏瓜干硬果实剖制而成的器具称为"瓢"，农业时代犹盛行之，即《大雅·公刘》："酌之用匏，食之饮之"所说的"匏"。黄荆用于制作刑具及发钗；编制篮筐、置物篮等民生常用器物，可用香蒲、薹草、莞、柳等植物。

绸缪束薪[1]，三星在天。今夕何夕？见此良人[2]。

子兮子兮！如此良人何！

绸缪束刍[3]，三星在隅。今夕何夕？见此邂逅。

子兮子兮！如此邂逅何！

绸缪束楚，三星在户。今夕何夕？见此粲者[4]。

子兮子兮！如此粲者何！

——《唐风·绸缪》

注 解

1. 绸缪束薪：绸缪，缠缚也；束薪，捆绑成堆的柴薪。

2. 良人：新郎。

3. 刍：干草。

4. 粲者：美丽的新娘。

另 见

《周南·汉广》：翘翘错薪，言刈其楚。

《王风·扬之水》：扬之水，不流束楚。

《唐风·葛生》：葛生蒙楚，蔹蔓于野。

《秦风·黄鸟》：交交黄鸟，止于楚。

《大雅·旱麓》：瞻彼旱麓，榛楛济济。

古时以黄荆的茎干供刑杖之用。《书经》云："扑作教刑。"其刑具以"榎楚"二木为之，"榎"，今称楸树，"楚"就是黄荆。黄荆与楸树自古以来就被视为"刑罚"的象征，廉颇负荆请罪所背负之"荆"就是黄荆。旧时贫妇以黄荆枝条制成发钗，称为"荆钗"，因此古来谦称妻子为"拙荆"。

此外，《大雅·旱麓》中"榛楛济济"之"楛"，亦指黄荆。《图经》说楚"有赤青二种，青者荆，赤者楛"，即小枝条绿色者称"荆"，红褐色者则称为"楛"，二者实际上是不同生育地所产的同一树种。

旧时贫妇以黄荆枝条制成发钗，因此古来谦称妻子为"拙荆"。

黄荆在华北黄土高原的低山丘陵干燥向阳地分布相当普遍，《诗经》之《周南》《王风》《唐风》《秦风》及《大雅》中均有提及。黄荆常与榛树等伴生在荒废的开阔地上，形成非常特殊的榛莽景观，《大雅·旱麓》的"瞻彼旱麓，榛楛济济"句，就描述得很贴切。古人采黄荆作柴薪使用，《诗经》中的"言刈其楚"和"不流束楚""绸缪束楚"，均与黄荆的此一用途有关，"束楚"即捆起来的黄荆枝条。木材黄白，有特殊香气，保存期长，有抗白蚁危害之特性；粗大的茎干可制作家具及各种器具。

黄荆几乎遍布全中国。由于分布区域广阔，同种内不同个体间形态变异大，被区分成数个变种，如牡荆（*Vitex negundo* L. var. *cannabifolia*）、荆条（*V. negundo* L. var. *heterophylla*）等。枝条坚韧，近代用于编制箩筐、篓篮等。

植物小档案

学名：*Vitex negundo* L.
科别：马鞭草科

落叶灌木，小枝四棱，密被绒毛。掌状复叶，对生，小叶 3—5，椭圆状卵形；叶全缘、疏锯齿缘、粗锯齿以及缺刻状锯齿，背面密生灰白色细绒毛。顶生圆锥花序；花冠淡紫色。果球形，黑褐色。分布于华北、西北、华南各省，也遍及日本、非洲东部、南美洲，台湾则产于南部及恒春半岛。

漆

今名：漆树

有车邻邻[1]，有马白颠[2]。未见君子，寺人[3]之令。

阪[4]有(漆)，隰有栗[5]。既见君子，并坐鼓瑟。

今者不乐，逝者其耋[6]。

阪有桑，隰有杨。既见君子，并坐鼓簧。

今者不乐，逝者其亡。

——《秦风·车邻》

注 解

1. 邻邻：或作辚辚，众车行声。

2. 白颠：额有白毛。

3. 寺人：内侍小臣。

4. 阪：山坡。

5. 隰有栗：隰，音习，下湿之地；栗，板栗，见本书200—203页。

6. 逝者其耋：逝者，感叹岁月流逝；耋，音迭，年八十曰耋。

另 见

《鄘风·定之方中》：树之榛栗，椅桐梓(漆)，爰伐琴瑟。

《唐风·山有枢》：山有(漆)，隰有栗。

漆树是古代重要的经济树种，主要用途是从树皮取汁液制漆当涂料。

漆液乳白色，遇空气后会呈褐色、紫红色，以至黑色。用刀割破树皮，采集具有臭气的汁液，名为生漆。所漆的物品呈黑色，并具光泽。生漆经熬炼加工配制后称为熟漆，可漆红色、紫红色家具。竹木器物上漆后可以耐久且增光泽，所谓"汁入土，千年不坏"，使漆成为古代主要的一项贡品，如《尚书》记载兖州进贡的物品有漆器及蚕丝，豫州贡品则有漆器和麻丝（枲），漆器身价不凡由此见之。农历六七月间是采漆的季节，首先以刀斧斜割树皮，再以竹管接之以收集漆液，加工制造成各种漆。

《诗经》中，漆和楸树（见本书304—307页）、泡桐（见本书308—311页）、梓树（见本书312—314页）同是重要的树种。《史记·货殖列传》云："陈夏千亩漆……皆与千户侯等。"说明当时已有大面积的造林。三代盛世相继以漆具为器皿，以示制度，对后世的影响很大。从周代以下，历代出土文物中均含有大量漆器，如湖南长沙马王堆出土的大量西汉漆木器，可见一斑。

漆树木材通直且耐腐，可制作家具。树叶秋天变红，十分艳丽，因此漆树也是观赏树木。果实含漆蜡，是制造肥皂的优良材料；种子油也是油漆工业的原料，可制油墨和肥皂等。干燥后的漆液名干漆，供药用；漆树的根、树皮、叶、种子，也均供药用，辛温有毒，但因毒性大，临床上已经很少应用了。

植物小档案

学名：*Rhus verniciflua* Stockes
科别：漆树科

落叶乔木，小枝灰白色；芽及嫩枝密生黄褐色毛。奇数羽状复叶，小叶9—13，卵状椭圆形，全缘，基歪；侧脉8—12对，两面沿中肋有棕色短毛。圆锥花序腋生；花黄绿色。核果扁圆形或肾形，径0.6—0.8厘米，中果皮蜡质。除东北各省、新疆、内蒙古之外，大陆其余各省均产，台湾曾引进栽培，中国自古即广泛栽培取漆。

竹

今名：刚竹；桂竹

秩秩斯干[1]，幽幽南山。如竹苞[2]矣，如松茂矣。

兄及弟矣，式[3]相好矣，无相犹[4]矣。

似续妣祖[5]，筑室百堵，西南其户。

爰居爰处，爰笑爰语。

——节录《小雅·斯干》

注 解

1. 秩秩斯干：秩秩，清澈貌；干，涧也。
2. 苞：丛生貌。
3. 式：语词。
4. 犹：通尤，怨尤。
5. 似续妣祖：似，嗣也，继承；妣祖，古者祖母以上称妣，祖父以上称祖。

另 见

《卫风·竹竿》：籊籊竹竿，以钓于淇。

《诗经》写到竹的篇章，有《小雅·斯干》的"如竹苞矣，如松茂矣"，和《卫风·竹竿》的"籊籊竹竿，以钓于淇"等。《水经注》曰：先秦以至两汉关

中温和多雨，磻溪附近"幽隍邃密，林障秀阻"；《史记·货殖列传》也说"渭川千亩竹"，表示汉代以前的《诗经》时代，北方依然多竹。今日，黄河流域已经没有原生竹林，竹主要分布于华南、西南及华中地区，其天然分布北限只到长江流域。

春秋战国时代，华北地区适合制作钓竿的竹类应有多种，只要是茎杆纤细、柔软、弹性佳且坚韧耐用的竹类均可使用。刚竹大小适中、茎杆材质致密，推测也是古代黄河流域和长江流域低山地区常见的竹类，应是《诗经》所言竹类的一种。刚竹适宜制作工艺品，劈篾编制器具，古代亦用以制弓。笋味略苦，水煮后可食。长期栽培后已出现许多变型（forms）。

除了刚竹，毛竹属许多其他种类，如毛竹 [*Phyllostachys edulis*（Carr.）Lehaie]，以及苦竹类之苦竹 [*Pleioblatus amarus*（Keng）Keng] 等均可能是"籊籊竹竿"描述的种类。

《诗经》提到的竹不专指一种，除了华北地区常见的刚竹（见左页图），毛竹（右图）也可能是其中一种。

《大雅·韩奕》篇"维笋及蒲"所提到的笋，则可能是毛竹及莿竹属（*Bambusa* spp.）许多可生产食用竹笋的种类。至于《小雅·斯干》提到的"竹"，也不是专指某种竹类，应为上述许多种类的其中一种或多种。

竹类在中国，是建筑材料，也是制造各种器具、家具的原料，很多种类的幼芽（竹笋）更是家常蔬菜。最重要的，竹还是中国建筑中，极富意涵、意境且不可或缺的庭园植栽。古人对栽竹也有讲究，如《长物志》所言："种竹宜筑土为垄，环水为溪，小桥斜渡……以石柱朱栏围之……或留石台、石凳之属。"

植物小档案

学名：*Phyllostachys bambusoides* Sieb. *et* Zucc.
科别：禾本科

多年生竹类，杆高8—22厘米，直径5—14厘米，节间长10—24厘米，杆绿色有光泽。箨淡绿色至淡红色，散布深棕色的斑点，光滑无毛；箨叶线状三角形，外翻。小枝叶3—4枚，叶披针形至阔披针形，长5—18厘米，宽1.0—2.5厘米，先端急尖，基部钝圆，侧脉5—6对。本属植物均为单杆散生竹类。分布于陕西、河南、山东、华中各省，以及广东、广西、四川等地，多生长于丘陵地带或溪流附近。

荑[1]

手如柔荑[1]，肤如凝脂。领如蝤蛴[2]，齿如瓠犀[3]。
螓[4]首蛾眉，巧笑倩[5]兮，美目盼[6]兮。

——节录《卫风·硕人》

注解

1. 荑：音提。
2. 领如蝤蛴：蝤蛴，音求其，天牛及桑牛的幼虫。全句用以比喻妇女光滑柔腻的颈项。
3. 齿如瓠犀：瓠犀是指瓠中之子，因排列整齐，色泽洁白，而用以形容美女的牙齿。
4. 螓：螓，音秦。螓首比喻美人的额头方广。
5. 倩：美好貌。
6. 盼：眼睛黑白分明。

另见

《召南·野有死麕》：野有死麕，白茅包之。
白茅纯束，有女如玉。
《邶风·静女》：自牧归荑，洵美且异。
《豳风·七月》：昼尔于茅，宵而索绹。
《小雅·白华》：白华菅兮，白茅束兮。
英英白云，露彼菅茅。

古时君王及诸侯的重大仪式、重要的斋戒活动，都要有白茅作贡物的铺垫。《周易》的《大过·初六》："藉用白茅，无咎。""藉"即"席"，意为重要祭礼活动要用白茅来作铺垫。白茅在古代是洁白、柔顺的象征，祭祀时常用来垫托或包裹祭品。在各种重要的庆典、祭祀、进贡等场合，只要用上白茅，就是隆重、诚信、尊重的象征。《召南·野有死麕》之"野有死麕，白茅包之。有女怀春，吉士诱之"句，年轻的猎人就是用白茅包裹猎获的野鹿来讨好少女，表示倾慕之意。

白茅也是缩酒之物。所谓"缩酒"是指立一束白茅于祭坛前，倒之以酒，酒渗入白茅之中，表示神明已饮下所献之酒。古代招神也用茅，例如《周礼》的《春官·男巫》所言"旁招以茅"，即男

器用植物类

393

白茅花呈白色，茎叶柔软，《诗经》才会用「手如柔荑」来形容女子的纤纤玉手。

巫用茅草向四方呼唤所祭之神。

初生之茅名"荑"，白而柔，人见人爱，因此《卫风·硕人》篇形容美人纤纤玉手为"手如柔荑"。初生出土的芽称为"茅针"，白嫩可食，乡间小孩常挖取生食之。叶曰"茅管"，不易腐烂，古人常取用作搭盖屋顶的材料，《小雅·白华》的"白茅束兮"就和盖屋有关。老叶及地下根状茎可割下制作绳索，《豳风·七月》才会"昼尔于茅，宵而索绹"。"索绹"谓绳索，粗者为"索"，细者为"绹"，白天取茅，夜晚编索，此索也是用来修缮居室的屋顶。

白茅喜阳耐旱，多生长在向阳山坡上，或河滩、海岸砂地上，也是火灾迹地最早出现的植物之一。整个亚洲均有分布，属于广布种。嫩草可作牧草，饲养牛马；叶老供苫覆（覆盖）屋顶，故称苫草；作薪烧窑，歗磁堪佳，故名"司窑草"；植物形细而长，又名"丝毛草"。商代人用白茅来祷雨，周人则取茅以承祭。

植物小档案

学名：*Imperata cylindrica*（Linn.）Beauv.
科别：禾本科

多年生草本，根状茎发达，秆直立。叶鞘聚集于秆基，甚长。叶基生，线形，长约20厘米，宽约0.8厘米；叶舌膜质，长0.2厘米。圆锥花序顶生，紧缩成穗状，长20厘米，宽2.5厘米；小穗长约5厘米，基部有白色的丝状柔毛；颖片亦具长丝状柔毛。雄蕊2，花药长0.3—0.4厘米；柱头2，紫黑色，羽状。颖果椭圆形，长约0.1厘米。产于全亚洲之暖带及温带，并延伸至澳大利亚及非洲东部、南部，台湾之开阔地带极为普遍。

蕑₁

今名：泽兰

溱与洧²，方涣涣³兮。士与女，方秉⁴蕑兮。

女曰："观乎？"士曰："既且⁵。"

"且往观乎？洧之外，洵讦⁶且乐！"

维士与女，伊其相谑⁷，赠之以勺药。

——节录《郑风·溱洧》

注 解

1. 蕑：音坚。
2. 溱与洧：溱，音珍；洧，音伟。二者皆水名。
3. 涣涣：水流盛貌。
4. 秉：拿。
5. 且：音义同徂，往也。
6. 洵讦：洵，音寻，信然；讦，音须，大也。
7. 伊其相谑：谑即戏谑，意为男女两人打情骂俏。

另 见

《陈风·泽陂》：彼泽之陂，有蒲与蕑。

"有蒲与蕑"的"蕑"为兰之古字，和香蒲（见本书 036—039 页）一样，都生长于沼泽之地。唐朝

以前，"兰"指的多是泽兰，宋朝以后才称叶似麦门冬之兰科（Orchidaceae）植物为"兰"。泽兰多生大泽旁，"叶生相对，如薄荷，微香，茎干青紫色，作四棱"，古代视之为香草。

圣人多赞美泽兰之情操，忠臣以"兰"自托，文人为文赋之咏之，比之以君子，配之以美人。"兰"之香在茎叶，佩在身上可辟邪气，即《离骚》所谓的"纫秋兰以为佩"之兰。古籍均说泽兰之"叶微香，可煎油……亦名都梁香，可作浴汤"，植株煮汤沐浴，即"兰汤沐浴"之意。妇人以泽兰掺和油类泽头，称为"兰泽"，有净身和祛除不正之气的效果。

除泽兰外，被称作"兰"的植物，还有佩兰（*Eupatorium fortunei* Turcz.），本种植物的叶揉之有香气，"功用相似泽兰，

唐代以前文献上所说的"兰"均指泽兰，有香气，用以比喻君子、美人。

而辛香之气过之", 所以和泽兰一样, 能解郁散结、杀蛊毒、除陈腐、濯垢腻、辟邪气, 古人也用来沐浴, 并佩带以驱邪。另一种植株也有香气的华泽兰 (*E. chinense* L.), 也当作泽兰使用。

植物小档案

学名：*Eupatorium japonicum* Thunb.
科别：菊科

多年生草本, 茎上部被细柔毛。叶对生, 椭圆形至长椭圆形, 长5—20厘米, 宽3—6厘米, 表面光滑, 背面被柔毛, 并有腺点; 叶缘有深或浅之锯齿。头花集生成伞房状; 均为管状花。瘦果有腺点及柔毛。分布于东北、华北、华中、华南及西南各省山坡草地或灌丛、水泽地和河岸水边, 朝鲜半岛、日本亦产。

菅[1]

今名：芒草

白华菅兮，白茅束兮。之子之[2]远，俾我独兮。
英英白云，露[3]彼菅茅。天步[4]艰难，之子不犹[5]。

——节录《小雅·白华》

注 解

1. 菅：音坚。
2. 之：往也。
3. 露：滋润。
4. 天步：时运。
5. 犹：如也。

另 见

《陈风·东门之池》：东门之池，可以沤菅。

　　芒草在《尔雅》中称为"白华"或"野菅"，指的是芒草的茎叶如白茅。花序初开时色呈粉红，成熟时才转为白色，所以才称为"白华（花）"。芒草常多茎挺立，深秋开花，花穗纷披，遥望如荻。背景衬一明月，便是中国诗词"明月芦花"之景色，意境幽远。

花序初开时呈粉红色至红褐色。

芒草春生叶，如剑有锋，"饲牛马壮健"。芒草茎（秆）高可达3米，茎部自古以来就用于制作卧席（称为菅席或荐），如唐代李贺《箜篌引》诗所云："床有菅席盘有鱼。"芒草茎用水浸泡，可制成绳索；而用芒草茎秆编制的鞋，谓之"芒鞋"。《陈风·东门之池》所沤之"菅"，就是为了制作绳索和编鞋。"芒鞋布衣"代表平民百姓，或形容过着清苦的生活。掘地下茎栽植于河边堤岸、屋宇庭院，可作绿篱。茎秆至今仍用以构筑篱笆，茎叶可以葺屋；干茎叶，"为薪易炊"。

芒草到处可见，繁殖力又强，常侵入农地，农人视之为杂草，必须经常伐除，以保护田中作物。因此，形容轻率杀人、践踏人命者，谓之"草菅人命"。菅、荻（见本书513—515页）、芦苇（见本书505—508页）三种植物的形态和生态环境均有类似之处，自古诗人文士常混淆不清。

植物小档案

学名：*Miscanthus sinensis* Anders.
科别：禾本科

多年生草本，秆高1—2米。叶线形，宽0.6—1厘米，长可达1米以上，叶缘有极细之硬锯齿。圆锥花序顶生，扇形，主轴长度小于花序之半；穗轴不断落，小穗成对，一长一短，各2小花，但仅1小花结实。芒自第二外稃伸出。广泛分布于大陆各地，由东北至海南均可见，是大陆上常见的多年生高大草本植物，日本亦产。

南山有臺，北山有莱[1]。乐只[2]君子，邦家之基。

乐只君子，万寿无期。

南山有桑，北山有杨。乐只君子，邦家之光。

乐只君子，万寿无疆。

——节录《小雅·南山有臺》

注 解

1. 莱：藜，见本书 046—048 页。
2. 只：语词。

另 见

《小雅·都人士》：彼都人士，臺笠缁撮。

薹草属（*Carex* spp.）至今已知全世界约有 2000
多种，中国境内约 500 种，大多数生活在寒带或温带
地区。有些种与种之间的区别微小，未经特别训练不
易区分彼此。薹草属大都是多年生草本植物，少数一
年生。有些薹草属像草坪一样生长非常密集，也有些
具走茎呈匍匐生长，有些则成群簇生。茎无节，一般

多少呈三角形；叶细长，端部渐尖，有时非常锋利。多数种类生长在泥泞、酸质的草地上。

臺即薹，是莎草科中的一个属，即陆玑《诗疏》所说："臺，夫须。旧说夫须，莎草也，可为蓑笠。"薹的茎（秆）"皮坚细滑致"，可制作斗笠，即《小雅·都人士》提到的"臺笠"；薹又可制作蓑衣，耕作时作为御雨之用。战国时大夫文种就曾对勾践进言："古者蓄蓑笠以备患"，用蓄蓑笠备雨的功能来比喻储存物资以备患。历代诗文中提到台笠的，还有唐朝张九龄的《奉和圣制瑞雪篇》诗句："朝冕旒兮载悦，想臺笠兮农节。"

用来编织笠帽、蓑衣、储物袋、坐席等织物的莎草科植物，

薹类植物喜生沼泽等潮湿地，茎秆高大、坚韧的种类适合织席编笠。此为红果薹的成熟果实。

大都具有高大坚韧的茎秆、不择土宜、产量高、分布广等特性。具有上述特征，且历代在各地广为使用供编织的植物还有：茳芏或咸草（*Cyperus malaccensis* Lam.）、包席草（*Lepironia mucronata* Rich.）、水毛花（*Scirpus mucronatus* L.）、莞［*Schoenoplectus validus*（Vahl.）T. Koyama］、蒲或藨草（*Scirpus triqueter* L.）等。都可能是《诗经》所言之"臺"。臺或解为"青莎""香附子"（*Cyperus rotundus* L.），也是莎草科的一员。因此，《诗经》中所言之"臺"，可指多种植物。

植物小档案

学名：*Carex dis palata* Boott.
科别：莎草科

多年生草本，具匍匐枝及根状茎。秆粗壮，扁三棱状，高40—80厘米，基部有紫色叶鞘。叶革质，宽1—1.5厘米。雄花序圆柱形，顶生；雌花序亦圆柱形，侧生，苞片叶状。果囊斜张且为椭圆形，有3棱，呈镰状弯曲。小坚果倒卵生，长0.2厘米，有3棱。分布于大陆东北、华北、华中各省，日本、朝鲜半岛亦产，常生长在沼泽和潮湿地。

下莞上簟[2]，乃安斯寝。乃寝乃兴[3]，乃占我梦。

吉梦为何？维熊维罴[4]，维虺[5]维蛇。

大人[6]占之，维熊维罴，男子之祥；

维虺维蛇，女子之祥。

——节录《小雅·斯干》

注解

1. 莞：音官。
2. 簟：簟，音店，竹席。
3. 兴：起床。
4. 罴：音皮，似熊而大。
5. 虺：音毁，蛇名。
6. 大人：占梦之官。

古称"苻蓠"或"莞蒲"。《广雅》提到："莞，蔺也。"说明古籍所言之"莞"，也指"蔺"。《广雅疏证》云："莞似蔺而圆，可为席；蔺似莞而细，可为席……二者形状相似，为用又同，故亦得通名耳。"今名"莞"，又名"大水莞"，高可达 2 米，中空内

有白髓，古代亦用来制席，但茎纤维脆弱，不是制席的好材料。"蔺"或"蔺草"，今名蔗草、席草，才是古今专制草席的植物。两者外形相似，只是莞茎秆切面近圆形，而蔗草、席草切面呈三角形。《小雅·斯干》"下莞上簟，乃安斯寝"二句，意为睡觉用的席垫，上层用竹席、下层用"莞席"，此席应是蔗草制成。

蔗草的茎秆横切面呈三角形，割下干燥后，色灰白带绿。茎秆富含纤维，质地强韧、不易变色，供制各种器具、工艺品。一般在秋天采集茎秆，原料质量最好、纤维最为坚韧，用来编制草席，或充当细绳捆绑物品，也有栽植在水塘中供观赏者。

由《小雅·斯干》篇的内容得知，《诗经》时代，古人就已采收蔗草编制草席了。《汉书·东方朔传》提到"孝文皇帝莞蒲为席"，说贵为一国之尊的皇帝使用民间常见的蔗草（莞）和香蒲

除了实用的经济效益外，蔗草也常栽植在水池中供观赏。

（见本书 036—039 页）制作的草席，借以说明汉文帝自奉简朴，是个明君。古代诸侯祭祀所使用的席，也以蔗草（莞）加香蒲编制，将较细致的蔗草（莞）编在上，而较粗的香蒲草则置于下。

植物小档案

学名：*Schoenoplectus triqueter*（L.）. Palla
科别：莎草科

多年生草本，具粗壮根状茎。秆粗壮，高 20—90 厘米，三棱形。叶鞘膜质，仅最上一枚具叶片。叶片线形，长 1.5—6 厘米。聚伞花序，具苞片1，三棱形；小穗卵形或椭圆形，长 0.6—1.2 厘米，有多数花，鳞片为棕色或紫褐色。小坚果倒卵形，长 0.2—0.3 厘米，平滑。除广东、海南之外，全中国各省区均产之，日本、朝鲜半岛以及欧洲、美洲等地亦产，生长在湖边或浅水沼泽地中。

蓑

或降于阿[1]，或饮于池，或寝或讹[2]。
尔牧来思，何蓑何[3]笠，或负其餱[4]。
三十维物[5]，尔牲则具[6]。

——《小雅·无羊》

注 解

1. 阿：丘大陵。
2. 讹：行动。
3. 何笠：何，音义同荷，戴也。
4. 餱：音猴，干粮。
5. 物：毛色，指杂色牛。
6. 尔牲则具：供祭祀的牺牲准备好了。

　　蓑草，又名龙须草。但俗名龙须草的植物很多，有药用龙须草和器用龙须草之分。药用龙须草，药材细长如须，着重植物体干燥后的外形，纤维未必坚韧可用。这类植物主要是灯心草（*Juncus effusus* L.）、野灯心草（*J. setchuensis* Buchen.）及其他同属植物。器用的龙须草，植物体或叶片细长如丝之外，还要富含

纤维、质地坚韧，所制作的物品才能经久耐用。此类植物包括莎草科的藨草或席草（见本书 407—409 页），和光果石龙刍或包席草（*Lepironia mucronata* Rich.）等；禾本科的硬质早熟禾（*Poa sphondylodes* Trin.），以及别称羊草、蓑草的本种等。

　　利用水向下坠落的重力原理，古人用植物枝叶制作雨衣，披覆身上能有效防止雨水、雪水入渗，此即蓑衣。国人穿蓑衣的历史悠久，有文字纪录的，从《诗经》的《小雅·无羊》："尔牧来思，何蓑何笠"，唐朝皮日休的《鲁望以轮钩相示缅怀高致因作三篇》诗句："蓑衣旧去烟披重，箬笠新来雨打香"，宋晁冲的《和二十二弟》诗句："绿蓑青箬非吾事，白浪狂风满太湖"，到清代施闰章的《霞溪寺阁晚眺》诗句："云中白屋分松径，雪里青蓑过

龙须草可分药用与器用两类，灯心草就是一种药用龙须草。

板桥"等不一而足，显见古人普遍穿戴蓑衣来防雨。

古人制作蓑衣的植物材料应不限于一种，合乎采集方便、质料坚韧、纤维含量多、不易腐朽等条件的植物材料，只要防雨性能佳，又可就地取材的种类，都可采制蓑衣。每个地区都有适合当地制作蓑衣的植物，例如华中、华南地区在农业时代，农民耕作时用于御雨的蓑衣，就有用棕榈 [*Trachycarpus fortunei*（W.J. Hooker）Wendland] 的网状叶鞘制成者，称为"棕蓑"，坚固耐用，又极具地方特色。

植物小档案

学名：*Eulaliopsis binata*（Retz.）C. E. Hubb.
科别：禾本科

多年生草本，高可达 80 厘米。叶片狭线形，长 10—30 厘米，宽 0.1—0.4 厘米，叶鞘密被白色绒毛。总状花序密被淡黄褐色的绒毛，2—4 枚指状排列，长 2—5 厘米。外颖中部以下密生乳黄色丝状柔毛，第二外稃有长 0.2—0.9 厘米之芒，优良的纤维植物。分布于华北、西南、华南各省之向阳山坡，日本、中南半岛、印度、菲律宾亦产。

第十章

观赏植物类

所谓观赏植物，是指花、叶、果或树形有可观之处，特别栽植供观赏的植物，多源自于野生种。野生植物种类繁多，古人会选择开色彩鲜艳的花、具四季变化色泽的叶及造形奇特、树冠雄伟的植物种类，培育、驯化、改良成为观赏植物。

《诗经》时代有在屋舍周围种树的习俗，树种包括乔木、灌木、木质藤本等不同生活形态的木本植物，采摘果实食用，或采伐木材供建筑、家具之用，有些则供应薪材，更多的种类同时或专植供观赏用，谓之庭园树。

• 观花赏叶，怡情养性

在私人宅院、公共场所，常栽植一年生至多年生、具季节色彩变化的草本花卉，有赏心悦目的效果。种植在道路两旁，具有遮荫、防风、美化环境效果的树木，称为"行道树"。古时立社神，在社庙旁种树作为标志，称"社木"或"社树"。《论语》载："夏后氏以松，殷人以柏，周人以栗。"这些代表不同朝代的社木，虽然是宗教性尊崇的象征，但也有林木美的观赏价值，也属于古代观赏植物的范畴。

《诗经》中有人工栽培的观赏植物，也有野生的观赏花卉。有些花色艳丽的植物主要栽培目的是观花。如《召南·何彼襛矣》"何彼襛矣，唐棣之华"之唐棣；《小雅·苕之华》"苕之华，芸其黄矣"之苕（凌霄花）。而《郑风·溱洧》"维士与女，伊其相谑，赠之以勺药"，叙述青年男女分别时互赠芍药，芍药在《诗经》时代已很普遍。《通志略》云："芍药著于三代之际，风雅所流咏也。"说明芍药是中国最早栽培的观赏花卉之一。萱草花色缤纷，是著名的夏季花卉，当时也很盛行，即《卫风·伯兮》："焉得谖草，言树之背"的"谖草"。

有些植物以赏叶为目的而栽植为庭园树，如梧桐；也有树形特殊、冠形美丽，普遍栽植为行道树、庭院植物的，如柳（杨柳）、桧（圆柏）等。《小雅·菀柳》："有菀者柳，不尚息焉。"人们用来乘凉的柳树，应该就是行道树。

• 《诗经》中不乏野生种观赏植物

《诗经》提及的观赏植物，很多种类尚未进入庭园，当时仍旧处在野生状态。比如，《陈风·泽陂》"彼泽之陂，有蒲与荷"的"蒲"（香蒲）与"荷"；《郑风·山有扶苏》"山有乔松，隰有游龙"的"游龙"（红蓼）；《陈风·防有鹊巢》"中唐有甓，邛有旨鹝"的"鹝"（绥草）等。连后世广为栽培的杞（枸骨）和椐（蝴蝶戏珠花），都还是野生植物。

出现在《诗经》篇章的观赏植物中，也有原作为果树栽培的"兼性观赏植物"，如桃、李、木瓜、木桃（木瓜海棠）、木李（榅桲）等。《周南·桃夭》："桃之夭夭，灼灼其华。"就以桃花的美艳来比喻新娘貌美。

何彼襛¹矣！唐棣之华。曷不肃雝²，王姬³之车。

何彼襛矣！华如桃李。平王之孙，齐侯之子。

其钓维何？维丝伊缗⁴。齐侯之子，平王之孙。

——《召南·何彼襛矣》

注 解

1. 襛：音农，美盛之貌。

2. 曷不肃雝：曷，音义同何；雝，音庸，和也。

3. 王姬：周王之女。

4. 维丝伊缗：缗，音民，钓线。全句是用丝做成钓线。

另 见

《郑风·山有扶苏》：山有扶苏，隰有荷华。

　　《尔雅》说："唐棣"就是"栘"，郭璞注云："似白杨，江东呼夫栘。"《本草》称"夫栘"为"栚栘"。唐棣又称"棠棣"，《郑风·山有扶苏》之"扶苏"即扶栘，也就是唐棣。

　　唐棣生长在山区疏林内或灌丛中，喜肥沃土壤，

观赏植物类

419

（照片为刘永刚提供）

不耐潮湿。花序下垂，朵紧密排列，花瓣白色丝状，香气浓郁且外观艳丽，不论花容或花色都是优美的观赏树种。但一般植物的花都是先合后开，唯独此树先开而后合。本树种有密集的果实，果虽小，但多浆可食，也可用于酿酒制酱。木质坚硬有弹性，可供制作农具。

榆叶梅是早春的观花植物，也可能是《诗经》所指的"唐棣"。
花期一到满树繁花盛开，十分迷人。

　　同属之中，还另有一个常见的优美观赏种类：东亚唐棣（*Amelanchier asiatica* Engl.），花亦白色，分布日本、朝鲜，中国亦产。为落叶乔木，高可达 12 米；叶缘全锯齿，花梗及幼叶背面密被绒毛等特征，可与唐棣区别。

　　《召南·何彼襛矣》描述周公之女下嫁诸侯，用唐棣花和桃李花来形容车服的华丽盛况，以及排场仪式之壮大。耿煊认为本篇的唐棣可能亦指榆叶梅（*Prunus triloba* Lindl.）。榆叶梅原产中国，分布内蒙古、秦岭南北之华北、东北、华中、华东地区，生长于低至中海拔坡地及林缘，是早春的观花植物，花单瓣或重瓣、紫红色，极为美观。核果红色，近圆形。

《名物疏》早就说过："唐棣、常棣是二种。"即《小雅·常棣》："常棣之华，鄂不韡韡"之"常棣"和"唐棣"是不同植物，"常棣"指的是郁李（见本书210—212页）；而《秦风·晨风》："山有苞棣，隰有树檖"之"棣"也是郁李。

伯兮朅兮[2]，邦之桀[3]兮。伯也执殳[4]，为王前驱。

自伯之东，首如飞蓬。岂无膏沐，谁适为容？

其雨其雨，杲杲[5]出日。愿言思伯，甘心首疾。

焉得谖草，言树之背。愿言思伯，使我心痗[6]。

——《卫风·伯兮》

注解

1. 谖：音宣。

2. 伯兮朅兮：伯，思妇以伯称其夫；朅，音妾，武壮貌。

3. 桀：音义同杰。

4. 殳：音梳，兵器。

5. 杲杲：音稿，光明貌。

6. 痗：音媚，忧伤。

"谖草"即萱草，古人认为萱草可以使人忘忧，如苏颂《图经》所云萱草"利心志，令人好欢乐无忧。"故萱草又名"忘忧草"。萱草又称"丹棘"，因此有"欲忘人之忧，则赠之丹棘"之句。白居易诗《酬梦得比萱草见赠》中说道："杜康能解闷，萱草解忘忧。

借问萱逢杜，何如白见刘？”其中"萱"就是萱草，"杜"指杜康酒；"白"是白居易自己，"刘"为刘禹锡，此诗用酒和萱草来比喻知己见面的心情。《卫风·伯兮》的"焉得谖草"，也有以萱草解相思之愁的含意。

除了忘忧之外，萱草在古代也衍生出一些特殊且神奇的疗法或习俗。例如，传说已婚妇女佩带或服食萱花可一举得男，如三国才子曹植的《宜男花颂》即歌咏萱花。由于这个典故，萱草又得名"宜男草"。

萱草已成为全世界重要的观赏花草，除常见的橘黄色花品种之外，也有淡红色、金黄色、红色品种，人工栽培的品种之中也

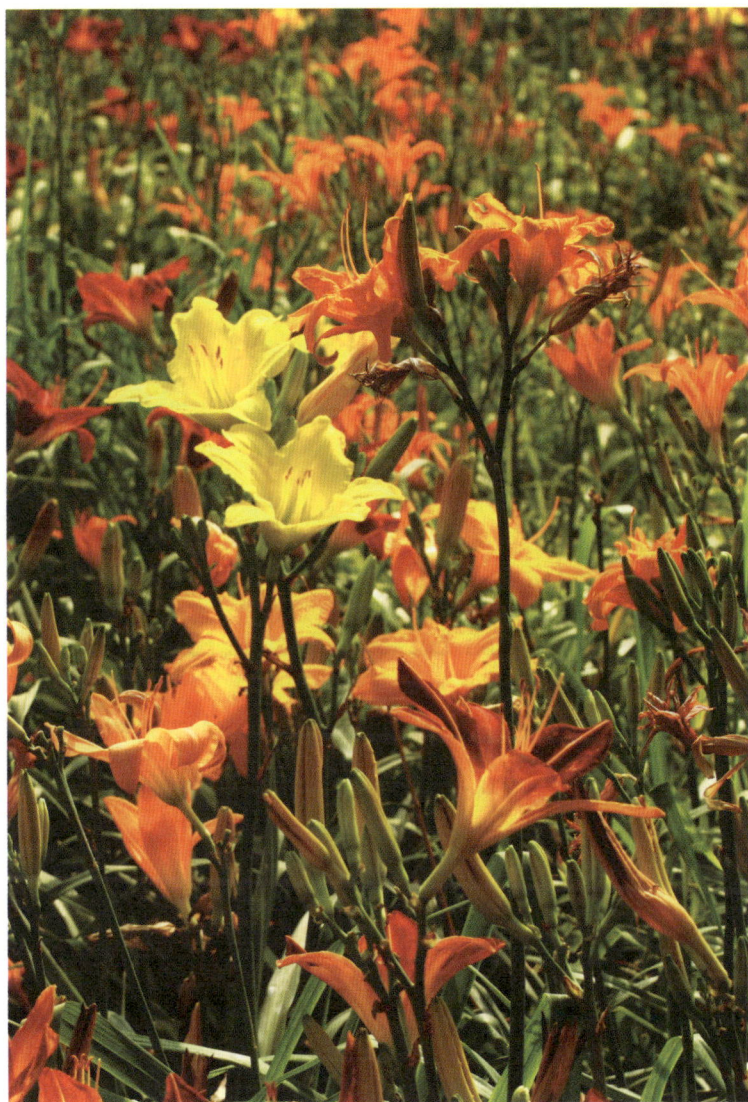

近代培育出红色花、橘红色花品种的各式萱草，花色缤纷。

有重瓣花的类型。古典文学作品上经常出现的经济作物黄花菜，或称金针菜（*Hemerocallis citrina* Baroni），是萱草同属但不同种植物。

黄花菜开花时，花色呈淡黄色，食用部分是未展开前的花苞。萱草花色橘黄，花苞亦提供食用，也称"金针菜"，唯较无香味。黄花菜和萱草的初生嫩叶称"金针笋"或"萱笋"，含有丰富的维生素C，可作蔬菜。膨大的纺锤形根含多种生物碱，有毒，仅可作药使用。

植物小档案

学名：*Hemerocallis fulva*（L.）L.
科别：百合科

多年生宿根草本，根近肉质，中下部纺锤状膨大。叶基生，排成二列，带状。花序由叶丛中抽出，顶端簇状或假2歧状圆锥花序；花漏斗状，花被裂片6，内侧裂片缀有彩斑，橘红色至橘黄色，早上开花晚上凋谢；雄蕊6。蒴果倒卵形至钝菱状椭圆形。原产于秦岭以南各省。由于长期栽培，目前萱草的类型或变种很多。

木瓜

今名：楔楂；木瓜

投我以木瓜，报之以琼琚[1]。匪[2]报也，永以为好也。

投我以木桃[3]，报之以琼瑶[4]。匪报也，永以为好也。

投我以木李[5]，报之以琼玖[6]。匪报也，永以为好也。

——《卫风·木瓜》

注 解

1. 琼琚：琼，赤玉；琚，音居，佩玉。

2. 匪：非也。

3. 木桃：毛叶木瓜，见本书 430—432 页。

4. 琼瑶：二者均为美玉。

5. 木李：榲桲，见本书 433—435 页。

6. 玖：次于玉的黑色石。

　　原产于热带美洲的木瓜，正确名称应为"番木瓜"（*Carica papaya* L.）。《诗经》提及的"木瓜"，并非此"番木瓜"。《诗经》及其他中国古典文学作品所言之"木瓜"，《尔雅》谓之"楸"。果实为长椭圆形，成熟后呈黄色，状如小甜瓜，但质坚硬，因此谓之木瓜。果味酸可生食，一般经水煮或浸渍糖液后才食用。

观赏植物类

427

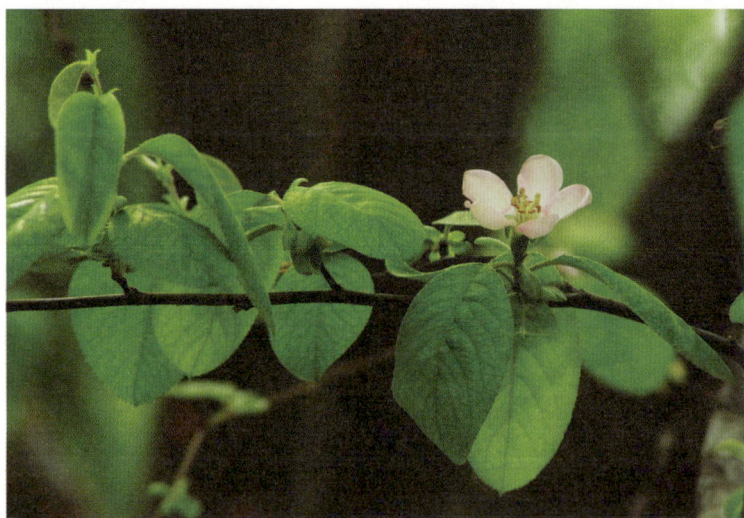

木瓜树姿优美，开粉红色的花；果实长期散发香味，成熟时呈金黄色。

木瓜树姿优美，花粉红色，径约 3 厘米，具香味。春天开花，花期四至五月，花盛开时美丽动人。宋朝张舜民咏《木瓜花》："簇簇红葩间绿荄，阳和闲暇不须催。天教尔艳足奇绝，不与夭桃次第开。"认为木瓜花的花容不输桃花。

入秋后金果满树，芳香四溢，也是重要的观果树种。果实能长期散发香气，是古时天然的空气清洁剂，在《红楼梦》中，林黛玉房间就摆置鲜木瓜来保持室内清香。宋陆游《或遗木瓜有双实者香甚戏作》："宣城绣瓜有奇香，偶得并蒂置枕旁。六根互用亦何常，我以鼻嗅代舌尝。"

果实、种子、根、枝叶均可入药，近代尤喜以木瓜为泡制药酒的主材料，有舒筋活络、强身健骨之效。

本种和木桃同属，植株外形相似，但本种枝无刺，叶缘刺芒状锯齿，花单生；而木桃枝有刺，叶缘锯齿无芒，花簇生，而且果实较前者小。此外，味不涩口者为木瓜，圆小味涩者为木桃，可资区别。木瓜木材坚硬，可做床柱。

植物小档案

学名：*Chaenomeles sinensis*（Thouin）Koehne.
科别：蔷薇科

落叶小乔木，树皮片状剥落；枝紫红色或紫褐色。叶互生，椭圆状卵形至倒卵形，长 5—8 厘米，宽 3—5 厘米，幼时被绒毛；叶缘刺芒状锐锯齿，齿尖有腺。叶柄长 0.5—1.0 厘米。托叶为膜质，有腺齿。花单生叶腋，淡粉红色；雄蕊多数；花柱 3—5。梨果长椭圆形，长 10—15 厘米，暗黄色，木质芳香。分布于山东、山西、河南、华中及西北各省。

木桃

今名：毛叶木瓜；木瓜海棠

投我以木瓜[1]，报之以琼琚。

匪报也[2]，永以为好也[3]。

投我以木桃，报之以琼瑶。

匪报也，永以为好也。

——节录《卫风·木瓜》

注 解

1. 木瓜：见本书 427—429 页。
2. 匪报也：不是为了答谢。
3. 永以为好：意思是情谊长存。

　　《广群芳谱》说："楂，一名圆子，一名木桃，处处有之……小于木瓜，更酢涩，色微黄，蒂核皆粗。"木桃果实较木瓜小，成熟后为黄色，也带有香味，两者有许多特征相似。《埤雅》云果实"圆而小于木瓜，食之酢涩而木者，谓之木桃"。"木"为"麻木"之意，谓木桃果实酸涩使口腔麻木。《广群芳谱》云："味劣于梨与木瓜，但入蜜煮汤，则香美过之。"

木桃花色美艳，先开花后长叶，有多种花色。

木桃自古亦为有名的观赏植物，也有栽培用于观花者。早春时先开花后长叶，其花色有紫色、粉红色、乳白色者，更有重瓣花的品种。枝密多刺，又可充为绿篱。

木桃亦指另一相关树种：皱皮木瓜或贴梗海棠 [*Chaenomeles speciosa* (Sweet.) Nakai.]，此树种和前种极为相似，仅叶形、叶背毛疏密有别，以及枝条伸展形态稍有不同。木瓜属植物为东亚的特产，栽培历史相当久远，包括木瓜、木桃、皱皮木瓜、日本木瓜 [*Ch. Japonica* (Thunb.) Lindl.] 等，多以收成果实和观花并重。

植物小档案

学名：*Chaemomeles cathayensis* (Hemsl.) Schneid.
科别：蔷薇科

落叶灌木，枝条有刺，开展。叶互生，倒卵披针形至披针形，长5—10厘米，宽2—3厘米，背面幼时密被褐色绒毛；叶缘有锐锯齿。托叶大型，肾形或半圆形，长0.5—1.0厘米，有重锯齿。花2—3朵簇生二年生枝条上，先叶开放，花淡红或白色。梨果球形或卵形，径6—7厘米，成熟时黄色或黄绿色。分布于华中、华北各省，贵州、云南亦可见之。

投我以木桃[1]，报之以琼瑶。

匪报也，永以为好也。

投我以⊙木⊙李，报之以琼玖[2]。

匪报也，永以为好也。

——节录《卫风·木瓜》

注 解

1. 木桃：毛叶木瓜，见本书 430—432 页。

2. 玖：次于玉的黑色石。

　　木李即今之榠，虽非原产于中国，但引进中土栽培的历史已相当悠久。《埤雅》云："木李（实）大于木桃，似木瓜而无鼻，其品又下。"榠枝叶扶疏，花白色亮丽，盛开时宛如李花满树。结黄色果，味芳香。叶在秋冬时会转变为黄色，因此观花、观果、观叶皆宜。

　　果实表面密被短绒毛、味酸且具香气，可生食，不过主要还是供加工制成果冻、果酱、果干以及罐头、

观赏植物类

433

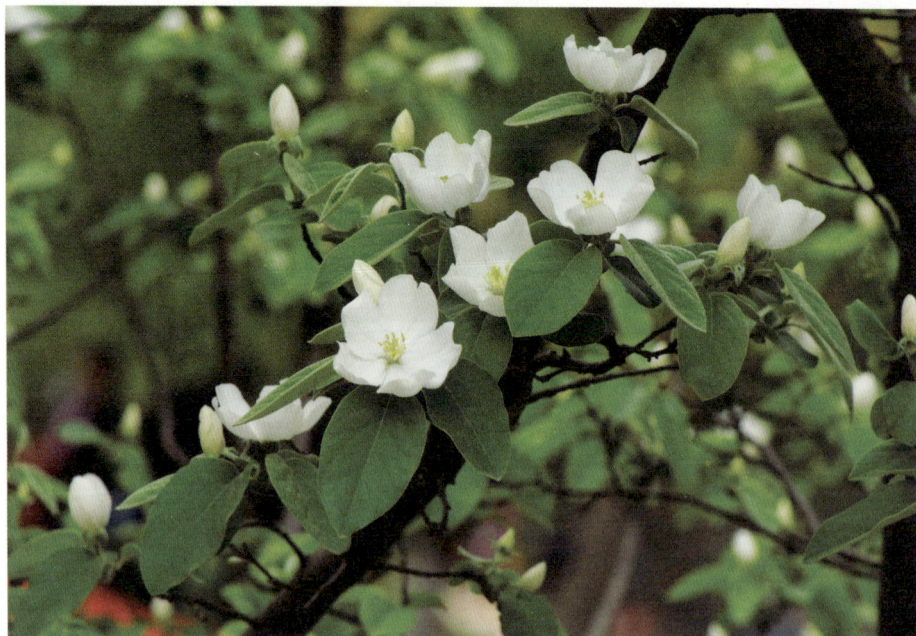

木李今名榅桲，开漂亮淡雅的白色花，远望宛如李花。叶在冬天时会转为黄色，观花、观果、观叶均宜。

点心等食品。生食时，"宜净洗去毛，恐损肺，不宜多食"。果味酸，微温无毒，主温中下气、消食；香气可"辟衣鱼"，适合放置书柜中。其枝条耐修剪，适合栽植为绿篱。

由于栽培历史悠久，因此发展出许多园艺变种，如斑叶榠（*Cydonia oblonga* Mill. var. *marmortata*）、塔状榠（*C. oblonga* Mill. var. *pyramidalis*）、大叶榠（*C. oblonga* Mill. var. *lusitanica*）等，均极具观赏价值。目前栽植榠大都不是以收成果实为目的，由于性极耐寒，种子苗可作梨、木瓜、苹果等果树的砧木，增加这些果树的抗寒性。

植物小档案

学名：*Cydonia oblonga* Mill.
科别：蔷薇科

落叶灌木或小乔木，小枝纤弱，嫩枝密被绒毛，紫红色。叶互生，卵形至椭圆形，长5—10厘米，宽3—5厘米；先端极尖或微凹，叶基圆形或近心形，表面深绿色，无毛，背面密被长柔毛，浅绿色，叶脉显著；全缘。花单生，花梗长0.5厘米或几近无柄，密被绒毛；花白色，径4—5厘米；雄蕊20，花柱5。梨果梨形，径3—5厘米，密被短绒毛，有香味。原产于中亚细亚，波斯、土耳其以及中国新疆、陕西、江西等地有栽培。

舜

今名：木槿

有女同车，颜如舜华[1]。将翱将翔[2]，佩玉琼琚[3]。

彼美孟姜[4]，洵美且都[5]。

有女同行，颜如舜英[6]。将翱将翔，佩玉将将[7]。

彼美孟姜，德音[8]不忘。

——《郑风·有女同车》

注 解

1. 华：同花。
2. 将翱将翔：形容女子仪态之美，行进轻盈若舞，婀娜多姿。
3. 琼琚：琼，赤玉；琚，音居，玉佩。
4. 孟姜：姜姓长女，亦泛指美貌女子。
5. 洵美且都：洵美，真正美丽；都，美之闲雅者。
6. 英：花。
7. 将将：音义同锵，玉佩互撞之声。
8. 德音：指他人的言语，或指美好的品德。

陆玑《诗疏》："舜，一名木槿，一名椵，一名榇。"自古多栽种于庭园或作围篱。花色有玫瑰红、粉红、蓝紫、白色和蓝色等，甚为美丽，可惜"来如

急电无因驻，去似惊鸿不可收"，早上开花，傍晚即凋萎，所以有"槿花不见夕，一日一回新"之语。"舜"即瞬，得自于"仅荣一瞬"，花开一瞬间之意。唐人诗有"世事方看木槿荣"句，说明木槿花虽美但易凋的特性，又名"朝开暮落花"。

木槿全株花期甚长，长达四个月，"不学桃花，乱向春风落"，也"不与春争艳"，"开花向秋前"，在炎暑盛夏大开，与荷花相伴，两者在水陆互为映衬。《月令》取木槿为季节的特征植物，以木槿花盛开时节为仲夏。《郑风·有女同车》用木槿花来形容女子容颜漂亮，所谓"颜如舜华"和"颜如舜英"，与后接的诗句"佩玉琼琚"和"佩玉将将"前后呼应。

江西、湖南一带民众采摘白木槿花煮羹，木槿花还可制药，有清热解毒及凉血的功效。采嫩叶作茶，其饮茶效果与一般茶品恰恰相反，饮茶容易亢奋而不易入睡，但饮木槿叶茶则有助睡功效。

木槿花原是单瓣花，经历代的选育栽培，在南北朝时已出现重

木槿早上开花，傍晚即凋，又名"朝开暮落花"。

瓣花。目前品种很多，除上述不同花色外，还有单瓣、半重瓣及重瓣品种。多植庭院间，单植、丛植皆可，也常植为篱障，谓之槿篱。一般以枝条繁殖，二三月间新芽初发时，截作段，扦插即活。

植物小档案

学名：*Hibiscus syriacus* L.
科别：锦葵科

落叶灌木，小枝密被黄褐色星状毛。叶卵状三角形至菱形，长5—10厘米，宽2—4厘米，先端钝，基部楔形；3浅裂或不裂，叶缘不整齐齿牙；叶表面被星状毛。花单生于叶腋；钟形花为淡紫色，径5—6厘米，瓣倒卵形；雄蕊筒长约3厘米。蒴果卵圆形，径约1.2厘米，密被星状毛。分布于河北、河南、陕西、山东、华中、华南以及西南各省，台湾地区、印度、叙利亚亦有产。

彼泽之陂¹，有蒲与荷。有美一人，伤如之何！

寤寐无为²，涕泗滂沱。

彼泽之陂，有蒲与蕳³。有美一人，硕大且卷⁴。

寤寐无为，中心悁悁⁵。

彼泽之陂，有蒲菡萏。有美一人，硕大且俨⁶。

寤寐无为，辗转伏枕。

——《陈风·泽陂》

注解

1. 陂：音悲，池岸。
2. 寤寐无为：非醒非睡，无心做事。
3. 蕳：音坚，泽兰，见本书 396—399 页。
4. 硕大且卷：卷音权，美好貌。全句形容女子身材高大、面貌姣好。
5. 悁悁：音娟，忧思。
6. 俨：矜持端庄。

另见

《郑风·山有扶苏》：山有扶苏，隰有荷华。

　　荷是夏季的水生花卉，历代都是著名的观赏植物。初春发芽、展浮叶，初生浮叶称"荷钱"。春末立叶挺水，夏初始花，农历八月为盛花期，九月为果实成熟期。九月下旬地下茎（莲藕）成熟，秋末之十月下旬茎叶枯黄，是所谓的"残荷"。冬季以地下茎在土中避开严寒。

　　荷在《诗经》时代以前，已作为食用植物栽培，如《周书》的"薮泽已竭，即莲掘藕"记载，就是明证。《陈风·泽陂》和《郑风·山有扶苏》之荷，均应属栽培作物。荷即莲，莲即荷。荷之成熟叶挺立水面之上，和叶浮在水面的睡莲不同。荷古称"芙

藁""芙蓉"，各部位器官皆有其特定名称：叶柄称"茄"；叶为"蕸"；花为"菡萏"；膨大的地下茎称为"藕"，不膨大而细长的地下茎则称"蔤"；果实称"莲"；果皮内的种子称"的"；莲子中心绿色的胚和胚根称作"薏"。很少植物像荷一样得天独厚，植株不同部位都赋予特定名称，并受到历代诗人文士的赞颂。

此外，荷又可依花开情形细分：花已开者称"芙蕖"，花未开者称"菡萏"，或有以菡萏为荷花代称。《陈风·泽陂》篇中即同时提到"荷"与"菡萏"，按诗中句意，后句的"菡萏"也是指荷花。

文学作品咏荷的章句很多，如李璟词："菡萏香销翠叶残，西风愁起绿波间。"形容的是荷花；苏轼《永遇乐》："曲港跳鱼，圆荷泻露，寂寞无人见。"描写的则是荷叶。

植物小档案

学名：*Nelumbo nucifera* Gaerin.
科别：莲科

多年生宿根水生草本，花叶由地下茎之节部生出。叶漂浮或高出水面，扁圆形或圆形盾状，径30—80厘米，表面深绿，背面稍带白粉；全缘。叶柄密被刺。花单生，直径10—20厘米，花瓣多数，常呈粉红色、红色或白色；瓣由外而内渐小，有时变成雄蕊。分布于中国境内各省，自生或栽培于池塘、水田内。俄罗斯、韩国、日本、印度以及亚洲南部、大洋洲皆有产。

山有扶苏[1]，隰有荷华。不见子都[2]，乃见狂且[3]。
山有乔松[4]，隰有游龙。不见子充，乃见狡童。

——《郑风·山有扶苏》

注 解

1. 扶苏：唐棣，见本书 419—422 页。
2. 子都：美男子之称，指女子的爱人。
3. 狂且：且，音居。狂且指狂妄轻薄的人。
4. 乔松：乔，高大；松，见本书 318—320 页。

　　古又称"荭草""茏古""茏鼓""蘬"。陆玑《诗疏》："游龙一名马蓼，叶粗大而赤白色，生水泽中，高丈余。"陆玑所说的马蓼（*Polygonum longisetum* de Bruyn）是同科同属的另一种植物，但所形容的却是今之红蓼。《尔雅翼》也说："龙，红草也。"红草又名荭草、水荭，也是红蓼的别名。

　　《诗经》将之称为游龙的原因，按郑康成的说法，是因为枝叶放纵，意即红蓼的枝叶和红色花序在水边

红蓼的花在茎顶形成微垂的总状花序，花色淡红至鲜红。花开时，形成一片花海。

随风摇曳，有如红色游龙一般。红蓼和尚是湿草中最特立者，《郑风·山有扶苏》以扶苏（唐棣）配荷花，以乔松配红蓼。

红蓼耐贫瘠薄生育地，不择土壤，常生长在河湖水浅处及沼泽中，经常覆盖大面积水域。古今华北地区尤多见，是河湖岸重要的湿地植物，秋季开花时呈一片红色花海，极为壮观。近年来在水边人工栽培的红蓼，成为最引人的湖岸景观。北宋张耒的词："楚天晚，白蘋烟尽处，红蓼水边头。"说明红蓼和白蘋一样生长在水边；而感性的陆放翁说"数枝红蓼醉清秋"，描写的则是红蓼衬出的水边秋景。时至今日，红蓼仍是富有野趣的观赏植物。

除了供观赏，红蓼全株与果实均可入药，有清热化痰、活血解毒与明目等功效；也是荒年救急野菜，《救荒本草》记载："白水荭苗，采嫩苗叶煠熟，水浸淘净，油盐调食。洗净蒸食亦可。"

植物小档案

学名：*Polygonum orientale* L.
科别：蓼科

一年生草本，生沟边湿地；茎直立粗壮，密被长柔毛。叶阔卵形至卵状披针形，长10—20厘米，宽5—10厘米，顶端渐尖，基部圆形至近心形，两面密生短柔毛；叶全缘，密生缘毛。总状花序，花紧密微垂，常组成圆锥状；花具苞片，每苞3—6花；花被5，红色或白色，具显著花盘。瘦果近圆形，双凹，径0.3厘米，黑褐色有光泽，包于宿存之花被片内。产于大陆海拔30—2700米处，台湾地区、日本、韩国、菲律宾及欧洲各国、大洋洲均产。

溱与洧[1]，浏[2]其清矣。士与女，殷[3]其盈矣。

女曰："观乎？"士曰："既且[4]。"

"且往观乎？洧之外，洵订[5]且乐！"

维士与女，伊其相谑，赠之以勺药。

——节录《郑风·溱洧》

注 解

1. 溱与洧：溱，音珍；洧，音伟。二者皆水名。
2. 浏：音刘，水流清澈貌。
3. 殷：众多。
4. 且：音义同徂，往也。
5. 洵订：洵，音寻，信然；订，音须，大也。

　　芍药原产中国北方，自古即为重要的观赏花卉，《通志略》云："芍药著于三代之际，风雅所流咏。"表示夏、商、周时期已经流行栽种芍药，芍药花为文人雅士所喜爱。春末初夏开花，有红、白、紫数色，栽培品种繁多，而野生者以白色花居多。

　　芍药一名将离或可离，所以古人在离别时，常以

芍药相赠；若是想去除烦忧，则赠之以"丹棘"（即萱草，见本书 423—426 页）；去人忿懑之气，相赠以"青棠"（合欢）；欲招人归来，则赠之以"文无"（当归）等，其意相同，均假借植物的特色或涵义来表达不同的心情。《郑风·溱洧》临别时送女以芍药，除了作为信约之外，尚有"结思情"之意。高诱注《吕氏春秋》云："郑国淫辟，男女私会于溱、洧之上，有绚盼之乐，芍药之和。"诗人以赠芍药取其意于和。

《古今注》说芍药："有草、木二种。草者花小而色浅，木则花大而色深。"草本芍药指的当然是芍药，木本芍药指的则是牡丹，所以牡丹又有"木芍药"之称。这也说明在中国花卉史上，

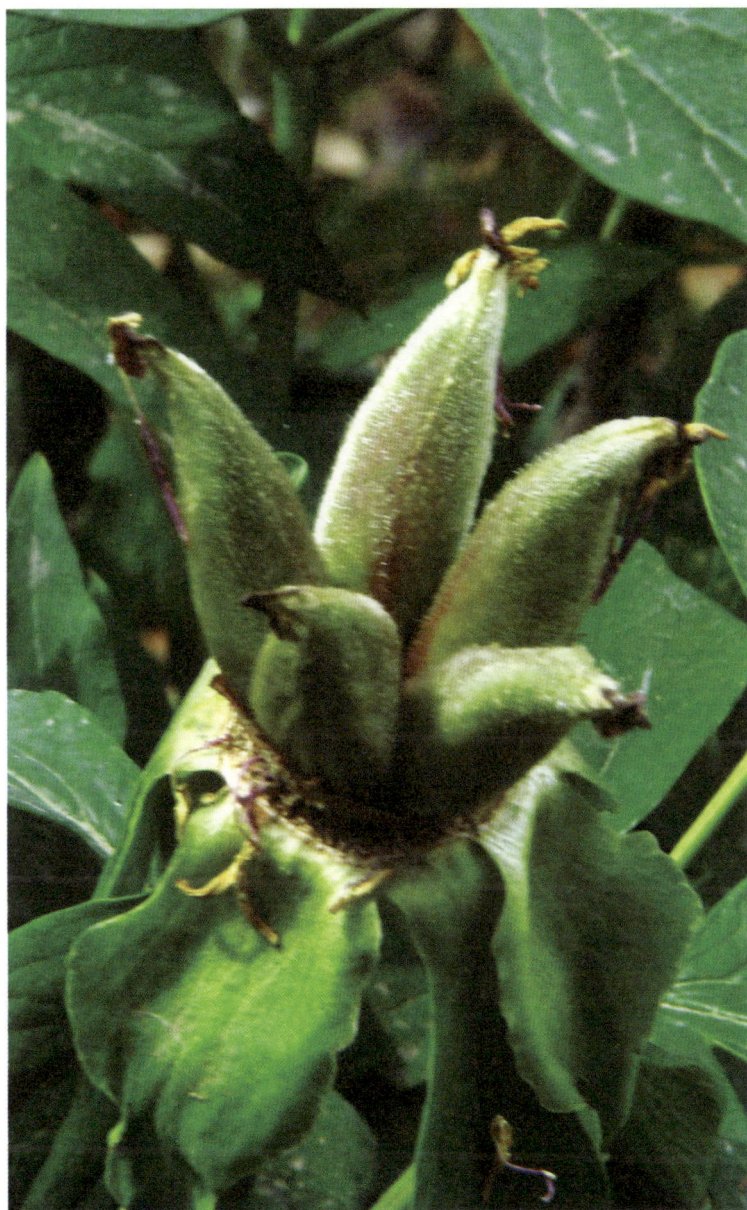

芍药的果实，为各自分离的蓇葖果。

芍药比牡丹要早进入庭园。牡丹以洛阳名于天下，芍药则以扬州者最贵于时。"牡丹称花王，芍药称花相"，两者均为"花中贵裔"。自唐诗以下，咏牡丹、芍药的诗画不计其数，两者均以艳丽闻名于世。

芍药虽然以观赏植物闻名，但自古以来就是重要的药材，《神农本草经》已载录。芍药属中国产有 8 种，除芍药外，常见的观赏兼药用种类尚有：草芍药（*Paeonia obovata* Maxim.）、川赤芍（*P. veitchii* Lynch）等。

**植物
小档案**

学名：*Paeonia lactiflora* Pall.
科别：毛茛科（牡丹科）

多年生草本，根粗壮。下部叶为二回三出复叶，上部则为三出叶。花数朵簇生于顶端或叶腋，有时为单花；花瓣红、紫红或白色，9—13 枚，栽培者花瓣颜色有多种；雄蕊多数，花药黄色；心皮 4—5，光滑。果为分离的蓇葖果，顶端具喙，长 2.5—3 厘米。分布于东北、华北各省及陕西、甘肃等省，朝鲜半岛、日本、蒙古及西伯利亚地区亦产。

东门之枌[2]，宛丘之栩[3]。子仲之子，婆娑其下。

穀旦于差[4]，南方之原。不绩其麻[5]，市也婆娑。

穀旦于逝，越以鬷迈[6]。视尔如荍，贻我握椒[7]。

——《陈风·东门之枌》

注 解

1. 荍：音乔。
2. 枌：音坟，白榆，见本书 328—331 页。
3. 栩：麻栎，见本书 340—343 页。
4. 穀旦于差：穀，善也；差，择也。全句为选择好日子。
5. 绩麻：纺麻。
6. 越以鬷迈：鬷，音宗，众也。全句为男女结群而行。
7. 握椒：一握之花椒，见本书 096—099 页。

　　《尔雅》："荍，蚍衃。"注曰："今荆葵也，似葵，紫色。"荍又名荆葵、钱葵，"花红紫如锦"，谓之锦葵。花紫红色或白色，逐节开花，又称作"旌节花"，花多而持久。《群芳谱》形容锦葵的花说："花如小钱，文彩可观。"紫红色花者尤其艳丽，可供栽

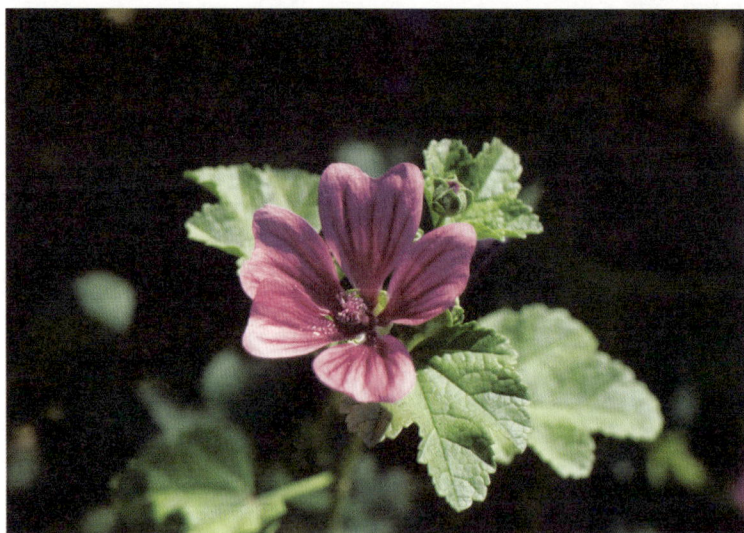

观赏用的锦葵品种，花色艳丽，《诗经》中用以形容女子容貌。

植在庭园观赏，自古多见有栽培。宋诗人陆游的《幽居》诗："旌节庭下葵，鼓吹池中蛙。坐令灌园公，忽作富贵家。"所言之"旌节葵"即锦葵。

本篇"视尔如荍"，用以形容女子容颜娇艳如紫红色锦葵一样，用法如同现代之"梨花带雨"。可见古时栽培主要是作为观赏，而非植为菜蔬用，《群芳谱》亦将锦葵列为"花谱"而非"蔬谱"。下句"贻我握椒"则承接上句，以花椒作为定情之物，用以表达愿与对方结成良缘的心意。古代可能有时当成蔬菜食用，但微带苦味，应不是经常取用的蔬菜。

本种与欧洲长期栽培的观花植物欧锦葵（*Malva sylvestris* Linn.）很相似，不同之处仅锦葵之果疏被柔毛，欧锦葵则平滑无毛。欧锦葵有一种栽培变种，称为大花锦葵（*Malva sylvestris* Linn. var. *mauritiana* L.），花较大，紫红色至淡红色，具深色纹花瓣，花瓣先端亦凹入；茎亦稍高，叶裂片较浅。欧锦葵和大花锦葵均广泛栽培于世界各地，中国可能在史前时代已经引入。

植物小档案

学名：*Malva sinensis* Cavan
科别：锦葵科

二年生至多年生草本，茎直立，有粗毛。叶心状圆形或肾形，径7—12厘米，常5—7钝圆浅裂；边缘有钝齿。叶柄长10—18厘米。花簇生叶腋；花紫红色或白色，径2.5—4厘米，瓣顶端略凹。蒴果扁圆形，径0.8厘米；心皮有皱纹及细毛。分布于印度、欧洲，中国东北、内蒙古、新疆，以及南至广东等地均有产。

苕[1]

今名：凌霄花

苕之华，芸其黄矣[2]；心之忧矣，维其伤矣！

苕之华，其叶青青。知我如此，不如无生。

牂羊坟首[3]，三星在罶[4]；人可以食，鲜可以饱。

——《小雅·苕之华》

注 解

1. 苕：音条。
2. 芸其黄矣：芸，众多貌。全句为盛开着黄色花。
3. 牂羊坟首：牂，音脏，母羊；坟，大也。全句谓羊瘠所以显得头大。
4. 三星在罶：三星即参星；罶，音柳，捕鱼的篓子。全句谓：鱼篓中只见星光，不见所获。

《尔雅》说："苕，陵苕。"郭璞注云："又名凌霄。"由此可知"苕"即今之凌霄花。又名"紫葳"，"初作藤蔓生，依大木，葳久延引至巅而有花，其花黄赤，夏中乃盛。"说明凌霄花是依附他物生长的夏季之花。植物体茎节间有须状气根，可攀缘岩壁及他物而上，其植物茎叶势冲凌霄，因此而得名。

　　凌霄花夏秋开花，花色初为黄橙色，至深秋转赤；花冠漏斗状，红艳可爱，栽培历史悠久。有诗云："庭中青松四无邻，凌霄百尺依松身。高花风堕赤玉盏，老蔓烟湿苍龙鳞。"具体描写出凌霄花攀爬松树树干的形态，以及花开花落的动态外貌。

　　凌霄花"缠奇石老树作花可观"，与紫藤［*Wisteria sinensis*（Simg）Sweet.］同是中国园林中不可缺少的景观植物，常是国画临摹的对象。《本草纲目》说凌霄"开花一枝十余朵，大如牵牛花"，叙述其开花之盛。此外，凌霄也是药用植物，《神农本草经》已有记载，花叶有行血祛瘀、凉血祛风的疗

凌霄花夏季开花，其蒴果长如豆荚。

效，沿用至今。

本篇诗中的"苕之华，芸其黄矣"，意为凌霄花盛开着橙黄色花；"苕之华，其叶青青"，意为凌霄花的绿叶繁茂。均用以对照诗人凄苦的心情和境遇，用自然界的生机盎然来对比悲惨的灰色人生境遇。

凌霄属（*Campsis* spp.）植物世界仅有二种，除本种外，还有原产北美的美国凌霄［*C. radicans*（L.）Seem］，小叶数较多（9—13 枚），叶轴及小叶背面有柔毛，花冠稍小，可资区别。

植物小档案

学名：*Campsis grandiflora*（Thunb.）Loisel.
科别：紫葳科

落叶性木质藤本。奇数羽状复叶，小叶 7—9，卵形至卵状披针形，长 3—6 厘米，宽 2—4 厘米；先端渐尖，基部近圆形，歪形；叶缘锯齿。顶生圆锥花丛；花萼钟形，表面有 5 纵棱；合瓣花，花冠鲜红色，长 6—7 厘米，径约 7 厘米；雄蕊 2 长 2 短。蒴果长如豆荚；种子扁平，有透明翅。产于日本以及华北、华中，台湾曾引进栽培。

椐[1]

今名：蝴蝶戏珠花

启之辟之，其柽其椐[1]；
攘之剔之，其檿其柘[2]。
帝迁明德[3]，串夷载路[4]。
天立厥配[5]，受命既固。

——节录《大雅·皇矣》

注 解

1. 椐：音居。
2. 其檿其柘：檿，音掩，蒙桑，见本书 256—259 页；柘，音蔗，柘树，见本书 283—287 页。
3. 帝迁明德：帝将天命授与明德者。
4. 串夷载路：串夷，指犬戎。全句谓犬戎奔逃于道路。
5. 配：配偶，此处指太王之妃太姜。

　　《说文解字》云："椐，樻也。"陆玑《诗疏》说："椐，樻。节中肿似扶老，今灵寿是也。"所以一名"扶老杖"。《本草纲目》，也称"椐"为"灵寿木"，和《山海经》的都广之野"灵寿实华"之"灵寿"，应属同种植物。由于其枝干通直有节，外观和竹类相似，而且每一节长不过8至9寸，周围才3至4寸，不须经过削治即合于杖制，砍下即可当手杖使用。

《唐书》记载李靖出任"右仆射"后，"乞骸骨，加赐灵寿杖"，所谓的灵寿杖就是以此木制成。《本草拾遗》说：持"扶老杖"，可令人延年益寿，这当然是古代溢美之词。花序周围的不孕性花白色，有如群蝶飞舞，极具观赏价值。但蝴蝶戏珠花的木材只可当作手杖使用，属于当时的杂木，因此也和柽柳一样，在开发土地的过程中还是必须砍除，留下更有用的树种供后人使用。

有一种竹类称"邛竹"或"筇竹"（*Qiongzhuea tumidinosa* Hsueh et Yi），和蝴蝶戏珠花一样"节中肿"，所谓"高节实中"，节异常膨大，是古代专制手杖的竹种，也被称为"扶

蝴蝶戏珠花的枝干通直有节，适合用来制作手杖，因此一名「扶老杖」。

老竹"。蝴蝶戏珠花为荚蒾属（*Viburnum* spp.）植物，其他多种同属植物均有"节中肿"的共同特征，如蝴蝶戏珠花之原种雪球荚蒾（*Viburnum plicatum* Thunb.）、绣球荚蒾（*V. macrocephalum* Fort.）、琼花［*V. macrocephalum* Fort. f. *keteleeri*（Carr.）Nichols.］、蒙古荚蒾［*V. momgolicum*（Pall.）Rehd.］等。

植物小档案

学名：*Viburnum plicatum* Thunb. f. *tomentosum*（Thunb.）Rehd.

科别：忍冬科

落叶灌木或小乔木，嫩枝被星状毛。叶对生，宽卵形至长椭圆状卵形，长4—10厘米，先端尖，背面有星状毛；花序边缘有锯齿；侧脉明显，8—12对。复伞形花序，边缘之花白色，为不孕性花，负责"招蜂引蝶"；中间之两性花执行繁殖，花冠淡黄色，较小。核果椭圆形，长0.7厘米。分布于山东、河南，以及华中、华东、西南各省海拔600—1800米的山中。

杨柳

古又名：柳
今名：垂柳

昔我往矣，(杨柳)依依[1]。

今我来思[2]，雨雪霏霏[3]。

行道迟迟[4]，载渴载饥。

我心伤悲，莫知我哀！

——节录《小雅·采薇》

注 解

1. 依依：枝叶柔弱的样子。

2. 思：语词。

3. 霏霏：雨雪盛密貌。

4. 行道迟迟：行走缓慢的样子。

另 见

《齐风·东方未明》：折(柳)樊圃，狂夫瞿瞿。

《小雅·小弁》：菀彼(柳)斯，鸣蜩嘒嘒。

《小雅·菀柳》：有菀者(柳)，不尚息焉。

有菀者(柳)，不尚愒焉。

柳树属（*Salix* spp.）全世界有 500 多种，中国境内至少有 250 种。柳树类生长快、繁殖易，许多

柳絮即柳树的种子，上面有白色绒毛，以便随风四处传播。

种类为著名之水塘及河岸景观树种。古代常以"杨柳"称柳，如《小雅·采薇》之"杨柳"即为柳。柳叶狭长青绿，如旱柳（*S. matsudana* Koidz.）、杞柳（*S. integra* Thunb.）、筐柳［*S. linearistipularis*（Franch.）Hao］等，而柳树中枝条长软下垂者为垂柳，有别于具长柄且叶宽阔之杨树。

以柳树枝条扦插繁殖极易成活，插柳成荫可为藩篱，如《齐风·东方未明》所言之"折柳樊圃"，本句也显示周代时已在庭园栽种柳树了。古代常栽植垂柳巩固河岸，如宋太祖诏："缘汴河州县长吏，常以春首课民夹岸植榆柳，以固堤防。"文中的"榆"为白榆（见本书328—331页），"柳"即垂柳。由朝廷规定每年均要栽植，可见其重要性。柳类（包括垂柳）枝条可编筐篮及制作箱箧。

古人于别离时，常折柳赠别，因此古代文学作品经常会出现柳树，例如唐代贺铸词："长亭柳色才黄，远客一枝先折。"宋代晏几道："渡头杨柳青青，枝枝叶叶离情。"均用柳来表达心中的离愁别绪。《小雅·采薇》："昔我往矣，杨柳依依"之柳，也有别离的情愫在。晋人潘岳的《金谷集作诗》之"绿池泛淡淡，青柳何依依"句，无疑典出《小雅》。

植物小档案

学名：*Salix babylonica* L.
科别：杨柳科

落叶乔木，枝条柔细下垂。叶狭披针形至线状披针形，长10—15厘米，宽0.5—1.5厘米，先端长渐尖，基部楔形；锯齿缘。叶柄长0.5—0.8厘米，被短柔毛。花先叶开放，葇荑花序；雄花序长1.5—2厘米，雄蕊2；雌花序长2—3厘米，花柱短，柱头2—4深裂。蒴果长0.3—0.4厘米。分布长江流域及黄河流域，目前世界各地均见栽培。

杞

今名：枸骨

南山有杞，北山有李。乐只¹君子，民之父母。

乐只君子，德音不已²。

南山有栲³，北山有杻⁴。乐只君子，遐不眉寿⁵？

乐只君子，德音是茂。

——节录《小雅·南山有臺》

注 解

1. 只：语词。

2. 德音不已：德音，声誉；不已，意为不止不尽。

3. 栲：音考，毛臭椿，见本书 332—335 页。

4. 杻：音纽，糠椴，见本书 336—339 页。

5. 遐不眉寿：何能不长寿？

另 见

《小雅·湛露》：湛湛露斯，在彼杞棘。

　　杞在《诗经》中各指不同植物，除了杞柳、枸杞外，还包括枸骨。《小雅·南山有臺》："南山有杞，北山有李"，和《小雅·湛露》："湛湛露斯，在彼杞棘"之"杞"，根据各注释家的意见，应为枸骨，

观赏植物类

465

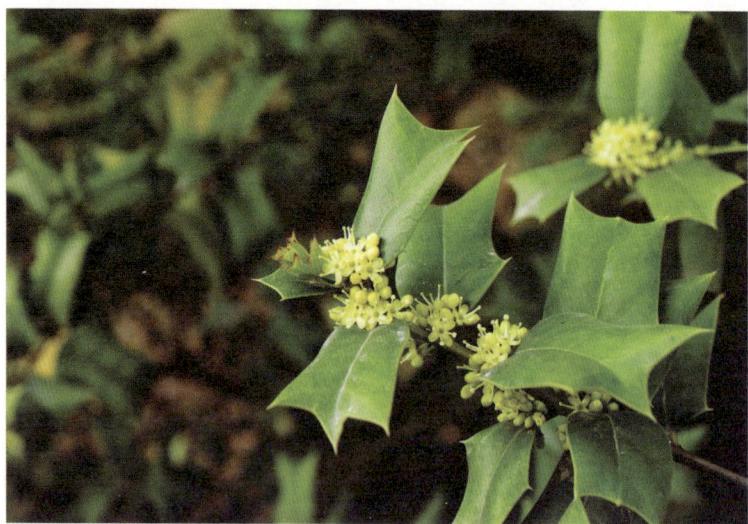

枸骨雌雄异株，此为雄株上的雄花。

如《朱传》说："杞树如樗，一名狗骨。"陆玑《诗疏》也说明："杞，一名狗骨，山材也。"《广群芳谱》说"此木肌白如狗之骨"，故名"狗骨"，上述文中的"狗骨"即今之枸骨。

枸骨叶青翠厚硬，叶缘两侧各有硬刺，"如猫之形"，又名"猫儿刺"。木材软而韧，可充为黄杨木材，制作各种器具及雕刻品，农家取用为耕牛鼻栓。应为《诗经》时代，黄河流域常见及常用的植物。叶革质且光滑，耐修剪，果色艳丽，常栽培为观赏之用，又可作为绿篱。枸骨雌雄异株，只有雌株结鲜红果实，作为秋冬季观果的植物。

树皮枝叶可为药用，有滋阴清热的效用。种子药品名"十大功劳子"，中医上用来补肝肾及止血。

欧美各国教堂栽植作为庆祝圣诞节之用，经常出现在西方圣诞卡上，结红果的冬青树（*Ilex aquifolium* Linn.），英名称之为圣树（holly tree），形态和本种类似，也是同科同属的植物。

植物小档案

学名：*Ilex cornuta* Lindl.
科别：冬青科

常绿小乔木，小枝粗壮，有棱。叶互生，厚革质，表面有光泽，四方状椭圆形，长4—8厘米，宽2—4厘米，每边具1—5刺状硬齿。但老树之叶常全缘，先端尖，基部圆至截形。花簇生于二年生枝叶腋，雌雄异株；花白色至黄色。核果球形，径0.1—1厘米，鲜红色。分布于河南、长江中下游各省，以及福建、广东，朝鲜半岛亦有产。

鷊[1]

今名：绶草

防[2]有鹊巢，邛有旨苕[3]。谁侜予美[4]？心焉忉忉[5]。
中唐有甓[6]，邛有旨鷊。谁侜予美？心焉惕惕[7]。

——《陈风·防有鹊巢》

注解

1. 鷊：音益。
2. 防：堤防。
3. 邛有旨苕：邛，音穷，高丘；苕，音条，紫云英，见本书 527—529 页。旨苕，谓美好的紫云英。
4. 谁侜予美：侜，音舟，诋毁。予美，我所喜爱之人。
5. 忉忉：音刀，忧心貌。
6. 中唐有甓：中唐，由堂下至大门的通路；甓，音辟，砖也。
7. 惕惕：忧惧貌。

"鷊"原为鸟名，称"绶鸟"。《尔雅·释草》云："鷊，绶也。"解为小草，说《诗经》之鷊"有杂色，似绶"，即花在花茎上如旋梯拾级而上，有如人披覆彩带的模样。陆玑《诗疏》也说："鷊，五色作绶文（纹），故曰绶草。"说明"鷊"在《陈风》中，

应解为绥草。

　　绥草是植株高度不及膝盖的地生兰，全中国几乎都有分布，常生长在中低海拔的河岸或潮湿草地上，且常与禾本科植物混生。《陈风·防有鹊巢》篇第二章之"中唐有甓，邛有旨鹝"，意思是说："砖瓦原用于搭盖屋顶，却被铺设在中庭的大道上；绥草原来应该生长在低湿之地，现却长在高高的山丘上。"用以比喻世事无常，或象征颠倒反常的事物。

　　春夏之交，开粉红色至淡紫色花，花形小巧玲珑，颜色鲜艳美丽。绥草其实也是重要的药材，《植物名实图考》称"盘龙参"，根或全草专治肺结核咯血、小儿夏季热、糖尿病、毒蛇咬伤等病症。

植物小档案

学名：*Spiranthes sinensis*（Pers.）Ames
科别：兰科

多年生草本，茎直立，根肉质，属陆生兰类。叶2—4枚，近基部着生，叶线状披针形，长10—20厘米，宽0.5—1厘米。花序顶生，长10—20厘米，花密生且排成螺旋状；花淡紫色至白色；唇瓣长0.4—0.5厘米，宽0.2厘米，基部浅囊状，囊内有2突起。分布于全中国、西伯利亚、印度、日本、朝鲜半岛、中南半岛、南洋群岛、澳大利亚等地，台湾地区所产多见于全岛低湿地。

观赏植物类

第十一章

祭祀植物类

祭祀植物类，顾名思义即是用于祭祀天地鬼神的植物类供品。根据《周礼》的记载，周人祭祀活动的对象有天神、人鬼、地祇三类。天神包括昊天上帝、日月星辰、风师、雨师等，人鬼包含先王、先祖，地祇包括社稷、五岳、山林、川泽等，凡是和人类发生关系的事物都在祭祀之列。

祭祀的名目很多，最隆重的是每年冬至的祭天及夏至的祭地，其次是祭宗庙，其他的大小祭祀不可胜数。至于祭祀方式各有不同，祭祀供品、祭礼仪式也随之各异。祭祀活动中，有"笾人"（掌理供给笾中食物的官员）负责祭祀时荐献笾中的食物，有"醢人"（掌理供给豆中食物的官员）负责宗庙祭祀时荐献豆中的酱类食物，有"醯人"（掌理醋制食物的官员）负责五齐七菹的食物。

• 祭祀国之大事，供品多所讲究

《诗经》采集的植物大部分是供食用、药用，但有时却是为了祭祀。如《周礼》所载，对当时的人民来说，祭祀是很重要的民俗活动。《诗经》中的祭祀活动，最主要的也是祭祖，以及对土地、山岳、河川、风雷等自然神祇的崇拜。例如，《诗经·周颂》之中，《清庙》《维天之命》《维清》等篇章，是周初君王在文王庙举行祭祀典礼演唱的乐章；《烈文》《昊天有成命》等，是周代祭宗庙的乐歌；《时迈》是周武王告祭天、山川百神的乐歌等。

"蘋蘩蕰藻之菜均可羞王公、荐鬼神"，说明《召南·采蘋》之"于以采蘋？南涧之滨。于以采藻？于彼行潦"，和"于以奠之？宗室牖下。谁其尸之？有齐季女"句，所采之蘋、藻不是为了食用，而是用于祭祀，即《毛传》云："公侯夫人执蘩菜以助祭，神飨德与信，不求备焉"之意。

另一种祭祀常用的植物为"萧"。"萧"今名牛尾蒿，全株有香气，古人祭祀时喜用之，即《毛传》所说的："萧所以供祭祀。"《大雅·生民》才会说："取萧祭脂，取羝以軷。"

古时祭祀要用酒，祭品之中一定有谷类。如《周颂·丰年》："为酒为醴，烝畀祖妣。"以酒敬献先考先妣；《周颂·丝衣》："兕觥其觩，旨酒思柔。"敬神灵以美酒。

国有大事，必先祭神告之，并卜筮占吉凶、指迷津。政治人物做决策之前，要先卜神问卦。算卦用龟壳称"卜"，用蓍草曰"筮"，根据灼烧龟壳的裂纹，和揲蓍草的排列来预测吉凶。一般百姓也常以卜筮决疑，如《小雅·杕杜》"卜筮偕止，会言近止，征夫迩止"句，描写的是征人之妻问神龟、占蓍草，盼着丈夫归来。而《卫风·氓》"尔卜尔筮，体无咎言。"所言之"筮"，也是用蓍草占卦。

萧

今名：牛尾蒿

蓼[1]彼萧斯，零露湑兮[2]。既见君子[3]，我心写[4]兮。

燕[5]笑语兮，是以有誉处[6]兮。

蓼彼萧斯，零露瀼瀼[7]。既见君子，为龙为光[8]。

其德不爽[9]，寿考不忘。

——节录《小雅·蓼萧》

注 解

1. 蓼：音路，长大貌。
2. 零露湑兮：零，落也；湑，音许，露珠清明貌。
3. 君子：指诸侯。
4. 写：舒畅。
5. 燕：通宴，饮酒。
6. 誉处：安乐。
7. 瀼瀼：音攘，露水厚重貌。
8. 为龙为光：龙，宠也；光，光荣。
9. 爽：差失。

另 见

《王风·采葛》：彼采萧兮，一日不见，如三秋兮。

《曹风·下泉》：冽彼下泉，浸彼苞萧。

《小雅·蓼萧》：蓼彼萧斯，零露泥泥。

蓼彼(萧)斯，零露浓浓。

《小雅·小明》：岁聿云莫，采(萧)获菽。

《大雅·生民》：取(萧)祭脂，取羝以较。

　　《说文解字》注："萧，艾蒿也。"陆玑《诗疏》："萧获，今人所谓获蒿者是也。或云牛尾蒿，似白蒿。"牛尾蒿叶有白毛，茎粗，多者数十茎成丛，植株高度可达 1 米以上。嫩芽、嫩叶可生食或蒸食；木质化老枝干，古时作为火烛，有香气。植株初生时，外形和蒌蒿（见本书 015—018 页）差不多，只是"一茎旁生横枝"，秋天时枝上萌发的枝叶斜出植株，临风摇曳就像短尾随风飘摇，因此而得名。

牛尾蒿具强烈香气，古时凡有祭祀必备牛尾蒿。

古人采牛尾蒿用以祭祀，祭祀时染之以脂，合黍稷烧之。目的就是以主要的粮食黍和稷，加上牛尾蒿的香气，来表达敬神的心意，即《大雅·生民》所说的"取萧祭脂"。由于牛尾蒿具有祭祀用途，所以《诗经》中多次提及，当作农作物收成，此即《小雅·小明》所说的："岁聿云莫，采萧获菽"，和《王风·采葛》所叙述的："彼采萧兮，一日不见，如三秋兮。"

祭祀用的牛尾蒿，当然也出现在《周礼》的《天官冢宰》中："祭祀，共萧茅、共野果蓏之荐。"表示凡有祭祀，必准备牛尾蒿、茅草以及田野生产之瓜果供祭。正因为牛尾蒿是供祭植物，古人视为神圣之物，所以《小雅·蓼萧》各章遂以"蓼彼萧斯"起句，用作诸侯宴会时推崇君子美德的颂扬和祝愿之词。

植物小档案

学名：*Artemisia subdigitata* Mattf.
科别：菊科

多年生半灌木状草本，茎丛生，基部木质，有明显纵棱；嫩枝被短柔毛。叶纸质，表面疏短柔毛，背面密毛。基生叶及茎下部叶较大，卵形至长圆形，羽状5深裂。中上部叶较小，3—5裂或不分裂。头花在小枝上排成穗状或总状花序，后排成圆锥花序；总苞3—4层；雌花6—8朵，两性花2—10朵，不孕，管状花。分布于内蒙古、甘肃、河南、四川、云南等低海拔至3500米的山坡、草原及林缘，印度北部、不丹、尼泊尔亦产。

蓍 1

今名：蓍草

冽[2]彼下泉，浸彼苞稂[3]。忾我寤叹，念彼周京。
冽彼下泉，浸彼苞萧[4]。忾我寤叹，念彼京周。
冽彼下泉，浸彼苞蓍。忾我寤叹，念彼京师。
芃芃[5]黍苗，阴雨膏[6]之。四国有王[7]，郇伯劳之[8]。

——《曹风·下泉》

注 解

1. 蓍：音失。
2. 冽：音列，水清貌。
3. 苞稂：苞，茂盛貌；稂，音狼，狼尾草，见本书 530—533 页。
4. 萧：牛尾蒿，见本书 476—479 页。
5. 芃芃：音朋，茂盛貌。
6. 膏：滋润。
7. 有王：有王事。
8. 郇伯劳之：郇，音巡，郇伯为晋卿郇跞；劳，慰劳。

　　古人用蓍草和龟甲问鬼神、预卜吉凶。上至天子下至士大夫、庶民，凡有重大事情都爱用蓍龟决疑，所以古人称颂蓍草为"神物"。《周易·系辞上》也说：

"定天下之吉凶，成天下之亹亹（音伟）者，莫大乎蓍龟。"意即判定天下事的吉凶，助成百姓勤勉不懈的好功业，没有比占蓍卜龟更显著有效的了。

"蓍"字从耆，耆者，六十岁之意，即孔子所说："蓍之为言耆也，龟之为言旧也，明狐疑之事，当问耆旧也。"又云："老人历年多，更事久，事能尽知也。"意即老人家经验丰富，判断事理正确性较高。《博物志》也说："蓍一千年长三百茎，植株够老，所以能知吉凶。"

因此，古人取满六十茎以上，且长满六尺的蓍草，用之于卜

古人常用蓍草预卜吉凶，植株簇生五十茎以上者称为"灵蓍"。

卦。植株簇生五十茎以上者称为"灵蓍"，传说蓍生满百茎者，其下必有神龟守之，其上常有青云覆之，言来神奇。又传说天下和平、王道行之，则蓍草茎长可超过一丈，植株丛生可满百茎；反之，若是昏君当道，则蓍草不长。《曹风·下泉》第三章："冽彼下泉，浸彼苞蓍。"文意是说因地下冷泉的浸泡，使得重要的蓍草难以生长，显然诗人意有所指，虽不明言却已昭然若揭。

与龟卜并行的占卜，谓之"蓍筮"。《左传》云："晋献公欲以骊姬为夫人，卜之不吉；筮之，吉。公曰：从筮。"但执行占卜的卜人却说："筮短龟长，不如从长。"可知在当时人的心目中，龟卜比蓍筮重要。

植物小档案

学名：*Achillea alpina* L.
科别：菊科

多年生草本，茎直立，被柔毛。叶无柄，披针形，长 6—10 厘米，宽 0.8—1.4 厘米，羽状中深裂，基部裂片抱茎；裂片有不规则锯齿或浅裂，齿端骨质突尖。头状花序集生成伞房状，径 0.7—0.9 厘米；头花边缘为舌状花，6—8 朵，白色，其余为管状花。瘦果长 0.2—0.4 厘米，具翅，无冠毛。分布于东北、河北、山西、宁夏、甘肃及内蒙古，常见于山坡草地、灌丛及林缘。朝鲜半岛、日本、西伯利亚以及蒙古等地区皆有产。

𦱑[^1]

今名::郁金；姜黄

"釐尔圭瓒[^2]，秬𦱑一卣[^3]。告于文人[^4]。

锡[^5]山土田，于周受命，自召祖命。"

虎拜稽首[^6]："天子万年。"

虎拜稽首，对扬王休[^7]。作召公考[^8]，天子万寿。

明明天子，令闻不已[^9]。矢其文德，洽此四国[^10]。

——节录《大雅·江汉》

注 解

1. 𦱑：音唱。
2. 釐尔圭瓒：釐，赐也；圭瓒，古酒器。
3. 秬𦱑一卣：秬，音巨，黑黍；卣，音有，有柄之酒壶。
4. 文人：此处指周之祖先。
5. 锡：赐也。
6. 稽首：叩头。
7. 对扬王休：对，答也；扬，称颂；休，美也。
8. 考：孝也，此为追孝。
9. 令闻不已：令，善也；闻，音问，声闻；不已，不尽。
10. 洽此四国：和洽天下四方。

　　本 种 和 同 种 的 姜 黄（*Curcuma aromatica* Salisb.），膨大的块根均当成药材"郁金"利用，名

称也混合使用，有的文献称姜黄为"郁金"，称郁金为"姜黄"。两者均属多年生草本，而且都是著名的香草。古时用其根状茎，渗和于黑麦（秬）所酿成的酒中，使酒色变黄且散发芳香气味。这种酒称为"黄流"，用以祭祀祖先。《大雅·江汉》篇"秬鬯一卣"中的"秬鬯"指的就是用黑黍和郁金酿制的黄流，用有柄的酒壶（卣）盛装。

用郁金渗和酒的记载见于《大雅·旱麓》之"瑟彼玉瓒，黄流在中"，意思是说"黄流"美酒装在祭神的玉壶中。可见周代的人习惯用郁金泡酒，如《礼记·郊特牲》所说："周人尚臭（嗅），灌用鬯臭（嗅），郁合鬯，臭（嗅）阴达于渊泉。"表示周人最讲究味道，并认为有香味的酒，神明、祖先都喜欢享用。古人除制作"郁金酒"外，也常用郁金作为食物染料，现今则成为重要的药材。

利用郁金膨大的根状茎来染酒，所染的黄色酒称为"黄流"，用于祭祀。

郁金和姜黄、莪术［*C. zedoaria*（*Berg*）Rosc.］同属不同种，但三者均"茎叶若姜，但形大阔长，根（根状茎）亦若姜……茎春生秋凋，采根名姜黄，可入染色"。在商品药材中，三者的根状茎都作郁金用，分别称姜黄的根状茎为"黄丝郁金"，莪术的根状茎为"绿丝郁金"，郁金的根状茎为"白丝郁金"。

植物小档案

学名：*Curcuma domestica* Valet.
科别：姜科

多年生草本，根状茎深黄色。叶椭圆形，长 30—45 厘米，宽 15—18 厘米，两面均光滑无毛。叶柄长 40—50 厘米。穗状花序圆柱状，长 12—15 厘米，由叶鞘内抽出。苞片绿白色；花瓣唇状，倒卵形，长 1.2 厘米，白色，中部黄色。原产于热带亚洲、华南、云南，并分布在四川及青海、西藏等地区，台湾亦有栽培。

蘩

今名：白蒿

于以[1]采蘩？于沼于沚[2]。于以用之？公侯之事[3]。
于以采蘩？于涧之中。于以用之？公侯之宫[4]。
被之僮僮[5]，夙夜在公。被之祁祁[6]，薄言还归。

——《召南·采蘩》

注 解

1. 于以：于何，往何处之意。

2. 沚：音止，小洲。

3. 事：祭祀之事。

4. 宫：庙也。

5. 被之僮僮：被，首饰；僮僮，盛多也。

6. 祁祁：众多。

另 见

《豳风·七月》：春日迟迟，采蘩祁祁。
《小雅·出车》：仓庚喈喈，采蘩祁祁。

陆玑《诗疏》以"蘩"为白蒿。《唐本草》："白蒿叶粗于青蒿，从初生至枯，白于众蒿。"所以有白蒿之称。白蒿又名大籽蒿。《尔雅》："蘩之丑，秋

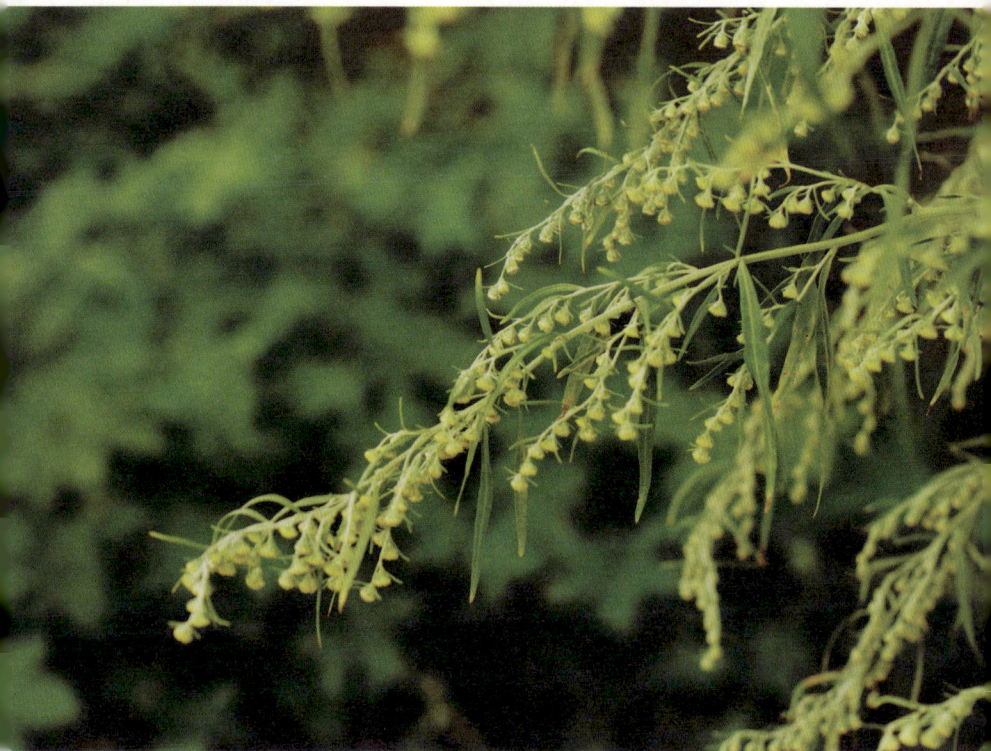

为蒿。"说明蒿有许多种，春季时外形各有特征，易于区分各个种名；至秋老成干枯，外形不易区分，皆通称为"蒿"。

蒿属（*Artemisia* spp.）全中国有 186 种，且多数种类遍布全国各地。《诗经》中蒌（蒌蒿，见本书 015—018 页）、繁、艾（见本书 144—146 页）、萧（牛尾蒿，见本书 476—479 页）、蒿（青蒿，见本书 544—546 页）、蔚（牡蒿，见本书 550—552页）都是蒿类，也难怪历代解经者经常蒌、繁不分。而中国幅员广大，各地对蒿类的认识不一，以"白蒿"为例，不同地区所称的"白蒿"种类大不相同。《中国植物志》记载的蒿属植物中，又名"白蒿"的植物不下 20 种。

白蒿所指种类有多种，大籽蒿即为其一。

白蒿（大籽蒿）植物体含有相当多的挥发油，并具多种脂类物质，是民间的重要药材，治风寒湿痹、疥癣恶疮等；亦采集充作饲料。古代也常以白蒿供祭祀之用，如《左传》所说："蘋蘩蕰藻之菜……可荐于鬼神，可羞于王公。"说明白蒿是古代重要的祭品和野蔬。《召南·采蘩》和《小雅·出车》篇，所采集的"蘩"就是为了祭祀目的。

另外，《豳风·七月》"春日迟迟，采蘩祁祁"句，所采之"蘩"，根据《毛传》的说法，却是为了养蚕。古时把"蘩"叶煮过，以汁浸沃蚕卵，可促进幼蚕（蚕蛾）孵化。白蒿植物体含黄酮类、内酯类等物质，对许多微生物有抑制或杀死的效果。以其汁液浸泡蚕卵，有消毒作用。

植物小档案

学名：*Artemisia sieversiana* Ehrhart *ex* Willd.
科别：菊科
别称：大籽蒿

一年或二年生草本，主根狭纺锤形，茎单一直立，有明显纵棱；茎枝被灰白色柔毛。中下部叶阔卵形至卵圆形，两面被柔毛，长4—8厘米，二至三回羽状分裂，小裂片线形或线状披针形。头花排成总状至圆锥花序，花托有白色毛；雌花20—30朵，雄花80—120朵，均为管状花。遍布于亚热带至温带地区，北自黑龙江、内蒙古，经华北、西北各省及新疆、西南各省海拔500—4000米的开阔草原、山坡、山麓、荒地、河滩、林缘等均可见。

蘋

今名：田字草

于以采蘋？南涧之滨；于以采藻？于彼行潦[1]。

于以盛[2]之？维筐及筥[3]；于以湘之[4]？维锜及釜[5]。

于以奠之？宗室牖下[6]；谁其尸[7]之？有齐季女[8]。

——节录《召南·采蘋》

注 解

1. 行潦：流动之水。

2. 盛：音成，盛放之意。

3. 筥：音举，圆形竹器。

4. 湘之：烹之。

5. 维锜及釜：锜，音奇，有足之三脚锅；釜，无足之三脚锅。

6. 牖下：牖，音有。牖下即窗前。

7. 尸：神主也。古代祭祀时以活人代替死者接受祭品，后世改用图像。

8. 季女：未成年之女孩。

蕨类植物田字草形态特殊，所谓："叶正四方，中拆如十字。"今人谓之"田字草"，古人曰"蘋"。田字草繁殖速度极快，在水田中恣意散生，到处可见。

491

田字草常成群聚生于水沼中，即古书所说"白蘋渡口"之白蘋。

历代咏颂的诗文很多，如唐诗人钱起《早下江宁》诗句："霜蘋留楚水，寒雁别吴城。"和杜甫的《清明》诗句："风水春来洞庭阔，白蘋愁杀白头翁。"

古人认为生水中者为"白蘋"，生陆地者为"青蘋"。水生者可作为食用植物，即《左传》所说："蘋蘩蕰藻之菜……可荐于鬼神，可羞于王公。"这些菜可用来祭鬼神、招待王公，可见是高贵的蔬菜。白居易引《井底引银瓶》诗："聘则为妻奔是妾，不堪主祀奉蘋蘩。"也说明"蘋"与"蘩"均为古代的祭品种类。《召南·采蘋》中采蘋之处是水滨，下章的"于以奠之"说明是作为祭品。

田字草的嫩茎匍匐泥中，细长而柔软，叶具长柄，嫩茎叶均可蒸煮食用。《吕氏春秋》说："菜之美者，昆仑之蘋。"被誉为美菜。幼嫩茎叶可以用醋腌制后配酒。植株全草可入药，最早记载于魏晋时期的《吴普本草》，《本草纲目》亦有述及。其药效包括清热解毒、利尿消肿，可治疮痈及毒蛇咬伤。

植物小档案

学名：*Marsilea quadrifolia* L.
科别：苹科

多年生沼生水草，地下根状茎横生水中，先端有淡棕色毛。叶裂成四片小叶，小叶倒三角形，略呈田字形，有长柄，长5—20厘米，叶脉扇形分岔，网状。大孢子囊和小孢子囊生于同一个孢子囊果内。孢子囊果生于叶柄的基部，椭圆形，有短柄，单一或分岔，有密毛。分布于华北华中各省、长江流域和以南、辽宁以及世界温带至热带地区，生长在水田及池塘中。

第十二章

象征植物类

植物的象征意义是诗文中常用的譬喻手法，两千多年前的《诗经》已经善用植物特性来譬喻起兴，结合全诗的主旨。这类借物譬喻，咏叹草木、鸟兽、虫鱼，用以起兴的篇章，在《诗经》中经常可见。诗中运用"引譬连类"的方法表达诗人的内心世界，意即借由植物或鸟兽、虫鱼的描述，对诗文的涵义做充分阐释，其中又以用草木者为多。

桃、藻、艾、泽兰等，是《诗经》时代辟邪用的植物，特别是藻（水藻）。藻为沉水植物，必须生活于水中，民间相传水藻有辟制火灾的作用，古代建筑常在梁上短柱彩绘藻饰，用以防范火灾。至今仍可在宫廷建筑及近代修建的庙宇屋脊上，见到水藻图案。

· 借用植物特性来譬喻起兴，《诗经》温柔敦厚之教

用于譬喻的植物，《诗经》使用很多，也成为历代诗文经常引用的典故。例如《小雅·頍弁》："茑与女萝，施于松柏"句，

"茑"是桑寄生，"女萝"即松萝。桑寄生和松萝，分别是着生在其他树木的附生植物及寄生植物，《诗经》用于比喻依附关系。

古今食品使用很多的调味品花椒，结实累累，《唐风·椒聊》之"椒聊之实，蕃衍盈匊"句，用花椒多子的性质，表达对多子妇女的赞美。《卫风·芄兰》篇，借用"芄兰"（萝藦）叶子和果实形状类似解节器和玉扳指的特色，来讽刺变心的男人。

著名的《小雅·蓼莪》篇："蓼蓼者莪，匪莪伊蒿""蓼蓼者莪，匪莪伊蔚"，以"莪"代表美好事物或贤能者，而"蒿"和"蔚"则代表不良事物或愚鲁者。全句意为：父母生我、养我，原期待我像"莪"一样能成为人人景仰的贤者，我却不争气，成了像"蒿""蔚"般的无用之人。

《小雅·大田》："既方既皂，既坚既好，不稂不莠。"原意是勤于除草，田中已无稂（狼尾草）、莠（狗尾草）等危害谷类生长的杂草，后来引申用以比喻没有什么才能、无法成材的人。"茨"（蒺藜）为果实具刺的匍匐植物，则用以象征不好的事物；《鄘风·墙有茨》："墙有茨，不可埽也""墙有茨，不可襄也""墙有茨，不可束也"等句，说宫墙上爬满了"茨"（蒺藜），诗人所表达的情绪不言而喻。

许多华北地区常见、但无特殊用途的草类，既无经济价值又不具美观效果，甚至被视为杂草的蓬（飞蓬）、萑（荻）、苹（山荻）、蒿（青蒿）、芩（蔓苇）、蔚（牡蒿）等植物，也在《诗经》的篇章中出现，主要还是用来起兴。

另外，《诗经》中的多数植物都具有一种以上的用途，以枸杞为例，既作为菜蔬，又是有名的药用植物；桃则兼具采果、观赏作用，民间也用为辟邪的象征。即使是日常食用的五谷类作物也具有多种用途，例如大麦既是粮食，也可用为养生药材。

鱼在在藻，有颁[1]其首。王在在镐[2]，岂[3]乐饮酒。

鱼在在藻，有莘[4]其尾。王在在镐，饮酒乐岂。

鱼在在藻，依于其蒲。王在在镐，有那[5]其居。

——《小雅·鱼藻》

注 解

1. 颁：音坟，大头貌。

2. 镐：镐京，在今陕西省西安市以西。

3. 岂：音义同恺，和乐。

4. 莘：长貌。

5. 那：音挪，美好之意。

另 见

《召南·采蘋》：于以采藻？于彼行潦。

《鲁颂·泮水》：思乐泮水，薄采其藻。

    陆玑的《诗疏》说明，藻是生长在水底的水草。《尔雅翼》云："藻生水底，横陈于水。若流水之中，随波衍漾……故采藻于行潦。"这是对《召南·采蘋》："于以采藻？于彼行潦"句之批注。历代文献所言之藻，种

类极多，分散在小二仙科、眼子菜科、金鱼藻科、杉叶藻科等分类群。《诗经》各篇章所言之藻，极可能是生长在流动水域的蕰草。

藻在古代是一种食用植物，捞取叶及嫩根，淘洗干净之后，煮熟去除腥味，可用来煮菜作羹，据说味道甚佳。古代每遇荒年，常会在水塘中采集藻叶充当粮食。

藻也象征柔顺、廉洁，周代女子祭祀时，献供藻为祭品，以示女德，也用于一般祭祀宗庙。古代三品官以至天子之朝服均绣有藻饰，以示廉洁。

由于藻为水草，因此也具有厌辟火灾的象征意义。数千年来，上自皇宫、庙殿，下至一般民宅，都会在屋梁上雕绘藻纹，用以压制火灾。司马光在《训俭示康》一文中教诫儿子司马康要俭约，文中批评管仲的奢华作为时，曾说管仲家"镂簋、朱纮、山节、藻棁"，藻棁即指画着藻饰的梁上短柱。

《诗经》各篇所言之藻包括许多种类，除了菹草，也可能指金鱼藻。

　　藻常聚生在水边及湖中，《诗经》之《召南》《小雅》《鲁颂》各篇所提到的藻，都与水有关；张籍诗句"藻密行舟涩"也说明藻的生长环境。《小雅·鱼藻》描写鱼在水中依藻为食，周幽王在王宫中饮酒作乐，可能是一篇讽刺诗。《诗经》各篇所言的藻，也可能指聚藻（今之穗状狐尾藻，*Myriophyllum spicatum* L.）、金鱼藻（*Ceratophyllum demersum* L.）或杉叶藻（*Hippuris vulgaris* L.）等分布在大江南北水塘的植物。

植物小档案

学名：*Potamogeton crispus* Linn.
科别：眼子菜科

多年生沉水草本，具根状茎；茎稍扁，多分枝。叶互生，长条形，长 0.3—0.8 厘米；穗状花序顶生，具 2—4 轮花。花小，花被 4 片，雄蕊 4；子房下位，花柱丝状，且比雄蕊略长。果卵形，长 0.3—0.4 厘米。分布中国南北各省区，属于世界广布种，生长在河边或浅水中，常形成大群落。

象征植物类

蓬

今名：飞蓬

彼茁[1]者葭，壹发五豝[2]。于嗟乎驺虞[3]！
彼茁者蓬，壹发五豵[4]。于嗟乎驺虞！

——《召南·驺虞》

注 解

1. 茁：草生壮盛貌。
2. 豝：音巴，母猪；兽二岁亦称豝。
3. 驺虞：古时掌鸟兽的官名。
4. 豵：音宗，小猪。

另 见

《卫风·伯兮》：自伯之东，首如飞蓬。

　　蓬和蒿常在荒废地或崩坏地成群成片生长，古人
用蓬蒿来形容荒凉的景色，如唐人刘长卿的诗句："处
处蓬蒿遍，归人掩泪看。"蓬的习性和该字的来源在
《埤雅》中有所说明：其叶散生，末大于本，故遇风
辄拔而旋。虽转徙无常，其相遇往往而有，故字从逢。
意指飞蓬的枝叶散生，地上部的枝冠往往大于根系，

强风一吹常连根拔起，植株在地面上翻滚旋转，因此生长在不同地方的单株常因随风飞舞而"相逢"，所以称为"飞蓬"。古诗文常用"飞蓬"或"转蓬"来譬喻人行踪不定或颠沛流离，如李白《效古》诗句："光景不可留，生世如转蓬。"

《卫风·伯令》之"首如飞蓬"以飞蓬比喻乱发，引申为"蓬头垢面"之成语；《召南·驺虞》描写猎人在葭（芦苇，见本书505—508页）及蓬类丛中捕猎野猪的情形。另外，形容住处简陋的蓬门筚户、蓬筚生辉之"蓬"，均指飞蓬。

飞蓬属（*Erigeron* spp.）全世界有200种以上，中国也有35种，本篇所指之蓬及其他文学作品如《荀子·劝学篇》中"蓬生麻中，不扶自直"之蓬，也有可能是泛指飞蓬的其他同属植物，如一年蓬 [*E. annuus*（L.）Pers.]、矮飞蓬（*E. divaricatus* Michx.）和山飞蓬（*E. komarovoii* Botsch.）等。

植物小档案

学名：*Erigeron acer* L.
科别：菊科

二年生草本，高可达50厘米。上部分枝，茎有棱，密生粗毛。叶互生，倒披针形，长2—10厘米，宽0.3—1.2厘米，两面被硬毛。头状花序集成伞房状或圆锥状；外围小花舌状，淡紫红色，中间为管状花，黄色。广泛分布于中国大陆，北自内蒙古、东北，南至青海，西自新疆、西藏，东至河北等地均产之，西伯利亚、蒙古、日本、北美等地亦有分布。

葭

古又名：芦；苇

今名：芦苇

蒹葭苍苍[1]，白露为霜。所谓伊人，在水一方。

溯洄[2]从之，道阻且长；溯游[3]从之，宛在水中央。

蒹葭萋萋[4]，白露未晞[5]。所谓伊人，在水之湄。

溯洄从之，道阻且跻[6]；溯游从之，宛在水中坻[7]。

蒹葭采采[8]，白露未已[9]。所谓伊人，在水之涘[10]。

溯洄从之，道阻且右[11]；溯游从之，宛在水中沚[12]。

——《秦风·蒹葭》

注解

1. 蒹葭苍苍：蒹，荻，见本书 513—515 页；苍苍，深绿色。

2. 溯洄：溯，音素，溯洄即逆流而上。

3. 溯游：顺流而下。

4. 萋萋：茂盛貌。

5. 晞：音希，蒸发、干燥。

6. 道阻且跻：跻，音基，上升。道阻且跻，形容道路险
   峻，越来越不好走。

7. 坻：音池，水中高地。

8. 采采：茂盛貌。

9. 未已：未完，即未干之意。

10. 涘：音四，水边、涯边。

11. 右：迂回。

12. 沚：音止，凸起水面的小块陆地。

另 见

《召南·驺虞》：彼茁者葭，壹发五豝。

《卫风·河广》：谁谓河广？一苇杭之。

《卫风·硕人》：葭菼揭揭，庶姜孽孽。

《豳风·七月》：七月流火，八月萑苇。

《小雅·小弁》：有漼者渊，萑苇淠淠。

《大雅·行苇》：敦彼行苇，牛羊勿践履。

在《本草纲目》中，称初生的芦苇为"葭"，开花前为"芦"，花后结实为"苇"，因此，葭、芦、苇等均指芦苇。《召南·驺虞》"彼茁者葭，壹发五豝"谓为"葭"；《卫风·河广》

"谁谓河广？一苇杭之"曰"苇"。

本植物茎之细者，可供编帘之用，称为"葭帘"。茎之粗者，剖开可以织席，称为"苇席"，或编成屋墙，如梅尧臣《岸贫》诗所言："野芦编作室，青蔓与为门。"芦苇的分布十分普遍，除了可供编帘织席之外，"朽茎"可以为柴薪，新叶用以"裹粽"。古代西北边区河岸多以芦苇夯筑城墙及堤岸；芦苇枝叶又可用来饲牛。

芦芽为芦苇新生之笋，味稍甜，是古代著名的蔬菜，如苏东坡《惠崇春江晚景》诗句所云："蒌蒿满地芦芽短，正是河豚欲上时。"芦苇也是秋色一景，如林逋《秋江写望》："苍茫沙嘴鹭鸶眠，片水无痕浸碧天。最爱芦花经雨后，一篷烟火饭渔船。"《史

芦苇常生长在池边及河岸沼泽地，是相当普遍的高大禾草。

记》中记载田单以火牛阵完成复国使命，牛尾所系者也是芦苇。

中国神话中以"芦灰"治洪水，例如《淮南子·览冥》记载："于是女娲炼五色石以补苍天，积芦灰以止淫水。"后世遂以"芦灰"为治水之意。另《孝子传》中，闵子骞的后母让亲生子穿上棉花絮袄，却让闵子骞穿不能保暖的芦花絮袄，因此"着芦花"一词就成为继父母虐待非亲生子女的代用语。

植物小档案

学名：*Phragmites communis*（L.）Trin.
科别：禾本科

多年生高大禾草，秆高可达 3 米，茎中空；茎秆下具粗壮根状茎，能在污泥中四处延伸。叶片宽 1—3 厘米，线形；叶舌长 0.1 厘米，有缘毛。大型圆锥花序，长可达 40 厘米；小穗通常具 3 小花，长约 1.4 厘米，第一小花常为雄花，其余 2 小花为雌花；颖及外稃均有 3 脉，基盘有长丝状毛。广泛分布于北半球，亦自生于台湾，通常生长在沼泽地、水池边及河岸旁。

墙有茨，不可埽也。中冓[2]之言，不可道也；所可道也，言之丑也。

墙有茨，不可襄[3]也。中冓之言，不可详也；所可详也，言之长也。

墙有茨，不可束[4]也。中冓之言，不可读[5]也；所可读也，言之辱也。

——《鄘风·墙有茨》

注解

1. 茨：音词。
2. 中冓：冓，音构；中构指宫中内室。
3. 襄：除去。
4. 束：捆缚，此处指束而去之，除之务尽。
5. 读：说。

另见

《小雅·楚茨》：楚楚者茨，言抽其棘。

本植物古长安最多，"人行多着木屐"，因为怕踩到蒺藜多刺的果实。在干燥的荒废地也常见蒺藜蔓生，

繁生具刺的果实，使人不快。《鄘风·墙有茨》说明蒺藜是不祥或不佳之物，人皆欲除之而后快。《楚辞·七谏》曰："江离弃于穷巷兮，蒺藜蔓乎东厢。"东厢是宫室最严的地方，也是礼乐之根本所在，却为蔓延的蒺藜所占，而香草江离却遭遗弃于穷巷，以喻小人当政。后人遂用蒺藜来嘲讽时事，如《瑞应图》云："王者任用贤良，则梧桐生于东厢。今蒺藜生之，以见所任之非人。"可见蒺藜代表的是负面涵义。

解"茨"为蒺藜，是源自《尔雅》的批注。然而历代诗文中，"茨"亦解为白茅或茅草（见本书 392—395 页），如唐代白居易

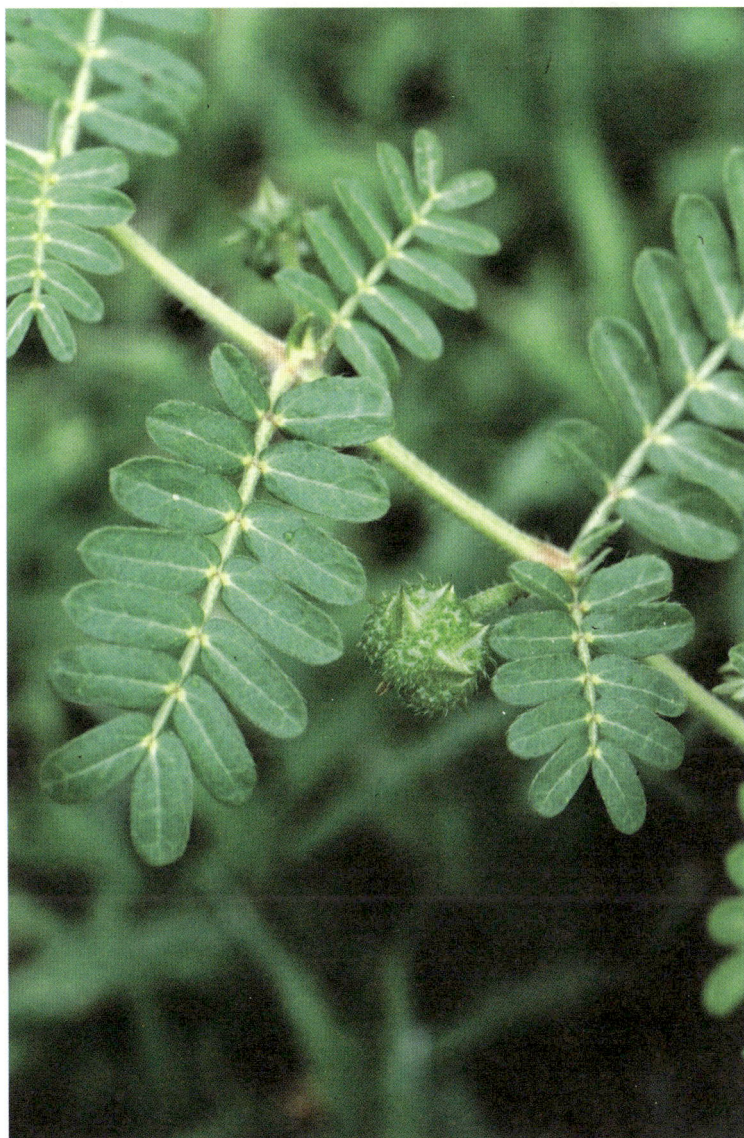

蒺藜具刺的果实。

《自题小草亭》："新结一茅茨，规模俭且卑。"宋苏东坡《和陶癸卯岁始春怀古田舍》："茅茨破不补，嗟子乃尔贫。"

"墙有茨"中的"茨"也可解为茅草，同于"茅茨土阶"中的"茨"。"墙有茨，不可束也"，若"束"解释为"收拾成捆"，则"茨"可释为茅草，句意上亦通。

《救荒本草》说"蒺藜处处有之"，牧马草地、道路两旁，绿叶细蔓绵布地上。夏季开黄花，九月结实。古时荒年，民众采种子磨面作烧饼或蒸食。古代军旅模仿蒺藜多刺的果实，制成"铁蒺藜"，置于敌阵之前用来防卫。王维《老将行》："汉兵奋迅如霹雳，虏骑崩腾畏蒺藜"之蒺藜，指的就是铁蒺藜。

植物小档案

学名：*Tribulus terrestris* L.
科别：蒺藜科

一年生草本，茎平卧，无毛或被毛。偶数羽状复叶，小叶对生，3—8 对，长椭圆形，长 0.5—1 厘米，宽 0.2—0.5 厘米，被柔毛，叶为全缘。花腋生，径约 1 厘米；花瓣 5，黄色；花萼 5，雄蕊 10，生于花盘基部。果有 5 分果，中部边缘有 2 锐刺，下部亦有 2 小锐刺，并常布有小瘤粒。产于全世界热带及亚热带地区，有时延至温带地区。常生长在沙地、开阔地、山坡、平泽、道旁，台湾则多分布于海滨沙地。

河水洋洋，北流活活[2]。施罛濊濊[3]，鱣鲔发发[4]。
葭(葭)揭揭[5]，庶姜孽孽[6]，庶士有朅[7]。

——节录《卫风·硕人》

注解

1. 葭：音毯。
2. 活活：音郭，水流声。
3. 施罛濊濊：罛，音姑，大鱼网，施罛为撒鱼网；濊，音或，撒网入水的声音。
4. 发发：形容鱼获之多。
5. 葭葭揭揭：葭，芦苇，见本书 505—508 页；揭揭，高貌。
6. 庶姜孽孽：庶姜，陪嫁而来的一些姜姓女子；孽孽，衣饰华丽貌。
7. 朅：音妾，威武雄壮貌。

另见

《王风·大车》：大车槛槛，毳衣如(葭)。
《秦风·蒹葭》：(蒹)葭苍苍，白露为霜。
　　　　　　　(蒹)葭萋萋，白露未晞。
　　　　　　　(蒹)葭采采，白露未已。

葭和葭所指究竟是什么植物？自陆玑以下，各书的解释和认定不一，"葭""蒹""芦""葭""萑""薍"等，各种名称纠葛不清。根据《说文解字》的说明："萑之初生一曰薍""八月薍为萑""蒹，萑之未秀者"及《说文解字注》谓萑为薍之已秀者，可以得出：初生的荻称"葭"、称"薍"，尚未开花的荻叫"蒹"，已经开过花的荻谓"萑"。因此，葭、萑、薍、荻其实同一物也。同样的，初生之苇称为"葭"，长大未开花称为"芦"，开花结实后谓之"苇"，因此葭、芦、苇及芦苇也是同一物。

　　至于芦苇和荻的区别，清人吴其濬在《植物名实图考》中解释得最清楚："强脆而心实者为荻，柔纤而中虚者为苇……又苇喜止水，荻喜急流，弱强异性，固自不同。"荻初生之笋为"荻芽"，可采收供食用。欧阳修《六一诗话》赞云：河豚鱼白与荻芽为羹最美，至今仍为脍炙人口的一道美食。"画荻学书"说的是欧阳修幼

荻的花序发育成熟后，会结出成串的颖果。

年，以荻秆画地习字的故事。荻在秋天果穗、果实成熟变白，在风中摇曳，极为美观。《卫风·硕人》篇用挺挺直立的芦苇（葭）和荻（菼），来形容美人高挑曼妙的身材和武士高大壮硕的英姿。

大江之南多荻洲，江湖以荻代薪，可作起火引火材料。茎富含纤维，纤维质量佳，是人造纤维之上好材料，亦可供造纸。原为野生种，近来已进行人工栽培。

植物小档案

学名：*Triarrhena sacchariflora*（Maxim.）Nakai
科别：禾本科

多年生禾草，秆直立，高 1.5 厘米，径 0.5 厘米，节生柔毛。叶扁平，宽线形，长 20—50 厘米，宽 0.5—1.5 厘米；叶缘细锯齿状。叶鞘无毛，叶舌短，具纤毛。圆锥花序，舒展成伞房状；小穗线状披针形，长 0.5 厘米，成熟后褐色，基部有丝状长毛。颖果长圆形，长 0.1 厘米。分布于东北各省及河北、山东、甘肃、陕西等省之山坡地、平原、丘陵地、河岸湿地，以及日本、朝鲜半岛和西伯利亚。

芄兰

今名：萝藦

芄兰之支[1]，童子佩觿[2]。虽则佩觿，能不我知。
容兮遂兮[3]，垂带悸[4]兮。
芄兰之叶，童子佩韘[5]。虽则佩韘，能不我甲[6]。
容兮遂兮，垂带悸兮。

—— 《卫风·芄兰》

注 解

1. 支：果荚。
2. 觿：音希，成人佩带之象牙或兽骨制饰物，可用以解结，俗名解锥。
3. 容兮遂兮：容，摇晃；遂，放肆。
4. 悸：摆动。
5. 韘：音社，戴于右手大拇指上的玉玦，俗名玉扳指。
6. 甲：音义同狎，狎昵。

　　芄兰，又名"蘿兰"。陆玑《诗疏》说明"芄兰"即萝藦，植株"作藤生，摘之有白乳汁，人家多种之"。本植物叶厚而大，嫩叶可生食或煮食；熏烧干燥的叶片能祛除臭气。三四月开花，于茎顶结实，果

实状如羊角，内具多数种子。种子上的白毛可代棉花，以布包之可作针插，所以在北方萝藦一名"婆婆针线包"。

此诗篇的"芄兰之支，童子佩觿"，指的是芄兰的羊角状果实（蓇葖果），外形类似解结器；而"芄兰之叶，童子佩韘"，意为"其叶如佩韘之状"，是以萝藦后弯的叶形来形容射箭时套在手指上的玉扳指（韘），也是取其外形相似。古时只有成人才会佩带解结器和玉扳指，所以此诗篇以"童子"一称，讽刺女子狎戏其小丈夫的模样，或嘲讽少年一本正经的大人架势。

《卫风》用萝藦植株的形态，来比喻当时常用的器具，表示华北地区或周代的卫国旧地，萝藦应是极为普遍的植物。目前华中、

萝藦的膏葖果，外形像古代的解结器（觿）。

华北一带，萝藦也很常见，只要是日照充足的开阔地、绿篱、向阳树冠上，都有萝藦攀爬、分布。萝藦也被视为药材，枝、叶、果实用于治疗肾虚、遗精、妇人白带及乳汁不足等病症。

植物小档案

学名：*Metaplexis japonica*（Thunb.）Makino
科别：萝藦科

多年生草质藤本，具乳汁，茎下部木质化，有纵纹，幼时被短柔毛。叶膜质，对生，卵状心形，长5—12厘米，宽4—7厘米；先端短渐尖，基部心形，表面绿色，背面粉绿色；侧脉10—12对；全缘。叶柄长3—6厘米，顶端丛生腺体。聚伞花序，总花梗长，花通常13—15朵；花冠白色，有淡红色斑纹。蓇葖果叉形成纺锤状，长8—9厘米，径2厘米。分布于东北、华北、华东和西北各省之林缘、河边及道旁，日本、朝鲜半岛及俄罗斯亦产。

莠[1]

今名：狗尾草

无田甫田[2]，维莠骄骄[3]。无思远人，劳心忉忉[4]。

无田甫田，维莠桀桀[5]。无思远人，劳心怛怛[6]。

婉兮娈兮[7]，总角丱兮[8]。未几见兮，突而弁兮[9]。

——《齐风·甫田》

注 解

1. 莠：音友。

2. 无田甫田：上"田"字为耕作；甫，大也。全句为不要
   耕作过大的田地。

3. 骄骄：形容草盛而高。

4. 忉忉：音刀，忧劳也。

5. 桀桀：茂盛貌。

6. 怛怛：音达，忧劳。

7. 婉兮娈兮：娈，音孪。全句为年少而美好。

8. 总角丱兮：总角即束发，古时男女未成年时的发型；
   丱，音贯，孩童头发束成两角之状。

9. 突而弁兮：突而，突然；弁，音变，冠也，古时男子
   二十而冠，谓已成年。

另见

《小雅·正月》：好言自口，莠言自口。
《小雅·大田》：既方既皂，既坚既好，不稂不莠。

　　狗尾草古名"莠"，《尔雅翼》云："莠者，害稼之草。"莠在幼苗期形似禾稼，苗叶及成熟花穗都类似小米，不容易立即被识别而拔除。因此孔子曰："恶莠，恐其乱苗也。"《齐风·甫田》才会有"维莠骄骄""维莠桀桀"之语，表示田地太广，农民除草不及，致使杂草遍地高耸丛生。莠既为恶物，因此不得体与不好的谈话，谓之"莠言"，如《小雅·正月》第二章所言："好言自口，莠言自口。""莠言"意即坏话。

　　狗尾草花序"穗长多毛"，形似狗尾，因此得名。《小雅·大田》："既方既皂，既坚既好，不稂不莠"中，原指农人勤于拔除杂草，田中已无狼尾草（稂，见本书 530—533 页）与狗尾草。后

狗尾草是田间常见的杂草，因花序形似狗尾而得名。

人将"不稂不莠"引喻为人不成材，没有出息。狗尾草当然也不是一无用处，其植株可作饲料，也可入药。《本草纲目》称"光明草""阿罗汉草"，用以治疗痈瘀、面癣等病症。

狗尾草尚有金色狗尾草［*Setaria glauca*（L.）Beauv.］、莠狗尾草［*S. pallide-fusca*（She.）Stapt et Hubb.］等多种，形态和生态习性均相似，也有可能是古籍所言之"莠"。

植物
小档案

学名：*Setaria viridis*（L.）Beauv.
科别：禾本科

一年生禾草，高可达 90 厘米，秆常生有支持根。叶线状披针形，长 4—30 厘米，宽 0.5—2 厘米，边缘粗糙。圆锥花序，花密集成圆柱状，长 5—15 厘米；小穗 2 至数枚成簇生于分枝上，基部有 1—6 刚毛状小枝，刚毛长 0.4—1 厘米，粗糙，绿色、黄褐到紫红色；成熟后，小穗与刚毛分离而脱落。颖果灰白色。全世界均有分布，台湾亦有产，生长于路边、田园，是农田常见的杂草。

葛生蒙楚[2]，蔹蔓于野。予美[3]亡此，谁与？独处！
葛生蒙棘，蔹蔓于域[4]。予美亡此，谁与？独息！
角枕粲兮，锦衾烂[5]兮。予美亡此，谁与？独旦[6]！
夏之日，冬之夜。百岁之后，归于其居[7]。
冬之夜，夏之日。百岁之后，归于其室[8]。

——《唐风·葛生》

注 解

1. 蔹：音练。
2. 蒙楚：蒙，掩盖；楚，黄荆，见435—438页。
3. 予美：我所称扬之人，妇人谓其夫。
4. 域：茔域，指墓地。
5. 烂：鲜亮貌。
6. 独旦：独处至天明。
7. 居：指坟墓。
8. 室：指墓室。

　　在平野、岩石旁、耕地边缘均可见之，自古即视
为杂草，常蔓生四处。《唐风·葛生》用"蔹蔓于
野""蔹蔓于域"的乌蔹莓，比喻妇人嫁到外地。

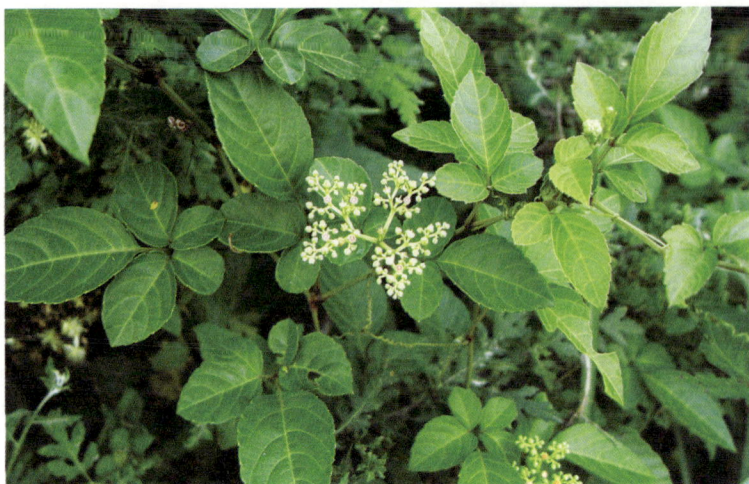

"葛""莶"均为蔓生藤本，葛藤（见本书237—240页）攀附在黄荆或枣树上，而乌敛莓则在地上或墓地蔓延，以此来比喻夫妻相互依存、情感纠结的关系及鹣鲽情深之意。整篇诗原为一首悼亡诗，叙述寡妇长叹丈夫长年在外，最后却征战阵亡，深刻流露出悼念亡夫的凄楚，及形单影孤的落寞之情。

乌敛莓叶通常五枚，分歧成鸟足形，因此别称"五爪龙"。果实黑如蘡薁（野葡萄），但不可食用。全草可入药，有凉血解毒、利尿、消肿等疗效。

乌敛莓分布甚广，也产生一些变种，例如叶多为三小叶的尖叶乌敛莓 [*Cayratia japonica*（Thunb.）Gagnep. var. *pseudotrifolia*（W.T. Wang）C.L. Li]，以及叶背面被毛的毛乌敛莓 [*C. japonica*

乌敛莓常蔓生四处，开阔地到处可见，开黄色聚伞花序。果实成熟时黑色。

（Thunb.）Gagnep. var. *mollis*

（Wall.）Momiyama］等，可
能亦为《诗经》所提的种类。

　　另外，一种产于全中国各
地，亦名为"五爪藤"的白蔹［*Ampelopsis japonica*（Thunb.）
Makino］，也可解为《唐风·葛生》提到的"蔹"。白蔹和乌敛
莓差别之处，在于白蔹的花瓣、雄蕊均为 5 枚，果实成熟时白色；
乌敛莓则花瓣、雄蕊均为 4 枚，果实成熟时黑色。

植物小档案

学名：*Cayratia japonica*（Thunb.）Gagnep.
科别：葡萄科

草质多年生藤本，茎具卷须。鸟足状复叶，小叶 5，椭圆形至狭卵形，长
3—7 厘米，先端锐尖或短渐尖；两面中肋具毛；边缘疏锯齿。聚伞花序
腋生；花小，黄绿色，花瓣 4；雄蕊 4，与花瓣对生。浆果卵形，径约 0.7
厘米，成熟时黑色。产于华东、华中、华南以及越南、日本、印度、菲律
宾及印度尼西亚、马来西亚，台湾地区亦有自生。

苕[1]

今名：紫云英

防[2]有鹊巢，邛有旨苕[3]。谁侜予美[4]？心焉忉忉[5]。
中唐有甓[6]，邛有旨鹝[7]。谁侜予美？心焉惕惕[8]。

——《陈风·防有鹊巢》

注 解

1. 苕：音条。
2. 防：堤防。
3. 邛有旨苕：邛，音穷，高丘；旨，美好。
4. 谁侜予美：侜，音舟，诋毁。予美，我所喜爱之人。
5. 忉忉：音刀，忧心貌。
6. 中唐有甓：中唐，由堂下至大门的通路；甓，音辟，砖也。
7. 鹝：音益，绶草，见本书 468—471 页。
8. 惕惕：忧惧貌。

　　本篇所言之"苕"与《小雅·苕之华》不同，后者指的是凌霄花（见本书 454—457 页）。本篇之苕据《毛传》云："苕，草也。"及陆玑《诗疏》云："苕，苕饶也，幽州人谓之翘饶。""苕饶"春天才由土中冒出，茎细长，旋即被覆地面，形成草皮状；"叶似蒺藜而青，可生食，如小豆藿"。据上所述，所指

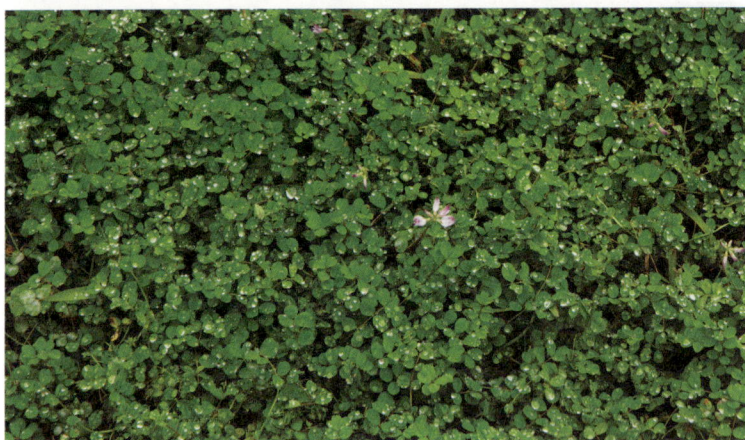

紫云英常栽植为绿肥，春季开紫红色花。

应为紫云英。"防有鹊巢，邛有旨苕"描述的是事物颠倒反常：本应出现在树上的鹊巢，却出现在堤防上；应出现在低地的紫云英，却生长在山丘上。

根部有根瘤菌共生，能固定空气中的氮素，制成可利用的氮肥，供其共生的植物使用，同时也改良土壤，增加肥效。因此，成为作物轮作系统中最优良的绿肥植物，历代都用来增加谷类收成。紫云英嫩叶古时可供食用，目前亦用作家畜饲料及蜜源植物，且广为世界各地所应用。

"苕"亦有解成形态类似的其他蝶形花科（豆科）植物，如华黄芪（*Astragalus chinesis* L.）、扁茎黄芪（*A. complantatus* R. Br.）。这类植物的种子在药材上称之为"沙苑子"，含紫云英甙（Astragalin）、刀豆酸（Canaline）、刀豆氨酸（Canavnine）等成分，中药上用来祛风明目、解热利尿以及治疗视力衰退、淋病、疥癣等疾病。

紫云英植物体平铺地面生长，形成良好的草坪植栽，春季开紫红色花。花盛开时，红英片片，极为美丽，也是兼具诗意与美感的景观植物。

植物小档案

学名：*Astragalus sinicus* L.
科别：蝶形花科

一年生草本，具直立茎及匍匐茎。奇数羽状复叶，小叶 7—13，阔椭圆形至倒卵形，长 0.5—2 厘米；先端凹或圆，基部楔形至钝形，两面被白色长毛。总状花序排成头状，具长梗，梗长 15 厘米。花冠紫色或白色。荚果线形，微弯，长 1—2 厘米，黑色，无毛。分布于河南、陕西、四川、湖南、湖北、江西、江苏、浙江、福建、广东、广西、贵州及云南等地。

稂[1]

今名：狼尾草

既方既皂[2]，既坚既好，不稂不莠。
去其螟螣[3]，及其蟊贼[4]，无害我田稚[5]。
田祖[6]有神，秉畀[7]炎火。

——节录《小雅·大田》

注 解

1. 稂：音狼。
2. 既方既皂：方，谷壳始生未合；皂，音燥，未坚实的谷粒。
3. 螟螣：螟，音明；螣，音特。两者均是作物害虫。
4. 蟊贼：蟊，音毛，专吃稻根的害虫；贼，食茎节之虫。两者指吃禾稼的虫。
5. 稚：幼苗。
6. 田祖：田之神。
7. 秉畀：秉，持也；畀，音必，给予、赐与。

另 见

《曹风·下泉》：冽彼下泉，浸彼苞稂。

　　"稂"，今狼尾草也。"狼尾，似狗尾而粗壮者也。"意思是说：狼尾草似狗尾草，但植株较为粗壮。

结实和粟一样，荒年亦可采种子当粮食，如《本草拾遗》所言：
"狼尾草子作黍食之，令人不饥。"《广志》也说明狼尾草种子可
当作黍食用。

　　狼尾草形态与禾黍类相似，不容易区分出来。《小雅·大田》
中的"不稂不莠"，原意是说田中无狗尾草及狼尾草，谷物就会长
得饱满又好。狼尾草的根系深入土中，不易防除，属于杂草。《尔
雅翼》云："稂，恶草也，与禾相杂，故诗人恶之。"不但农民欲
除之而后快，连诗人笔下也多所憎恶。

　　不过，百害总有一利，古代饲马所用的狼尾草，至今仍是良好
牧草，正所谓："锄田者去之则禾茂，养马者秣之则牲肥。"狼尾

狼尾草的花序密生成圆筒形，刚毛呈紫色。

草的叶和白茅一样，不易腐烂，古人常用来搭盖房子。

狼尾草可生长在湿润的生育地，《史记·司马相如传》提到："其卑湿则生藏莨"，但还是不适合浸泡在水中，就如《曹风·下泉》所言："冽彼下泉，浸彼苞稂。"意指冷冽的地下泉水，浸泡的狼尾草难以生长，暗喻诸侯小国的大臣感受到大国欺凌并吞的危机。

狼尾草还有另一种同属植物：象草（*Pennisetum purpureum* Schumach.），形体较大，高度约2至3米，常被误称为狼尾草。象草原产非洲，生长快速，产量高，经引种到世界各地作为牧草饲料。由于象草不择土宜，且拓展速度极快，占据原生植物的生育地，在许多地区会形成无法控制的"植物入侵"现象。

植物小档案

学名：*Pennisetum alopecuroides*（L.）Sprengel
科别：禾本科

多年生草本，高可达1米。叶为革质，线形，长30—60厘米，宽0.5—0.8厘米；叶鞘光滑。圆锥花序紧密排成穗状，呈圆筒形，长10—15厘米，径约1.5—2厘米，主轴密生绒毛，分枝长0.2—0.3厘米；不孕小枝刚毛状，常呈紫色，长1—1.5厘米，包围小穗成熟时小穗和刚毛一起脱落。分布于日本、中国大陆、中南半岛以至澳大利亚，台湾地区亦常见，生于田边、道旁或山坡之开阔地上。

茑

今名：桑寄生

有頍者弁[1]，实维伊何[2]？尔酒既旨，尔殽[3]既嘉。
岂伊异人？兄弟匪他。茑与女萝[4]，施[5]于松柏。
未见君子，忧心奕奕[6]；既见君子，庶几说怿[7]。

——节录《小雅·颊弁》

注 解

1. 有頍者弁：頍，音傀，戴帽之貌；弁，音变，皮帽。
2. 实维伊何：为了何故？
3. 殽：音义同肴。
4. 女萝：松萝，见本书 538—540 页。
5. 施：蔓延攀附。
6. 奕奕：心神不定貌。
7. 庶几说怿：庶几，差不多；怿，音亦，欢喜。

另 见

《小雅·颊弁》：茑与女萝，施于松上。

　　《说文解字注》说："茑，寄生草也。"陆玑《诗疏》也说："茑，一名寄生，叶似当卢，子如覆盆子。"《尔雅》一名"寓木"，一名"宛童"。上述

文献都说明《诗经》所言之"茑"，即今之桑寄生类。

桑寄生类植物有多种，有些具有正常叶，有些则叶片退成鳞片状，由扁平绿色的枝条行光合作用，而桑寄生属于正常叶型寄生。桑寄生类植物以吸收根伸入寄主维管束内吸取养分与水分，常见寄生在寄主树干、树枝或枝梢，远望之有如鸟巢或草丛。常见被寄生的寄主有枫、桑、柿、壳斗科等植物，有枫寄生、桑寄生、柿寄生、槲寄生等不同种类及名称。松类也常可见到桑寄生植物，称为松寄生。这些植物都属同一科，但属、种则不同。

《诗经》所提到的桑寄生类，除桑寄生外，也可指当时产于华北的毛叶桑寄生 [*Taxillus yadoriki* （Sieb. ex Maxim.）Danser]、槲寄生类（*Viscum* spp.）等多种寄生植物。

桑寄生类植物以吸根伸入寄主体内吸取养分、水分，外貌宛如寄主植物的一部分。上图为桑寄生的开花枝。

宋人蔡元度《毛诗名物解》说明本篇之"茑之施于松柏"，是比喻异姓的亲戚必须依赖周天子的俸禄之意，如同"茑"之寄生；而"女萝之施于松柏"，则比喻同姓亲戚只须依附周王。因女萝是附生植物，自营生活，不像茑是寄生植物，无法独立生活，必须靠吸取寄主养分而存活。

桑寄生植物大都可入药，尤其是桑寄生属（*Taxillus* spp.）植物，被《神农本草经》列为上品药材，有补肝肾、强筋骨、降血压的效果。

植物小档案
学名：*Taxillus sutchuenensis*（Lecomte）Danser
科别：桑寄生科

常绿寄生灌木，以吸器侵入寄主植物枝干；幼枝密被红褐色星状毛。叶对生，革质，椭圆状卵形至卵形，长5—8厘米，宽3—4厘米；先端钝，基部圆，全缘；幼时表面具毛，老则光滑，叶背有绒毛。总状花序，腋生，1—4花，花序被毛；花两性，萼为筒状，4浅裂；花为红色，花冠筒状，外被红褐色毛。浆果椭圆形或近球形，长0.6—0.7厘米，内含1种子。分布于河南及华东、华中、华南、西南和及西北各省，寄生于桑科和壳斗科植物上。

女萝

今名：松萝

有頍者弁¹，实维何期²？尔酒既旨，尔殽既时³。

岂伊异人？兄弟具来。茑与女萝，施于松上⁴。

未见君子，忧心怲怲⁵；既见君子，庶几有臧⁶。

——节录《小雅·頍弁》

注 解

1. 有頍者弁：頍，音傀；弁，音变。全句意为束发后戴上皮帽。
2. 实维何期：为了何事？
3. 尔酒既旨，尔殽既时：旨与时都是美好之意，用以表示佳肴美酒。
4. 施于松上：蔓延攀附在松树上。
5. 怲怲：忧甚貌。
6. 庶几有臧：庶几，差不多；臧，音脏，善也。

另 见

《小雅·頍弁》：茑与女萝，施于松柏。

《尔雅》说："唐"是"蒙"，也是"女萝"，"女萝"就是"菟丝"；而郭璞注则说这是一物四名，

但"女萝"被解为菟丝草，是不正确的。后出的《广雅》直言女萝是松萝，应属正确的批注。《诗经》中的女萝，应解为"松萝"，而非菟丝。

菟丝在《诗经》中称"唐"（见本书 163—165 页），"蔓连草上黄赤如金"，以吸根深入其他植物吸收水分和养分，属于寄生植物（parasitic plants）；而松萝"色青而细长，无杂蔓"，植物体基部固着在树木枝干上，其他部分亦仅附着其上，并未吸取树木养分，属于附（着）生植物（epiphytes）。植物体自行光合作用，和所着生的树木并未发生营养关系。《楚辞》中的《九歌·山鬼》有"被薜荔兮带女萝"句，杜甫《佳人》的"牵萝补茅屋"句，所指均为松萝。

松萝的植物体是藻类和真菌的共生体。藻类有叶绿体能行光合作用，而菌丝体行固着及保护作用，并吸收水分。松萝虽自行制造

松萝是附生植物，不吸取所攀附植物的养分。全株为丝状，常悬垂于树木枝干上。

植物体的养分，但无坚硬的枝干挺立在空中，仍须攀附在高大的物体或树干上，以得到足够的阳光照射及吸收空气中的水分。

常见的松萝有两种，除了松萝外，还有长松萝（*Usnea longissima* Ach.）。后者的植株成丝状分枝，且植物体较长（全长 50 至 100 厘米），可能也是古籍中提到的松萝。

植物 小档案
学名：*Usnea diffracta* Vain.
科别：松萝科

全株为丝状，长约 10—40 厘米，灰绿色，成二叉式分枝，基部较粗。常自树梢悬垂，或生于沟谷岩壁上。中轴坚韧，成熟时表面有许多横裂线。子囊器盘状，子囊棍棒状，8 个，椭圆形，有孢子。分布于中国大陆大部分地区，以及日本和朝鲜半岛。台湾则产于海拔 1000 米以上的山区，悬挂在树枝上。

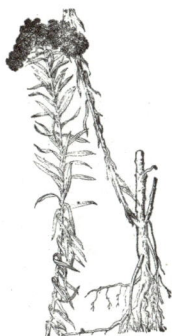

呦呦[1]鹿鸣，食野之苹。我有嘉宾，鼓瑟吹笙。

吹笙鼓簧，承筐是将[2]。人之好我，示我周行[3]。

——节录《小雅·鹿鸣》

注 解

1. 呦呦：音幽，鹿鸣声。
2. 承筐是将：将礼物装入筐子内以进奉宾客。
3. 周行：大道，此处指治国良策。

　　《尔雅》称："苹，藾萧。"郭璞《尔雅注》谓苹为"今藾蒿也"。《毛诗图说》云："萍，从水，是水中之草。"表示"萍"为浮萍；而"苹，从草，是平地之草"，为今之藾萧属（Anaphalis，或称香青属）植物，是鹿所喜欢取食的种类之一。所以本篇"呦呦鹿鸣，食野之苹"，"苹"应解为藾萧属之山萩。

　　本属植物大都全株密被厚密的绵毛，呈白色或灰白色，就是陆玑所说的"叶青白色，茎似蓍而轻脆"。植物体表面覆盖厚实的毛绒，主要是保护表皮组织，

此为台湾产的玉山抱茎蜡萧，是上图珠光香青的近缘植物。

避免遭受冷冻为害，并减少强风吹袭的水分蒸发量，这也说明了该植物生长地区的海拔或纬度高。

蒿萧属植物黄河流域产6种左右，其中最可能是《诗经》所言的种类除山萩外，尚有蒿萧（称萩或香青，*Anaphalis sinica* Hance）、黄腺蒿萧（*A. aureopunctata* Lingelsh. *et* Borze）等产于高山的种类。这些蒿萧类嫩枝叶均具香气，"可生食，又可蒸食"，不但供食牲畜，也是古人的佳肴。成熟植株可作为药材及熏香料，所含的芳香油可作枕头的填充物，香味可持续数年之久。

蒿萧属植物台湾也有产，均生长在较高山区，如玉山抱茎蒿萧（*A. morrisonicola* Hay.），其形态和山萩相似，有时被处理为山萩的变种，分布在2500米以上的山坡；尼泊尔蒿萧（*A. nepalensis* Spreng. Hand.-Mazz.）分布在2000至3000米的山巅。

植物小档案

学名：*Anaphalis margaritacea*（L.）Benth. *et* Hook.f.
科别：菊科

多年生半亚灌木，茎基部木质，枝被褐色鳞片 幼枝被灰白色毛。叶线形至线状披针形，长5—9厘米，宽0.3—1.2厘米，表面被丝状毛，背面被灰白色至红褐色厚棉毛。头花在小枝上排成复伞房状 总苞片5—7层，上部白色花托蜂窝状。广泛分布于大陆西南、西部、华中、西北各省，生长在海拔300—3000米的灌丛中、草地、山坡及林缘。印度、日本以及北美等地有产。

蒿

今名：青蒿

呦呦[1]鹿鸣，食野之蒿。我有嘉宾，德音孔昭[2]："视民不恌[3]，君子是则是效。"

我有旨酒[4]，嘉宾式燕[5]以敖[6]。

——节录《小雅·鹿鸣》

注 解

1. 呦呦：音幽，鹿鸣声。
2. 德音孔昭：推崇他人之建议高明。
3. 恌：音挑，轻薄放纵。
4. 旨酒：美酒。
5. 燕：音义同宴。
6. 敖：舒畅。

另 见

《小雅·蓼莪》：蓼蓼者莪，匪莪伊蒿。

"蒿"在《尔雅》中称为"菣"，陆玑《诗疏》称为青蒿。农历二月，即春初时长苗。在土质肥沃的土壤生长者，"茎粗如指而肥软"，茎叶均为深青色。叶外观有如茵陈蒿，两面均为青色，所以称为"青蒿"。

青蒿的枝叶揉之极香，嫩叶及幼苗为良好饲料。

古人采集供为野蔬，鹿类等野生动物亦喜食之，即"呦呦鹿鸣，食野之蒿"所描写的。

青蒿也是中药材，但并不是正品之"青蒿"。中药所称的"青蒿"，其实是指黄花蒿（*Artemisia annua* Linn.）。民间取枝叶制酒饼，或用作制酱的香料。沈括《梦溪笔谈》说："青蒿一类，自有二种：有黄色者，有青色者。"黄色者即为黄花蒿，植株色绿带淡黄，气味辛臭，被称作"臭蒿"；青色者为青蒿，枝叶揉之极香。两者都是《诗经》所言之蒿。

华北的干旱地区植群受到干扰后，首先在生育地出现的植物，就是各种蓬类及蒿类。蒿类种类很多，青蒿只是其中的一种。除此之外，还有其他称为"青蒿"或"蒿"的植物，例如茵陈蒿（*A. capillris* Thunb.）、牡蒿（见本书550—552页）等多种蒿属植物，均可能是本篇"食野之蒿"所指。

植物小档案

学名：*Artemisia carvifloia* Buch.- Ham. *ex* Roxb. = *Artemisia apiacea* Hance
科别：菊科

一年生草本，植株有香气，茎单生，纤细。基生叶与茎下部叶三回羽状分裂，裂片呈线状披针形，具有长叶柄，花期叶掉落。中上部叶片一至二回羽裂，裂片长圆形。头花在分枝上排成总状花序，再集生成展开之圆锥花序；花淡黄色，管状花。雌花 10—20 朵，两性花 30—40 朵。分布于东北、河北、陕西、山东、华中、华南、西南各省，以及朝鲜半岛、日本、印度、尼泊尔等地之低海拔、潮湿的河岸沙地、山谷、林缘。

芩[1]

今名：蔓苇

呦呦[2]鹿鸣，食野之芩。
我有嘉宾，鼓瑟鼓琴。
鼓瑟鼓琴，和乐且湛[3]。
我有旨酒[4]，以燕乐嘉宾之心。

——节录《小雅·鹿鸣》

注 解

1. 芩：音琴。
2. 呦呦：音幽，鹿鸣声。
3. 湛：音站，深且久。
4. 旨酒：美酒。

陆玑《诗疏》云：芩之"茎如钗，叶如竹，蔓生泽中，下地碱处……牛马亦喜食之"。元朝李衎《竹谱》称之为"竹头草"。秋天开白花，"望之如簪竹丛丛"。由这些叙述可知，"芩"应为与芦苇同类的植物，但茎秆"细如钗"，形体较芦苇小的蔓苇。

本植物在过去的本草书中很少引用，注释《诗经》者亦少提及，大概是因为本植物既非蔬菜，亦非药用

蔓苇有发达的地面匍匐茎，植株得以向四周蔓延。花序上的小穗有 3—4 朵小花。

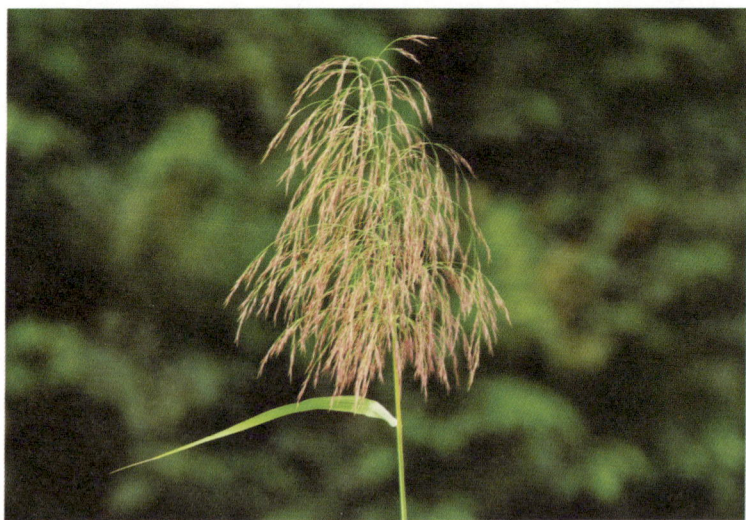

植物之故。植物体各部位未见有使用记载，是《诗经》植物中最受冷落者。《尔雅》及其他解经的书籍，均无较详细的描述。

蔄苇在华北和东北地区很常见，生于沟渠旁或水塘边，常被误认为芦苇。两者除了形体大小有差异、茎秆粗细有分别之外，最稳定的鉴别特征为叶舌的长度。所谓"叶舌"是禾本科等植物的一种片状或丝状构造，位于叶片和叶鞘交接处。芦苇的叶舌长约1厘米，而蔄苇的叶舌长度不到芦苇的十分之一，可用来区分二者。著名的济南大明湖畔，所分布的大都是蔄苇。

有解经者将"芩"解释为"芹"，即伞形花科之水芹（见本书 064—066 页），或释为唇形科之黄芩（*Scutellaria baicalensis* Georgi）。《集韵》《类篇》皆曰："蔿、蘆、芩三字同。"但《齐民要术》云："蔿似蒜，生水中。"则又解为另一种不知所指的植物。

本篇前二章，一为"食野之苹"，二"为食野之蒿"，"苹"和"蒿"均为菊科植物，都是广义的蒿类。《说文》将本章"食野之芩"的"芩"训为蒿类，和前二章的植物同类，也很合理。

植物小档案

学名：*Phragmites japonica* Steud.
科别：禾本科

多年生高草类，有发达的地面匍匐茎，长达 5 米以上，秆直立部分高 0.6—1 米，径 0.4 厘米，节间长约 10 厘米。叶鞘与节被柔毛。叶稍革质，先端渐尖。圆锥花序长约 30 厘米，主轴与小穗柄均无毛；小穗长 1 厘米，3—4 小花，基盘上部具 0.6 厘米的丝状柔毛，内颖长约 0.5 厘米，外颖长 0.7 厘米。分布于东北、华北、西北各省及朝鲜半岛、日本等之河岸砂地。

象征植物类

蔚

今名：牡蒿

蓼蓼[1]者莪，匪莪伊蒿[2]。

哀哀父母，生我劬劳[3]。

蓼蓼者莪，匪莪伊蔚。

哀哀父母，生我劳瘁。

——节录《小雅·蓼莪》

注 解

1. 蓼蓼：音陆，长大貌。
2. 匪莪伊蒿：莪，音鹅，播娘蒿，见本书 049—052 页。
   这句的意思是说：我不是莪菜，而是无用的蒿菜，辜负
   了父母的期望。
3. 劬劳：劬，音渠；劬劳，劳苦。

　　《尔雅》指出，"蔚"就是"牡菣"，"牡菣"即
牡蒿。《唐本草注》称之为"齐头蒿"，说叶似防风，
细薄无光泽。《本草纲目》更提到："齐头蒿三四月
生苗……嫩时可茹。"

　　牡蒿在春季萌新苗（芽），嫩叶可食，唯味道较
苦。秋季开花，花细黄；结实大小如车前草果，种子

牡蒿植株有香气，但用处不大，诗人用牡蒿来比喻自己有违父母的期望。

细小，隐于总苞内不容易看见。因此古人误以为牡蒿不结实，所以《尔雅注》形容牡蒿为"蒿之无子者"。

虽然牡蒿味道不佳，不是古人常吃的野菜，却是鹿喜欢的食草，即《本草纲目》所说的："鹿食九草，此其一也。"此外，牡蒿也应用于医药上，《名医别录》说牡蒿"主充肌肤，益气"，但缺点是"令人暴肥，不可久服，血脉满盛"。《诗经》时代，牡蒿的用途并不大，《小雅·蓼莪》诗句："蓼蓼者莪，匪莪伊蔚。"诗人用牡蒿（蔚）来比喻自己有违父母的期望，可见不是受到重视的植物。

近称蒿的植物有多种，除上述之牡蒿，还有青蒿（见本书544—546页）、白蒿（见本书487—490页）、茵陈蒿等，古人都取用为蔬菜。主要是采春生苗叶，杂香菜伴食，这些植物都可能是《诗经》所提到的"蒿"菜。

植物小档案　学名：Artemisia japonica Thunb.
科别：菊科

多年生草本，植株有香气，常有块根。基生叶与茎下部叶倒卵形至匙形，长4—6厘米，宽2厘米，羽状深裂或半裂，两面无毛。上部叶小，上端3浅裂或不分裂。花序排成穗状，再集生成圆锥花序；均为管状花。分布于大陆东北、华北、西北、华中、华南各省之中低海拔地区，日本、韩国、西亚、印度、中南半岛亦产。台湾也有牡蒿，分布在低海拔山区开阔地至海滨，高可达1米。

《诗经》与三礼的植物比较

一、《诗经》与《周礼》的植物比较

《周礼》成书年代在西周，是周代及其后的政府组织架构，包括《天官》《地官》《春官》《夏官》《秋官》《冬官》其中《冬官》已散逸，以《考工记》补之。提及的植物共58种，其中48种《诗经》亦有提及。例如，用材树木类之漆、松、柏、槐、榆、梓等；果树类之枣、桃、梅、榛等；野菜、蔬菜类之荇、荼、葵、芹、蔓菁、瓠、韭等；纤维植物之纻、葛、冏麻、莞等；谷类之黍、稷、粱、稻、麦等；祭祀相关植物之萧、茅、鬯等。

《天官》记述的是冢宰（太宰）的属官官职及治理邦国的法典，其中宫廷事务官之下，设有"典枲"主管供给衣物所需的原料，如丝、麻等；"染人"掌理印染丝帛等事务；"屦人"掌管制鞋事务，包括《魏风·葛屦》《小雅·大东》所言之"葛屦"。

《地官》记述的是司徒的属官官职和古代土地制度，在土地管理之官下面，所言大都是管理植物资源的相关官吏及担负的职责，如"场人"掌管园圃，负责种植瓜果、蔬菜；"山虞""林衡"执行森林等山区政令；"掌葛"向民众征收葛藤；"掌染"负责征收可作染料的植物；"掌荼"掌理征收茅莠及野生食材；"掌炭"则

《诗经》与三礼提到的植物多所雷同，枣即为一例。

负责征收木炭等。

　　《春官》说明宗伯及以下各官的职责，记载古代"五礼"的礼仪形式，在礼仪之官下有"郁人""鬯人"，负责把黄色的郁金汁和在秬酒中，调制郁金酒（称为鬯酒、黄流），以祭祀宗庙。此即《大雅·江汉》"厘尔圭瓒，秬鬯一卣"之"鬯"，及《大雅·旱麓》"瑟彼玉瓒，黄流在中"的"黄流"。占卜之官有卜师、龟人、占人、筮人等官职，负责占卜之事，其中"筮人"在初春时选取蓍草供卜筮之用；"乐师"又称小乐正，教导学生在君王出入朝廷时所奏的音乐和礼仪，比如行走时要演奏"采荠"乐章，行射礼时演奏的是"采蘋""采蘩"乐章。

《夏官》所说的是司马及以下各官的职责，以及古代军队建制、治军法令、田租役事等。《秋官》说的是司寇与以下各官的职责，以及古代理刑思想。

《周礼》原有《冬官司空》篇，但汉代刘歆校书时已经亡佚，后来以《考工记》代之。其中列有工匠三十职，分成攻木、攻金、攻皮、设色、刮摩、抟埴等六大类。其中的"攻木之工"下，有"轮人""车人"负责制作车轮和车身，《大雅·大明》之"牧野洋洋，檀车煌煌"就和此记载有关；"弓人"负责制弓，《诗经》各篇所提到的柘、檿（山桑），古代用来制弓；"梓人"负责制作饮器、箭靶等。

二、《诗经》与《仪礼》的植物比较

《仪礼》一书由 17 篇文章构成，非一时一世之作，形成于西周末、春秋初，保存周代礼仪之大体。提及的礼仪活动所用的植物共 33 种，其中 29 种《诗经》亦有提及，如行冠礼之植物葵菹、栗脯、葛屦，婚礼所用植物黍、稷、枣、栗等。

《仪礼》和《诗经》有紧密的相关性，各种礼仪活动，乐工必须演唱《诗经》相关篇章，如《乡饮酒礼》描述乡人聚会宴饮时，演奏《诗经·小雅》的《鹿鸣》《四牡》《皇皇者华》，及《国风·周南》的《关雎》《葛覃》《卷耳》等诗篇。《燕礼》记述诸侯宴饮的礼节仪式，除演唱上述篇章外，还要"歌《鱼丽》，用郁金汁调制的郁金酒称为鬯酒或黄流，《诗经》及《周礼》均有提及。

笙《由庚》，歌《南有嘉鱼》，笙《崇丘》，歌《南山有臺》，笙《由仪》等"（以上均为《小雅》篇章）。

三、《诗经》与《礼记》的植物比较

《礼记》的《小戴礼记》一书由四十九篇文章构成，提及的植物共 88 种，其中 67 种《诗经》亦提及之。其中有关丧事礼仪的《檀弓》《丧服小记》《杂记》《丧大记》等篇，引述的丧服植物有麻、纻、葛等；祭礼相关植物有榛、栵、桃等果树；器物相关树木有椐、梓、柏、梧桐、松、竹等，均出现在《诗经》各篇章。祭祀活动及礼节之《郊特牲》《祭义》等篇章，祭礼相关植物有粢、黍、稷、瓜、榛等；祭祀相关植物有郁金、萧、茅；器物之莞、蒲等，均与《诗经》相仿。事父母姑舅之礼的《内则》篇，记载侍奉长辈之菜类，有蓼、芥、堇、荁、荼、姜、葱、韭等；果类有枣、栗、桃、梅、楂、李、梨、杏、柿等，除前者之芥、姜、葱与后者之杏、柿外，《诗经》都有提及。

《礼记》另有《月令》篇，记一年十二个月之农事及政令，谷类之麦、黍、禾、稷、稻、菽之播种及收成，和桑、柘之伐采等，也和《诗经》有关。《豳风》云"八月剥枣"，除了生食，也干藏供各种礼节仪式使用，如《礼记·曲礼》称："妇人之挚，楂、榛、脯、脩、枣、栗。"

《大戴礼记》原 85 篇，今本 40 篇，其《夏小正》一篇是夏

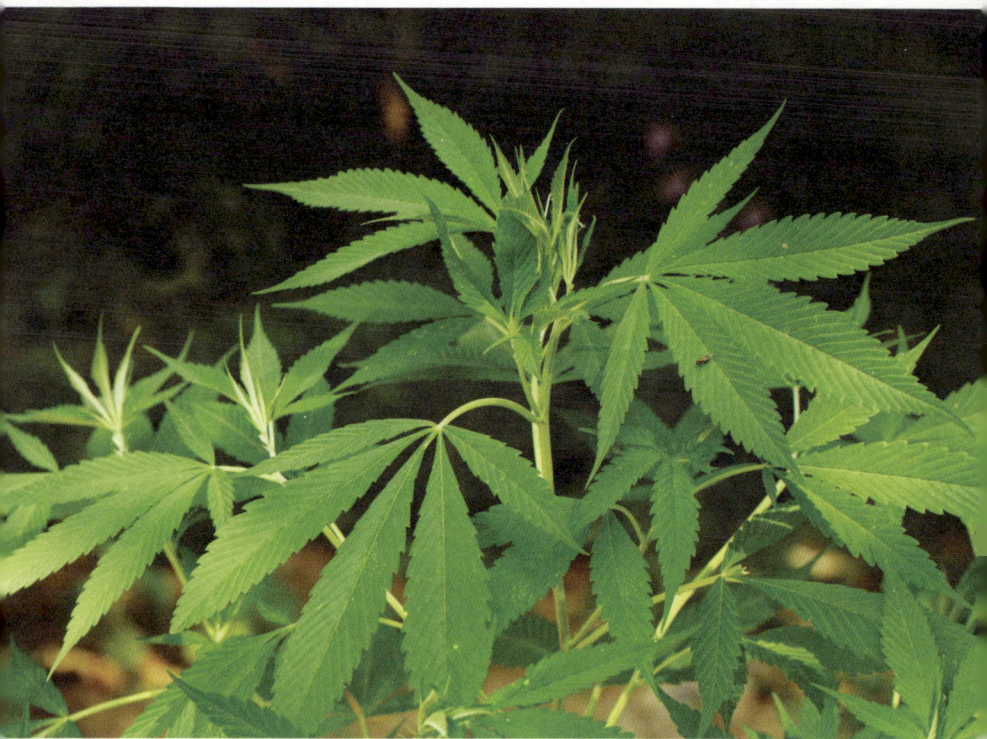

古代常用的纤维植物：大麻。

代流传下来的"农民历"。记述一年十二个月的农事及农作物的物候、播种栽植时期，一共记述 51 种植物，其中 40 种《诗经》亦提及之。

《诗经》的植物名称

由于《诗经》中提及的动物、植物种类繁多，因此古人说读《诗经》可以多识"鸟兽草木之名"。就植物而言，《诗经》有不少与古代生活相关的作物，也包括许多当时分布于华北地区的天然植被。其中多为当时庶民惯常使用、熟悉的植物，以及对于民生大有帮助的经济作物。

属于植物的字词在《诗经》中共138类，除10类为植物泛称外（如刍、禾、谷），其余128类专指特定植物（如荇菜、葛、卷耳），或非特定的一种植物（如竹、松、杨）。特定种类的植物共有112种（变种、品种名不另区分），本书均有专章介绍。其他还出现一名多类或一名多种的情形，分述于下：

非指特定植物之名称

刍：指一般草类，如《唐风·绸缪》"绸缪束刍，三星在隅"句之"束刍"，即一把草之意。

蔓草：指野草，如《郑风·野有蔓草》"野有蔓草，零露漙兮"之"蔓草"，意为到处生长的野草。

禾：有时指粟，有时为未特定的五谷类，如《豳风·七月》

"九月筑场圃，十月纳禾稼"和《小雅·甫田》"禾易长亩，终善且有"之"禾"，指的都是不特定的谷类。

苗：泛指蔬菜五谷之苗，如《小雅·白驹》"皎皎白驹，食我场苗"之"苗"。

华："花"之古字，如《召南·何彼襛矣》之"何彼襛矣，唐棣之华"，《小雅·皇皇者华》之"皇皇者华，于彼原隰"和《小雅·裳裳者华》之"裳裳者华，其叶湑兮"等诗篇的"华"，音义均为"花"。

木：一般的木材或树木总称，如《小雅·伐木》之"伐木丁丁，鸟鸣嘤嘤"，《小雅·小宛》之"温温恭人，如集于木"，《小雅·角弓》之"毋教猱升木，如涂涂附"，所言之"木"均指树木而言。

卉：《说文》云："卉，草之总名也。"如《小雅·四月》"山有嘉卉，侯栗侯梅"和《小雅·出车》"春日迟迟，卉木萋萋"之"卉"，均为草之总称。

谷：泛指五谷类，如《小雅·正月》"佌佌彼有屋，蔌蔌方有谷，民今之无禄，天天是椓"之"谷"。

瓜：未指名之瓜类，如《豳风·东山》"有敦瓜苦，烝在栗薪"之"瓜"。

笋：专指竹类初萌之幼芽，特别指可食用的竹笋种类，如《大雅·韩奕》："其蔌维何？维笋及蒲。"

同名但表示不同类的植物

杞：《诗经》所提之"杞"字，可作柳树类、枸骨及枸杞三解。《郑风·将仲子》"将仲子兮，无踰我里，无折我树杞"之"杞"，指的是栽植在房舍附近的旱柳（*Salix matsudana* Koidz.）。《小雅·北山》："陟彼北山，言采其杞。"采的是枸杞（*Lycium* chinense Mill.）。《小雅·南山有臺》："南山有杞，北方有李"之"杞"，指的则是枸骨（*Ilex cornuta* Lindl.）。

荼：可解为苦菜，有时指白色的花。《邶风·谷风》"谁谓荼苦？其甘如荠"之"荼"，是为苦菜（*Sonchus oleraceus* L.）。《郑风·出其东门》"出其闉闍，有女如荼"之"荼"，指白色的花。

芑：指柳树类与苦荬菜两种植物，或小米的特殊品种。《大雅·文王有声》"丰水有芑，武王岂不仕"之"芑"，是柳树类（*Salix* spp.），或旱柳（*Salix matsudana* Koidz.）。《大雅·生民》"维秬维秠，维穈维芑"之"芑"，是白苗品种的小米 [*Setaria italica*（L.）Beauv.]。《小雅·采芑》"薄言采芑，于彼新田"之"芑"，则是苦荬菜（*Ixeris polycephala* Cass.）。

苕：或为蝶形花科之紫云英，或为紫葳科之凌霄花。《陈风·防有鹊巢》"防有鹊巢，邛有旨苕"之"苕"，意为高山上有紫云英（*Astragalus sinicus* L.）。《小雅·苕之华》："苕

之华，芸其黄矣"，"苕之华，其叶青青"，此处之"苕"亦称
"陵苕"，即今之凌霄花［*Campsis grandiflora*（Thunb.）
Loisel.］。

梅：或为古时采集果实作调味品的梅花（蔷薇科），或为樟科
的楠木。《召南·摽有梅》之"摽有梅，其实七兮"，《曹风·鸤
鸠》之"鸤鸠在桑，其子在梅"，《小雅·四月》之"山有嘉卉，
侯栗侯梅"提到的"梅"，均指梅（*Prunus mume* S. et Z.）之
果实。《秦风·终南》："终南何有？有条有梅"之"梅"，是柟
或赤梗的别称，柟即楠木（*Phoebe zhennan* Lee *et* Wei）。

表示同种植物的不同名称

匏、瓠、壶、庐：此四者在植物分类上均为葫芦瓜［*Lagenaria
siceraria*（Molina）Standley］，前二者指的是同一种植物的不
同品种，后二者指的是匏的果实。《诗经》共有七个篇章提到瓠
瓜，其中三篇用"匏"，如《邶风·匏有苦叶》之"匏有苦叶，
济有深涉"，《卫风·硕人》之"领如蝤蛴，齿如瓠犀"，《大
雅·公刘》之"酌之用匏，食之饮之"。二篇用"瓠"，即《小
雅·南有嘉鱼》："南有樛木，甘瓠累之"和《小雅·瓠叶》：
"幡幡瓠叶，采之亨之。"也有用"壶"或用"瓜"者，如《豳
风·七月》："七月食瓜，八月断壶"，和《小雅·信南山》：
"中田有庐，疆埸有瓜。"

葭、芦、苇：均是芦苇 [*Phragmites communis* (L.) Trin.]。芦苇共出现七篇九句，"苇"者四篇，如《豳风·七月》之"七月流火，八月萑苇"、《卫风·河广》之"谁谓河广，一苇杭之"。"葭"出现三篇，即《秦风·蒹葭》之"蒹葭苍苍，白露为霜"，"蒹葭萋萋，白露未晞"，"蒹葭采采，白露未已"，以及《卫风·硕人》之"葭菼揭揭，庶姜孽孽"，和《召南·驺虞》之"彼茁者葭，壹发五豝"。

茶、苦：即今之苦菜（ *Sonchus oleraceus* L. ）。《豳风·七月》："采荼薪樗，食我农夫。"《唐风·采苓》："采苦采苦，首阳之下。"所采之"荼"和"苦"均指苦菜。

麦、来、牟："来"指小麦（ *Triticum aestivum* L. ），"牟"指大麦（ *Hordeum vulgare* L. ），如《周颂·思文》"贻我来牟，帝命率育"，和《周颂·臣工》"如何新畲？於皇来牟"之"来""牟"分别指的是小麦和大麦。至于《诗经》未指明大、小的"麦"则是指大麦，因为当时小麦尚未大量栽植，如《魏风·硕鼠》"硕鼠硕鼠，无食我麦"之"麦"。

黍、秬、秠："秠"和"秬"是黍在各地的栽培品种，称为黑黍，其实指的都是黍类植物（ *Panicum miliaceum* L. ）。"黍"共出现十六首，如《曹风·下泉》"芃芃黍苗，阴雨膏之"。"秠"和"秬"则出现较少，仅《大雅·生民》"恒之秬秠，是获是亩"，及《鲁颂·閟宫》"有稷有黍，有稻有秬"等句。

麻、苴："麻"指大麻（ *Cannabis sativa* L. ），如《王

风·丘中有麻》之"丘中有麻，彼留子嗟"句。大麻系雌雄异株，雌株称之为"苴"，如《豳风·七月》"九月叔苴，采荼采薪"之"苴"。《诗经》共有六首诗提到大麻，但仅一首分雌雄。

粟、稷、粱、禾、糜、芑："粟"即小米［*Setaria italica*（L.）Beauv.］，"粱"为糯小米，在植物分类上，粱、粟属于同种；"禾"为小米类，未分小米或糯小米；"糜"和"芑"则是粱的栽培品种。《小雅·小宛》："交交桑扈，率场啄粟"用"粟"，《小雅·甫田》："黍稷稻粱，农夫之庆"用"粱"，《大雅·生民》："荏菽旆旆，禾役穟穟……维秬维秠，维糜维芑"，则分别用"禾""糜""芑"。

楚、楛："楚"为黄荆（*Vitex negundo* L.），由于形态变异大，植物分类上另区分成三个变种。小枝红褐者古人称为"楛"，妇女取其枝条制成发钗。《诗经》一共出现六篇，五篇用"楚"，一篇用"楛"。如《周南·汉广》："翘翘错薪，言刈其楚"，和《秦风·黄鸟》："交交黄鸟，止于楚"之"楚"；《大雅·旱麓》："瞻彼旱麓，榛楛济济"之"楛"，都是今之黄荆。

榆、枌：均为白榆（*Ulmus pumila* L.）。白榆《诗经》一共只出现二篇，分别为《唐风·山有枢》之"山有枢，隰有榆"，及《陈风·东门之枌》之"东门之枌，宛丘之栩"。

栩、栎：《图经》认为"栎"和"栩"为橡栎类之通称，今名麻栎（*Quercus acutissima* Carr.）或其他麻栎属（*Quercus* spp.）树种。"栎"《诗经》只出现一篇，即《秦风·晨风》之

"山有苞栎，隰有六驳"。"栩"则出现四篇，有《唐风·鸨羽》之"肃肃鸨羽，集于苞栩"，《陈风·东门之枌》之"东门之枌，宛丘之栩"，《小雅·四牡》之"翩翩者鵻，载飞载下，集于苞栩"，及《小雅·黄鸟》之"黄鸟黄鸟，无集于栩"。

稻、稌：《诗经》共有五个篇章提到"稻"（*Oryza sativa* L.），如《豳风·七月》"八月剥枣，十月获稻"和《小雅·白华》"滮池北流，浸彼稻田"等，这些"稻"均为粳稻，即日常米饭的来源。"稌"为稻的其他品种，仅出现一篇，即《周颂·丰年》之"丰年多黍多稌"句，指的是糯米稻。

杞、纪：《小雅》各篇出现的"杞"，指的是枸杞（*Lycium chinensis* Mill.），如《小雅·北山》"陟彼北山，言采其杞"和《小雅·四牡》"翩翩者鵻，载飞载下，集于苞杞"。另外，《秦风·终南》"终南何有？有纪有堂"之"纪"，则为"杞"的假借字，指的也是枸杞。

甘棠、杜、堂：均指棠梨或杜梨（*Pyrus betulaefolia* Bunge）这种植物。如《召南·甘棠》"蔽芾甘棠，勿翦勿伐，召伯所茇"之"甘棠"，《唐风·杕杜》"有杕之杜，其叶湑湑"之"杜"，以及《秦风·终南》"终南何有？有纪有堂"之"堂"，此"堂"为"棠"的借字。

唐棣、扶苏：为不同地域之称呼，所指应为同属蔷薇科之唐棣 [*Amelanchier sinica* (Schneid.) Chun]，或称扶移。如《召南·何彼襛矣》"何彼襛矣！唐棣之华"，称"唐棣"；而《郑风·山有扶苏》"山有扶苏，隰有荷华"则称"扶苏"。

用一名称代表同类不同种的植物

竹：可能为毛竹属（*Phyllostachys* spp.）、苦竹属（*Pleioblastus* spp.）等许多种类。《小雅·斯干》："秩秩斯干，幽幽南山；如竹苞矣，如松茂矣。"此竹可能为高大型。而《卫风·竹竿》："籊籊竹竿，以钓于淇"，做钓竿的竹，应属小型竹。

松：可能指油松（*Pinus tabulaeformis* Garr.）、白皮松（*P. bungeana* Zucc.）、华山松（*P. armandi* Franch.）、赤松（*P. densiflora* S. et Z.）、马尾松（*P. massoniana* Lamb.）等，广泛分布于华北地区的松树。《诗经》一共出现七篇，如《卫风·竹竿》之"淇水悠悠，桧楫松舟"句，和《商颂·殷武》之"陟彼景山，松柏丸丸"句等。

薇：指的是野豌豆类植物的野豌豆（*Vicia sepium* Linn.）、小巢菜［*V. hirsute*（Linn.）Gray］、大野豌豆（*V. gigantean* Bunge）、大巢菜（*V. sativa* L.）等。如《召南·草虫》"陟彼南山，言采其薇"及《小雅·采薇》"采薇采薇，薇亦作止"之"薇"。

蕳：泽兰类在古代常作为佩饰及净身的香料，包括泽兰（*Eupartorium japonicum* Thunb.）、华泽兰（*E. chinensis*

L.）、佩兰（*E. fortunei* Turcz.）等具香气的泽兰属植物。《诗经》只出现二篇，即《郑风·溱洧》"溱与洧，方涣涣兮。士与女，方秉蕳兮"及《陈风·泽陂》"彼泽之陂，有蒲与蕳"。

杨：可能为分布西北地区的喜湿杨类，如青杨（*Populus cathayana* Rehd.）、白杨（*P. tomentosa* Carr.）、小叶杨（*P. simonii* Carr.）等广泛分布于北方的杨树类（*Populus* spp.）。《诗经》中有《秦风·车邻》"阪有桑，隰有杨"，及《小雅·南山有臺》"南山有桑，北山有杨"等篇。

椒：《唐风·椒聊》"椒聊之实，蕃衍盈升"之"椒"，可解为秦椒和其他花椒属植物，如花椒（*Zanthoxylum bungeanum* Maxim）、野花椒（*Z. simulance* Hance）以及其他相类的植物，刺花椒（*Z. micranthus* Hemsl.）等。

柏：指侧柏（*Thuja orientalis* L.）或柏木（*Cupressus funebris* Endl.），两者皆属良好建材，树姿良好，自古即栽植为庭园树。共有七篇，常和松一起出现，只有二篇单独被提出，如《邶风》和《鄘风》的"泛彼柏舟"。其余篇章松柏同时出现，如《鲁颂·闷宫》"徂来之松，新甫之柏"和《商颂·殷武》"陟彼景山，松柏丸丸"。

蒿、蒌、蘩、蔚：这四种植物名称可能是指牡蒿（*Artemisia carvifloia* Buch.-Ham. *ex* Roxb.）、青蒿（*A. annua* Linn.）、茵陈蒿（*A. capillaris* Thunb.）等可作为菜蔬和药材的蒿类。如《小雅·鹿鸣》"呦呦鹿鸣，食野之蒿"和《小雅·蓼莪》"蓼蓼者我，匪我伊蒿"等。

桐：自古即广为栽培的经济树种，根据《桐谱》所载，泡桐类植物分布在黄河流域者有泡桐 [*Poulownia fortunei* (Seem.) Hemsl.]、毛泡桐 [*P. tomentosa* (Thunb.) Steud.]、兰考泡桐 (*P. elongate* Hu)、楸叶泡桐 (*P. catalpifolia* Gong Tong) 等多种。如《鄘风·定之方中》"树之榛栗，椅桐梓漆，爰伐琴瑟"和《小雅·湛露》"其桐其椅，其实离离"之"桐"。

杞（柳）：《郑风·将仲子》"将仲子兮，无踰我里，无折我树杞"之"杞"为柳类，应为华北地区枝条柔软可供编制篮筐，且分布较广泛的常见柳属植物，包括旱柳 (*Salix matsudana* Koidz.)、筐柳 [*S. linearistipularis* (Franch.) Hao]、杞柳 (*S. integra* Thunb.) 等。

藻：包含多种沉水植物。《诗经》各篇所言的藻，如《召南·采蘋》"于以采藻？于彼行潦"及《鲁颂·泮水》"思乐泮水，薄采其藻"等篇之"藻"，系指菹草 (*Potamogeton crispus* Linn.)，或聚藻 (*Myriophyllum spicatum* L.)、金鱼藻 (*Ceratophyllum demersum* L.)，甚或杉叶藻 (*Hippuris vulgaris* L.) 等。

较具争议性的植物种类

本书选择从三国以来，历代解读《诗经》名物的代表著作，列表比较各家对解读诗篇植物有争议的种类（表1）。包括三国陆玑的《毛诗草木鸟兽虫鱼疏》、晋郭璞的《尔雅注》、清人徐鼎的《毛诗名物图说》等古代文人的解经著作。另外，也有1998年出版由迟文浚主编，但植物种类均未附带学名的现代文献《诗经百科辞典》。近代学者出版的解经植物学专论，每种植物均附有拉丁学名的代表作，包括陆文郁的《诗草木今释》、耿煊的《诗经中的经济植物》，及吴厚炎的《诗经草木汇考》。

栲：《唐风·山有枢》"山有栲，隰有杻"及《小雅·南山有臺》"南山有栲，北山有杻"之"栲"，《毛诗草木鸟兽虫鱼疏》解为"栲栎"，《毛诗名物图说》解为"栲栎"或"山樗"，而以解为"山樗"的文献为多。但并未说明"山樗"所指为何，或说"山樗"形态类似樗树或漆树。有文献认为"栲"古字应为"枦"，非今所称的壳斗科植物，因此解为野鸦椿［*Euscaphis japonica*（Thunb.）Dippel］。

条：《周南·汝坟》"遵彼汝坟，伐其条枚"，《秦风·终南》"终南何有？有条有梅"，及《大雅·旱麓》"莫莫葛藟，施于条枚"之"条"，解为何种植物，历代专家意见纷纭。古籍如《毛诗草木鸟兽虫鱼疏》《尔雅郭注》《毛诗名物图说》等，多解为"山楸"或"山槚"，此"山楸"或"山槚"似乎应为楸属植物（*Catalpa* spp.）；近人陆文郁（1957）解为"柚"［*Citrus grandis*（L.）Osbesk］；吴厚炎（1992）和《秦岭植物志》以"条"为石灰花楸［*Sorbus folgneri*（Schneid.）Rehd.］。何炳棣（1969）另解"条"为"朴树"（*Celtis sinensis* Pers.），但未说明出处。

楰：《小雅·南山有臺》："南山有枸，北山有楰"之"楰"，从陆玑《毛诗草木鸟兽虫鱼疏》以下的历代古籍都解为鼠李（*Rhamnus* spp.）或苦楸类（*Catalpa* spp.）。但近人陆文郁（1957）解为木犀科之女贞（*Ligustrum lucidum* Ait.），而吴厚炎（1992）则解为蔷薇科之水榆花楸（*Sorbus alnifolia* S. et Z.）。

柞：《小雅·采菽》"维柞之枝，其叶蓬蓬"，《周颂·载芟》"载芟载柞，其耕泽泽"及《大雅·旱麓》"瑟彼柞棫，民所燎矣"等篇的"柞"，有解为大风子科的柞木（*Xylosma congestum* Merr.）者，如徐鼎的《毛诗名物图说》等。《本草纲目》云："此木坚韧，可为凿柄，故俗名'凿子木'，方书皆作'柞木'。"可知大风子科之柞木，名称源自凿子木。其余各书多解为麻栎（*Quercus acutissima* Carr.）、槲树（*Q. dentate* Thunb.）或其他壳斗科麻栎属植物（*Quercus* spp.）。

棫：《大雅·绵》"柞棫拔矣，行道兑矣"，《大雅·棫朴》"芃芃棫朴，薪之槱之"及《大雅·旱麓》"瑟彼柞棫，民所燎矣"等篇的"棫"，《毛传》云："棫，白桵也。"解为蔷薇科的白桵，《尔雅郭注》《毛诗名物图说》等古籍因之。白桵今名蕤核（*Prinsepia uniflora* Batal.）。但陆玑的《毛诗草木鸟兽虫鱼疏》却说："棫，即柞也。"解为壳斗科的麻栎属（*Quercus* spp.）植物。近代陆文郁（1957）解为槲树

（*Q. dentate* Thunb.）；而吴厚炎（1992）则解为铁橡树（*Q. spinosa* David）。

芩：《小雅·鹿鸣》"呦呦鹿鸣，食野之芩"的"芩"，有解为唇形科的黄芩（*Scutellaria baicalensis* Georgi），或伞形花科的水芹 [*Oenanthe javanica*（Blume）DC.] 者。吴厚炎（1992）解为铁皮石斛（*Dendrobium officinale* Kimura *et* Migo）。《毛诗名物图说》云："芩草，叶如竹，蔓生泽中。"《诗经百科辞典》说明其为"苇类植物"，陆文郁（1957）解为蔓苇（*Phragmites japonica* Steud.）。

竹：《卫风·淇奥》"瞻彼淇奥，绿竹猗猗"的"竹"解为"萹蓄"或竹。许多人认为《诗经》时代，黄河流域的淇水沿岸仍有竹类分布，本篇的"绿竹"应解为竹类。近人吴厚炎（1992）的《诗经草木汇考》，就解"绿竹"为刚竹（*Phyllostachys bambusoides* S. et Z.）；但陆玑的《毛诗草木鸟兽虫鱼疏》说此处的绿竹为"似竹之草，高五六尺"，则本植物是草而非竹。多数文献，如《尔雅郭注》，《毛诗名物图说》等，则解"绿竹"为萹蓄（*Polygonum aviculare* L.）。

表1　历代解经代表著作对争论性植物名称之解读

	毛诗草木鸟兽虫鱼疏	尔雅注	毛诗名物图说	诗经百科辞典	诗草木今释	诗经中的经济植物	诗经草木汇考
	三国 陆玑	晋 郭璞	清 徐鼎	1998 迟文浚 主编	1957 陆文郁	1974 耿煊	1992 吴厚炎
朴檞	–	檞檞	–	栎类	槲树 *Quercus dentata*	槲树 *Quercus dentata*	槲树 *Quercus dentata*
栎	柞	其实梂	–	栎树、柞树	麻栎 *Quercus acutissima*	槲树 *Quercus dentata*	橿子栎 *Quercus baronii*
槲	柞栎	–	柞栎类	柞木	麻栎 *Quercus acutissima*	槲树 *Quercus dentata*	橿子栎 *Quercus baronii*
柞	–	杼、柞树	柞木（大风子科）	栎	麻栎 *Quercus acutissima*	槲树 *Quercus dentata*	橿子栎 *Quercus baronii*
椷	椷即柞也	白桵	白桵	白桵	槲树 *Quercus dentata*	–	铁橡树 *Quercus spinosa*
朴	–	枹栎	–	–	麻栎 *Quercus acutissima*	–	小橡子树 *Quercus glardulifera*
条	山楸	山榎、山楸	山楸	山楸	柚 *Citrus grandis*	–	石灰花楸 *Sorbus folgneri*
椅	苦楸	鼠梓、楸属	苦楸、鼠梓	鼠梓、苦楸	女贞 *Ligustrum lucidum*	–	水榆花楸 *Sorbus alnifolia*
驳	梓榆	赤李	梓榆	赤李树	鹿皮斑黄肉楠 *Actinodaphne lancifolia*	–	朴树 *Celtis sinensis*
栲	栲栎	山樗	山樗、栲栎	山樗	野鸦椿 *Euscaphis japonica*	–	野鸦椿 *Euscaphis japonica*
杻	檍	檍	土橿、檍	檍树	辽椴 *Tilia mandshurica*	槲树 *Quercus dentata*	流苏树 *Chionanthus retusus*
椐	灵寿木	樻	灵寿木	灵寿木	蝴蝶戏珠花 *Viburnum tomentosum*	–	蒙古荚蒾 *Viburnum mongolicum*
栜	赤棟	赤棟	赤棟	赤棟	苦槠 *Castanopsis sclerophylla*	–	苦槠 *Castanopsis sclerophylla*

	毛诗草木鸟兽虫鱼疏	尔雅注	毛诗名物图说	诗经百科辞典	诗草木今释	诗经中的经济植物	诗经草木汇考
	三国 陆玑	晋 郭璞	清 徐鼎	1998 迟文浚 主编	1957 陆文郁	1974 耿煊	1992 吴厚炎
樗	椰榆	落也，可以为杯器素	－	斫，割	－	－	山黄麻属 麻柳树 *Trema laevigata*
藻	聚藻	马藻	聚藻、马藻	水草	杉叶藻 *Hippuris vulgaris*	－	光叶眼子菜 *Potamogeton lucens* 杉叶藻 *Hippuris vulgaris*
苣	苣菜似苦菜	－	苦荬菜	苦荬菜	苦荬菜 *Lactuca denticulata*	苦菜或野莴苣 *Lactuca spp.*	莴苣 *Lactuca sativa*
芩	－	－	芩草，叶如竹蔓生泽中	苇类植物	蔓苇 *Phragmites japonica*	－	铁皮石斛 *Dendrobium officinale*
堇	－	堇葵	堇葵	苦堇、堇葵	石龙芮 *Ranunculus sceleratus*	－	东北堇菜 *Viola mandshurica*
麦	－	－	小麦、大麦	小麦、大麦等	小麦 *Triticum aestivum*	大麦 *Hordeum vulgare*	小麦 *Triticum aestivum* 大麦 *Hordeum vulgare*
稷	－	粟	黍	黍	黍 *Panicum miliaceum*	粟 *Setaria italica*	黍 *Panicum miliaceum*
苓	－	甘草	甘草	甘草	虎杖 *Polygonum reynoutria*	－	黄独 *Dioscorea bulbifera*
绿竹	似竹之草，高五六尺	萹蓄	萹蓄	－	萹蓄 *Polygonum aviculare*	－	刚竹 *Phyllostachys bambusoides*
葽	－	远志	远志	远志	王瓜 *Thladiantha dubia*	－	远志 *Polygala tenuifolia*

《诗经》不同篇章的植物差异与统计

　　《诗经》作品可分为《风》《雅》《颂》三大类。《风》者为民俗歌谣之诗，共有十五《国风》；《雅》者为正乐之歌，有《大雅》《小雅》之分；颂者为用于宗庙祭祀的赞美诗，有《周颂》《商颂》《鲁颂》。

　　《国风》有诗 160 篇，共有 86 篇提到植物，占 53.8%。有植物的篇章，40 篇只出现一种植物，占最多数。出现 2 种植物的有 14 篇，3 种植物的有 13 篇，4 种植物的 9 篇，5 种植物的仅 1 篇。具有 5 种植物以上的篇章有 5 篇，其中有一篇即《豳风·七月》，共有 20 种植物，这是《国风》诗篇、也是全部《诗经》所有诗篇出现最多植物者。

　　《国风》篇章共出现 103 种植物，其中有 54 种仅在《国风》出现，包括华北地区古代分布普遍的乔木类植物，如漆、桧、枢、榆、柟、檖等，大部分是造林木及庭园树；灌木类则以花色美艳的观赏植物，如唐棣、木瓜、木桃、木李、舜等为主。木质藤本之苌楚、郁、蘡，则为野果。药用植物有唐、芄兰、茹藘、蔠、果蠃、蔨等；野菜、蔬菜类，有荇、卷耳、蒌、葑、菲、荠、苓、莫、葵、韭等。出现的植物都是经济价值比较高，且与百姓生活有直接关系者为主。

《小雅》《大雅》共 105 篇，有 61 篇提到植物，占 58.1%。出现一种植物的有 22 篇，2 种植物的 14 篇，3 种植物的 10 篇，4 种植物有 5 篇，5 种植物的 2 篇。出现 5 种植物以上的有 7 篇，植物种数最多的是《小雅·南山有臺》，有 10 种植物。

二《雅》一共出现 86 种植物，其中有 37 种仅在二《雅》出现。这些特别的植物，有乔木类的杻、竹、楰、柞、棫、栵、梧桐等，及灌木类的枸、楑、桋、椐、檿、柘等，虽然也是黄河流域常见的树种，但重要性及经济性远不如《国风》各篇章植物。二《雅》中与民生相关的草本植物，仅蓝、襄、绿、罶等，其余大都是用来起兴之象征性或寓示性植物，如荌、苕、薑、苹、蒿、莱、莪、苣、蓫、蔚、堇、芩、台、莞、蒲等。

三《颂》共 40 篇，仅 9 篇提到植物，占 22.5%，不足四分之一。亦即大部分的篇章并无植物，有植物的篇章大都在 4 种以内，仅《鲁颂·閟宫》出现 6 种、《周颂·良耜》出现 5 种。所含植物的篇幅和数量均不如《国风》和二《雅》。

三《颂》全篇出现植物 15 种，有谷类之来、牟、黍、稑、菽，也有食物香料之椒、蓼，野菜之荼、芹、藻、茆，其中之蓼、茆、来 3 种仅在三《颂》出现。三《颂》出现的植物都用来作祭品，或与祭祀相关。

总计《诗经》全书有诗 305 篇，156 篇有植物，占 51.1%。

出现植物种类较多的篇章

《诗经》出现的植物种数各篇不同，表2列出5种以上的诗篇。植物总数最多的篇章是《豳风·七月》，共引述20种植物。这是《国风》诗篇中篇幅最长的诗文，推测应为西周前期的作品，具有极高的文学价值和农史价值。内容以每月的农事、杂事为主轴，从岁寒授衣到春耕，采桑劳务到布帛衣料的制作，以及谷物的生产收获均有详述。因此，所言植物种类众多，有与养蚕相关的桑和蘩（白蒿），果类之枣、郁（郁李）、薁（野葡萄），谷类之黍、稷、禾、菽、麦、稻，纤维植物之麻、茅，蔬菜类之韭、葵（冬葵）、荼（苦菜）等，都是和农事直接有关的植物种类。

《小雅·南山有臺》出现10种植物，是《诗经》中植物总数次多的篇章。本篇是一首颂德祝寿，也是燕飨通用的乐歌。列举之植物以树木为多，有8种，即桑、杨、杞、李、栲、杻、枸、楰等，大都是较少出现在古文献的树种。另2种臺（薹草）和莱（藜），则为常见的草本植物。

《大雅·皇矣》也是一首长诗，记述古公亶父至周文王征服敌国，建立周朝的史实。本篇共出现9种植物，即栵、柽、椐、檿、柘、柞、棫、松、柏等树种，用来歌颂亶父及文王筚路蓝缕开创帝业，并铲除敌人的功绩。

《大雅·生民》是祭祀宗庙之诗，内容主要是神话传说及英雄史诗。引用的植物有7种10类，都是祭祀用植物，主要是谷类，

表2 《诗经》出现植物种类较多的篇章

诗篇名	出现之植物（古名）	植物种类总数
《豳风·七月》	桑、蘩、苇、萋、郁、奥、葵、菽、枣、稻、瓜、壶、荼、樗、黍、稷、麻、麦、茅、韭	20种
《小雅·南山有臺》	臺、莱、桑、杨、杞、李、栲、杻、枸、楰	10种
《大雅·生民》	菽、麻、麦、瓜、秬（秠）、穈（芑）、萧、豆	8种
《大雅·皇矣》	椔、柽、椐、㭎、柘、柞、械、松、柏	8种
《鄘风·定之方中》	榛、栗、椅、桐、梓、漆、桑	7种
《唐风·山有枢》	枢、榆、栲、杻、漆、栗	6种
《唐风·鸨羽》	栩、稷（黍）、棘、桑、稻、粱	6种
《小雅·黄鸟》	谷、粟、桑、粱、栩、黍	6种
《小雅·四月》	栗、梅、蕨、薇、杞、桋	6种
《鲁颂·閟宫》	黍（稷）、菽、麦、稻、松、柏	6种
《陈风·东门之枌》	枌、栩、麻、荍、椒	5种

注：除上列诸篇外，尚有15篇出现四种植物、22篇出现三种植物、40篇出现两种植物、63篇只出现一种植物。

如禾（粟）和其两个不品种穈、芑，黍的两个品种秬和秠，以及麦、菽、麻，瓜和萧等。

《鄘风·定之方中》《唐风·山有枢》《唐风·鸨羽》皆出现6种植物。其中《鄘风·定之方中》是描写卫人营建宫室、力图中兴的诗，提到的植物都是建筑用林木，如椅、桐、梓、漆、榛、栗等。《唐风·山有枢》是一首讽刺诗，分成三段，每段起始两句皆用二种植物起兴，分别为枢（刺榆）和榆、栲和杻、漆和栗，也都是提供建材或制作器具的树木类。《唐风·鸨羽》是一首基层人员（兵役、劳役者）控诉君王贵族的诗，内容亦分成三段，每段用一种树木、两种谷类起兴，三段分别用树木的栩、棘、桑，和前两段谷类的稷和黍，后段用稻和粱。

出现较多的植物种类

《诗经》引述最多的植物，都是和古人生活关系最密切的种类，包括衣食住行以及祭祀等所需的植物。表3罗列出现5篇以上的植物，有纺织相关的植物桑、葛、麻；谷类之黍、粟、麦、稻、菽；果类之棘（酸枣和枣）、棠、栗、瓜；菜蔬之荼、瓠、枸；用材树种的柏、松、柞、荆、檀、杨；还有祭祀用途的芦、茅、萧等。

纺织相关植物之中，桑是出现最多篇章的植物，共有20篇，《风》《雅》《颂》都有（表3）。桑叶用来养蚕，桑椹可鲜食并供酿酒，桑皮制药，桑材制弓、制器具、制车辕等，提供古人生活所需，自古以来即视为经济植物。甲骨文"桑"字已很普遍，《尚书·夏书》有"桑土既蚕，是降丘宅土"句，足见其在古代的重要性。葛（葛藤）是古代制作夏衣和鞋（葛屦）的材料，出现7篇。麻（大麻）可制粗布衣及绳索，麻子可充粮食，是古代农田主要的

表3　出现在《诗经》较多篇章的植物种类

植物名	诗经篇章	篇章数
桑	《鄘风·桑中》《鄘风·定之方中》《卫风·氓》《郑风·将仲子》《魏风·汾沮洳》《魏风·十亩之间》《唐风·鸨羽》《秦风·车邻》《秦风·黄鸟》《曹风·鸤鸠》《豳风·七月》《豳风·鸱鸮》《豳风·东山》《小雅·南山有臺》《小雅·黄鸟》《小雅·小弁》《小雅·隰桑》《小雅·白华》《大雅·桑柔》《鲁颂·泮水》	20篇
黍	《王风·黍离》《魏风·硕鼠》《唐风·鸨羽》《曹风·下泉》《豳风·七月》《小雅·出车》《小雅·黄鸟》《小雅·楚茨》《小雅·信南山》《小雅·甫田》《小雅·大田》《小雅·黍苗》《大雅·生民》《大雅·江汉》《周颂·丰年》《周颂·良耜》《鲁颂·闷宫》	17篇
粟	《王风·黍离》《唐风·鸨羽》《豳风·七月》《小雅·出车》《小雅·黄鸟》《小雅·楚茨》《小雅·信南山》《小雅·小宛》《小雅·甫田》《小雅·大田》《大雅·生民》《周颂·良耜》《鲁颂·闷宫》	13篇
棘	《邶风·凯风》《魏风·园有桃》《唐风·鸨羽》《唐风·葛生》《秦风·黄鸟》《陈风·墓门》《曹风·鸤鸠》《小雅·湛露》《小雅·大东》《小雅·楚茨》《小雅·青蝇》	11篇
麦	《鄘风·桑中》《鄘风·载驰》《王风·丘中有麻》《魏风·硕鼠》《豳风·七月》《大雅·生民》《周颂·思文》《周颂·臣工》《鲁颂·闷宫》	9篇
葛	《周南·葛覃》《邶风·旄丘》《王风·采葛》《齐风·南山》《魏风·葛屦》《唐风·葛生》《小雅·大东》	7篇
芦	《召南·驺虞》《卫风·硕人》《卫风·河广》《秦风·蒹葭》《豳风·七月》《小雅·小弁》《大雅·行苇》	7篇
柏	《邶风·柏舟》《鄘风·柏舟》《小雅·天保》《小雅·颊弁》《大雅·皇矣》《鲁颂·闷宫》《商颂·殷武》	7篇

植物名	诗经篇章	篇章数
瓠	《邶风·匏有苦叶》《卫风·硕人》《豳风·七月》《小雅·南有嘉鱼》《小雅·信南山》《小雅·瓠叶》《大雅·公刘》	7篇
松	《卫风·竹竿》《郑风·山有扶苏》《小雅·天保》《小雅·斯干》《小雅·頍弁》《鲁颂·閟宫》《商颂·殷武》	7篇
菽	《豳风·七月》《小雅·白驹》《小雅·小宛》《小雅·小明》《小雅·采菽》《大雅·生民》《鲁颂·閟宫》	7篇
柞	《小雅·车辖》《小雅·采菽》《大雅·绵》《大雅·棫朴》《大雅·旱麓》《大雅·皇矣》《周颂·载芟》	7篇
荆	《周南·汉广》《王风·扬之水》《唐风·绸缪》《唐风·葛生》《秦风·黄鸟》《大雅·旱麓》	6篇
麻	《王风·丘中有麻》《齐风·南山》《陈风·东门之枌》《陈风·东门之池》《豳风·七月》《大雅·生民》	6篇
稻	《唐风·鸨羽》《豳风·七月》《小雅·甫田》《小雅·白华》《周颂·丰年》《鲁颂·閟宫》	6篇
枸	《秦风·终南》《小雅·四牡》《小雅·杕杜》《小雅·湛露》《小雅·四月》《小雅·北山》	6篇
棠	《召南·甘棠》《唐风·杕杜》《唐风·有杕之杜》《秦风·终南》《小雅·常棣》	5篇
茅	《召南·野有死麕》《邶风·静女》《卫风·硕人》《豳风·七月》《小雅·白华》	5篇
荼	《邶风·谷风》《唐风·采苓》《豳风·七月》《大雅·绵》《周颂·良耜》	5篇
栗	《鄘风·定之方中》《郑风·东门之墠》《唐风·山有枢》《秦风·车邻》《小雅·四月》	5篇

植物名	诗经篇章	篇章数
萧	《王风·采葛》《曹风·下泉》《小雅·蓼萧》 《小雅·小明》《大雅·生民》	5篇
檀	《郑风·将仲子》《魏风·伐檀》《小雅·杕杜》 《小雅·鹤鸣》《大雅·大明》	5篇
杨	《秦风·车邻》《陈风·东门之杨》《小雅·南山有臺》 《小雅·菁菁者莪》《小雅·采薇》	5篇
瓜	《豳风·七月》《豳风·东山》《小雅·信南山》 《大雅·绵》《大雅·生民》	5篇

附注：上表所列植物为在《诗经》中出现篇数为五篇以上者。

作物之一，出现 6 篇。

民以食为天，古代农业以栽植谷物为主。因此，《诗经》有谷类的篇章很多，合计黍、粟、麦、稻、菽等，共有 52 篇，是所有用途大类中出现最多的植物。黍类和小米类是《诗经》时代的主要粮食，包括黍、秬、秠、重、穈、穄、穈等不同品种的黍类，共出现 17 篇。粟、粱、禾、稷、穈、苢等不同品种的小米类，出现 13 篇。麦指的是大麦，出现 9 篇，可见已逐渐成为中原地区的重要粮食作物。

小麦古称"来"，仅在《周颂·臣工》《鲁颂·闳宫》两篇出现，属于新进作物。稻（稌）虽是南方作物，《诗经》已有 6 个篇章提及，显示彼时黄河流域也已大量栽种，但以酿酒为主。菽（大豆）在古代视为谷类栽培，历代都有大量生产，《诗经》

出现 7 篇。

《诗经》时代已开始人工栽培果树，但仍以采集野生果类为主。棘（包括酸枣和枣）是华北黄土高原开阔地及废弃地的先驱树种，到处都有分布，枣是酸枣中果实甜度高、果型大的品种，自古即为果品的主要来源，共出现 11 篇。棠（棠梨）的果实也可采食，但果形小，商周时代多植为行道树及园景树，共有 5 篇。栗（板栗）果实富含淀粉，可以代粮，也是《诗经》时代重要的果树，出现 5 篇。瓜（甜瓜）虽非原产中土，应在史前时代就已引进，《诗经》有 5 篇记述。

菜蔬之中，瓠原产非洲，也在史前时代引入中国，《诗经》有 7 篇记载，足见当时已普遍栽植。瓠的嫩叶、幼果当蔬菜食用，成熟之硬化果实是古代的盛酒、盛水器，即俗称的葫芦。荼（苦菜）分布大江南北，各地均产，味虽稍苦，却是古今普遍采食的野蔬，出现 5 篇。枸（枸杞）的嫩叶是古代菜蔬，果实、树皮是常用药材，主要的分布区域也是华北的黄土高原，在 6 个篇章有载录。

近代黄河流域已少有森林，但古代华北地区的森林分布及树种组成，能从《诗经》的记载得知概况。各篇出现的野生树木约 50 种，由森林植物出现在诗文中的频率，推测当时应有一定面积的森林存在。如用材树种的柏出现 7 篇、松出现 7 篇、柞出现 7 篇、荆（黄荆）出现 7 篇、檀（青檀）出现 5 篇、杨出现 5 篇，显示这类树种分布的普遍性及经济的重要性。

祭祀是周人主要的活动，用来祭祀的祭品及祭礼使用的植物，在《诗经》各篇出现的次数也不在少数。芦（芦苇）分布范围很广，热带至寒带的水泽地皆能见之，枝叶可为薪材，茎秆织篱或编席，使用于祭礼及丧礼之中，出现 7 篇。茅（白茅）的分布亦广，开阔的干旱地均有生长，古代取叶捆束在祭典仪式中作缩酒之用，也用以包裹或垫托祭品，出现 5 篇。萧（牛尾蒿）具香气，祭祀时染之以脂，表达敬神之意，《风》《雅》《颂》各篇共出现 5 篇 8 句。

参考书目

日·渊在宽／陆氏草木鸟兽虫鱼疏图解／安永八年刻版，台北大化书局，1980 年影印本

日·冈元凤／毛诗品物图考／台北广文书局，1985 年影印本

日·江村如圭／诗经名物辨解／京师书林享保十六年刻版，台北大化书局，1980 年影印本

东汉·郑玄／毛诗郑笺／台北学海出版社，1999 年影印本

晋·陆玑／毛诗草木鸟兽虫鱼疏／丛书集成初编

晋·郭璞／尔雅注疏／台北商务印书馆景印摛藻堂四库全书荟要

晋·嵇含／南方草木状／《百川学海》明弘治刻本

后魏·贾思勰／齐民要术／台北中华书局 1980 年影印本

汉·班固／汉书·艺文志／台北中华书局，1962 年排印本

汉·许慎／说文解字／北京中华书局，1960 年排印本

三国·陆玑／毛诗草木鸟兽虫鱼疏／上海古籍出版社，1978 年排印版

三国魏·张揖／广雅／台北商务印书馆景印摛藻堂四库全书荟要

唐·欧阳询／艺文类聚／上海古籍出版社，1999 年排印本

唐·段成式／酉阳杂俎／台北汉京文化，1983 年排印本

唐·长孙无忌等／隋书／北京商务印书馆，1955 年排印本

唐·徐坚等／初学记／北京中华书局，1962 年排印本

汉·毛亨传，东汉·郑玄笺，唐·孔颖达疏／毛诗正义

宋·李昉等／太平广记／台北古新书局，1980 年排印本

宋·李昉等／太平御览／河北教育出版社，1994 年排印本

宋·周师厚／洛阳花木记／《古今图书集成》／上海文艺出版社，1999 年影印本

宋·沈括／梦溪笔谈／上海书店出版社，2003 年排印本

宋·罗愿／尔雅翼／台北商务印书馆景印摛藻堂四库全书荟要

宋·苏颂／本草图经／安徽科学技术出版社 1994 年排印本

宋·陆佃／埤雅／台北商务印书馆景印摛藻堂四库全书荟要

宋·陈景沂／全芳备祖／北京农业出版社，1982 年影印本

宋·朱熹／诗集传／台北艺文印书馆，1974 影印本

宋·朱熹／诗经集注（仿古字版）／台北万卷楼图书，1991 年影印本

元·徐谦／诗经传名物钞／商务印书馆，1937 年排印本

明·王圻、王恩义／三才图会／上海上籍出版社，1988 年排印本

明·鲍山／野菜博录／山东画报出版社，2007 年排印版

明·徐光启／农政全书（一至四册）／台北新文丰出版公司，1975 年平露堂版影印本

明·宋应星／天工开物／台北世界书局，1962 年排印本

明·李时珍／本草纲目／台南第一书店，1985 年张绍棠刊本影印

清·陈大章／诗经名物集览／台北商务印书馆，四库全书影印本

清·王念孙／广雅疏证／北京中华书局，1983 年影印本

清·王先谦／诗三家义集疏／北京中华书局，1987 年排印本

清·王先谦／毛诗注疏及补正／台北世界书局，1981 年影印本

清·潘永因／宋稗类钞／北京图书馆书目文献出版社，1955 年排印本

清·陈梦雷／古今图书集成·草木典／上海文艺出版社，1999 年影印本

清·汪灏等／广群芳谱／台北新文丰出版公司，1980 年影印本

清·张英等／渊鉴类函／康熙四十九年（1710 年）内府刻本

清·吴其濬／植物名实图考／台北世界书局，1960 年排印本

清·吴其濬／植物名实图考长编／台北世界书局，1975 年排印本

清·徐鼎／毛诗名物图说／乾隆三十六年序刊本／北京清华大学出版社，2006 年影印版

清·段玉裁／说文解字注／台北天工书局，1998 年排印本

清·郝懿行／尔雅义疏／台北艺文印书馆，1987 年影印本

民国·徐珂／清稗类钞（一至十二册）／北京中华书局，1986 年排印本

于景让／栽培植物考／台北艺文印书馆，1972

方健／南宋农业史／北京人民出版社，2010

王其全／《诗经》工艺文化阐释／杭州中国美术学院出版社，2006

王巍／诗经民俗文化阐释／北京商务印书馆，2004

王仁湘／饮食与中国文化／北京人民出版社，1993

王学泰／华夏饮食文化／北京中华书局，1993

日·白川静／诗经的世界／林正胜译／台北东大图书，2001

伊钦恒／援时通考辑要（清·郭肃泰等原著）／北京农业出版社，1981

伊钦恒／群芳谱诠释（原著1621年王象晋《群芳谱》）／北京农业出版社，1985

全喜宝等／中国农业百科全书 农作物卷（上、下）／北京农业出版社，1991

曲泽洲、王永蕙编／中国果树志·枣卷／北京中国林业出版社，2003

任百尊主编／中国食经／上海文化出版社，1999

吴中伦等／中国农业百科全书 林业卷（上、下）北京农业出版社1989

吴玉贵／释译佛国记（东晋·法显原著）／佛光文化，1996

吴厚炎／诗经草木汇考／贵州人民出版社，1992

沈隽等／中国农业百科全书·果树卷／北京农业出版社，1993

李根蟠／中国农业史／台北文津出版社，1997

李景林、王素玲、邵汉明／仪礼译注／台北建宏出版社，1997

李湘／诗经名物意象探析／台北万卷楼图书，1999

李祖清、李瑜、立英、甘霖／中国花鸟鱼虫荟萃／四川科学出版社，1995

李曙轩等／中国农业百科全书·蔬菜卷／北京农业出版社，1990

邱庞同／中国菜肴史／青岛出版社，2001

余彦文／花草情趣／湖北科学技术出版社，1999

何小颜／花与中国文化／北京人民出版社，1999

何炳棣／黄土与中国农业的起源／香港中文大学出版社，1969

林尹／周礼今注今译／台北商务印书馆，1972

屈万里／诗经诠释／台北联经出版，1983

季羡林等／大唐西域记校注（唐·玄奘辩机原著）／台北新文丰出版，1987

金善实等／中国农业百科全书·农作物卷（上、下）／北京农业出版社，1991

诗经植物图鉴

周沛云、姜王华／中国枣文化大观／北京中国林业出版社，2003

周啸天主编／诗经鉴赏集成（上、下）／台北五南图书出版，1993

苟萃华、汪子春、许维枢／中国古代生物学史／北京科学出版社，1989

胡嘉琪等／中国植物志第七十卷／北京科学出版社，2002

胡淼／诗经的科学解读／上海人民出版社，2007

侯乃慧／宋代园林及其生活文化／台北三民书局，2010

俞德浚／中国果树分类学／北京农业出版社，1979

姜义华／新译礼记读本／台北三民书局，1997

殷登国／草木虫鱼新咏／台北世界文物出版社，1985

高本汉／高本汉诗经注释／中华丛书编审委员会，1960

高志钧／名医别录辑校本（梁·陶弘景原著）／北京人民卫生出版社，1986

高恩广、胡辅等／马首农言注释（清·祁寯藻原著）／北京农业出版社，1991

高明干等／植物古汉名图考／河南大众出版社，2006

倪根全、张翠君／救荒本草校注（明·朱橚原著）／台北宗河文化，2010

耿煊／诗经中的经济植物／台北商务印书馆，1974

韦直等／中国植物志第四十卷／北京科学出版社，1994

浙江省博物馆自然组河姆渡遗址动植物遗存的鉴定研究／考古学报，1978.1

马宗中／农桑辑要译注（原元·大司农司著）／上海古籍出版社，2008

张加廷、周恩主编／中国果树志·李卷／北京中国林业出版社，1988

陆文郁／诗草木今释／台北长安出版社，1957

陈温菊／诗经器物考释／台北文津出版社，2007

陈书坤等／中国植物志第四十三卷第三分册／北京科学出版社，1997

陈焕镛等／中国植物志第二十二卷／北京科学出版社，1998

陈俊愉等／中国农业百科全书·观赏园艺卷／京农业出版社，1996

陈俊愉、程绪珂主编／中国花经／上海文化出版社，1990

陈植／园冶注释（明·计成原著）／北京中国建筑工业出版社，1988

许方等／梨树生物学／北京科学出版社，1992

曹音／诗经释疑／上海三联书店，2011

游修龄／论黍和稷／农业考古，1984

游修龄等／中国农业百科全书·农业历史卷／北京农业出版社，1995

游修龄、曾雄生／中国稻作文化史／上海人民出版社，2010

曾雄生／中国农业史第二版／海峡出版发行集团福建人民出版社，2012

舒迎澜／古代花卉／北京农业出版社，1993

扬之水／诗经名物新证／北京古籍出版社，2000

华北树木志编写组／华北树木志／北京中国林业出版社，1984

叶静渊主编／中国农学遗产选集·常绿果树（上）／北京农业出版社，1991

叶静渊主编／中国农学遗产选集·落叶果树（上）／北京农业出版社，2002

程兆熊／中华园艺史／台北商务印书馆，1985

程兆熊／论中国庭园花木／台北明文书局，1987

杨牧／传统的与现化的／台北洪范

邹介正、刘乃壮、谢庚华、江君谟／三农记校注（清·张宗法原著）／北京农业出版社，1989

邹树文／诗经黍稷辨／农史研究集刊第二册／北京科学出版社，1960

詹德浚／中国果树分类学／北京农业出版社，1979

褚孟嫄主编／中国果树志·梅卷／北京中国林业出版社，1999

迟文浚主编／诗经百科辞典（上、中、下）／辽宁人民出版社，1998

刘毓庆／诗经图注（国风）／高雄丽文文化事业

刘毓庆／诗经图注（雅颂）／高雄丽文文化事业

刘龙动／诗经风雅识论／台北大安出版社，2001

刘君灿／天工开物导读／台北金枫出版社，1987

刘孟军主编／中国野生果树／北京中国农业出版社，1998

郑万钧主编／中国树木志第二卷／北京中国林业出版社，1985

郑万钧主编／中国树木志第三卷／北京中国林业出版社，1977

郑万钧主编／中国树木志第四卷／北京中国林业出版社，2004

诗经植物图鉴

588

缪启愉／齐民要术校释／北京农业出版社，1982

缪启愉、缪桂龙／齐民要术译注（后魏·贾思勰原著）／上海古籍出版社，2009

缪启愉、缪桂龙／东鲁王氏农书译注（元·王祯原著）／上海古籍出版社，2008

缪启愉／四时纂要校译（唐五代·韩鄂原著）／北京农业出版社，1981

缪启愉／元刻农桑辑要校释（元·畅师文、孟祺原著）／北京农业出版社，1988

Legge, J. *The Chinese Classics: The She King or The Book of Poetry*. Reprinted by SMC Publishing INC.,Taipei, Taiwan, 1994